चार नाटक

यकृत, हृदय, यळकोट, दर्शन

नाटकों के मंचन के लिए लेखक की
लिखित अनुमति आवश्यक है।

लेखक का पता :

श्याम मनोहर
१०, 'दीपरेखा', दशभुजा गणपति रोड एण्ड,
तुलसीबाग़वाले कालोनी,
सहकारनगर, पुणे- ४११००९
फ़ोन : ०२०-२४२२४६०२

रज़ा फ़ाउण्डेशन | THE RAZA FOUNDATION

चार नाटक

[यकृत, हृदय, यळकोट, दर्शन]

श्याम मनोहर

मराठी से अनुवाद

निशिकान्त ठकार, राजेन्द्र धोड़पकर

राजकमल प्रकाशन

रज़ा पुस्तक माला : **नाटक**
प्रधान सम्पादक : अशोक वाजपेयी | सम्पादक : पीयूष दईया
राजकमल प्रकाशन प्रा.लि. और रज़ा फ़ाउण्डेशन का सह-प्रकाशन

ISBN-978-93-88183-66-6

मूल्य : ₹350

पहला संस्करण : 2018

प्रकाशक : राजकमल प्रकाशन प्रा. लि.
1-बी, नेताजी सुभाष मार्ग, दरियागंज
नई दिल्ली-110 002

शाखाएँ : अशोक राजपथ, साइंस कॉलेज के सामने, पटना-800 006
पहली मंजिल, दरबारी बिल्डिंग, महात्मा गांधी मार्ग, इलाहाबाद-211 001
36 ए, शेक्सपियर सरणी, कोलकाता-700 017

वेबसाइट : www.rajkamalprakashan.com
ई-मेल : info@rajkamalprakashan.com

मुद्रक : यश प्रिंटोग्राफिक्स
नोएडा-201301 (उत्तर प्रदेश)

CHAAR NATAK
by Shyam Manohar
Translated by Nishikant Thakar & Rajendra Dhodapkar

आमुख

कलाओं में भारतीय आधुनिकता के एक मूर्धन्य सैयद हैदर रज़ा एक अथक और अनोखे चित्रकार तो थे ही उनकी अन्य कलाओं में भी गहरी दिलचस्पी थी। विशेषतः कविता और विचार में। वे हिन्दी को अपनी मातृभाषा मानते थे और हालाँकि उनका फ्रेंच और अँग्रेज़ी का ज्ञान और उन पर अधिकार गहरा था, वे, फ्रांस में साठ वर्ष बिताने के बाद भी, हिन्दी में रमे रहे। यह आकस्मिक नहीं है कि अपने कला-जीवन के उत्तरार्द्ध में उनके सभी चित्रों के शीर्षक हिन्दी में होते थे। वे संसार के श्रेष्ठ चित्रकारों में, २०-२१वीं सदियों में, शायद अकेले हैं जिन्होंने अपने सौ से अधिक चित्रों में देवनागरी में संस्कृत, हिन्दी और उर्दू कविता में पंक्तियाँ अंकित कीं। बरसों तक मैं जब उनके साथ कुछ समय पेरिस में बिताने जाता था तो उनके इसरार पर अपने साथ नवप्रकाशित हिन्दी कविता की पुस्तकें ले जाता था : उनके पुस्तक-संग्रह में, जो अब दिल्ली स्थित रज़ा अभिलेखागार का एक हिस्सा है, हिन्दी कविता का एक बड़ा संग्रह शामिल था।

रज़ा की एक चिन्ता यह भी थी कि हिन्दी में कई विषयों में अच्छी पुस्तकों की कमी है। विशेषतः कलाओं और विचार आदि को लेकर। वे चाहते थे कि हमें कुछ पहल करना चाहिये। २०१६ में साढ़े चौरानवे वर्ष की आयु में उनकी मृत्यु के बाद रज़ा फ़ाउण्डेशन ने उनकी इच्छा का सम्मान करते हुए हिन्दी में कुछ नये क़िस्म की पुस्तकें प्रकाशित करने की पहल *रज़ा पुस्तक माला* के रूप में की है, जिनमें कुछ अप्राप्य पूर्व प्रकाशित पुस्तकों का पुनर्प्रकाशन भी शामिल है। उनमें गांधी, संस्कृति-

चिन्तन, संवाद, भारतीय भाषाओं से विशेषत: कला-चिन्तन के हिन्दी अनुवाद, कविता आदि की पुस्तकें शामिल की जा रही हैं। सभी पुस्तकों पर रज़ा साहब और उनके समकालीन मित्र चित्रकारों आदि की प्रतिकृतियाँ आवरणों पर होंगी।

मराठी की रंगपरम्परा बहुत समृद्ध और सजीव रही है और उसका प्रभाव हिन्दी पर भी पड़ा है। मराठी और हिन्दी के बीच रंगमंच और नाटक के क्षेत्र में लगातार आदान-प्रदान होता रहा है। मराठी के प्राय: सभी बड़े आधुनिक नाटककारों के नाटक हिन्दी में अनूदित हुए और अनेक निर्देशकों द्वारा कई शहरों में खेले जाते रहे हैं। श्याम मनोहर के चार नाटक मराठी-हिन्दी के विद्वान् निशिकान्त ठकार द्वारा अनूदित होकर यहाँ पहली बार हिन्दी में प्रकाशित हो रहे हैं। *रज़ा पुस्तक माला* के अन्तर्गत अन्य भारतीय भाषाओं से अच्छी और प्रासंगिक सामग्री हिन्दी में लाने के हमारे प्रयत्न का यह हिस्सा है।

अशोक वाजपेयी

जुलाई २०१८, नयी दिल्ली

प्रास्ताविक

समकालीन मराठी साहित्य के ज्येष्ठ साहित्यकार श्याम मनोहर के चार नाटकों के अनुवाद एक साथ प्रस्तुत करने में हमें प्रसन्नता का अनुभव हो रहा है क्योंकि यद्यपि श्याम मनोहर मराठी में लिखते हैं, उनके सामने आज का भारतीय समाज ही होता है और उनका सरोकार मात्र प्रादेशिक या समकालीन नहीं होता।

श्याम मनोहर के नाटक प्राय: सामाजिक और सामाजिक समस्याओं से सम्बन्धित होने के बावजूद अन्तत: उनका उद्देश्य भारतीय समाज की सभ्यता और संस्कृति के मूल्यों की पड़ताल करना, उन्हें परखना और उनके माध्यम से जीवन के अर्थ की खोज करना होता है। प्राय: मध्यवर्गीय समाज के पात्रों के जीवन के ब्योरों के अर्थपूर्ण प्रसंगों का चयन कर, उच्च व निम्न वर्गों का भी आवश्यकता के अनुसार समावेश कर जो चित्र श्याम मनोहर उपस्थित करते हैं, वह प्रातिनिधिक होने के बावजूद विशिष्ट होता है। उनके नाटकों में कोई एक पात्र महत्त्व का नहीं होता है। सब अपनी-अपनी भूमिकाएँ अदा करते हैं।

किसी एक विषय से सम्बन्धित होने पर भी श्याम मनोहर एक साथ अनेक विषयों को स्पर्श करते हैं। जैसे 'यकृत' नाटक में शराबनोशी का विषय होने पर भी मत्सर जैसे मानसिक भाव को कैसे मिटाया जा सकता है, इस पर सोचते हैं। पात्रों के व्यवहार की मनोवैज्ञानिकता को जाँच कर उसकी सार्थकता की खोज करते हैं।

श्याम मनोहर के नाटकों की भाषा पात्रानुकूल तो है ही, वह बेहद स्वाभाविक,

जीवन्त और हरकत की भाषा है। बिना नाटकीय हुए वह सहज बोलचाल की भाषा है जिसका मतलब, वह जितनी बोलने की भाषा है, उतनी ही चलने की–चलाने वाली भाषा है। वह अभिनेता से क्रिया की माँग करने वाली भाषा है। उसे क्रिया के इशारे करने वाली भाषा है। और यदि उसमें आन्तरिक प्रतिभा है तो वह सम्भावनाओं वाली भाषा है। इस भाषा में अनायास ही हास्य, व्यंग्य, उपरोध, उपहास आदि के संकेत मिलते हैं, जो नाटक की कथावस्तु के सन्दर्भ में अनेक अर्थों की व्यंजना करते हैं और प्राय: सभ्यता और संस्कृति पर तीख़ा भाष्य करते हैं।

श्याम मनोहर का नाटक लेखक का नाटक होने के बावजूद निर्देशक और अभिनेता के लिए पर्याप्त अवकाश छोड़ता है। यही वजह है कि विख्यात नाट्य निर्देशक सत्यदेव दुबे ने उनके नाटकों का निर्देशन करने की चुनौती को स्वीकार किया। श्याम मनोहर निर्देशक की सुविधा के अनुसार नहीं तो अपनी अन्तर्वस्तु की आवश्यकता के अनुसार नाटक की संरचना करते हैं।

श्याम मनोहर के नाटकों को ब्लैक कॉमेडी के रूप में भी देखा गया है। समकालीन भारतीय नाटककारों में इस बात को अधोरेखित किया जा सकता है कि समकालीन यथार्थ को खोजी नज़र से देखने पर कैसे अनायास ब्लैक कॉमेडी सामने आती है इसे श्याम मनोहर के नाटकों में अनायास देखा जा सकता है।

उम्मीद है कि हिन्दी और भारतीय रंगजगत में इन विशिष्ट नाटकों का यथोचित स्वागत होगा।

निशिकान्त ठकार

क्रम

१

यकृत

मराठी से अनुवाद : निशिकान्त ठकार

हम सबको अपने ही स्वभाव से तकलीफ़ होती है। उसे उसके स्वभाव से तकलीफ़ होती है, मुझे अपने स्वभाव से तकलीफ़ होती है। इतनी बड़ी क़ीमत हम अपने स्वभाव की क्यों देते हैं री?

पात्र परिचय

भाऊ :	उम्र ५० से ५५ तक
प्रभा :	उम्र ४५ से ४७ तक
चारु :	उम्र लगभग २०-२२, भाऊ-प्रभा का बेटा
सन्त, ऐनापुरे, पाटील, यादव :	भाऊ के हमउम्र दोस्त
प्रदीप :	उम्र लगभग १६ से १८, ऐनापुरे के पड़ोसी का बेटा
राजा :	उम्र लगभग ४०-४२, प्रभा का भाई
वसुधा :	उम्र ३६ से ३८ तक, राजा की पत्नी

अंक एक | दृश्य : एक

[अँधेरे में]

कहाँ दुख रहा है? यहाँ?
हाँ
यहाँ?
हाँ
यहाँ?
आँ...हाँ।
लगता है लिवर ख़राब हो गया है।
आँ?
पीते हो?
हाँ...डाक्टर साब।
कितनी बार?
हर दिन, डाक्टर साब।
तो फिर मुश्किल है।
क्या?
ठीक हो जाओगे, लेकिन शराब बिल्कुल बन्द।
डाक्साब, कसम खाता हूँ, आज से शराब को हाथ भी नहीं लगाऊँगा।

[रंगमंच रोशन हो जाता है। छोटी सड़क जहाँ लोगों का आना-जाना नहीं

के बराबर हो। कहीं एक छोटा-सा पुल। कुछ देर बाद अधेड़ उम्र का दुबला-पतला सन्त आ जाता है। धीमे-धीमे चलता रहता है। बीच-बीच में चेहरे, हाथ, उँगलियों और अंगों में तनाव लाता है। बाद में अधेड़ उम्र का ही भाऊ आ जाता है। भाऊ ने पी ली है। बोझिल और अजीब सा।]

भाऊ : सन्तवा, अकेला ही पी आया है ना?

सन्त : तू इधर कहाँ से आया...आड़ गली में?

भाऊ : तू अकेला ही पी आया है ना?

सन्त : तू इधर कहाँ से आया...आड़ गली से?

भाऊ : ऐ, पहले बोल बोऽऽल, तू अकेला ही पी आया है ना?

सन्त : तू इधर कहाँ से आया...आड़ गली में?

भाऊ : तू अकेला ही पी आया है। क्या हम अकेले नहीं पी सकते? ले चल, मैं भी अकेला ही पी आया हूँ। चल, कहाँ जायेंगे?

सन्त : (शरीर को ऐंठकर फिर ढील करने की कोशिश करते हुए) तू इस सड़क पर कैसे आया? आड़ गली में?

भाऊ : चल...ले चल कहीं भी।

[दोनों चलते हुए वहीं अटके रह जाते हैं।]

भाऊ : यह सड़क तुझे अच्छी लगती है?

सन्त : (तनकर) नहीं।

भाऊ : तो फिर चल, मुझे भी अच्छी नहीं लगती।

सन्त : चल, तुझे आम जगह पर ही ले चलता हूँ। बाग़ में।

भाऊ : बाग़ तुझे अच्छा लगता है?

सन्त : नहीं।

भाऊ : तो फिर चल, बाग़ ही चलते हैं। मुझे अच्छा लगता है। अच्छा नहीं लगता है।

[दोनों मुश्किल से पुल पर आ जाते हैं। पुल के जंगले पर बैठ जाते हैं।]

भाऊ : बाग़ में तुझे लोगों के बीच बैठना अच्छा लगता है या फूलों के बीच?

सन्त : हं...

[पलभर के लिए ख़ामोशी]

भाऊ : अकेले कभी नहीं जीना चाहिए। तालमेल नहीं रह जाता।

सन्त : (अपने आप से) शराब न होने से ये सारी मांसपेशियाँ चिल्ला रही हैं। (चेहरे को टेढ़ामेढ़ा बनाकर) सूरत को इस तरह बना देना चाहता हूँ। सभी मांसपेशियाँ भीतर से खींच रही हैं। शराब चाहती हैं। न पीने पर मांसपेशियों में तनाव पैदा हो जाता है। (बदन को ऐंठता है।) बार-बार ऐसा करना पड़ता है। यह मेरी नार्मल स्टेट होती जा रही है। (बदन को ढीला छोड़कर) यह मेरी एबनॉर्मल स्टेट हो रही है। (पेशियों को टोंककर) क्या यह अच्छा दीख रहा है?

[भाऊ ख़ामोश]

सन्त : तू मुझसे बातें कर।

भाऊ : तू कर।

सन्त : तू मेरे दिल को बहला दे।

भाऊ : तू बहला दे।

सन्त : भाऊ, तेरा-मेरा रिश्ता कितना नज़दीकी है। है न? तेरे ब्याह में तू मुझे हरदम अपने पास रखता था। पहली रात में भी तू मेरे साथ रात ग्यारह बजे तक बात कर रहा था। ऐसी ही बातें कर ना।

[भाऊ ख़ामोश]

सन्त : तेरे कलीग तुझसे जला करते थे। वह सारी बातें तू मुझसे कहता था। वैसे ही बोल।

[भाऊ ख़ामोश।]

सन्त : भाऊ, उसी तरह की बातें कर ना। अपनी ज़िन्दगी के बारे में बोल। मुझसे बोल। डाल दे तेरी ज़िन्दगी मेरे अन्दर।

[भाऊ ख़ामोश]

सन्त : भाऊ जान, बोल, वैसी बातें। उसी तरह।

[भाऊ ख़ामोश।]

सन्त : (कुछ चिढ़कर) भाऊडिया!

[भाऊ ज़ोर से अजीब ढंग से हँसता है।]

सन्त : भाऊडिया...ऐसी हँसी मत हँस...

[भाऊ ख़ामोश। कुछ देर ख़ामोशी।]

भाऊ : (मृदुता से) सन्तो!

सन्त : हाँ।

भाऊ : तू मेरी अपनी ज़िन्दगी के बारे में पूछता है।...तूने नहीं पी है।

[सन्त ख़ामोश, उत्सुक।]

भाऊ : ठीक। अब बता...तेरी तबीयत कैसी है?

सन्त : सच कहूँ?

भाऊ : कह दे। कह ही दे। इसीलिए तो हम एक-दूसरे के पास बैठे हुए हैं।

सन्त : हाँ, सँजोग से।

भाऊ : सँजोग का मतलब समझ गया मैं। आगे?

सन्त : (टेंककर) हाँ...मुझे शराब बिल्कुल ही नहीं पीनी चाहिए... इसलिए मैं तेरे जैसे दोस्तों को टालनेवाला हूँ। इसलिए मैं ऐसी सड़कों पर भटकूँगा जिन पर तेरे जैसे दोस्तों से मुलाकात नहीं होगी। या फिर ऐसी जगहों पर भटकूँगा जहाँ ढेर सारे लोग हों।

भाऊ : बिल्कुल मत पीना। पीनेवालों के साथ बिल्कुल मत रहना। मेरे साथ भी। या तो इतनी ताक़त दिखा कि मेरी भी छूट जायेगी या फिर इतनी ताक़त दिखा कि मेरे जैसे को झट से छोड़ दे...लेकिन आसान बात तो कुछ और ही है। तूने नहीं पी है और मैंने पी रखी है। दोनों को साथ-साथ जीना है। बता दे, कैसे कोई जिये?

सन्त : भाऊ जान, तू ख़ुदगर्ज है।

भाऊ : ख़ुदगर्ज आदमी के साथ कैसे जियेंगे? बता दे।

सन्त : तू ही बता दे।

भाऊ : मैंने पी रखी है मैं वुईक हूँ। तू ने नहीं पी है तू स्ट्रांग है। तू ही बता।

सन्त : (तनकर) मैं भी वुईक हूँ।

[कुछ देर के लिए ख़ामोशी]

भाऊ : तू अकेला है। न बीबी न बच्चे। (भावुक होकर) मेरे एक अदद बीबी है, बच्चा है। मैं अकेला नहीं हूँ। दरअसल, मुझे ही पीनी नहीं चाहिए।

[कुछ देर के लिए ख़ामोशी]

भाऊ : सन्ता रे, हम इतनी पी लेते हैं। हम ठहरे मध्यवर्गीय। इतनी पीना हमारे लिए शोभा नहीं देता।...इतनी पीना शोभा नहीं देता।

सन्त : (चिढ़कर) शराब पी-पीकर लिवर पूरी फटने से हम जब मर जायेंगे तब हम मध्यवर्गीय नहीं रहेंगे। मैं मध्यवर्गीय नहीं हूँ। मैं अकेला हूँ। जो अकेलेपन से डरता है वह मध्यवर्गीय होता है।

भाऊ : फ़िल्मी सितारे भी अकेलेपन से डरते हैं। मिल मालिक भी अकेलेपन से डरते हैं। लोअर क्लासवालों को भी अकेलेपन से डर लगता है।

सन्त : तो फिर ऐसा कह ना...कि वर्ग हैं ही नहीं।

भाऊ : आँ?

[कुछ देर के लिए ख़ामोशी]

सन्त : (मुलायम होकर) भाऊ?

भाऊ : हाँ?

सन्त : तुझे तकलीफ़ तो नहीं हो रही है ना?

भाऊ : तकलीफ़?

सन्त : शराब से?

भाऊ : शराब से?

सन्त : दस साल हो गये...रोज़ाना पीते हो...

भाऊ : रोज़ाना...

सन्त : तेरी लिवर की तो कोई कम्पलेंट नहीं है ना?

भाऊ : लिवर?

सन्त : हाँ

भाऊ : लिवर?...मतलब?

सन्त : (चिढ़कर) भाऊडे, लिवर का मतलब नहीं जानता? तू तो एज्युकेटेड है।

[भाऊ अजीब ढंग से ज़ोर से हँसता है।]

सन्त : (और चिढ़कर) दस साल हो गये। तू रोज़ाना पीता है। लिवर की कम्पलेंट क्योंकर नहीं है?

भाऊ : (भावुक होकर) सन्ता...

सन्त : हाँ...

भाऊ : (और अधिक भावुक होकर) सन्ता रे,

[सन्त ख़ामोश]

भाऊ : सन्ता रे

[अब भाऊ बैठे-बैठे झूमने लगा है। इतना झूमता है कि गिर जायेगा, सन्त उसे सँभालता है]

भाऊ : थैंक यू...सन्ता...तू ने नहीं पी है।...तू स्ट्रांग है...मैंने पी ली है...मैं वुईक हूँ। स्ट्रांग आदमी को वुईक आदमी की देखभाल करनी चाहिए...सन्ता रे...

सन्त : हाँ...

भाऊ : तूने पूछा कि मेरा लिवर ख़राब क्यों नहीं हो गया?

सन्त : हाँ...

भाऊ : तो मैंने पूछा कि लिवर का मतलब क्या है?

सन्त : (तनकर, ग़ुस्से से) बेवकूफ़ जैसी बातें कर रहा है तू—

भाऊ : (अजीब-सा हँसकर) तूने कहा, मैं एज्युकेटेड हूँ। (हँसकर)

हाँ, हूँ मैं एज्युकेटेड। नहीं होता मेरा लिवर ख़राब...(भावुक होकर) सन्ता...

[झूमता है]

सन्त : (ग़ुस्से से) गिर जायेगा तू।

भाऊ : (अपने को सँभालकर) थैंक यू।...नहीं होता मेरा लिवर ख़राब... सन्ता...एक बात कहता हूँ...तू जेलस मत हो। तू एज्युकेटेड है, तुझे जेलस नहीं होना चाहिए।

सन्त : (क्रोध से) शट्अप।

भाऊ : ऐंगर! ग़ुस्सा...जलन के बाद ग़ुस्सा। गुस्सावर मत होना। (झूमता है।)

सन्त : (ग़ुस्से में) गिर जायेगा।

भाऊ : (अपने आप को सँभालकर) थैंक यू। मेरा लिवर ख़राब नहीं हुआ है। जेलस मत होना।

सन्त : बेवक़ूफ़ है तू। ऐसे बोल रहा है जैसे तू बहुत कुछ जानता है। इससे लोगों में वहम पैदा हो जायेगा कि शराब पीनेवाला ईमानदार होता है।...यह बता दे कि जलन को कैसे मिटायें?

भाऊ : जलन को कैसे मिटायें?

सन्त : (ज़ोर से) हाँ...

भाऊ : पता नहीं। इतना जानता हूँ कि जलनेवाला नहीं होना चाहिए।

सन्त : इसे तो सभी जानते हैं।

भाऊ : (झूमता है)
अब गिर रहा हूँ...पकड़ मुझे।

सन्त : आख़िरी बार सँभाल लूँगा। (भाऊ को सँभालते हुए) बता दे, ग़ुस्से को कैसे मिटाया जाय?

भाऊ : ग़ुस्से को कैसे मिटाया जाय? पता नहीं। (झूमते हुए) इतना जानता हूँ कि गुस्सावर नहीं होना चाहिए।

सन्त : (भाऊ से दूर हटते हुए) इसे तो सभी जानते हैं...
अब अगर तू गिर गया तो मैं तुझे सँभालनेवाला नहीं।

[भाऊ और अधिक झूमने लगता है।]

सन्त : (ऐंठकर) वैसे भी तू ने अपने सुख और अपने दुख के अलावा मेरे साथ दूसरी कौन-सी बात की है? (और दूर हटकर) तेरा लिवर अच्छा है इसलिए? इसलिए मुझे पढ़ाता है तू? मुझे?

भाऊ : मैं गिर रहा हूँ।...मुझे पकड़ ले...सन्ता...

सन्त : (भागते हुए) गिर जा...अकेले।

भाऊ : (ग़ुस्से में चिल्लाते हुए) सन्ताऽऽसन्ता (असहाय क्षीण होकर) सन्ताऽऽ सन्ता

[अँधेरा]

अंक एक | दृश्य : दो

[सन्त का घर। अर्थात् ग़ैरशादीशुदा मध्यवर्गीय का कमरा। सन्त आरामकुर्सी में। बेचैन होकर बदन को ऐंठता है। फिर ढीला छोड़ देता है। अख़बार पलटता है। अधेड़ उम्र के ऐनापुरे आ जाते हैं।]

सन्त : यहाँ, यहाँ इस तरह बैठकर मैं ख़ुशियाँ हासिल करूँगा।

ऐनापुरे : बिल्कुल! यही सच है!...

सन्त : कोई मुझसे मिलने नहीं आया तो भी मैं अकेला यहाँ इस तरह कुर्सी पर बैठा रहूँगा तो भी मैं ख़ुश रहूँगा।

ऐनापुरे : ज़िन्दगी में यही तो कर सकना चाहिए।

सन्त : परसों का दिन। कल का दिन और आज का यह चार बजे तक का दिन। शराब नहीं तो बिल्कुल नहीं। एक बूँद भी नहीं।

ऐनापुरे : बहुत ख़ूब! अब हमेशा के लिए छोड़ दीजिये। हालत एकदम सुधर जायेगी।

सन्त : (दिवास्वप्न देखते हुए) सुबह आराम से उठना, अपनी चाय ख़ुद बनवा लेना। मज़े में अख़बार पढ़ते हुए चाय की चुस्कियाँ लेना, बदन को गर्म पानी से सेंकते हुए मस्त नहाना फिर रमते-टहलते डाक्टर के पास जाकर दवा ले आना, वहीं से किसी

अच्छे भोजनालय में जाकर ख़ुशी से खा लेना, दोपहर की भली-सी नींद लेकर अब इस वक़्त इस तरह आरामकुर्सी पर ख़ुशी से बैठ जाना। छुट्टी नहीं ली हो तो ख़ुशी-ख़ुशी काम पर चले जाना।

ऐनापुरे : वाह!

सन्त : (थोड़ी देर बाद, कड़वाहट से) सुबह होने से पहले ही मैं जाग पड़ता हूँ। रात-बेरात। फिर सुबह उठने को जी नहीं करता। यहाँ, इस जगह हरदम दर्द होता है। लिवर सड़ गया है। कुछ भी अच्छा नहीं लगता। न चाय न खाना। न डाक्टर के पास जाना और इस कुर्सी पर इस तरह बैठा रह जाना। इससे तो बेहतर हो कि मर जायें।

ऐनापुरे : (चकित) क्या कह रहे हैं आज?

सन्त : ऐनापुरेजी...आप पड़ोस के पाटिल के पास आये थे ना?

ऐनापुरे : (सहमकर) हाँ...जरा काम था...

सन्त : इसीलिए लगे हाथ आप मेरे पास भी आ गये। (झल्लाकर) मैं अपना अकेला यहाँ ख़ुशी-ख़ुशी रह सकता हूँ।

ऐनापुरे : ऐसी बात नहीं है जी। आपके पास, सिर्फ़ आपके पास आने के लिए भी मैं आ जाऊँगा। ज़रूर आ जाऊँगा।

सन्त : यह...यह लिवर अगर ख़राब नहीं हो गया होता तो मुझे किसी की दरकार नहीं थी। शान से जी लेता।

ऐनापुरे : मैं आ जाऊँगा आपके पास। ज़रूर आ जाऊँगा।

सन्त : परसों शाम मैंने भाऊ को—आपके दोस्त भाऊ को—इसी तरह अकेला छोड़ दिया।

ऐनापुरे : अरेरे!

सन्त : भाऊ पिछले दस सालों से पी रहा है। फिर भी उसका लिवर ख़राब नहीं होता।

ऐनापुरे : भाऊ को भी हमें बता देना चाहिए इसे छोड़ दे...अच्छा, मैं चलता हूँ। फिर आ जाऊँगा...सिर्फ़ आपके पास ही...

सन्त : कल शाम पाँच बजे भाऊ के पास गया था।... दरवाज़े पर ताला!

ऐनापुरे : कल सुबह ही वह परिवार के साथ कश्मीर चला गया...मैं चलता हूँ।

सन्त : (झुँझलाकर) क्या? यूज़लेस। परसों मुझसे कुछ नहीं कहा...मैं यहाँ इस तरह ख़ुशी-ख़ुशी बैठा रहूँगा।

ऐनापुरे : भाऊ का ऐसा बर्ताव ग़लत है। भाऊ को बता देना चाहिए था।...लौट आने पर हम पूछेंगे उससे...मैं चलता हूँ।...

सन्त : यहाँ इस तरह ख़ुशी-ख़ुशी बैठा रहूँगा।

ऐनापुरे : मैं ज़रूर आ जाऊँगा। और सिर्फ़ आपके वास्ते आ जाऊँगा।...

[ऐनापुरे किसी तरह निकल जाता है। सन्त और भी बेचैन। अख़बार पलटता है। फिर उठकर पड़ोस के घर के प्रदीप को पुकारता है।]

सन्त : प्रदीऽप...(सोलह-सत्रह की उम्र का प्रदीप कमरे में आ जाता है।)

सन्त : प्रदीप, कश्मीर पर कहीं कोई फ़िल्म चल रही है?

[प्रदीप अख़बार देखता है]

प्रदीप : कश्मीर...कश्मीर...कश्मीर में शूट किया हुआ कोई पिक्चर नहीं है आज। पेरिस में शूट किया हुआ है।

सन्त : छी। पेरिस नहीं। कश्मीर चाहिए।

प्रदीप : कश्मीर में शूटिंग करना पुरानी बात हो गयी है, सन्त काका। अब न्यूयार्क, लन्दन, पेरिस, स्विट्ज़रलैण्ड चल रहा है।

सन्त : कश्मीर में शूटिंगवाला एक भी पिक्चर नहीं?

प्रदीप : सन्त काका, आज आप एकदम राष्ट्रवादी बन गये हैं। नहीं, कश्मीर ही चाहिए कह रहे हैं इसलिए कहा!

सन्त : प्रदीप, हम घूमने चलेंगे?

प्रदीप : हाँ।

सन्त : प्रदीप, हम घूमने कहाँ जायेंगे?

प्रदीप : कहीं भी जायेंगे?...लेकिन सात से पहले लौटना होगा।

सन्त : हाँ, क्यों नहीं...प्रदीप तुम्हें बाग़ में जाना पसन्द है?

प्रदीप : मुझे प्रकृति अच्छी लगती है।

सन्त : प्रदीप, हम ऐसा करते हैं, हम होटल जायेंगे। बढ़िया इडली, साम्बर, मसाला डोसा खायेंगे। क्यों?

प्रदीप : छीः। डोसावोसा मुझे बिल्कुल पसन्द नहीं। गन्दे तेल में बनाते हैं।

सन्त : अरे वाह!

प्रदीप : मुझे अंगूर पसन्द है। अनार भी और सेब भी। आम तो सबसे ज़्यादा पसन्द है। लेकिन सिर्फ़ हापूस का। आम के सीजन में मैं रोज़ दो-दो तीन-तीन हापूस के आम खाता हूँ।

सन्त : अरे वाह! हेल्दी हैबिट्स हैं तुम्हारे। हेल्दी हैबिट्स जानते हो ना?

प्रदीप : जानता हूँ। बारहवीती में मेरा एडिशनल इंग्लिश था...सब कहते हैं, मेरे हैबिट्स हेल्दी हैं।

सन्त : तो फिर तुम मैंगो आइसक्रीस खा लेना।

प्रदीप : हाँ, मैं दो-दो तीन-तीन मैंगो आइस्क्रीम खा लेता हूँ। मैंगो आइस्क्रीम का मतलब मैंगो और मिल्क दोनों सेहत के लिए अच्छे।

सन्त : चलो तो फिर हम आइस्क्रीम ही खा लेते हैं।

[अँधेरा]

अंक एक | दृश्य : तीन

[स्थान पहले दृश्य का। सन्त और प्रदीप पुल पर आ जाते हैं। फिर कभी तो बैठ जाते हैं।]

सन्त : प्रदीप, क्या हम यहाँ बैठ जायेंगे?

प्रदीप : हाँ, क्यों नहीं। मुझे एकान्त भी पसन्द है। मैं शवासन तो इतना बढ़िया करता हूँ...

सन्त : अरे वा! तुम योगासन करते हो तो फिर ज़िन्दगी में तुम्हें कोई तकलीफ़ नहीं होगी।

प्रदीप : थैंक यू!

सन्त : अरे यह क्या? थैंक यू कहा तुमने?

प्रदीप : मैंने तय किया है कि जब भी कोई मेरी तारीफ़ करेगा तो मैं उसे

थैंक यू कहूँगा।...सन्त काका, एक बात पूछ लूँ?

सन्त : पूछो ना।

प्रदीप : आपने शराब छोड़ दी?

सन्त : ऐसा क्यों पूछते हो?

प्रदीप : नहीं, आजकल आप घर पर ही बैठे रहते हैं...आपने शराब छोड़ दी इसकी ख़ुशी मेरी माँ, बापू बेगमपुरे, पाटिल सबको हो गयी है।

सन्त : (गड़बड़ाकर) थैंक यू!

प्रदीप : मेन्शन नॉट...इसीलिए मेरी माँ ने कहा, आपके साथ घूमने जाने में कोई हर्ज नहीं है।

सन्त : (अजीब तरह से) प्रदीप, मेरा एक दोस्त कश्मीर गया हुआ है।

प्रदीप : हाँ, हाँ, तो इसलिए आप कश्मीरवाली फ़िल्म देखना चाहते थे?

सन्त : प्रदीप, तुमने कभी किसी के बारे में जेलसी महसूस की है? जेलसी मतलब...

प्रदीप : जानता हूँ? जलन।

सन्त : हाँ, तो तुमने कभी जलन महसूस की?

प्रदीप : नहीं तो!

सन्त : तुम्हारी माँ ने?

प्रदीप : नहीं।

सन्त : सच?

प्रदीप : बिल्कुल सच।

सन्त : बिल्कुल सच? ठीक तरह से सोचकर बता दो। तुम्हारी हैबिट्स हेल्दी है तो तुम्हें सच ही बोलना चाहिए। सोच-समझकर जवाब देना।

प्रदीप : (फ़िदा होकर) मेरी माँ अपनी एक सहेली से जलती है।

सन्त : और तुम्हारे पिता?

प्रदीप : बापू अपने एक दोस्त से जलते हैं।

सन्त : और तुम?

प्रदीप : (घबराकर) मैं...मैं नहीं।

सन्त : सच? देखो, सच-सच बता देना...

प्रदीप : (झुँझलाकर) हम बाग़ जा रहे थे न?

सन्त : प्रदीप, ठीक से बैठो, इस तरह बैठकर झूमने लगोगे तो सन्तुलन खोकर गिर जाओगे।

प्रदीप : हँ।

सन्त : प्रदीप, तुम्हारे पिताजी के मन की जलन के एक-एक कन को निकाल दिया जाय तो उनको कितना खुलापन महसूस होगा न?

[प्रदीप घबराया हुआ]

सन्त : तुम्हारी माँ के मन की जलन के एक-एक कन को निकाल दिया जाय तो तुम्हारी माँ को कितना खुलापन महसूस होगा न?

[प्रदीप और घबराया हुआ। लेकिन झूमता है। सन्त उसे सँभालता है]

प्रदीप : (झुँझलाकर) मैं नहीं गिरूँगा।

सन्त : तुम्हारी माँ की समझ में यह बात कैसे नहीं आती कि वह अपनी ही सहेली से जल रही है—

[प्रदीप बेचैन डरा हुआ।]

सन्त : तुम्हारी माँ बी.ए. पास है न?

प्रदीप : चिढ़कर बी.ए. ऑनर्स!

सन्त : फिर भी वह समझती नहीं कि जलन को मन से कैसे दूर हटाया जाय। यह तो अनाड़ीपन है।

प्रदीप : (चिढ़कर) मेरी माँ अनाड़ी हो या और कुछ हो आपको इससे क्या मतलब है?

सन्त : तुम गिर जाओगे।

प्रदीप : (उठकर) शटप्।

सन्त : छोटा होकर भी तुम ग़ुस्सा करते हो?

प्रदीप : मेरी माँ के बारे में कुछ भला-बुरा कहने की ज़रूरत नहीं है।

सन्त : तुम ग़ुस्सा हो गये हो। ग़ुस्सा होना हेल्दी नहीं होता।

प्रदीप : न होने दो। मेरी माँ को भला-बुरा कहने की कोई ज़रूरत नहीं है।

सन्त : जो जलन और ग़ुस्से से ख़ाली नहीं हो सकते उनके हैबिट्स हेल्दी हो ही नहीं सकते।

प्रदीप : शटप्। बाग़ जाना था तो यहाँ ले आये। कहते थे आइसक्रीम खायेंगे। आप झूठे हैं। (दूर जाते हुए) आप पी आये हैं। गन्दे, झूठे!

[प्रदीप भागने लगता है।]

[अँधेरा]

अंक एक | दृश्य : चार

[क़रीब एक महीने बाद। प्रदीप के पिता का घर। प्रदीप के पिता, उम्र पैंतालीस वर्ष। अख़बार पढ़ रहे हैं। भाऊ शॉल ले आता है।]

प्रदीप के पिता : आइये।

भाऊ : सन्ता कहाँ गया है?

[प्रदीप आता है]

प्रदीप के पिता : आज पाँचवाँ दिन। चला गया!

भाऊ : माय गाड! चल बसा?

प्रदीप के पिता : (अँगूठा मुँह की ओर ले जाकर।) यह बहुत हो गया। अकेली जान। सुबह-शाम यही दौर चलता रहा। कोई मरजाद नहीं। लिवर पूरा सड़ गया था। हमने सिविल अस्पताल में डाल दिया। वहीं पर सारा खेल ख़त्म हो गया।

भाऊ : उसने छोड़ दिया था...सुधर रहा था वो।

प्रदीप के पिता : मन जब भीतर-बाहर से साफ़ हो जाता है तभी लत छूट सकती है। वर्ना लतखोर आदमी पूरी तरह से बर्बाद हो जाता है।

भाऊ : लेकिन वह सुधर रहा था।

प्रदीप के पिता : कैसा सुधार! एक दिन वह प्रदीप को लेकर बाग़ गये हुए थे।

प्रदीप : बाग़ नहीं जी, किसी बाजू की सड़क पर छोटे से पुल पर!

भाऊ : पुल पर?

प्रदीप के पिता : और प्रदीप से कह रहे थे, तुम्हारी माँ, यानी मेरी मिसेज अपनी सहेली से जलती है और तुम्हारे पिता यानी मैं अपने दोस्त से जलता हूँ। यह भी कोई बात करने का तरीक़ा हुआ? और वह भी प्रदीप के साथ? प्रदीप की उम्र क्या, अपनी उम्र क्या?

प्रदीप : कश्मीर जाना चाहते थे।

भाऊ : कश्मीर?

प्रदीप के पिता : ऐनापुरे जी से भी ढंग से पेश नहीं आया। ऐनापुरे जी हमारे यहाँ आया करते हैं इसलिए उनसे ग़ुस्सा हो गया। बोला, मैं अकेला मज़े में रह लूँगा।...

भाऊ : (रुआँसा होकर) पाटिल जी, सन्त के लिए मैं यह शॉल ले आया था। पाटिल जी, सन्त बिना शॉल लिये ही चला गया। पाटिल जी, सन्त मुझे साफ़ दिखायी दे रहा है। सन्त मुझे साफ़ दिखायी दे रहा है, पाटिल जी...

(भाऊ रोना ही चाहता है।)

[अँधेरा]

अंक दो | दृश्य : एक

प्रभा की आवाज़ : कौन कहाँ का सन्त! दोस्त हुआ तो क्या हुआ? उसकी मौत को इतना भी क्या दिल को लगाना? और उसकी मौत को भूल जाने के लिए इतना पीना? अपने लिवर को ख़राब कर देना? पन्द्रह दिन अस्पताल में बिताने पड़े। यह तो अच्छा हुआ कि पन्द्रह दिन के अन्दर लिवर सुधर गया। हे भगवान, तेरी किरपा...

[पलभर के लिए शान्त]

डाक्टर की आवाज़ : कहाँ दुखता है? यहाँ?

भाऊ की आवाज़ : नहीं।
डाक्टर की आवाज़ : यहाँ।
भाऊ की आवाज़ : नहीं।
डाक्टर की आवाज़ : नार्मल! अब लिवर बेहतर हो गया है। ठीक से खाना, थोड़ी-बहुत कसरत करना, फ़िल्म देखना, गाने सुनना, पढ़ना, दिल को बहलाना, शराब की तरफ़ मुँह भी नहीं करना। बिल्कुल तन्दुरुस्त हो जायेगा लिवर।
प्रभा की आवाज़ : (चिन्ता से) लेकिन डाक्टर...
डाक्टर की आवाज़ : नहीं, अब बिल्कुल चिन्ता नहीं करना। लेकिन एक बात गाँठ बाँध लेना। शराब की तरफ़ बिल्कुल मुँह नहीं करना। इतने दिन मज़े करते रहे, अब बस हो गया।
भाऊ की आवाज़ : (काँपते हुए) डाक्टर साब, वचन देता हूँ। फिर कभी शराब को हाथ नहीं लगाऊँगा।

[रंगमंच पर रोशनी। भाऊ का घर। अर्थात् मध्यवर्गीय। भाऊ, भाऊ की पत्नी—प्रभा, उनका बेटा चारू रंगमंच पर मौजूद।]

भाऊ : (प्रभा से) सन्त को चल बसे कितने दिन हो गये री?
प्रभा : हो गया डेढ़ महीना। अब समझ लो कि सन्त को गुज़रकर सौ साल बीत गये। सन्त का अब नाम भी नहीं लेना।

[ऐनापुरे का आगमन]

ऐनापुरे : नमस्ते भाभी जी, क्यों चारू बेटे, कैसे हो? क्यों भाऊराव, हाल कैसा है जनाब का? वाह! वाह! वाह! क्या ख़ूब तबीयत हो गयी है। और हाँ, आँखों में चमक भी आ गयी है। है ना भाभी जी?
प्रभा : (प्रभावित होकर) हाँ जी...।
भाऊ : (भावुक होकर) मुझे अकेला मत छोड़ो रेऽऽ!
ऐनापुरे : (भाऊ से) अरे, क्या है? तुम यूँ ही कुछ सोचते रहते हो। देखो, तुम बिल्कुल अकेले नहीं हो। देखो इधर, देखो, मैं हूँ। अभी यादव आ जायेगा। पाटिल भी आनेवाला है। भाभीजी हैं। चारू

है। तुम बिल्कुल अकेले नहीं हो।

प्रभा : (भाऊ से) इस तरह की बातें बिल्कुल ही मन में नहीं लाना जी। मैं और चारू किसकी तरफ़ देखकर जी सकेंगे?

[चारू डरकर भाऊ से चिपक जाता है]

चारू : (रुआँसा होकर) नहीं, भाऊ, मेरे सिर की कसम लीजिये, भाऊ।

भाऊ : (डरकर, करुणा से) तेरे...तेरे सिर की कसम...मैं शराब को कभी छुऊँगा नहीं।

[पाटिल और यादव आते हैं। भाऊ के हमउम्र]

पाटिल : (छूटते ही ज़ोर से) कांग्रेच्युलेशन्स...

ऐनापुरे : हाँ...आइये-आइये पाटिल जी...

यादव : कांग्रेच्युलेशन्स भाभी, नमस्ते भाऊ, तबीयत कैसी है?

भाऊ : (करुणा से) कैसी लगती है?

पाटिल : आँखें चमक रही हैं। हेल्थ सुधर जाता है तब आँखों में कितना फ़र्क़ पड़ जाता है न?

यादव : नहीं तो क्या!

ऐनापुरे : ही...डाक्टर ने कहा, लिवर पहले से अच्छा था इसलिए जल्दी सुधर गया—

पाटिल : हाँ...

भाऊ : (करुणा से, सब से) लिवर के लिए अपनी ज़बान में क्या कहते हैं जी? लिवर के लिए कौन सा लफ़्ज़ है जी?

[सब असमंजस में एक-दूसरे की ओर देखते हैं।]

चारू : (सहसा) यकृत। जिगर।

[यादव अजीब ढंग से हँसते हैं।]

भाऊ : हाँ...यकृत। मैंने सन्त से पूछा था। लिवर का मतलब क्या? तो एकदम से चिढ़ गया।

प्रभा : अब उस सन्त की याद बिल्कुल नहीं करना।

भाऊ : सन्त की मौत से मेरी सिट्टी-पिट्टी ऐसी गुम हो गयी है कि मुझे ज़िन्दगी भर शराब की याद नहीं आयेगी।

चारू : (रुआँसा) नहीं भाऊ, सन्त नहीं। मेरी कसम खाओ भाऊ।

प्रभा : (रुआँसी) सन्त नहीं ना बन्त नहीं। बेटे के सिर की कसम ही सच्ची कसम है।

भाऊ : (तुतलाते घबराते, चारू से) तेरे सिर की कसम, शराब को छुऊँगा नहीं। (करुणा से) पाटिल...

पाटिल : कहिए, कहिए

भाऊ : (करुणा से) यादव...

यादव : ही?

भाऊ : (करुणा से घबराकर) मुझे...मुझे अकेला मत करो रे!

[भाऊ धीरे से सिसकने लगता है। प्रभा भाऊ के पास जाकर उसे सहारा देती है। हम हैं ना कहते हुए सभी भाऊ को सहारा देने की कोशिश करते हैं। भाऊ धीरे-धीरे सिसकता ही रहता है।]

[अँधेरा]

अंक दो | दृश्य : दो

[तीन दिन बाद। भाऊ का घर। शाम का समय। भाऊ अकेला आरामकुर्सी पर अख़बार पलट रहा है। बेहद बेचैन। बदन को ऐंठता है। ढीला करने की कोशिश करता है। प्रभा आ जाती है।]

भाऊ : क्या बजा है री?

प्रभा : छह बजे होंगे।

भाऊ : अभी तक पाटिल नहीं आया?

प्रभा : पाटिलजी कल आये थे।

भाऊ : अभी तक यादव नहीं आया।

प्रभा : यादव परसों आये थे।

[भाऊ अधिक बेचैन। उठकर टहलने लगता है।]

प्रभा : आज ऐनापुरे जी आ जायेंगे। कल–परसों नहीं आये थे। हो सकता है, उन लोगों ने आपस में दिन बाँट लिये हों। ऐनापुरे जी को आज आना ही चाहिए।

[भीतर से चारू नोटबुक वग़ैरह के साथ क्लास जाने की हड़बड़ी में।]

चारू : माँ, मैं क्लास जा रहा हूँ।

भाऊ : चारू...

चारू : (रुककर) हाँ?

भाऊ : कक्षा में ज्ञान देते हो ना तुम?

चारू : (हड़बड़ाकर) ज्ञान?

भाऊ : अँ?...ज्ञान नहीं रे, ध्यान...

चारू : हाँ।

[चारू जाता–न जाता–सा रुका हुआ]

भाऊ : (अपने आप से) सन्ता की मौत से डर ही नहीं लगता।

प्रभा : (घबराकर, लेकिन ज़ोर से) लेकिन डर तो लगना चाहिए।

भाऊ : लगना चाहिए...

प्रभा : (बीच में, चारू से) तू जा...

भाऊ : लेकिन लगता नहीं, बस।

[ऐनापुरे आ जाते हैं।]

प्रभा : (जोश में) ऐनापुरे आ गये हैं...

ऐनापुरे : क्यों चारू बेटे, क्लास जा रहा है?

चारू : जी...

ऐनापुरे : नमस्ते भाभी जी, क्यों भाऊ? आज तबीयत क्या बोल रही है?

[इसी दरम्यान चारू चला गया है। ऐनापुरे तशरीफ़ रखते हैं।]

प्रभा : चाय ले आती हूँ।

[प्रभा जाती है।]

भाऊ : शराब नहीं है तो सारी मांसपेशियाँ हाहाकार मचा रही हैं।

ऐनापुरे : नहीं, बिल्कुल नहीं, शराब शब्द का उच्चारण भी नहीं करना अब।

भाऊ : शरीर की सारी पेशियों को शराब की ज़बरदस्त प्यास लगी है।

ऐनापुरे : लगने दो।

भाऊ : न पीने पर पेशियाँ अकड़ जाती हैं। (चेहरा टेढ़ा-मेढ़ा करते हुए, हाथों, उँगलियों को खींच लेते हुए) इस तरह खींचकर बैठने को जी करता है। यह मेरा नार्मल स्टेट होने जा रहा है। (बदन को ढीला छोड़कर) यह मेरा एबनॉर्मल स्टेट होता जा रहा है।

ऐनापुरे : होने दो। चार दिन होता रहेगा। क्यों? संयम करना। बिल्कुल संयम रखना।

भाऊ : संयम से तकलीफ़ होती है।

ऐनापुरे : होने दो।

भाऊ : संयम करते-करते मैं मर जाऊँगा। मर जाऊँगा। जैसे सन्त मर गया।

[प्रभा चाय ले आती है।]

प्रभा : (चाय देते हुए) चाय...

भाऊ : (अजीब तरह से) हँ...चाय...अँ...हाँ...

ऐनापुरे : भाऊ, यह क्या हो रहा है? अरे, संयम करना है। भाऊ लो जरा सी चाय।

[भाऊ अजीब ढंग से चाय पीने लगता है। ऐनापुरे और प्रभा भी चाय पीने लगते हैं।]

ऐनापुरे : भाऊ, ए भाऊ। अरे तुम शराब में इतना कैसे डूब गये? सच, भाभी, ये शराब में इतना कैसे डूब गया? भाऊ, मुझे एक आयडिया आया है। हमें इस बात की जड़ तक जाना चाहिए कि आख़िर आदमी को शराब पीने की चाह क्यों होती है?

प्रभा : जड़ की बात मैं बता देती हूँ।

ऐनापुरे : क्या?

प्रभा : तीसरी बार महँगाई-भत्ता बढ़ गया तब से इन्होंने शराब पीना शुरू कर दिया।

ऐनापुरे : यह आप क्या बता रही हैं भाभीजी ?

प्रभा : मैं सच कह रही हूँ। पहले दो महँगाई-भत्ते बढ़ गये तब हमारा ख़र्च ठीक-ठाक होकर कुछ पैसे बच जाते थे। फिर तीसरा महँगाई-भत्ता बढ़ गया और (अँगूठे से पीने का संकेत देकर) फिर यह शुरू हो गया। फिर चौथा, पाँचवाँ, छठा, साथ-साथ यह भी बढ़ता गया।

ऐनापुरे : नहीं-नहीं, ऐसा कैसे हो सकता है भाभीजी...

प्रभा : दरअसल, जब वेतन कम था तब हम सीधा-सादा खाना खाते थे। दाल-भात, रोटी, जरा सा घी, एक-आध सब्ज़ी या चटनी। कपड़ा ज़्यादा नहीं था। फिर वेतन बढ़ गया। खाने में सब्ज़ियाँ बढ़ गयीं। दही के बिना पेट भरा जैसा नहीं लगता था। हफ़्ते में एक बार चेंज ज़रूरी लगने लगा। इडली, डोसा। कपड़ों के जोड़े बढ़ गये। फिर और वेतन बढ़ गया। ब्रेकफास्ट की आदत लग गयी। चाय के साथ बिस्कुट ज़रूरी हो गया। फिर फ्रीज भी ज़रूरी था। फिर इनकी बीयर, फिर रम, फिर व्हिस्की...महँगाई-भत्ता बढ़ना ही नहीं चाहिए था। जल मरे वो महँगाई-भत्ते!

ऐनापुरे : भाभी जी, यह ग़लत है आपकी बात। अरी, महँगाई-भत्ते नहीं बढ़ेंगे तो हम जैसे क्या करेंगे ? मेरी बेटी की ब्याहने की उम्र हो गयी है। हम क्या करेंगे ?

भाऊ : हमारे एक तो भी बेटी चाहिए थी।

प्रभा : (अजीब ढंग से) आँ ?

ऐनापुरे : सवाल महँगाई-भत्ते का नहीं भाभी, भाऊ का मन बहक गया।

भाऊ : मन बहक गया यह तो अब समझ गया। उस वक़्त नहीं समझा।

ऐनापुरे : अच्छा, जाने दीजिये...अब मुझे बताओ कि बची हुई रक्कम से क्या हम दूसरा कोई अच्छा काम नहीं कर सकते ?

प्रभा : गये थे न हम कश्मीर। लेकिन हर बार यात्रा पर कैसे जा सकते हैं ?

ऐनापुरे : हाँ...तो सवाल यह है कि एक ही जगह पर रहकर बची हुई रकम को हम और किसी अच्छे काम के लिए ख़र्च क्यों नहीं करते ?

भाऊ : (परेशान) हँ...

ऐनापुरे : भाऊ, हमें बुनियादी ढंग से सोचना सीखना चाहिए। अपनी बुनियादी ज़रूरतें पूरी हो जाने के बाद हम दूसरों की बुनियादी ज़रूरतों पर क्यों नहीं ध्यान देते? हमें इस सवाल के बारे में भी सोचना चाहिए।

प्रभा : (भोलेपन से) दरअसल, हमें ग़रीबों की तरफ़ ध्यान देना चाहिए।

भाऊ : ग़रीब भी शराब पीते हैं।

प्रभा : हाँ, यह बात भी सही है। ग़रीब लोग भी शराब पीते हैं। हम ग़रीबों की मदद करेंगे और ग़रीब क्या करेंगे तो शराब पियेंगे।

भाऊ : (प्रभा से) यह...यह है तुम्हारी नार्मल स्टेट। दोनों बातें ठीक लगती हैं। यह भी ठीक कि ग़रीबों की मदद करनी चाहिए। फिर यह भी कि ग़रीबों की मदद क्यों करें? सब कन्फ्यूजन है। गड़बड़झाला है।

ऐनापुरे : भाऊ, तुम्हारी बात ठीक है। हमारी सोच में असमंजस है। मानता हूँ। लेकिन तुम ठीक ढंग से सोचते हो तो बोलो।

भाऊ : मैं नहीं बोलूँगा।

प्रभा : (भाऊ से) हम उधेड़बुन में पड़े हैं तो आप ही बताइये।

भाऊ : मैं अकेला नहीं सोचूँगा।

प्रभा : शराब की आदत अकेले की है तो उसे छोड़ने के बारे में भी आपको ही खोजना पड़ेगा।

भाऊ : मैं अकेला नहीं सोचूँगा। सन्त अकेला सोचते–सोचते मर गया। मैं अकेलेपन से डरता हूँ। मुझे अकेला मत छोड़ो...

[भाऊ बदन को पेशियों को ऐंठता है। उद्विग्न घबराया हुआ। गिर जाता है। ऐनापुरे, प्रभा हड़बड़ाकर घबरा जाते हैं।]

भाऊ : (सिसकते हुए) मुझे अकेला मत छोड़ो।

प्रभा : (धीरे से सिसकती हुई) मैं हूँ ना आपके साथ।

ऐनापुरे : (असमंजस में, हड़बड़ा कर) भाभी, शान्त हो जाइये। भाऊ शान्त हो जाओ।...मैं खोज लूँगा तुम्हारा जवाब...मैं खोज लूँगा।

[अँधेरा]

अंक : दो | दृश्य : तीन

[अगला दिन। दोपहर दो बजे। भाऊ घर में सोया हुआ। प्रभा पत्रिका के पन्ने पलट रही है। ऐनापुरे आ जाते हैं। धीरे से प्रभा को एक तरफ़ बुला लेते हैं।]

प्रभा : दैया री, यह क्या? अभी तो दो बज रहे हैं। आज इतनी जल्दी आ गये? ये तो घोड़े बेचकर सो गये हैं। लगता है, जवाब मिल गया है।

ऐनापुरे : भाभी, मैं जान-बूझकर ही जल्दी इसलिए आ गया हूँ...

प्रभा : हाँ...

ऐनापुरे : भाभी, माफ़ कीजियेगा, मैं आज शाम छह बजे नहीं आ सकूँगा।

प्रभा : तो देर से आ जाइये...सात बजे।

ऐनापुरे : नहीं, नहीं हो सकेगा।

प्रभा : पाटिल जी आज आनेवाले हैं?

ऐनापुरे : मुझे पता नहीं है।

प्रभा : यादवजी आज आनेवाले हैं?

ऐनापुरे : मुझे पता नहीं है जी...लेकिन मुझसे नहीं होगा।

प्रभा : घर पर कोई समस्या है?

ऐनापुरे : भाभी जी, माफ़ कीजिये, मैं आपको बता देता हूँ। ग़लतफहमी में न पड़ियेगा। क्षमा कीजियेगा। भाभीजी, कल सारी रात मुझे नींद नहीं आयी। रातभर मैं सोचता रहा। भाऊ का सवाल मेरे ध्यान में आ गया है यानी कि मसला, मतलब यह कि भाऊ को शराब की प्यास भीतर से ही लगती है। और उसे जानना चाहिए। मन की इस प्यास को कैसे निकाल दे? संयम करने से तकलीफ़ होती है। फिर यह खिंचाव दूर कैसे होगा? भाभीजी, रातभर सोचता रहा। नहीं, नहीं। सिर चकरा गया। भाभीजी, मैं एक मामूली आदमी हूँ। मैं इसे कैसे सुलझा सकूँगा। भाभीजी माफ़ कीजिये। मैं बुनियादी बातों के बारे में नहीं सोच सकूँगा। क्षमा कर दीजिये। भाऊ के जाग जाने से पहले मुझे जाना होगा...

प्रभा : (गिड़गिड़ाकर) जवाब न भी हो तो क्या...ऐसे ही आ जाइये।

ऐनापुरे : आज नहीं हो पायेगा।...क्षमा कीजिये।

प्रभा : आइयेगा जी।

ऐनापुरे : आज नहीं।

प्रभा : आइयेगा जी।

ऐनापुरे : राह मत देखिये। आया तो आ भी जाऊँगा। ग़लत न समझियेगा। माफ़ कीजियेगा।

[ऐनापुरे चले जाते हैं। प्रभा बधिर होकर स्तब्ध।]

प्रभा : (अपने आपसे) यह भी कोई बात है। कहते हैं हम मामूली हैं। मन को प्यास लगती है, उसे कैसे मिटाये इस सवाल का जवाब नहीं मिलता है। भाग जाता है। कहता है मामूली हूँ। ख़ुदगर्ज, ऐसा कैसा दोस्त है? मैं अपने बूते अकेली सँभाल लूँगी इन्हें।

[प्रभा पत्रिका पलटती रहती है लेकिन बेचैन है। कुछ देर बाद भाऊ जाग जाता है। हाथ-मुँह धो लेता है। प्रभा चाय ले आती है। दोनों चाय पीने लगते हैं।]

भाऊ : बहुत ख़ुशगवार लगता है। बहुत अच्छा। बिल्कुल फ्रेश। प्रभा, ज़िन्दगी कितनी ख़ूबसूरत है ना!

प्रभा : हाँ जी।...

भाऊ : सुबह उठना, तुम्हारी हाथ की बनी चाय पी लेना फिर पहाड़ की तरफ़ घूम आना। बदन को सेंकते हुए मस्त नहाना, फिर हलुवा खाते हुए अख़बार पढ़ना तब लगता है कि ख़ुशी-ख़ुशी दफ़्तर भी चलें जायेंगे। छुट्टी नहीं ली होती तो...फिर दुपहर होगी। तुम्हारे हाथ का भोजन खा लेना, फिर अख़बार पलटना, अच्छी नींद आ जायेगी। पास में तुम तो होगी ही। अहाहा! नींद हो जाने के बाद...

प्रभा : अब सबकुछ अच्छा होगा!

[कुछ देर ख़ामोशी।]

भाऊ : प्रभा।

प्रभा : हाँ!

भाऊ : दोपहर ख़तम होगी। शाम शुरू होगी। और...और बेहद बेचैनी का अमल शुरू हो जायेगा। बहुत याद आने लगती है शराब की। साँझ हो जाने पर बहुत डर लगने लगता है री।

प्रभा : शाम को हम छह बजे वाली फ़िल्म देखने जायेंगे। डाक्टर ने कहा था कि दिल को और कहीं बहला देना चाहिए।

भाऊ : रोज़-रोज़ फ़िल्म देखने जायेंगे?

प्रभा : दैया री! ज़रूरत पड़ी तो रोज़ भी जायेंगे। उसमें कौन सी बड़ी बात है? शराब में रुपये गँवाने के बदले फ़िल्म में गँवा देंगे।

भाऊ : हाँ।

प्रभा : मैं तैयारी कर लूँ? फ़िल्म देखने ही जायेंगे। चारू के लिए पड़ोस में चाबी रख देंगे।

भाऊ : नहीं...फ़िल्म नहीं। फ़िल्म में शराब पीने का एक न एक सीन ज़रूर होता है।

प्रभा : तो...हम घूमने निकलते हैं।

भाऊ : कहाँ?

प्रभा : बाग़ ही चले चलते हैं।

भाऊ : बाग़...सन्त ने कहा था, बाग़ जायेंगे। आया ही नहीं बाग़ की तरफ़। चल बसा।

प्रभा : हम नहीं जायेंगे बाग़। फिर...सन्त की याद भी नहीं आनी चाहिए। हम एक टेप रिकॉर्डर ले आयें? अच्छे-अच्छे गाने टेप करेंगे। आप के बेचैन हो जाने पर गाने सुनेंगे।

भाऊ : नहीं...गाने नहीं चाहिए। सुरों से बेकली बढ़ जाती है। उनसे और भी बेचैनी महसूस होती है।

प्रभा : तो फिर क्या करेंगे?

भाऊ : अरी, मैं यह कैसे बता सकूँगा? मैं बेचैन हो जाता हूँ। मैं पेशंट हूँ। तुम पेशंट नहीं हो। इसलिए तुम्हें ही कुछ न कुछ उपाय खोज लेना चाहिए। मुझसे उपाय के बारे में क्या पूछती हो? एक पेशंट से!

[प्रभा बेचैन हो जाती है। भाऊ अकड़ जाता है। एक स्थान पर बैठ नहीं पाता। चहलक़दमी करता है।]

प्रभा : (चौंककर) छह बज गये होंगे ना?

भाऊ : सन्त की मौत का डर नहीं लगता।

प्रभा : (ज़ोर से) लेकिन डर तो लगना ही चाहिए।

भाऊ : अरी, लेकिन नहीं लग रहा है।

प्रभा : (ज़ोर से) मैं कहती हूँ लगना ही चाहिए।

भाऊ : (चिल्लाकर) नहीं लगता है डर मुझे।

[इस शोरगुल के बीच चारू आ जाता है।]

चारू : माँ, जल्दी से खाने को दे, क्लास जाना है।

प्रभा : (कानाफूसी करती हुई) चारू, आज क्लास नहीं गया तो नहीं चलेगा क्या रे? मेरी सोहबत में रुक जा ना।

चारू : नहीं री। मेरा बारहवीं का वर्ष है। इस बार बाजा बज गया तो ज़िन्दगी-भर बाजा बजेगा। मुझे क्लास जाना ही होगा।

भाऊ : पाटिल नहीं आया?

प्रभा : हाँ...जी। (चारू से) तू आज रुक जा।...

भाऊ : यादव नहीं आया?

प्रभा : हाँ...जी (चारू से) तू रुक जा।

चारू : भाऊ, मैं क्लास जाऊँ?

भाऊ : तू क्लास जा चारू, यह तेरा महत्त्व का वर्ष है।

प्रभा : (चारू से) अच्छा, तो चारू, तू जा!

भाऊ : ऐनापुरे नहीं आया अभी तक?

प्रभा : हाँ...जी।

चारू : (माँ से) माँ, आज भाऊ को क्या हो गया है?

प्रभा : (फुसफुसाकर) भाऊ को इस वक़्त उसकी बहुत याद आती है। संयम से तकलीफ़ होती है।

चारू : भाऊ, आपको मेरे सिर की कसम...

भाऊ : (चिल्लाकर) तू क्लास चला जा।

[चारू किताबें लेकर चला जाता है। भाऊ ज़ोर–ज़ोर से चहलक़दमी करने लगता है। प्रभा बेचैन।]

भाऊ : सन्त की मौत का डर ही नहीं लगता मुझे।

प्रभा : (डरकर, बुदबुदाती है) जल मरे मुए ये दोस्त। ऐन वक़्त पर नहीं आते। कहते हैं, हम मामूली आदमी। भगोड़े। असाधारण लोगों को तो एक ही काम करना पड़ता है। प्रधानमन्त्री बनने के लिए प्रयास। या क्रान्ति के लिए लोगों को भड़काना। लेकिन साधारण लोगों को तो सब के सुख–दुख के बारे में सोचना चाहिए या नहीं?

भाऊ : प्रभा।

[प्रभा चौंक जाती है।]

भाऊ : ये कैसी गन्दगी फैली है यहाँ? पहले यहाँ झाड़ू लगाओ। (प्रभा झाड़ू ले आती है) ठहर जा। पहले सब चीज़ों को ठीक से रख दो। उस अख़बार को तह कर रख दो पहले। यह पंचांग कौन उठा लाया? जहाँ होता है वहीं पर रख दो। सब चीज़ों को अपनी–अपनी जगह पर रख दो। यह पाउडर का डब्बा यहाँ क्यों रखा हुआ है? उठाओ। जहाँ होता है, वहीं रख दो। (प्रभा को पकड़कर) और यह देखो, तुम पाउडर जरा ढंग से लगाओ। अभी तुमने नहीं लगाया है लेकिन जब लगाती हो तब थोड़ा यहाँ, थोड़ा वहाँ, बेतरतीब कैसा भी मत लगाओ। पूरे चेहरे पर समतल लगाना चाहिए। और देखो, (पाउडर हाथ पर लेता है – गिर जाता है।) और इस तरह गिरना नहीं चाहिए। बराबर हथेली पर गिरना चाहिए और पूरे चेहरे पर प्लेन लगानी चाहिए। समतल। अभी तो नहीं लगाना है ना? काग़ज़ ले आओ। उसमें बाँध दो। पुड़िया को सँभालकर रखना। पहले झाड़ू लगाओ। साफ़–सुथरा और तरोताज़ा लगना चाहिए। अरी, हाँ–हाँ तो कहती जाओ।

[प्रभा झाड़ू लगाती है। बीच–बीच में हाँ–हाँ कहती रहती है।]

भाऊ : देखो, कोच के नीचे कचरा रह गया है। कपड़ा लेकर कोच साफ़

कर दो। अलमारी को पोंछ डालो। आईने को साफ़ करो। पूरा घर साफ़-सुथरा होना चाहिए। घर में ख़ुशियों का माहौल होना चाहिए। घर में ख़ुशियाँ होती हैं तो फिर वे मन में भी उतर जाती हैं। ख़ुशियाँ मन में तो नहीं होतीं? उस कपड़े को मेरी नज़र के सामने से हटा दो।...

[भाऊ थककर कोच पर बैठ जाता है। चेहरे और बदन से ऐंठता है।]

प्रभा : (डरकर) लिवर की जगह पर दुखता है क्या?

भाऊ : (झुँझलाकर) हँ...ऐनापुरे नहीं आया?

प्रभा : न आये अपनी बला से...मैं हूँ ना...आपके लिए...आप अकेले नहीं हैं।

भाऊ : सन्त की मौत का डर नहीं लगता।

प्रभा : (डरकर) अब घर साफ़-सुथरा दिखायी देता है न? बड़ा ख़ुशगवार लगता है। अब मैं रोज़ाना ऐसी ही सफ़ाई रखूँगी।

भाऊ : वह मुद्दा ख़तम हो गया। अब दूसरा कोई मुद्दा निकालो।

प्रभा : दूसरा कैसा मुद्दा? मेरी कुछ समझ में नहीं आ रहा है।

भाऊ : कोई सा भी दूसरा मुद्दा। जल्दी। मेरे मन को बहला दो। ऐनापुरे नहीं आया?

प्रभा : भाड़ में गया ऐनापुरे...मैं हूँ ना...आपके लिए।

भाऊ : जल्दी।

प्रभा : हाँ, जल्दी, क्या?

भाऊ : जल्दी, सन्त की मौत का डर लगता ही नहीं है।

प्रभा : हाँ, जल्दी, अभी आयी...

[प्रभा अन्दर जाकर मुँह धो आती है। भाऊ के सामने सिंगार करती हुई नारीत्व का जरा सा प्रदर्शन करती है।]

प्रभा : कैसी लगती हूँ?

भाऊ : इसका कोई लाभ नहीं। अभी। पच्चीस-तीस की उम्र तक यह नुस्खा कारगर होता है। जल्दी। दूसरी बात, सन्त की मौत का डर नहीं लगता।

प्रभा : मरने दो उसे। मैं हूँ ना।

भाऊ : जल्दी। मैं थक गया हूँ।

प्रभा : आप पहले साफ़ हो जाइये। अच्छे कपड़े पहन लीजिये। इससे आपको अच्छा लगेगा।

भाऊ : सन्त की मौत का...

प्रभा : चलिये। पहले साफ़ हो जाइये। अच्छे कपड़े पहन लीजिये। ठहरिए, मैं कपड़े ले आती हूँ...

[प्रभा अन्दर जाती है। भाऊ थककर बैठा रहता है। प्रभा पैंट, शर्ट, कोट ले आती है। भाऊ को देती है। भाऊ सिर्फ़ कोट पहन लेता है।]

भाऊ : मैं थक गया हूँ। मैं संयम को झेल नहीं पाऊँगा। मैं मर जाऊँगा। सन्त मर गया उसी तरह...

[भाऊ ज़ोर से आँखें मींच लेता है। पेशियों को ऐंठता है। प्रभा डर जाती है। भाऊ आँखें खोलता है। बदन ढीला छोड़ता है।]

भाऊ : प्रभा, अब अच्छा लगता है।

प्रभा : (ख़ुश होकर) मैं हूँ ना आपके लिए...।

भाऊ : संयम के साथ लड़कर मैं थक गया हूँ...प्रभा, मुझे भूख लगी है री...

प्रभा : चिवड़ा बना दूँ खाने के लिए?

भाऊ : प्रभा, पापड़ दे तल कर...और सोडा...

प्रभा : हाँ...देती हूँ..पापड़...और सोडा...

[प्रभा अन्दर जाती है।]

भाऊ : पापड़ भूनकर ही ले आ।...जल्दी...

प्रभा : (अन्दर से) हाँ...हो ही गया...

भाऊ : सोडा ले आ...पहले...पहले...वो गिलास ले आ...पहले...

[प्रभा जल्दी-जल्दी सोडे की बोतल, गिलास ला देती है।]

भाऊ : पापड़ भून दे...पहले...

[प्रभा अन्दर जाती है। भाऊ गिलास में सोडा उँडेल देता है। घूँट-घूँट पीता है। प्रभा पापड़ ले आती है।]

प्रभा : ये लीजिये पापड़।

[भाऊ पापड़ खाते-खाते सोडा पीता है। प्रभा देखती रहती है। चारू आ जाता है।]

चारू : (यह दृश्य देखकर अचरज से) भाऊ?

प्रभा : (चारू से) शूः ! मत बोल। संयम से लड़ाई लड़कर भाऊ थक गये हैं। उन्हें भूख लगी है।...चल तू भी पापड़ खा ले।

[प्रभा अन्दर जाती है। चारू भाऊ की तरफ़ देखते-देखते, अन्दर चला जाता है। सन्त आ जाता है। यह भाऊ का आभास है।]

सन्त : भाऊ जान, तू अकेला ही पी रहा है। अकेले-अकेले पीना अच्छा नहीं है।

भाऊ : (बेहद हड़बड़ाकर) मैं पी नहीं रहा हूँ। (उठकर बेमन होता हुआ अजीब ढंग से उँगलियाँ नचाता है। ऊधम मचाते हुए।) मैं पी नहीं रहा हूँ।

[सन्त जाता है। भाऊ के ऊधम को सुनकर प्रभा और चारू आ जाते हैं। प्रभा और चारू दोनों के होश उड़ जाते हैं। घबराये हुए हैं।]

प्रभा : (भाऊ से) क्या हो गया?

भाऊ : (हड़बड़ाकर) मैं नहीं पी रहा हूँ।...सन्त कहता है, मैं अकेला ही पी रहा हूँ।

प्रभा : (और भी घबराकर) सन्त कहता है? सन्त तो मर गया है। सन्त तो कब का मर चुका है।...चलिये...पापड़ खा लीजिये।

[प्रभा भाऊ को पापड़ खिलाती है।]

[अँधेरा]

अंक : दो | दृश्य : चार

[अगला दिन। दोपहर के ढाई बजे का समय। चारू पढ़ाई करने की कोशिश कर रहा है। लेकिन कर नहीं पाता। प्रभा बेचैनी से भीतर-बाहर घूम रही है। बीच-बीच में चीज़ें इधर-उधर फेंककर जान-बूझकर फैला रही है।]

चारू : ढाई बज गया। कालिज का प्रैक्टिकल हो चुका होगा। हँः। मैं अब कालिज जाऊँगा। तीन बजे लेक्चर शुरू हो जाता है।

प्रभा : आज के दिन नागा कर दे। घर पर ही पढ़ाई कर लेना।

चारू : (झुँझलाकर चिल्लाते हुए) मेरा कालिज बंक कर दिया।

प्रभा : चिल्ला मत। भाऊ की नींद टूट जायेगी।

[कुछ देर प्रभा और चारू बेचैनी में ख़ामोश।]

प्रभा : चारू, मैं पूछती हूँ, आदमी को अगर कोई चीज़ नहीं मिल जाती तो इतनी बेचैनी क्यों हो जाती है?

चारू : (चिढ़कर) तूने मेरा कालिज डुबो दिया।

प्रभा : रे मैं तो यूँ ही जनरल पूछ रही हूँ। किसी आदमी को कोई चीज़ नहीं मिली तो इतनी बेचैनी क्यों हो जाती है?

चारू : बेकार में ही मेरा कालिज छुड़ा दिया।

प्रभा : अरे, मैं अपनी ही बात कर रही हूँ। देखना, अभी तक मेरे पास सोने के कंगन नहीं हैं तो मैं बेचैन हो जाती हूँ। तो इस बेचैनी का क्या हल है?

चारू : बेकार की बकबक मत कर। मुझे पढ़ाई करने दे।

[भाऊ नींद पूरी कर आता है। उसके हाथ में अख़बार है।]

भाऊ : क्या बकबक चल रही है रे? मेरी नींद हराम हो गयी। प्रभा, चाय बना दो।

प्रभा : जी!

[प्रभा जाती है। चारू पढ़ाई करने की कोशिश करता है। भाऊ अख़बार पढ़ता रहता है। प्रभा चाय ले आती है। भाऊ और चारू को दे देती है। ख़ुद भी ले लेती है।]

चारू : (चाय पीते हुए) हमारी बारहवीं का इस बार दिवाला पिटनेवाला है।

[कोई कुछ नहीं बोलता। तीनों चाय पीते हैं। भाऊ अख़बार पढ़ने में तल्लीन। प्रभा कप उठाकर ले जाती है। चारू चहलक़दमी करने लगता है। प्रभा आ जाती है।]

प्रभा : चारू!...चहलक़दमी मत कर।

चारू : मुझे चैन नहीं है। बेकार में मेरा कालिज में नागा करा दिया।

प्रभा : अरे इस तरह बेचैन नहीं हुआ करते।

चारू : क्यों बेचैन नहीं हुआ करते?

भाऊ : (अख़बार में से) मैं पढ़ रहा हूँ। जरा ख़ामोश नहीं रह सकते?

[कुछ देर के लिए ख़ामोशी।]

प्रभा : (चारू के पास आकर फुसफुसाते हुए) बेचैनी को दूर करने का तरीक़ा ढूँढ़ ले।

चारू : तू ढूँढ़ ले ना।

प्रभा : (अपने आप से बुदबुदाकर) मेरी समझ में नहीं आता। कोई नहीं बताता कि बेचैनी को कैसे दूर किया जा सकता है।

चारू : (बीच-बीच में चहलक़दमी करते हुए) घर में चीज़ें सब फैल गयी हैं। छीः।

प्रभा : रहने दे, मैंने जान-बूझकर फैला दी हैं। बाद में ढंग से रख देना। जब भाऊ बेचैन हो जायेंगे तब...

चारू : (मुँह चिढ़ाकर) जान-बूझकर फैला दी हैं मैंने!

भाऊ : अरे, क्या बकबक चल रही है जब से? आँ?
(बाहर से डाकिये की आवाज़) पोस्टमऽन

[डाकिया डाक दे जाता है। प्रभा ले लेती है। चारू प्रभा के हाथ से पत्र खींच लेता है।]

प्रभा : अरे, यह क्या हो रहा है?

चारू : भाऊ, इधर ध्यान दीजिये। मैं ख़त को ज़ोर से पढ़ूँगा। ताकि हर

किसी को पढ़ने की ज़रूरत नहीं रहेगी। रिश्तेदारों के ख़त तो बोर हुआ करते हैं। श्रीमान भाऊ और श्रीमती प्रभा को सादर प्रणाम। हमारी श्रीमतीजी वसुधा कल पुणे में कमल के पास आ रही हैं। आपसे भी मिलने आ ही जायेंगी। अमित ठीक है। बाक़ी सब ठीक। अपना हाल लिखना। चारू की पढ़ाई कैसी चल रही है? बारहवीं का वर्ष बड़ा महत्त्व का होता है। अस्तु। आपका, राजा।...हमारी पढ़ाई जा रही है भाड़ में।

[पत्र समाप्त हो जाने पर भाऊ फिर अख़बार में खो जाता है।]

प्रभा : चारू, आ चारू इस तरह नहीं पढ़ा करते। आ का मतलब आयुष्मान होता है। आयुष्मान कहना चाहिए।

चारू : सारा मूड ही ख़राब हो गया है। सत्यानास हो जायेगा।

प्रभा : (जैसे अपने आप से ही) पाँच बज गये होंगे ना?...आज पाटिल नहीं आयेंगे...यादव भी नहीं आयेंगे...ऐनापुरे भी नहीं आयेंगे।

चारू : (झुँझलाकर) तू जरा चुप नहीं रह सकती?

प्रभा : (झुँझलाकर) तू अपनी पढ़ाई पर ध्यान दे।

[कुछ देर ख़ामोशी। प्रभा भाऊ के पास जाती है।]

प्रभा : अजी, इन फैली हुई चीज़ों को करीने से रख देंगे हम? जब तक सब साफ़-सुथरा नहीं हो जाता दिल को अच्छा नहीं लगेगा।

भाऊ : (अख़बार से) रहने दो। जहाँ घर है वहाँ कचरा तो होगा ही।

[प्रभा भाऊ के अख़बार में झाँकती है फिर त्वरा से चारू के पास आकर]

प्रभा : (फुसफुसाकर, चारू से) देखा, भाऊ क्या पढ़ रहे हैं? आदिवासी और उनकी बुरी आदतें।

चारू : (ध्यान दिये बिना दूर हटकर) कुछ भी पढ़ाई नहीं हो रही है। बारहवीं में बॉर्डर पर पास हो जाऊँगा। इंजीनियर वग़ैरा कुछ नहीं। बन जाओ बीएससी और हो जाओ मेडिकल रिप्रेजेंटेटिव और घूमते रहो गाँव-गाँव। रहो लीज पर अकेले और पीते रहो शराब।

प्रभा : (चिल्लाकर) चारू।

[भाऊ अख़बार फेंक देता है। बदन को ऐंठता है। फिर ढीला छोड़ने की कोशिश करता है।]

भाऊ : (मानो अपने आप से) लोअर क्लास के शराब की लत में डूबे आदमी जैसा हाल हो गया है मेरा। कोई अभिनेता या मिल मालिक जैसे हरदम शराब को मन में सोचता रहता है, वैसा मेरे साथ भी हो रहा है...अमरीका में शराब से भी तेज़ ड्रग मिल जाते हैं।...रूस में कम्युनिस्ट वोडका सुड़कते हैं...सन्त ने कहा था, मैं अकेला ही एज्युकेटेड हूँ। हूँ मैं एज्युकेटेड। मैं अमरीका की बात जानता हूँ। मैं रूस की बात जानता हूँ। मुझे सन्त की मौत का डर लगता ही नहीं...(चारू, प्रभा से) अरे, तुम लोग सुन रहे हो या नहीं?

चारू/
प्रभा : (एकसाथ, घबराकर) हम सुन रहे हैं।

प्रभा : चलो हम टहलने ही निकलते हैं।

भाऊ : (ऐंठकर ढीला होने की कोशिश करते हुए उठ खड़े होकर) यह पैर, पैर चिल्ला रहे हैं सन्त के लिए। शराब के लिए। काँप रहे हैं।

प्रभा : पहले आप बैठ तो जाइये। चुपचाप पड़े रहिये। आराम कीजिये तो अच्छा लगेगा।

भाऊ : सन्त...सन्त मर गया...मतलब दूसरा कश्मीर देखना रह ही गया।...मैंने कश्मीर देखा...सन्त ने एक बार मुझे अकेला कर दिया था।

प्रभा : आप अकेले नहीं हैं। मैं हूँ। चारू है।

भाऊ : सन्त मुझसे जलता था। मेरा लिवर अच्छा है इसलिए।

प्रभा : अब उस सन्त को बिल्कुल याद न कीजिये।

भाऊ : अरे, तुम मेरी बात सुनती हो या नहीं?

प्रभा : मैं सुन रही हूँ।

भाऊ : सन्त को शराब से पूरी तरह से निजात मिल जाती...तो उसने क्या किया होता?

प्रभा : सुन रही हूँ मैं।

भाऊ : सन्त के मन में क्रोध, लोभ, मत्सर और मत फिर भी रह गये होते।

प्रभा : सुन रही हूँ मैं।

भाऊ : मन में क्रोध, लोभ, मत्सर और मतों को सँभालता हुआ वह उम्र के पचहत्तरवें या अस्सीवें साल मर गया होता।

प्रभा : सुन रही हूँ मैं।

भाऊ : मान लो कि सन्त सौ साल जिया होता, तो क्या उसके मन की सारी बातों से निजात पा लेता? जैसा शराब से निजात पा गया?

प्रभा : सुन रही हूँ मैं।

भाऊ : पाँच सौ साल जिया होता तो पाँच सौ साल की बातें उसके मन में जमा हो जातीं। अरे, तुम लोग सुन रहे हो या नहीं?

प्रभा : सुन रही हूँ मैं। (चारू से फुसफुसाकर) बीच-बीच में कहता रह—मैं सुन रहा हूँ।

चारू : मेरी बारहवीं का सत्यानास हो जायेगा।

प्रभा : (भाऊ से) सुन रही हूँ मैं।

भाऊ : लोग शराब पीकर बकबक करते रहते हैं। मैं शराब नहीं इसलिए बकबक कर रहा हूँ।

प्रभा : सुन रही हूँ मैं। (चारू से) कह ना रे!

भाऊ : बकबक करके मैं पागल हो जाऊँगा...पागल।

प्रभा : सुन रही हूँ मैं। (चारू से) तू कहता क्यों नहीं, मैं थक गया हूँ।

चारू : इस साल मेरी बारहवीं का सत्यानास होगा।

भाऊ : शराब पीकर लिवर ख़राब हो जाने से तो बकबक करके दिमाग़ का ख़राब हो जाना बेहतर है।

प्रभा : सुन रही हूँ मैं।

भाऊ : नहीं, नहीं, संयम को तो मैं बिल्कुल झेल नहीं पाऊँगा। बकबक करते हुए मैं मर जाऊँगा। मर जाऊँगा मैं।

प्रभा : हम हैं न आपके लिए। आप शान्त हो जाइये। बकबक बिल्कुल बन्द कर दीजिये।

[भाऊ के होंठ सिर्फ़ हिलते रहते हैं। सिर्फ़ आवाज़ आती है।]

प्रभा : आप बकबक मत कीजियेगा। मैं बकबक करूँगी। चारू बकबक करेगा...किस बात पर बकबक की जाये? सूझता ही नहीं...हम मेरे भाई के पास चलेंगे? मेरी भाभी बड़ी बातूनी है। (चिढ़कर) उसे लोगों से परहेज़ है। मेहमान के आ जाने पर बकबक-बकबक कर पति को बेजार कर देती है।

भाऊ : तुम्हारे भाई के पास?

प्रभा : जी।

भाऊ : नहीं। तुम्हारे भाई के पास नहीं। वहाँ भी ऐसी ही शाम होगी। मुझे सन्त की मौत का डर नहीं होगा। लिवर चिल्लायेगा। मैं बकबक करता रहूँगा। मेरी बदनामी होगी।

प्रभा : अरी हाँ। सच तो है। एकदम याद आया। हम सांगली के राजा के पास चलेंगे। मेरी बुआ के घरवाले ने इतनी जायदाद बना ली है और बुआ का बेटा राजा कुछ करता नहीं। सिर्फ़ बकबक करता है। हम उसके पास जायेंगे। और आप को बता दूँ। राजा दुखी रहता है। उसकी बीवी वसुधा उसे मुट्ठी में रखना चाहती है। बेचारा। और अच्छा है कि वसुधा यहाँ आ गयी है तो हम वहाँ जा रहे हैं। अकेला राजा ही सारी बकबक करेगा, और हाँ, राजा का दुख देखकर आपको भी अच्छा लगेगा। और बताती हूँ वसुधा का स्वभाव इतना अजीब है ना...हाँ, अभी मुझे विषय मिल गया। वसुधा! अब मैं वसुधा के बारे में इतनी बकबक करूँगी कि पूछो मत।

[अँधेरा]

अंक : दो | दृश्य : पाँच

[दूसरे दिन की सुबह। घर में चारू और प्रभा। चारू पढ़ाई करने के प्रयास में। प्रभा चीज़ों को समेट रही है]

चारू : (झुँझलाकर) आज मैं कालिज जाऊँगा।

प्रभा : अरे, जरा तो हालात को समझने की कोशिश कर। ऐसा क्यों कर रहा है?

चारू : तू समझती क्यों नहीं? मेरा बारहवीं का साल है। कल मेरा नागा हुआ। आज मैं कालिज ज़रूर जाऊँगा।

प्रभा : मैं सब समझती हूँ। तू जरा समझदारी से काम ले ले। तुम बच्चों के हड़ताल, मोर्चे होते हैं तब कालिज में नागा नहीं होता? और भाऊ की ख़ातिर दो दिन कालिज नहीं गया तो क्या होगा? भाऊ के लिवर को शराब की याद आती है, उसे मिटा देना है, बस! फिर अपनी नार्मल ज़िन्दगी शुरू हो जायेगी। पाटिल, यादव, ऐनापुरे बेभरोसेवाले निकले। कोई बात नहीं। तू और मैं हम दोनों मिलकर भाऊ का साथ देंगे। भाऊ को अकेले रहने ही नहीं देंगे। मैं तो कहती हूँ कि हम आज ही सांगली के लिए चल पड़ेंगे। दो-चार दिन रह लेंगे। राजा इतना बातूनी है ना! भाऊ को, तुझे या मुझे भी बकबक करने की ज़रूरत नहीं पड़ेगी। राजा बेहद दुखी है। उसकी बीवी वसुधा, वसुधा भाभी का दिल पत्थर का है। राजा को प्रेम मिलता ही नहीं। राजा का दुख देखकर भाऊ को अच्छा लगेगा। देखना और एक बात तुझसे कहती हूँ। वसुधा पुणे आ गयी है न, तो आज नहीं तो कल वह अपने घर ज़रूर आ जायेगी और उसने अगर भाऊ की यह हालत देख ली तो क्या होगा रे? इससे बेहतर है कि हम आज ही सांगली के लिए निकल पड़ें।

चारू : तुम लोग जाओ।

प्रभा : तू भी चल। मेरी बात मान ले।

चारू : तुम दोनों ही कश्मीर नहीं गये थे?

प्रभा : वह बात अलग थी।...अभी भाऊ की बात ठीक नहीं है। सफ़र में बेचैन हो गये तो मैं अकेली क्या करूँगी?

चारू : भाऊ से एकबारगी ही कह दे ना। अपनी बेचैनी के लिए अक्सर इलाज ख़ुद ही ढूँढ़ ले।

प्रभा : वही तो मैं कल तुझसे पूछ रही थी। बेचैनी को कैसे मिटाया

जा सकता है ?

चारू : तू भी ढूँढ़ ले ना फिर।

प्रभा : कोई नहीं बतायेगा देखना। मैं तुझे बताती हूँ, मेरी वह सहेली है न, मीना तो वह इसलिए बेचैन है कि उसके पति को प्रमोशन नहीं मिला। दरअसल, उसके पति का अच्छा-खासा वेतन है, घर में फ्रीज है, टी.वी. है, सोना है, फिर भी बेचैन। मैं भी बेचैनी का इलाज ढूँढ़ना चाहती हूँ।...हम सब बेचैन लोग एकसाथ आते हैं और उधेड़बुन में पड़ जाते हैं। कोई किसी की सही मदद नहीं करता।...तो चारू, एक बार जब मुझे एकान्त मिल जायेगा न, तब मैं इन सब बातों पर सोचना चाहती हूँ।

चारू : एकान्त कहीं भी नहीं मिलेगा, यहीं पर सोचना होगा।

प्रभा : (खिड़की की ओर जाते हुए) यहाँ इस तरह की गड़बड़ी।

चारू : इस गड़बड़ी में ही सोचना होगा।

प्रभा : (खिड़की से देखती हुई, जल्दी में) भाऊ आ गये...देख ऐसा होता है...एकान्त मिलने का नाम नहीं।

[थोड़ी ही देर में भाऊ आ जाते हैं। पैरों में घूमने के लिए पहने जूते, गले में मफ़लर, हाथ में गुलदस्ता। प्रभा जल्दी-जल्दी भाऊ के पास जाती है।]

भाऊ : (गुलदस्ता प्रभा के सामने ले जाकर श्लोक की तर्ज में) न ना न नी न ने...

प्रभा : (गुलदस्ता लेकर) चारू, भाऊ आज ख़ुश हैं।

भाऊ : (कुर्सी पर बैठते हुए) प्रभा, पानी ला री।

प्रभा : जी, लाती हूँ।

[प्रभा अन्दर जाती है। भाऊ जूते निकालने की कोशिश करते हुए छोड़ देते हैं। भाऊ की ही तर्ज पर गाती हुई प्रभा पानी की बोतल, प्याला ले आती है। बोतल बिअर बोतल जैसी है। भाऊ बोतल को लेकर अजीब ढंग से उसे देखता है।]

प्रभा : पर्वती पर प्रसन्नता होगी ना ? सुबह-सुबह ?

भाऊ : पर्वती चढ़ रहा था...तो सामने से एक आदमी...सन्त जैसा...पर्वती

चढ़कर ऊपर चला गया तो सामने दूसरा एक आदमी...फिर सन्त जैसा...फिर तीसरी बार...चौथी बार, पाँच-छह बार ऐसा ही हुआ।

चारू : (घबराकर) आभास था न?

प्रभा : (घबराकर) आभास ही होगा। भूत सुबह-सुबह किसलिए आयेगा?...तकलीफ़ होती है?...लिवर की जगह पर दुखता है?

भाऊ : लिवर चिल्ला रहा है। (हाथ की बोतल को रखते हुए) इसके लिए संयम की तकलीफ़ होती है।

प्रभा : अभी से बेचैनी होने लगी? क्यों? हर रोज़ तो पाँच बजे शुरू हो जाती थी। आज अभी से?

भाऊ : जो भी होना है सो होगा। एक बार ले ही लेता हूँ।

प्रभा : अ, अ हम सांगली चले चलेंगे। चलिये सामान बाँधना शुरू कीजिये। बाँधते-बाँधते मैं बकबक भी करती रहूँगी।

चारू : (सहसा) सुन रहा हूँ मैं।

प्रभा : बहुत अच्छा, चारू। (भाऊ से) देखिये आप बिल्कुल भी बकबक नहीं करेंगे। मैं बकबक करती रहूँगी और सामान भी समेट लूँगी। उसमें क्या बड़ी बात है। कल मैंने वसुधा को लेकर बकबक की थी ना? आज किस बात को लेकर बकबक करूँ? मुई मेरी आवाज़ भी अच्छी नहीं है। नहीं तो मैं गाने नहीं गा लेती? लेकिन मिल जायेगा मुझे कोई मामला। कितने बजे हैं जी?

चारू : मेरा कालिज?

प्रभा : चारू, कालिज, कालिज क्या रट लगा रखी है? अपने देश में इतने ग़रीब बच्चे हैं जिनको कभी कालिज का मुँह भी देखने नहीं मिलता। तू दो दिन कालिज नहीं गया तो क्या हुआ? हम दो-चार दिन सांगली में रह लेंगे। वसुधा अपने यहाँ आ जाय, उससे पहले हम चले जायेंगे। उसके सामने तमाशा न बने। राजा की कोई बात नहीं। वह नाकामयाब है...चारू, हम ऐसा करते हैं, भोजन होने तक मै बकबक करती रहूँगी। सफ़र में तू बकबक करता रहेगा। बकबक करने से भाऊ को अकेलापन महसूस नहीं होगा। (भाऊ से) आप नहा लीजिये। लिवर को सेंक दीजिये।

अच्छा लगेगा। मैं रसोई बना लेती हूँ। हरी मिर्च की चटनी बनाऊँगी। तेज़तर्रार लिवर के लिए तेज़तर्रार अच्छा रहेगा। लिवर का ज़ोर टूट जायेगा।...चारू, सफ़र में तू बकबक करेगा, भला। वैसे भी सफ़र में बच्चों की जिज्ञासा जागृत होती है। पहले गाड़ी में बैठे लोगों का अनुमान करना फिर उनकी गिनती करना। अनुमान ग़लत ही होता है। मज़ा आ जाता है। पेड़ उल्टे जाते हुए नज़र आते हैं, क्यों? उसे बताना। चलती हुई गाड़ी सहसा रुक गयी तो मुसाफ़िर आगे की ओर झुक जाते हैं। उसका कारण बताना। बचपन में मैं बेहद बातूनी थी। और सफ़र के दौरान इतनी बकबक किया करती थी कि पूछ मत। इसके बारे में पूछना, उसके बारे में पूछना। फिर आगे चलकर पूछने से ही ऊब गयी। इस स्टेशन का नाम फलाँ-फलाँ है, इसे जानकर करना क्या है? इससे बेहतर तो गाड़ी की घिरघिर में आराम से सो जाना। मैं कश्मीर के सफ़र में कितनी अच्छी सोती रही, है ना जी? भारत का एक प्रदेश ख़तम होकर दूसरा कब शुरू हो जाता था, मुझे पता ही नहीं चलता था। और आपने तो सारा सफ़र शराब के नशे में ही कर दिया था। आदमी को नशा ज़रूर चाहिए। चारू अब सांगली से लौट आने पर बेहोश होकर पढ़ाई कर। क्रान्तिकारी होते हैं ना, इसी तरह बिल्कुल बेहोश होकर गोलियाँ चलाते हैं। बेहोश नहीं होगे तो गोली कैसे चला सकेंगे? (अपनी ही धुन में) बेहोशी न होने पर आदमी मामूली जीना जियेगा। सीधी-सादी ज़िन्दगी जी नहीं पाता इसलिए आदमी बेहोशी के पीछे भागते हैं। (चारू चला जाता है) शराब पीकर बेहोश हो जाते हैं। आदर्श से बेहोश हो जाते हैं। रुपये के पीछे पड़कर बेहोश हो जाते हैं। (हाँफने लगती है। कुछ देर आराम कर इधर-उधर देखकर) चारू कहाँ चला गया है तब तक एक मज़े की बात बता दूँ? बिल्कुल हँसना नहीं। मैं मर्द होती ना, तो ख़ूब पी लेती। आजकल औरतें भी पी लेती हैं। लेकिन सुधरी हुई औरतें। मैं इतना कब सुधर जाऊँगी और कब पी लूँगी? हाँ, आपके साथ एकाध बार पी लेना चाहिए था। आपका लिवर जब

बहुत अच्छा बन जायेगा तब हम एकबार पी लेंगे। चारू को मामा के पास भेज देंगे और हम दोनों ही पी लेंगे। मैं बेहोश होना चाहती हूँ। (हँसती है) (चारू आ जाता है)

प्रभा : अरे, चारू, कहाँ चला गया था?

चारू : (उद्विग्नता से) पेशाब करने। (बैठ जाता है)

प्रभा : (कुछ न सूझकर) कमाल है, अरे, निठल्ला क्यों बैठा है?

चारू : तू बेचैन हो गयी है। भाऊ बेचैन हो गये हैं। मैं जब तक बेचैन नहीं हो जाता, नहीं उठूँगा।

भाऊ : सन्त को...सन्त को जाने के लिए जगह ही नहीं थी। चला गया। हमेशा के लिए।

प्रभा : चारू, सन्त का मर जाना तुझे बेचैन बन जाने के लिए काफ़ी है।

चारू : सन्त के मर जाने से मैं बिल्कुल बेचैन नहीं होता।

प्रभा : कमाल है। दूसरों की वजह से बेचैन हो जाना चाहिए। सद्‌गुण है वह!

चारू : सद्‌गुण गया भाड़ में।

प्रभा : कैसा होगा रे तेरा। सद्‌गुण गया भाड़ में? अरे, भाऊ के दुख से तो भी बेचैन हो जा?

चारू : मैं भाऊ से प्यार नहीं करता।

प्रभा : अच्छा तो मुझसे?

चारू : तुझसे भी नहीं।

प्रभा : हम दोनों से भी नहीं?

चारू : नहीं।

प्रभा : धन्य हो! इस उम्र में ऐसी बात? सुना जी आपने? यह कहता है कि वह हमसे प्यार नहीं करता। इसके लिए इतनी यातनाएँ सहीं नौ महीने नौ दिन तक बर्दाश्त किया। इसे कुछ अहसास नहीं। बेकार माँ बन गयी।

[प्रभा धीरे-धीरे सिसकने लगती है।]

चारू : (उठकर) चलिये, अब सांगली चले चलते हैं। तू रोने लगी। अब मुझे अच्छा, मतलब बेचैन लगने लगा। चलेंगे। (चारू बैग

ले आता है। जूते पहनता है।) चलिये ना...छी:। माँ-बाप को कैसे समझदार होना चाहिए। वो जो कर रहे हैं कम से कम उनकी तो समझ में आना चाहिए।

[सब चलने की तैयारी में।]

[अँधेरा]

अंक : तीन | दृश्य : एक

[शाम सात बजे का समय। राजा के बंगले का हॉल। बंगले के बाहर बेहतरीन बग़ीचा है। हॉल बरांडे के साथ है। बेल बजती है। राजा। (उम्र पैंतालीस) फुर्ती से दरवाज़ा खोलता है। पहले भाऊ अन्दर आ जाता है। फिर बैग के साथ प्रभा, बाद में चारू।]

राजा : अरे भाऊ साहब? आइये आइये? बिल्कुल अप्रत्याशित! अन-एक्सपेक्टेड...हाँ? वाह! प्रभा तुम भी।...चारू तू भी। वेलकम। आय लाइक एक्सिडेंट्स। ऑफ़ कोर्स स्वीट ऐक्सिडेंट्स। वेलकम। वेलकम।

प्रभा : अरे चारू, इस सामान को अन्दर रख दे रे...

राजा : रहने दो वहीं पर...हाँ...बैठ जाइये...हाँ...वसुधा पुणे गयी हुई है। मेरी चिट्ठी तो मिल गयी थी ना?

प्रभा : चिट्ठी मिल गयी लेकिन हमने पहले से ही रिजर्वेशन कर लिया था। वसुधा के हमारे यहाँ आने से पहले ही हम इधर के लिए निकल पड़े।

राजा : डजण्ट मैटर। कोई बात नहीं। वसुधा अपनी बहन कमल के पास गयी हुई है। मैंने भी एक हफ़्ते की सिक लीव ले रखी है।

प्रभा : तबीयत तो ठीक है ना तुम्हारी?

राजा : हाँ-हाँ तबीयत एकदम मस्त है। मैं वसुधा के साथ पुणे नहीं गया। आय वाण्ट टू एंजॉय मायसेल्फ! अलोननेस।

भाऊ : अलोननेस?

राजा : हाँ हाँ! अलोननेस। मैं अकेलेपन की आदत डालना चाहता हूँ।

भाऊ : अकेलेपन की आदत?

राजा : अकेलेपन की आदत! हाँ, अकेले जी सकना चाहिए।

प्रभा : अँ...हम इस तरह अचानक बिना इत्तला किये आ गये हैं तो...

राजा : नहीं, नहीं, तुम लोग आ गये यह तो अच्छा ही हो गया...और देखो प्रभा, अब फैमिली के आने तक मुझे होटलों, रिश्तेदारों या दोस्तों के पास खाने के लिए जाने की ज़रूरत नहीं।

प्रभा : हाँ जी, अब मैं हूँ ना।

राजा : हाँ, और मेरे नखरे नहीं होते कि खाने में यही चाहिए, वही चाहिए। पेटभर खाने को मिल जाय तो बस। फिर सेहत को लेकर मेरी कोई शिकायत नहीं है। पैंतालिसी में हूँ लेकिन कोई शिकायत नहीं। परहेज़ नहीं। ब्लड प्रेशर नार्मल। डाइजेस्टिव सिस्टम नार्मल। लिवर भी नार्मल। कोई बुरी लत नहीं।

भाऊ : लिवर नार्मल और लत नहीं? वाह! दिस इज रिअली ग्रेट। मैं तुमसे इस बात को सीख लूँगा। यू आर माय गुरु।...

राजा : (ज़ोर से हँसकर) हाऊ कैन आय बी योर गुरु?
(ज़ोर से हँसता है। प्रभा भी हँसती है।) ए प्रभा, मैं तो बकबक किये जा रहा हूँ। चलो, चाय बना लेते हैं। प्रभा, चाय तुम बनाती हो या मैं बना दूँ? मैं सिर्फ़ चाय ही बना सकता हूँ भला...

प्रभा : नहीं नहीं, चाय नहीं चाहिए। इस वक़्त कैसी चाय?

राजा : तो ठीक है। क्यों चारू, सफ़र से थक तो नहीं गया ना? क्यों? ग्यारहवीं या बारहवीं?

चारू : बारहवीं...

राजा : बारहवीं मतलब इम्पोर्टेण्ट इयर है। महत्त्व का साल। इंजीनियरिंग जायेगा या मेडिकल?

चारू : देखेंगे इंजीनियरिंग या मेडिकल! या फिर मेडिकल रिप्रेजेंटेटिव बन जायेंगे और पियेंगे शराब...

प्रभा : (घबराकर) चारू।

[राजा चारू के मज़ाक़ पर मज़े में हँसता है।]

राजा : और नहीं तो क्या। मेरा पढ़ाई का पूरा बाजा बज गया। सायन्स, कॉमर्स और आख़िर में आर्ट्स। उस कॉमर्स की एकाउण्टेंसी मुझे बिल्कुल रास नहीं आयी। आज भी हिसाब के नाम पर बदन पर रौंगटे खडे हो जाते हैं। (प्रभा मज़े में हँसती है।) हाँ, हमारे पिताजी ने हमें जीने के लिए पर्याप्त कमा रखा है। और मुझे भी तनख़ा तो मिलती ही है। नौ सौ अस्सी रुपये। और एकाध डी.ए. बढ़ जायेगा तो फोर फिगर सैलरी बन जायेगी। और भारत में डी.ए. बढ़ता ही रहता है।

प्रभा : (हैरान होकर, हलके से) शराब...

राजा : क्या कहा? भाऊ साहब, मैं तो सोचता था कि मैं नौकरी कर पाऊँगा या नहीं। माँ कसम लाड़ में पला था। हमारे घर में कुक, नौकर अर्थात् बचपन में। माँ कसम हमने बचपन में कोई काम नहीं किया। अब हमारी क्या हैसियत कुक और नौकर रखने की। मैं पिताजी जैसा करतबी तो नहीं हूँ फिर भी अठारह सालों तक नौकरी की। ऑफ़िस में काम करते हुए बाजा बजता है यह दूसरी बात। प्रभा, अरी डिसिजन्स लेने, निर्णय करने की कुव्वत ही नहीं है मुझमें। और वसुधा उसी का लाभ उठाती है। अभी आया...

[राजा त्वरा से करांगुली दिखाकर अन्दर जाता है और लौट आता है।]

राजा : ए प्रभा, तुम एक काम करो। मुझे कुकर लगाना सिखा दो। जब तक तुम यहाँ हो तब तक...

प्रभा : कैसी बातें करते हो राजा...

राजा : दरअसल, रोटियाँ बनाना भी सिखा दो।

प्रभा : अच्छा बाबा, अच्छा।

राजा : भाऊसाहब, रोटियाँ बनाना और कुकर लगाना, दोनों काम एक साथ सीखना कुछ मुश्किल नहीं हो जायेगा?

प्रभा : और नहीं तो क्या।

राजा : कुकर आसान है ना री?

प्रभा : बिल्कुल आसान!

राजा : है ना? तो फिर पहले वही सिखा दो। फ्राम सिम्पल टु काम्प्लेक्स। भाऊ साहब, वसुधा कहती है कि मुझे कोई काम नहीं आता। अब एक-एक सीख लेता हूँ।...अभी आया।

[राजा जाने लगता है।]

भाऊ : प्रभा, पानी...
प्रभा : जी, देती हूँ...

[प्रभा जाने लगती है। राजा बीच में ही रुक गया है इसलिए प्रभा भी रुक जाती है।]

राजा : क्या हुआ कि जिस दिन से वसुधा गयी है उस दिन से पकौड़े, बड़े, भेल पर जो हाथ मारा है ना, उससे पेट में गड़बड़ी मच गयी है।...अभी आया।

[राजा जल्दी से जाता है। प्रभा जाकर पानी ले आती है। भाऊ को दे देती है। भाऊ पानी पीकर बग़ीचे में चला जाता है।]

प्रभा : चारू, सफ़र में तू ने बकबक की तो बड़ा अच्छा काम हो गया। लेकिन बाद में हमें बहुत भला-बुरा कहा। ऐसा नहीं करना चाहिए। हमें बुरा लगता है रे।
चारू : भला-बुरा कहना पसन्द नहीं है तो ठीक से बर्ताव करो। घर में बेचैनी होती है इसलिए यहाँ आना और अब चार दिन बाद यहाँ बेचैनी आ जायेगी तक कहाँ जाओगे? और कहते हैं, भला-बुरा मत कहो।
प्रभा : भाऊ के दिमाग़ से यानी कि लिवर से शराब का भूत उतरने दे एक बार, फिर तुझे जो कुछ करना है कर। बुरा कह दे या तारीफ़ कह दे।
चारू : तारीफ़ कह दूँ? या तारीफ़ कर दूँ?
प्रभा : (झुँझलाकर) ग़लती हो गयी। मुझे नहीं आती बात करनी।
चारू : कुछ भी नहीं आता तुम लोगों को। भाऊ के दिमाग़ से शराब को निकालने यहाँ आ जाना, मेरा कालिज का नागा करवाना। भाऊ

का कोट, टाई पहनकर पापड़ खाते हुए सोडा पीते रहना। यह सब क्या हो रहा है? क्या यह अच्छा है?

प्रभा : जानती हूँ कि अच्छा नहीं है।

चारू : जानती है तो सुधर जा।

प्रभा : धीरे-धीरे सुधर जाऊँगी।

चारू : मैं कल सुबह ही पुणे के लिए रवाना हो रहा हूँ। मैं कालिज का नागा नहीं करना चाहता।

प्रभा : दो दिन के लिए चिड़चिड़ मत कर। जरा समझदारी से काम ले ना रे।

[राजा गुनगुनाता हुआ आता है।]

राजा : भाऊ साहेब कहाँ हैं?

प्रभा : बग़ीचे में चले गये हैं।

राजा : बग़ीचे में?

प्रभा : (मुश्किल से) जी।

राजा : ऑ, भाऊ साहब, आइये जी।

भाऊ : (अन्दर आते हुए) वह...

राजा : (भाऊ से) हाँ, अगर आपको वहाँ मज़ा आ रहा है तो वहीं पर रहिये। हर एक को अपनी-अपनी ख़ुशी लेनी आना चाहिए। मेरी तो यही राय है।...हाँ, प्रभा आज भोजन में क्या बनायेगी? एकदम बढ़िया खाना खायेंगे।

प्रभा : (ममता से) तुम ही बता दो।

राजा : अँ, नहीं, तुम ही बता दो।

प्रभा : (भाऊ से) सुना आपने?

भाऊ : क्या?

प्रभा : राजा पूछ रहा है कि अभी भोजन में क्या बनायेंगे? सुन रहे हैं न आप?

भाऊ : हाँ आँ? हाँ। हाँ। चावल और बेसन बना दो।

प्रभा : जी, ठीक है।

भाऊ : ज़ोरदार तेज़ मिर्चवाला बेसन बना दो।

राजा : अरे वाह। क्या बात कही। तेज़ बेसन तो अपना वुइक पाईंट है।...बेसन, पकौड़े, बडे, भेल, चटपटी, कुरकुरी...लहसन की चटनी भी है। एक बार ब्लड प्रेशर की बीमारी लग गयी तो यह सब बन्द। इसकी माँ की, पता नहीं बुढ़ापे में मेरा क्या हाल होगा। चलो, प्रभा, तुम्हें चावल, आटा, तेल दिखा देता हूँ।

[राजा अन्दर जा रहा है।]

प्रभा : (अन्दर जाते-जाते भाऊ से) देखिये जी, जरा उस चारू से बात कीजियेगा, कैसा बर्ताव कर रहा है।

[प्रभा, राजा जाते हैं।]

भाऊ : चारू, उठ, मुँह धो ले, हाथ-पाँव धो ले। हाथ-साथ धो ले।

चारू : मैं कल सुबह पुणे जा रहा हूँ। मुझे कालिज जाना है।

भाऊ : तू जाना चाहता है ना? जा। रहना चाहते हैं, रह लें। जो कुछ करना है, ख़ुशी से करना। आदमी को मज़े में रहना चाहिए।

चारू : (मुँह चिढ़ाकर) तू ज्याना च्याहता है ना? ज्या! रहना च्याहता हे ना रह ले। बड़े आये कहनेवाले कि आदमी को मज़े में रहना चाहिए। मैं बारहवीं में हूँ तो मज़ा कहाँ से आ सकता है?

[राजा गाना गुनगुनाता हुआ आता है।]

राजा : क्यों चारू बेटे? कालिज लाइफ मज़े में, है ना? बेटे, शादी से पहले मर्द को मज़े में रहना चाहिए।

भाऊ : वह बेचैन हो गया है, कालिज जा नहीं सकता इसलिए। कल ही वापस जाना चाहता है।

राजा : अच्छा? जाने दो ना उसको। आप रहो। क्यों? हाँ लेकिन उसको तय करने दो। भाऊसाहब मेरी ऐसी राय है कि बच्चों को उनके अभिभावकों को सहारा देना चाहिए लेकिन अनुशासन में नहीं रखना चाहिए। हाँ, लेकिन यह मेरी राय है भाऊसाहब, मज़े की बात है, मेरे पहचान का एक आदमी है। आरेसेसवाला है। मतलब, उसे आरेसेस की बातें मंज़ूर हैं। दूसरा एक है। वह है राष्ट्र

सेवादल वाला। उसको भी दल के विचार मंज़ूर हैं। एक को एक बात ठीक लगती है तो दूसरे को दूसरी। यह...यह कैसे होता है जी? एक को जो बात ठीक लगती है उसे दूसरा आदमी होने के बावजूद पसन्द क्यों नहीं करता? ऐसे कैसे होता है? यह ऐसा क्योंकर होता है? कैसे होता है ऐसा?...मैं क्या कह रहा था?

चारू : अभिभावकों को बच्चों को सहारा देना चाहिए नाकि अनुशासन।

राजा : हाँ, यह मेरी राय है। (भाऊ से) आप अपने बच्चे का क्या करना चाहते हैं उसका निर्णय आप लीजिये या मत लीजिये।

भाऊ : (खाँसकर) हा...

राजा : अगर आप इस बात पर बहस करेंगे कि मेरा मुद्दा सही है या ग़लत तो मैं उस बहस को करनेवाला नहीं। चारू, तू अपना निर्णय कर ले मतलब तू और भाऊ मिलकर तय करो। मतलब तू, भाऊ और तेरी माँ मिलकर तय करो। फिर देखना।

[राजा को कुछ नहीं सूझता इसलिए चहलक़दमी करता है। प्रभा त्वरा से बाहर आती है। हाथ में चम्मच है।]

प्रभा : आप सब लोग यहाँ बैठे हुए हैं। रसोई में मैं अकेली ही बेचैन होती रही ना!

राजा : (प्रभा से) कुकर लगा दिया है ना? तो फिर यहीं बैठ जा ना।

[प्रभा चम्मच टेबुल पर रख देती है। चारू के पास बैठ जाती है। चारू झुँझलाकर बराण्डे में चला जाता है।]

राजा : ये पाँच कमरे और ऊपर की मंज़िल पर पाँच कमरे। दस कमरों में पिछले दो दिन से मैं अकेला ही रह रहा था। लोगों को रहने को जगह नहीं और मैं अकेला दस कमरों में रहता हूँ। ठीक है कि एक बार मैं एक ही कमरे में रहूँगा लेकिन बार-बार मुझे लगता रहा कि इन दस कमरों का करे तो क्या करें?

प्रभा : राजा, ऊपर कोई किरायेदार था न?

[चारू आकर बैठ जाता है।]

राजा : हाँ, था। गया आख़िर! हमें तो लगने लगा था कि अब ऊपर की मंज़िल का मालिक बन बैठेगा। बड़ा चिपकू था। पेन्शन में उसे लाख भर रुपये भी मिल गये थे। लेकिन जगह छोड़ते वक़्त हमसे दस हज़ार रुपये माँग रहा था। हमने पाँच हज़ार रुपये देकर मामला रफादफा कर दिया।

प्रभा : (भाऊ की ओर देखकर) पाँच हज़ार कम तो नहीं हुए ना जी?

राजा : अरी लेकिन किरायेदारों का जगह न छोड़ना भी ठीक ही होता है। वे कहाँ जायेंगे? आजकल मकान कहाँ मिल रहे हैं? फिर मालिक और किरायेदार के बीच अनबन होती है। मुझे एक बात की तसल्ली है कि हमारे किरायेदार से हमारी कोई अनबन नहीं हुई। पाँच हज़ार रुपये गये। आदमी से रिश्ता तोड़ना मेरी जान पर बन आता है। अब देखे ना, अगर मैं ग़रीब फैमिली में पैदा होता और दिमाग़ से इसी तरह मामूली होता तो मैं क्या करता? बाप रे, मैं तो डरने लगता हूँ।

प्रभा : लेकिन अभी तो तू इतने बड़े बंगले का मालिक है ना?

राजा : ज़रूर हूँ। तो मुझे सुखचैन से रहना चाहिए कि नहीं? तो नहीं। वसुधा का अभिमान अलग ही बात है। कहती है (मुँह चिढ़ाकर) रह जाते किराये के एक कमरे में...और जब इसकी सहेलियाँ आ जाती हैं, तब उनको पूरा बंगला दिखा आती है। क्यों भाई, फिर ऐसा क्यों?

प्रभा : वसुधा की नौकरी कैसे चल रही है?

राजा : वहाँ वह सबसे मिलजुलकर रहती है। उसकी अच्छाइयाँ बता देता हूँ। वह बेहतरीन टीचर है। रसोई बढ़िया बनाती है। लेकिन अपनी अच्छाइयों को वह मेरे मामले में किस काम से लाती है? तो हरदम अहम् का प्रदर्शन करती है। किसी से भी पूछो मैं कितना अच्छा काम करती हूँ। मैं नहीं अच्छा काम कर सकता। आय ऐम ऑनेस्ट। आय वुइल टेल यू। मैं नहीं अच्छा काम कर सकता। मैं लाडों में अमीरी में पला हूँ। मेरा दिमाग़ मामूली है। मैं नौकर नहीं रख सकता। मुझसे ठीक ढंग से काम नहीं होता। लेकिन क्या इसीलिए वसुधा मुझे हरदम टार्चर करती रहे? लाइफ

हैज बिकम ए हेल।

[राजा क्रोध से काँप रहा है।]

चारू : लगता है, पहले के ज़माने का औरतों को मारपीट करने का रिवाज ठीक ही था।

प्रभा : चारू, इस तरह नहीं बोलते।

चारू : क्यों नहीं बोलते। कोई किसी काम को ठीक से करता है तो क्या इस बूते पर वह दूसरे को लगातार यातना दे? इन्सानियत नहीं होनी चाहिए? लगता है, जिनके पास इन्सानियत नहीं है उन लोगों ने अच्छे काम को अहमियत देने का रिवाज ढूँढ़ लिया होगा।...ज़िन्दगी में हरएक को अपने बूते पर ख़ुश रहना चाहिए। मैं तो जो काम कर सकूँगा वही करूँगा और फिर भी ख़ुश रहूँगा।

प्रभा : अच्छा काम नहीं किया तो रोटी भी नसीब नहीं होगी।

चारू : यह दुष्टता है। मुझसे ठीक ढंग से काम नहीं हो पाता तो क्या मेरा खाना बन्द कर दोगे? यह तो दुष्टता है।

भाऊ : (डाँटते हुए) चारू...(प्यार से) राजा, वसुधा क्या कहना चाहती है।

राजा : एक मिनट में बता देता हूँ। (चम्मच लेकर) यह चम्मच। मैंने यह चम्मच ले लिया और काम के बाद इसे इस तरह रख दिया। उल्टा! बस वह आगबबूला होगी। तुम कोई काम ठीक से नहीं कर सकते। मामूली चम्मच ढंग से नहीं रख सकते। सारे चम्मच खिड़की से एक बार बाहर फेंक दूँगी। हो जाने दो।

[कुछ देर तनावपूर्ण शान्ति।]

प्रभा : (बड़ी ममता से) राजा, अरे तुम इन बातों को यूँ ही सीख जाओगे।

चारू : इन बातों को सीख सकते हैं तो शराब को न पीने की बात भी सीखी जा सकती है। उसके लिए इतनी बकबक और खटपट किसलिए?

प्रभा : चारू, अरे ऐसा नहीं बोलते।

चारू : क्यों नहीं बोलते? भाऊ को शराब छोड़ने में तकलीफ़ होती है उसी तरह राजा मामा को चम्मच सीधा रखने में तकलीफ़ होती है।

राजा : (ग़ुस्से से काँपते हुए) गुड आर्ग्युमेण्ट! गुड आर्ग्युमेण्ट।

प्रभा : चारू, तू कितनी उलटी बातें करेगा?

चारू : आज मैं सब उलटी बात करनेवाला हूँ। मैं जिसे मानता हूँ ऐसी बात भी करोगे तो मैं उससे उलटी बात करूँगा।

राजा : हमारा अमित भी बड़ा हो जाने पर माँ से ऐसे ही बोलेगा। ज़रूर कहूँगा कि तब वसुधा का घमण्ड टूट जायेगा।

प्रभा : राजा, तुम्हारी ऐसी बातें मुझे बिल्कुल पसन्द नहीं हैं। गृहस्थी में ऐसा सोच रख के काम नहीं चलता। तुम्हें भी वसुधा की बातों को समझना चाहिए।

राजा : अरी हाँ, लेकिन कैसे समझा ले? वह समझा लेने को तैयार ही नहीं रहती। रोज़ का जीना हराम कर देती है। रात में शान्तिपूर्वक ख़ुशी से भोजन करना चाहिए ना? लेकिन वह भी नहीं। भोजन करते वक़्त कैसा परोसती है, पता है? सिर्फ़ दाल? रोटी? छाछ? चावल?

[राजा ग़ुस्से से और भी काँपता है।]

प्रभा : (सहसा जाने लगती है।) चावल पक गया होगा...

राजा : खाने की इच्छा ही मर जाती है।

प्रभा : (जाते हुए) चलिये खाना खाने...

[अँधेरा]

अंक : तीन | दृश्य : दो

[सबका भोजन हो चुका है। राजा सुपारी काट रहा है। भाऊ डकार भरता है।]

भाऊ : बेसन बढ़िया हो गया था।

प्रभा : राजा, आज तो भोजन ठीक हुआ ना?

राजा : (प्रभा को सुपारी देते हुए) वसुधा के परोसने में यह प्यार नहीं होता...

चारू : माँ भी प्यार की बातें करती हैं। पर हमारा चाचा आ जाता है तब माँ ऐसे ही परोसती है। दाल? रोटी? चावल?

प्रभा : (झुँझलाकर) चारू।

राजा : चारू, सुपारी?

चारू : नहीं चाहिए।

राजा : भाऊसाहब, सुपारी?

[भाऊ सुपारी लेकर मुँह में डाल देता है।]

भाऊ : (सुपारी चुभलाते हुए) वसुधा का बर्ताव पहले से ही ऐसा है?

राजा : पहले दो एक साल अच्छे गुज़र गये हमारे। वसुधा कहा करती थी, मैं ग़रीब घर की। मैंने ज़िन्दगी में कभी सोचा नहीं था कि मैं बंगले में रहूँगी। मैं कहा करता, भाग्य से बंगला मिल गया है। मेरा कोई करतब नहीं है। फिर बाद में वह चिड़चिड़ाने लगी। मेरा नसीब ही फूटा। मुझे फटीचर, ढपोरशंख पति मिल गया। मुझे बंगला नहीं मिला तो चलेगा लेकिन पति स्मार्ट चाहिए। इसी को लेकर चिड़चिड़। भाऊसाहब, बताइये, मैं स्मार्ट कैसे बन जाऊँ? फटीचरपना कैसे छोड़ा जाता है? वसुधा बार-बार चुभनेवाली बातें बोलती है। जीना मुश्किल हो जाता है, प्रभा, क्या मुझे डायवोर्स लेना चाहिए?

प्रभा : नहीं तो।

राजा : फिर मैं अपना फटीचरपना कैसे छोड़ दूँ? वह रोज़ाना चुभनेवाली बातें करती रहती है।

भाऊ : राजा, मैं तुम्हारा दर्द जान गया हूँ। मुझे सहसा मुक्ति का अहसास हो गया है। टु टेल यू मोअर क्लिअर्ली, तुम्हारा दर्द सुनकर मेरे लिवर की शराब की प्यास ही ख़तम हो गयी। लिवर एकदम ख़ामोश हो गया।

[राजा के सामने शराब के ज़िक्र से प्रभा भौचक।]

राजा : (अपने ही सोच में) भाऊसाहब आपको अपने पिताजी के बारे में बताता हूँ। माय फादर वाज ए ह्यूमन बीईंग। उन्हें लोगों से प्यार था। ही वाज ए ग्रेट एडवोकेट। उन्होंने फटीचर मन्दबुद्धि ही नहीं लोफरों से भी प्यार किया। सबके साथ प्रेम से रहते थे। मुझे भी सब लोग अच्छे लगते हैं। लेकिन हमारी घरवाली को? उलटी बात। उसे सिर्फ़ स्मार्ट लोग ही अच्छे लगते हैं। फटीचर, कम दिमाग़वालों से बुरा बर्ताव करती है।

चारू : भाऊ, आपकी क्या राय है?

भाऊ : क्यों?

चारू : मुझे आपसे उलटी बात करनी है।

भाऊ : आय ऐम रिलेक्स्ड। तू चाहे उलटी बात कर या सीधी। राजा का दर्द सुनकर मैं मुक्त हो गया हूँ।

चारू : यह तो ख़ुदगर्जी हो गयी। अपने मन के ख़िलाफ़ बात होने पर भी रिलेक्स हो जाना चाहिए।

राजा : करेक्ट। हमारी फैमिली को कहीं भी रिलेक्स होना नहीं आता।

भाऊ : रिअली, आय एम रिलैक्स्ड। आज गाढ़ी नींद आ जायेगी। (जम्हाई लेकर) जल्दी सो जायेंगे। जगाना नहीं।

प्रभा : जी।

चारू : हमें बिल्कुल ही नींद नहीं आयेगी।

प्रभा : चारू, अरे कितनी तकलीफ़ करता रहेगा?

भाऊ : (उठते हुए) राजा, हम सब एक साथ सो जायेंगे। यहीं पर। मैं तुम्हारे दुख को समझ रहा हूँ। हम तुम्हें अकेले नहीं छोड़ेंगे। (अन्दर जाते हुए) अभी आया मैं। (बीच में रुककर) राजा, पाखाने की टंकी में पानी होता है ना?

राजा : जी, है।

[भाऊ जाता है। सहसा प्रभा सिसकने लगती है।]

राजा : प्रभा, अरी क्या हो गया, प्रभा, क्या हो गया?

प्रभा : (रुआँसी होकर) भाऊ का लिवर शराब से पूरा ख़राब हो गया था? अभी सुधर रहा है। डाक्टर ने कहा था, बिल्कुल नहीं पीना,

और अब लिवर सुधर रहा है न, तो उनको बार-बार पीने की याद आ रही है। भाऊ के दिल को बहलाना होगा। उनको (अँगूठा मुँह की तरफ़ ले जाकर) इस बात की याद बिल्कुल नहीं होने देना है। इतनी बात करना।

राजा : (करुणा से) ऐसी बात है?

प्रभा : और एक बात, उनका दोस्त था, सन्त नाम का। नाममात्र सन्त था। एकदम बेवड़ा। अकेला। शादी नहीं, कुछ नहीं। शराब पीकर मर गया। अकेला। तब से भाऊ अकेलेपन से घबरा रहे हैं। इस बात को सँभालना है देख।...कौन कहाँ का सन्त...दोस्त हो गया तो क्या हो गया? उसकी मौत से इतना डरना?

(प्रभा फिर सिसकने लगती है।)

[अँधेरा]

अंक : तीन | दृश्य : तीन

[अगले दिन की सुबह। आठ साढ़े आठ का समय। राजा के बंगले का हाल। चारू बैग लेकर जा रहा है।]

राजा : चारू, बस अड्डा मिल जायेगा ना तुझे?

चारू : जी।

प्रभा : (चारू से) सँभलकर जाना।

चारू : आप लोग ढंग से बर्ताव करो। चलता हूँ मैं।

[चारू जाता है।]

प्रभा : पता नहीं। चारू का आगे कैसा क्या होगा।

राजा : तुम बिल्कुल फिक्र मत करो प्रभा, चारू बेहद आज़ाद ख़याल का लड़का है। वह ज़रूर डाक्टर बन जायेगा और बड़ा अस्पताल बनायेगा, देखना।

प्रभा : अरे, लेकिन सिर्फ़ अपनी बात को साधना अच्छा कहा जायेगा? क्या उसे हमारी भावनाओं की क़द्र नहीं करनी चाहिए? क्यों?

हर बार उलटा जवाब देना। भाऊ के मन पर कितना असर होता होगा। भाऊ ने फिर से पीना शुरू कर दिया तो?

राजा : ऐसा कुछ नहीं होगा। तुम शान्त हो जाओ, प्रभा, भाऊसाहब, टेक इट ईजी।

भाऊ : हाऊ टू टेक इट ईजी? बड़ी कोशिश के बाद मैं अभी शान्त हो गया हूँ राजा। चारू बड़ा डाक्टर होगा तो हो जाने दे। बड़ा अस्पताल बनायेगा तो बनाने दे...चारू कितना बुरा बर्ताव करता हम से। बार-बार हमारा अपमान करता है। बेवड़ा कहकर मेरी बेइज़्ज़ती करता है।

राजा : (परेशान होकर) मुझे तो कोई बुरी लत नहीं है, फिर भी वसुधा मेरा अपमान करती रहती है।

भाऊ : राजा, तुम ख़ुश रहो, सुखचैन से रहो...यही मेरी प्रार्थना है।

राजा : मुझे रातभर नींद नहीं। दिमाग़ में लगातार वसुधा के बारे में सोचना। मैं फटीचर। मैं स्मार्ट नहीं हूँ। मैं अपनी फटीचरपने की आदत को कैसे छोड़ दूँ?

भाऊ : मुझे...मुझे सन्त की याद आती है।

प्रभा : (घबराकर) सन्त की मौत का डर लगता है ना?

भाऊ : (चहलक़दमी करते हुए, चेहरे और हाथ-पाँव को टेढ़ा मेढ़ा करता है।) लिवर चिल्ला रहा है। एक-एक पेशी आक्रोश कर रही है। संयम से तकलीफ़ होती है।

प्रभा : (घबराकर गड़बड़ाती) राजा, बोलो। अपनी बकबक शुरू कर दो (भाऊ से) आप चहलक़दमी बन्द कर दीजिये। (भाऊ को पकड़कर कोच पर बिठा देती है।) बैठिये। राजा तुम चहलक़दमी करने लगो। बकबक शुरू कर दो। गिड़गिड़ाकर अरे, बोलो ना रे राजा...

राजा : हाँ हाँ...लेकिन बोलूँ तो क्या बोलूँ? बोलने लगा तो मेरे मुँह में वसुधा की ही बातें आ जाती हैं।

प्रभा : आने दो। बोलो। भाऊ को तुम्हारा दर्द अच्छा लगता है। बोलो।

राजा : वसुधा नहीं है तो बड़ा रिलैक्स लगता है। सुन रहे हैं ना भाऊसाहब?

प्रभा : (अस्पष्ट) हाँ।

राजा : वसुधा नहीं है तो बड़ा रिलैक्स लगता है।...इसका मतलब... क्या मैं वसुधा से प्यार नहीं करता? माय गाड। मैं उससे प्यार नहीं करता फिर भी मैंने उसके साथ पन्द्रह साल गुज़ार दिये? बच्चा हो गया? दिस इज टेरिबुल। सुन रहे हैं ना भाऊसाहब?

प्रभा : सुन रहे हैं वो।

राजा : अपने लाइफ में प्रेम का सम्बन्ध कहाँ आता है?

प्रभा : सुन रहे हैं वो।

राजा : ऑफ़िस से क्या हमारा प्रेम होता है?

प्रभा : सुन रहे हैं वो।

राजा : पता नहीं चलता कि वसुधा मुझसे प्यार करती है या नहीं।

प्रभा : हाँ।

राजा : हम सोचते हैं कि प्रेम का मतलब है पजेशन। कब्ज़े में रखना। बट लव इज नाट पजेशन। वसुधा मुझे पजेस करना चाहती है, वसुधा मेरा रूपान्तर एक स्मार्ट मर्द में करना चाहती है। हँ। वह तो यह भी नहीं जानती कि रूपान्तर कैसे किया जाता है। ऐसे लोग दुनिया में दुख पैदा कर देते हैं।

प्रभा : बोलो...बोलते रहो।

राजा : जिनको पता नहीं कि मन को कैसे बदला जाता है और फिर भी जो मन को बदलने की कोशिश करते हैं वे न्यूरॉटिक होते हैं।

[थककर चुप बैठ जाता है।]

प्रभा : बोऽलो। बोलो ना!

राजा : क्यों जी भाऊ साहब, क्या वसुधा न्यूरॉएंटिक होगी। अगर होगी तो मुझे बड़ी सावधानी बरतनी होगी। लेकिन होता क्या है कि जब भी वसुधा के बारे में सोचता हूँ मैं सहसा एक्साइट हो जाता हूँ। सच तो यह है कि मैं अच्छे के साथ अच्छा बर्ताव करता हूँ और बुरे के साथ अपने आप बुरा बर्ताव करता हूँ। अब देखिये ना, आप बेचैन तो मैं भी बेचैन। सुन रहे हैं ना?

प्रभा : बोऽलो। बोलते रहो।

राजा : आप बेचैन तो मैं भी बेचैन। अरे, भाऊ साहब अचानक मेरे

ध्यान में आ गया। दुनिया में बहुतों के साथ ऐसा ही होता है। लोग अच्छों के साथ अच्छा और बुरों के साथ बुरा बन जाते हैं। तो मुक्त आदमी क्या कोई भी नहीं होता? हाँ, एक बात समझ में आ रही है, भाऊ साहब वसुधा के साथ ऐसा नहीं है। ऐसा नहीं होता कि वह अच्छे के साथ अच्छा और बुरे के साथ बुरा बर्ताव करती हो। अब मैं उसके साथ इतना अच्छा बर्ताव करता हूँ लेकिन वह कहाँ मेरे साथ अच्छा बर्ताव करती है? क्या मैं उसकी नज़रों में बुरा हूँ? और मैं अपने आप को अच्छा समझ रहा हूँ। अच्छी-खासी उधेड़बुन है। धिस ईज कन्फ्यूजन, भाऊ-साहब लेकिन भाऊसाहब अच्छे बुरे की उधेड़बुन से मुक्त कुछ तो लोग होंगे ही। हमें ऐसा आदमी मिलना चाहिए। देखिये ना, ऐसे आदमी की सोसायटी के लिए कितनी ज़रूरत है।...भाऊ-साहब, ऐसा ख़ाली आदमी मुझे मिलने दीजिये, मैं उसे अपने इस बंगले में ले आऊँगा, उसके साथ रहूँगा, उसके साथ खाना खा लूँगा। उसे ऑफ़िस ले जाऊँगा। आधा वेतन उसे दे दूँगा। लेकिन ये वसुधा! वसुधा नहीं सुधरेगी। वसुधा को बता-बता कर थक गया हूँ मैं।...थक गया हूँ बोल-बोलकर।

प्रभा : बोऽलो, बोलो।

राजा : बकबक करके अब मैं पागल हो जाऊँगा। वसुधा की वजह से मैं पागल हो जाऊँगा। नहीं तो फिर मुझे शराब की लत पड़ जायेगी।

प्रभा : (डरकर) राजा!

राजा : वैसे भी करना क्या है ऐसी गन्दी ज़िन्दगी को जीकर? शराब में दर्द को डुबोया जा सकता है। न वसुधा चाहिए न दुनिया। शराब पी जाओ और नशे में डूब जाओ। हो जायेगा लिवर ख़राब धीरे-धीरे। मर जायेंगे एक दिन। लेकिन अब मैं इसे झेल नहीं पाऊँगा... नहीं झेल पाऊँगा... नहीं...

[राजा थककर ख़ामोश!]

भाऊ : प्रभा, मेरे लिए, राजा के लिए कुछ बना खाने के लिए।

प्रभा : (जल्दबाजी में) हलुवा बना देती हूँ, राजा।

[प्रभा जाती है।]

राजा : हलुवा! हलुवे की चाहत नहीं। श्रीखण्ड की भी चाहत नहीं।... भाऊसाहब, सुन रहे हैं ना...कल रात...आपको लगा होगा कि मैं सो गया हूँ। एक मिनट के लिए भी सो नहीं सका। यही सोचता रहा कि वसुधा में सुधार कैसे लायेंगे। एक मिनट भी नींद नहीं।... भाऊसाहब...(अस्पष्टता से) मुझे नींद आ रही है।...और (अधिक अस्पष्टता से) नींद...आ रही है...नींद...

[राजा वहीं पर सो जाता है। कुछ देर बाद प्रभा हलुवे की प्लेटें ले आती है। दोनों ही हलुवा खाते हैं। फिर राजा की प्लेट से भी बाँटकर खाते हैं। भाऊ पानी पीता है।]

भाऊ : अब अच्छा लग रहा है।

प्रभा : सुनिये जी, मुझे लगता है कि आपको हलुवा खाते रहना चाहिए। अच्छा लगता है ना इसलिए।

भाऊ : अरी प्रभा, हलुवा खाते हुए हमें राजा की याद ही नहीं आयी।

प्रभा : सोने दीजिये उसे। थक गया है बेचारा। बीवी के बर्ताव से बहुत परेशान है। राजा फटीचर तो है ही। लेकिन उसका फटीचरपना कभी जानेवाला नहीं है।

भाऊ : हमें उसके दुख को कम करना चाहिए। मैं उसे जगा देता हूँ।

[भाऊ राजा के पास जाने लगता है।]

प्रभा : (भाऊ को रोककर) नहीं...आप उसे मत जगाइये।

भाऊ : (प्रभा को हटाते हुए) मैं जगाता हूँ उसको...मेरी बात मान...

प्रभा : (रोककर) नहीं, आप नहीं

भाऊ : (प्रभा को हटाते हुए) तुम कुछ नहीं समझतीं, मेरी बात मान...

प्रभा : (रोककर) नहीं, नहीं...।

भाऊ : (प्रभा को टालने की कोशिश में) मैं जगाता हूँ उसको...

प्रभा : (जल्दी में) नहीं...नहीं।

भाऊ : राजा, उठो, अब मैं बकबक करूँगा।

प्रभा : नहीं, आप बकबक नहीं करेंगे।

भाऊ : राजा...

प्रभा : उठो मत राजा।

प्रभा : आप बकबक नहीं करेंगे। मेरी कसम है आपको। मेरी, चारू की।...राजा उठो मत...भोगने दो उसे अपना दुख।

भाऊ : मैं बकबक करूँगा। राजा, उठो।

प्रभा : मेरी कसम। मैं बकबक करूँगी।...

राजा : (भाऊ, प्रभा के शोर से सहसा जागकर) भाऊसाहब, सुन रहे हैं न?

प्रभा : (चौंककर) सुन रहे हैं वो।

राजा : वसुधा को ठिकाने पर लाने के लिए क्या मैं ऐसा कर सकता हूँ?

भाऊ : (जल्दी से) बोलो, बोलो।

राजा : वसुधा पर बकबक-बकबक करके मैं थक गया हूँ। मेरा दम टूट गया है।

भाऊ : राजा, अब मैं बकबक करूँगा।

प्रभा : (भाऊ से) कसम है आपको...

भाऊ : (जल्दी से) मैं बकबक करूँगा, राजा।

प्रभा : (जल्दी से) आप बकबक नहीं करेंगे...राजा...राजा, तुम बकबक करो...(भाऊ से) आप नहीं...नहीं...

भाऊ : मैं बकब...

प्रभा : (राजा और भाऊ के पास दौड़ती हुई।) मैं बकबक करूँगी। मैं...(हाँफती हुई) बकब...

भाऊ : (कोशिश कर राजा के पास पहुँचकर) चलो, हम बग़ीचे में चलते हैं...बकबक करेंगे।

[इस तरह शोरगुल मचाते हुए तीनों हॉल के सामनेवाले बग़ीचे में आ जाते हैं।]

राजा : बग़ीचा अच्छा नहीं लगता। पेड़ अच्छे नहीं लगते। मुझे कुदरत का मज़ा लेना नहीं आता।

प्रभा : (अजीब तरह से, हाँफती हुई) दैया री...देखो ना कुदरत कैसी चारों और फैली हुई है और हम उसका मज़ा नहीं ले रहे हैं। सारी कुदरत बेकार जा रही है। (ख़ुश होकर) हाय दैया, राजा अरे यह केले का पेड़ देख। कितना बड़ा घौद आया हुआ है, और पकने भी लगा है। क्या है राजा, बग़ीचे की तरफ़ तुम्हारा बिल्कुल ही ध्यान नहीं है। सारा बग़ीचा बेकार जा रहा है।

राजा : इसकी वजह है वसुधा।...

प्रभा : सुनिये जी, क्या हम केले के घौद को निकाल दें? क्यों? कितने बढ़िया पक गये हैं केले। हम बग़ीचे में नहीं आते तो ध्यान भी नहीं जाता। राजा का तो बिल्कुल ही ध्यान नहीं है।

राजा : अरी, ये वसुधा है ना

प्रभा : बार-बार वसुधा, वसुधा मत कहा करो। जाओ, घौद को काटने के लिए हँसिया ले आओ।

[राजा उत्साह से जाता है]

प्रभा : (केले के घौद को देखते-सहलाते हुए) केले कितने बढिया पक गये हैं। भोजन में अच्छी सिखरन बनायेंगे।

[राजा हँसिया लेकर आता है। तीनों मिलकर घौद को काट निकालते हैं। घौद लेकर बग़ीचे से हॉल में आने लगते हैं।]

प्रभा : आज अच्छी-सी सिखरन बना देंगे।

भाऊ : अब मुझे सुकून मिल रहा है। लेकिन डर भी लगता है, बेचैन हो जाऊँगा,...हाँ?

प्रभा : कुछ डरने-वरने की ज़रूरत नहीं है और ध्यान रखिये कि किन-किन बातों से सुकून मिल रहा है। बेचैनी महसूस हो जाने पर उन बातों को करना। हलुवा खाने से सुकून मिलता है...

भाऊ : क्या? हलुवा खाने से सुकून मिलता है।

प्रभा : राजा का दुख सुनने पर सुकून मिलता है।

भाऊ : राजा का दुख सुनने पर सुकून मिलता है।

प्रभा : केले के घौद को निकालने की बात सोचने पर सुकून मिलता है।

भाऊ : केले के घौद को निकालने की बात सोचने पर सुकून मिलता है।

प्रभा : मिलता है ना सुकून?

भाऊ : हलुवा, राजा का दुख और केले का घौद...

प्रभा : हाँ...

[राजा ने केले के घौद को कोने में रख दिया है। इतने में वसुधा बैग लेकर आ जाती है। भाऊ, प्रभा गड़बड़ा जाते हैं। राजा बेचैन हो उठता है। उसका टेंशन बढ़ जाता है। वसुधा बैग रख देती है। रुमाल से मुँह पोंछ लेती है वग़ैरह...]

प्रभा : आँ...क्या है जी...तुम कौन-सी गाड़ी से निकलीं भाभी?

वसुधा : तड़के पाँच बजे की गाड़ी से।

प्रभा : हम कल दो बजे की गाड़ी से आ गये।...तुम तो हफ़्तेभर रहनेवाली थीं न?

वसुधा : जी, लेकिन कमल को अचानक सतारा जाना पड़ा सास के पास। उसकी ननद की जचगी होनेवाली है न, इसलिए लौट आयी।

प्रभा : हमें राजा की चिट्ठी मिल गयी थी, तुम्हारे पुणे आने के बारे में।

वसुधा : मिली थी न?

प्रभा : हम बेकार ही इधर चले आये। कमल सतारा गयी है तो तुम हमारे पास रह जातीं।

वसुधा : अच्छा हो गया न, आप यहाँ आ गये। छह बरसों के बाद हम मिल रही हैं। हैं न? चारू का कैसे चल रहा है? बारहवीं में है ना?

प्रभा : जी।

राजा : (प्रभा से) हम छह बरस बाद मिल रहे हैं। प्रभा, अरी चाय तो बना...

प्रभा : (उठकर) बनाती हूँ न...

वसुधा : (उठती हुई राजा से) अरे, उन्हें क्यों बता रहे हैं आप? वह तो हमारे मेहमान हैं।

प्रभा : (वसुधा से) तुम थककर आयी हो। आराम करो दो मिनट।

वसुधा : मैं बनाती हूँ...रहने दीजिये।
प्रभा : नहीं, नहीं, मैं बनाती हूँ। उसमें क्या बड़ी बात है।

[प्रभा अन्दर जाती है, पीछे से वसुधा भी]

राजा : (नक़ली खुलेपन से) भाऊसाहब बी एट इज। (चहलक़दमी करते हुए) मुझे खुलापन अच्छा लगता है। कोई किसी पर टेंशन न लाये।

[वसुधा हाथमुँह पोंछती हुई बराण्डे के एक कोने में आकर चहलक़दमी कर रहे राजा को इशारे से बुला लेती है। राजा त्वरा से उधर जाता है। भाऊ अपने ही तनाव में हैं। राजा की तरफ़ उनका ध्यान नहीं है।]

वसुधा : (फुसफुसाकर) कितने दिन रहनेवाले हैं ये लोग?
राजा : (बेचैनी से) कुछ कहा नहीं। रहेंगे दो-चार दिन।
वसुधा : कमल के पास गयी तो उसके यहाँ सास, ससुर, ननद। यहाँ आ गयी तो ये लोग...चार दिन का एकान्त चाहती हूँ तो नहीं मिलता।
राजा : कमल सतारा गयी है ना? ननद की जचगी के लिए?
वसुधा : उसकी जचगी होकर कितने दिन हो गये? उसका बेटा तीन महीने का हो गया है। कुछ ध्यान में नहीं रखते। बिल्कुल (सिर पर थपकी मार कर) इसको चलाते नहीं। अब काम में हाथ बटाइये। ख़ाली बैठे मत रहिये। जाइये। रुकिये मत। नहीं तो शक करेंगे।

[राजा लौट आता है। वसुधा अन्दर जाती है। प्रभा चाय ले आती है। पीछे से वसुधा आ जाती है। सब चाय पीने लगते हैं।]

प्रभा : कमल के यहाँ कैसे चल रहा है?
वसुधा : ठीक है।
प्रभा : (चाय की दो चार चुस्कियाँ लेकर) कमल के दोनों बेटे ही हैं ना?
वसुधा : जी।
राजा : अरी वसुधा, अमित क्या वहीं रह गया है?

वसुधा : (नक़ली हँसी हँसकर) देखिये प्रभा ननदजी, इन्हें अभी अपने बेटे की सुध आयी।

प्रभा : अमित को पाँच बरस का देखा था। पोपट की शादी में। शादी-ब्याह नहीं होते तो रिश्ते-नाते के लोगों से मिलना भी नहीं होता।

राजा : (ज़ोर से हँसकर) व्हाट अ जोक। मिलने-जुलने के लिए शादी-ब्याह।

[राजा फिर ज़ोर से हँसता है।]

प्रभा : ऐसी बात नहीं रे।

भाऊ : सन्त मिला ही नहीं।

प्रभा : (चौंककर) आँ?...हाँ राजा, मुझे पूछना था कि यहाँ सांगली में कोई सन्त महात्मा, योगी पुरुष हैं? इन्हें सन्तों से मिलना बड़ा अच्छा लगता है। हम कहीं भी गये तो ये उस क्षेत्र के सन्तों के बारे में पहले पूछताछ करते हैं। पहले अच्छा था न, हर गाँव में आश्रम हुआ करता था। हर आश्रम में ऋषिमुनि हुआ करते थे। कोई भी समस्या उठ खड़ी हुई तो आश्रम जाना। ऋषिमुनि तुरन्त समाधान कर देते थे। अब हमारे सामने इतनी समस्याएँ हैं, उनका समाधान पूछने किसके पास जायें?

राजा : (तुरन्त) अमरीका में प्रश्नों के उत्तर देनेवाली संस्थाएँ हैं।

प्रभा : जी।

राजा : अब हमारे यहाँ भी ऐसी संस्थाएँ बन रही हैं।

प्रभा : जी।

राजा : अरी प्रभा,

प्रभा : क्या?

राजा : डाक्टर, वकील, वैज्ञानिक जैसे लोग हैं न। देखो, अगर हमारे सामने सवाल खड़ा हो गया कि चाँद पर ऑक्सिजन है या नहीं, तो फ़ौरन चाँद के पास जाना...सॉरी, वैज्ञानिक के पास जाना।

प्रभा : सुन रहे हैं वो...

राजा : किसी को डायवोर्स लेना है, तो जाओ वकील के पास। अब डायवोर्स का केस बन जाता है। मन पर टेंशन आ जाता है। तो

जाओ साइकिएट्रिस्ट के पास। उस वक़्त कुछ लोग तो पीने ही लग जाते हैं।

प्रभा : (डरकर, बहुत क्षीणता से) जी?

राजा : (अपनी ही धुन में) इतना पी लेते हैं कि लिवर ही ख़राब हो जाता है। फिर चलो लिवर के डाक्टर के पास। क्या डाक्टर, क्या वकील और क्या वैज्ञानिक, ये तो ऋषिमुनि ही हैं। हाँ, लेकिन एक फ़र्क़ ध्यान में आ रहा है...

प्रभा : (किसी तरह) कौन-सा रे?

राजा : सब बातों को एकसाथ जाननेवाला चाहिए। इन स्पेशलिस्टों की कोई बात ठीक नहीं। डायवोर्स लेते वक़्त मन पर तनाव बढ़ जाता है, इस पर क्या इलाज है, वकील से पूछो तो वकील शरमिन्दा हो जाता है। उसको मन के तनाव के बारे में कुछ भी पता नहीं होता। क्या मतलब है ऐसे वकीलों से? हँः। सब कुछ एकसाथ जाननेवाला कोई तो चाहिए। फिर उस आदमी के पास...

[वसुधा बोर हो चुकी है। उठ जाती है।]

वसुधा : गिज़र लगाती हूँ।

[वसुधा जाती है।]

राजा : प्रभा, अभी आया...गिज़र लगाकर...कुछ कुछ काम करने की आदत डालनी चाहिए।

[राजा जाता है। प्रभा कप-तश्तरियाँ उठाती है। भाऊ को अख़बार दे देती है और जाती है। भाऊ आँखों के सामने अख़बार पकड़ता है। उसी वक़्त बराण्डे के दूसरे किनारे पर वसुधा और राजा।]

वसुधा : (राजा से फुसफुसाकर डाँटती हुई) मैं गिज़र लगाने उठी तब आपको वह बात सूझ गयी। पहले से एक काम नहीं सूझता। कुछ अपने आप काम करते जाइये। मैं अकेली काम के बोझ से मर जाऊँ? नौकरी भी करो, घर के काम भी करो।

राजा : मत कर नौकरी।

वसुधा : बड़े आये नौकरी मत कर कहनेवाले।...घर में काम करते जाइये कुछ...और बेकार की बकबक मत कीजिये।...जो भी मसला मिल गया हो गये शुरू...सन्तों पर बकबक, सिनेमा पर बकबक, दिमाग़ कभी शान्त नहीं रहेगा। अब यहाँ मत रुकिये। शक होगा। (राजा जाता है। बुदबुदाती है।) आँगन में जाकर अकेले रहना चाहिए।

[वसुधा अन्दर चली जाती है। राजा हॉल में आता है। आते वक़्त झाड़ू ले आता है। उसके पीछे प्रभा आ जाती है।]

प्रभा : राजा, मैं झाड़ू लगा देती हूँ।...

[प्रभा, राजा से झाड़ू ले लेती है। झाड़ू लगाती हुई भाऊ के पास आती है]

प्रभा : (भाऊ से फुसफुसाकर, इधर-उधर देखकर) देखिये, इधर देखिये अब आपको संयम पालन सीखना होगा। वसुधा के सामने तमाशा नहीं चाहिए। मुझे शर्म आ रही है।...और उस सन्त-वन्त का नाम मत निकालिये। मुआ नामधारी सन्त। अख़बार पढ़ते रहिये।... सम्पादकीय के बारे में सोचिये। कश्मीर समस्या पर...(वसुधा आती है। प्रभा झट से झाड़ू लगाने लगती है।)

वसुधा : प्रभाननदजी, झाड़ू मुझे दीजिये, आप क्यों...

प्रभा : अरी रहने दो...

[वसुधा झाड़ू ले लेती है।]

भाऊ : (सहसा) सफ़ाई से कोई लाभ नहीं।

प्रभा : (चौंककर) जी ?...अच्छा वसुधा भाभी, इन्हें सफ़ाई इतनी पसन्द है न कि घर पर, ऑफ़िस में सब तरफ़ बिल्कुल साफ़, चकाचक और इनके ऑफ़िस में इनके पास जो बैठता है न, नाम भूल गयी मैं उसका...

राजा : (तनाव में हँसकर) नाम में क्या रखा है ?

प्रभा : तो वह इतना गन्दा, और इन्हें ऑफ़िस में आठ घण्टे गुज़ारने पड़ते हैं न, घर से ज़्यादा ऑफ़िस में ही, तो यह साफ़-सुथरे रहेंगे

और ऑफ़िस में आठ घण्टे गन्दे आदमी के साथ रहेंगे। इसलिए इन्हें लगता है कि सफ़ाई से कोई लाभ नहीं...

वसुधा : यहाँ भी देखिये न ननदजी, हम अपने घरों को साफ़ रखेंगे लेकिन सांगली शहर की सड़कें देखी हैं न?

प्रभा : हाँ।

वसुधा : एकदम गन्दी। मैं भी कभी-कभी ऊब जाती हूँ सफ़ाई से।

[राजा से रहा नहीं जाता। तनाव महसूस कर भी हँसता है। वसुधा चली जाती है। थोड़ी देर के लिए ख़ामोशी।]

प्रभा : राजा, तुम्हें भाऊ के बारे में सबकुछ मालूम है, इसकी मुझे चिन्ता नहीं। भाऊ को सँभाल रे बाबा। वसुधा के सामने तमाशा नहीं होना चाहिए।

राजा : हँः तुम वसुधा से क्यों डरती हो?

प्रभा : डरती नहीं हूँ रे। तुम्हें बता देती हूँ देख, हम औरतों का स्वभाव अच्छा नहीं होता। इन्हें (अँगूठा मुँह के पास ले जाकर) इसकी याद आ जाने पर बेचैन होकर वे जो हरकतें करने लगेंगे उससे वसुधा को सबकुछ मालूम पड़ जायेगा। और वह चार लोगों में जाकर बकबक करेगी। सँभाल रे भाई उनको। (भाऊ के पास जाकर) देखिये आप को जरा संयम से काम लेना सीखना चाहिए। बकबक मत कीजियेगा। ऐसा मत कहियेगा कि सफ़ाई से कोई लाभ नहीं। किसी ने सुन लिया कि सफ़ाई से कोई लाभ नहीं तो क्या वह क्या समझेगा? सफ़ाई से कोई लाभ नहीं है तो क्या गन्दगी से है? ऐसी झूठीमूठी बातें मत किया करो जी। मैंने किसी तरह से बात मना ली लेकिन हर बार कैसी मना ली जा सकती है? मैं कोई हाजिरजवाबी वक्ता नहीं हूँ। सन्त का नाम मत निकालिये। अख़बार पढ़िये। सारे पति अख़बार पढ़ते हैं।

भाऊ : (अजीब ढंग से) सीमा प्रश्न पर बकवास करूँ?

प्रभा : नहीं। बिना ख़ुदगर्जी के सीमा प्रश्न पर बकवास कैसे की जा सकती है? नहीं...राजा, हम भोजन के बाद चले जायेंगे। क्यों?

(भाऊ से) अख़बार सिर्फ़ पलटते रहिये। उस पर सोचिये मत। नहीं तो सुपारी चुभलाते रहिये।...राजा सुपारी है ना?

राजा : हाँ। टुकड़ा चाहिए या पिसी हुई?

प्रभा : टुकड़ा ही दे दो।...देर तक चुभलते रहेंगे।

राजा : अच्छा।

[राजा जाता है।]

प्रभा : संयम बरतना।

भाऊ : कोशिश करता हूँ।

प्रभा : कोशिश कैसी? संयम बरतना ही है। चारू भी उँगली उठाने लगा है।

[राजा सरोता, सुपारी ले आया है। सुपारी काटकर भाऊ को देता है। भाऊ मुँह में डाल देता है। राजा सरोता ऐसे ही कहीं कोच पर रख देता है। वसुधा आती है। नहा चुकी है।]

वसुधा : (सरोता देखकर, राजा से, चिढ़कर) यह किसने निकाला?

प्रभा : अरे, इन्हें सुपारी की आदत है।

वसुधा : अच्छा, तो यह बात है। कोई हर्ज नहीं है, ननदजी आप नहा लीजिये।

प्रभा : जी।

वसुधा : मैं रसोई में लग जाती हूँ।

[वसुधा जाती है।]

प्रभा : (राजा से) भाऊ सुपारी ज़्यादा देर तक चुभला नहीं पायेंगे।

राजा : मैं बकबक शुरू कर दूँ?

प्रभा : नहीं। भाऊ को बग़ीचे में ले जा। जब तक मैं नहा लेती हूँ। वसुधा के सामने तमाशा नहीं चाहिए।

राजा : चलिये भाऊ साहब, बग़ीचे में, चक्कर लगाते हैं।

[राजा और भाऊ बग़ीचे की ओर जाते हैं। प्रभा जा चुकी है। वसुधा आती है।]

वसुधा : सुनिये जी।

[राजा लौटकर वसुधा के पास जाता है। भाऊ बग़ीचे में पहुँच चुके हैं।]

वसुधा : (राजा से, फुसफुसाते हुए, चिढ़कर।) हलुवा किसने बनाया था?

राजा : प्रभा ने।

वसुधा : फिर डालडा नहीं दे सकते थे? मैंने पन्द्रह दिन का घी जमा कर रखा था। आधे से ज़्यादा ख़तम हो गया। पिताजी का दिया हुआ बंगला भी फूँक डालोगे। और केले का घौद क्यों निकाला? मेरी मौसी को केले देने हैं। रुकिये मत, शक करेंगे।

[वसुधा झल्लाकर चली जाती है। राजा बग़ीचे में भाऊ के पास आ जाता है। भाऊ बदन को ऐंठकर ढील छोड़ देता है। राजा नर्वस।]

राजा : मैं बकबक करूँ?...वसुधा के होने पर मैं बकबक भी नहीं कर सकता...भाऊसाहब, क्या आज हम थोड़ी सी पी लें?

भाऊ : (एकदम घबराकर उद्विग्न हो चिल्लाने की तरह) नहीं, नहीं। मुझे नहीं पीनी है...नहीं...नहीं...

राजा : (बीच ही में घबराकर) आप मत पीजियेगा।

भाऊ : मैं मर जाऊँगा। मैं नहीं पिऊँगा...नहीं...

राजा : मुझे सिखाइये।

भाऊ : मैं नहीं पिऊँगा...नहीं...मैं मध्यवर्गीय...

राजा : (चिल्लाकर) भाऊसाहब।

[राजा और भाऊ का इस तरह बग़ीचे में शोर, ऊधम मचाना। भाऊ घबराकर हॉल में चिल्लाता हुआ आता है, पीछे से राजा। प्रभा शोर सुनकर दौड़ी चली आती है।]

प्रभा : (भाऊ से, भौचक होकर) नहा लीजिये...

भाऊ : (ऊधम मचाते हुए) मैं नहीं पिऊँगा...मैं नहीं नहाऊँगा।

प्रभा : (घबराकर, असमंजस में) लिवर को सेंकिए।

राजा : हड़बड़ाकर भाऊसाहब...

भाऊ : नहीं, मुझे नहीं सेंकना है।

[शोरगुल चल रहा है तब हॉल के दरवाज़े पर वसुधा आती है। तो शोर थम जाता है।]

वसुधा : भोजन तैयार है।...(राजा से) आप नहा लीजिये...

[वसुधा जाती है।]

राजा : (हड़बड़ाकर) नहा लेता हूँ। (जाते हुए) यहाँ कौन है जो ढंग से नहा लेता है?...

[राजा जाता है। प्रभा भाऊ को अन्दर ले जाती है।]

प्रभा : चलिये, हाथ-पाँव धो लीजिये साफ़...भोजन बन गया है। लिवर सेंक लीजिये...चावल से...

[सभा, भाऊ जाते हैं।]

[अँधेरा]

अंक : तीन | दृश्य : चार

[वही हॉल। भाऊ, राजा, भोजन कर आते हैं। राजा डकार भरता है। फिर झट से जाकर केला ले आता है। प्रभा आती है। वसुधा को नींद आ रही है।]

राजा : (नर्वस फिर भी खुलेपन का अभिनय करते हुए केला देता है।) लीजिये भाऊसाहब, अपने बग़ीचे का है। भोजन के बाद एक फल भी खाना चाहिए। मेरे पिताजी खाया करते थे। फिर नो कम्प्लेण्ट्स ऑफ़ डाइजेशन।...लिवर एकदम हेल्दी बन जाता है।

[राजा सबको एक-एक केला दे देता है।]

वसुधा : (राजा से) नहीं चाहिए।

[वसुधा केला नहीं लेती। जमुहाई लेती है।]

प्रभा : भाभी, आप आराम करो ना। सफ़र की थकान होगी...और घर आ जाने पर तुरन्त सारे काम भी करने पड़े।...जाइये सो जाइये।

वसुधा : (उठती हुई, प्रभा से) आप भी आराम कीजियेगा...

प्रभा : ठीक है, पहले तुम जाओ...मैं पीछे से आ जाती हूँ।

[वसुधा जाने लगती है।]

भाऊ : (मुश्किल से) पानी।

वसुधा : (रुककर) ले आती हूँ।

प्रभा : भाभी, तुम सो जाओ, मैं ले आती हूँ...

[प्रभा उठकर जाने की तैयारी में, वसुधा भी चली जाती है। प्रभा और भाऊ ने केला नहीं खाया है। अब तक राजा भी केला खाने के लिए हाथ में रखे हुए है। वसुधा के जाते ही तुरन्त खाता है और छिलका ग़ुस्से से उस दिशा में फेंक देता है, जिस दिशा में वसुधा जा चुकी है। पलभर के लिए ख़ामोशी। फिर प्रभा जाकर पानी का लोटा ले जाती है। भाऊ के सामने रखती है। राजा अभी भी ग़ुस्से में क्षुब्ध है। भाऊ पानी नहीं पीता। बदन को ऐंठकर फिर ढीला छोड़ देता है।]

प्रभा : (फुसफुसाती हुई, भाऊ से) संयम से काम लीजियेगा। (भाऊ बदन को खींच लेता है।)

प्रभा : (राजा से, फुसफुसाकर) घर के काम, नौकरी इन बातों से वसुधा भाभी थक जाती होगी ना?

राजा : (अनमनेपन से) हाँ।

[भाऊ उठ जाता है। आधी चहलक़दमी करता है तो झट से प्रभा भाऊ को पकड़कर कोच पर बिठा देती है।]

प्रभा : (फुसफुसाकर, भाऊ से) संयम से काम लीजिये। यहाँ तमाशा नहीं चाहिए। या चले चलते हैं पुणे?

राजा : (ग़ुस्से पर काबू रखकर) रहो। बिल्कुल मत डरो वसुधा से।

प्रभा : (फुसफुसाती, भाऊ पर ध्यान रखती हुई) राजा, जैसा तू कहता

है वैसा स्वभाव नहीं है रे वसुधा भाभी का।

[भाऊ उठने को होता है। प्रभा झट से भाऊ को दबा देती है। बिठा देती है।]

प्रभा : (भाऊ से, फुसफुसाकर) संयम बरतिए। बिल्कुल संयम। (राजा से) वसुधा सो गयी होगी ना रे?

राजा : सो गयी होगी। उसे ठीक से नींद नहीं आती...मुझे भी ढंग से नींद नहीं आती...बेहद डिस्टर्ब्ड।

प्रभा : देखो तो जरा...।

[राजा जाता है। ठण्ड लग रही है। कहते हुए प्रभा शाल ओढ़ लेती है। राजा आ जाता है।]

राजा : सो गयी है।

प्रभा : भाऊ के लिवर की (अँगूठा मुँह की ओर ले जाकर) इसकी याद मर जाने पर मुझे नींद आ जायेगी।

राजा : आदतें कैसे तोड़ी जाती हैं री?

प्रभा : राजा वसुधा का स्वभाव अच्छा है।

राजा : आदतें कैसे तोड़ी जाती हैं री?

प्रभा : वसुधा का स्वभाव अच्छा है।

राजा : (मन नहीं है जैसे) हाँ।

प्रभा : (भाऊ से) हम कल चलेंगे। आज के दिन संयम से काम लीजिये।...हाँ, तो आगे बोलो राजा, मैं कह रही हूँ वसुधा का स्वभाव अच्छा है। (दरम्यान वसुधा चुपचाप आ गयी है। चोरी-चोरी सुन रही है। प्रभा, राजा, भाऊ उसे देख नहीं सकते।) तुम जो कहते हो वैसा नहीं है। तुम बेकार ही वसुधा पर उँगली उठाते रहते हो। देखो ना, कितने मनुहार से हमें परोस रही थी। (भाऊ से) सुन रहे हैं?

राजा : मान लो कि कोई आदमी कंजूस है और उस आदमी ने उदारता का शो किया, तो...उस आदमी को उदारता का शो करते हुए तकलीफ़ होती होगी ना री?

प्रभा : मैं नहीं सोचती कि वसुधा उदारता का शो कर रही होगी।

राजा : नहीं नहीं। मैं तो जनरल बात कर रहा हूँ। मुझे विरासत में यह बंगला, ये कुर्सियाँ, यह कोच सब मिल गया है ना तो ऑफ़िस के मेरे कलिग्ज, दूसरे क्लर्क मुझसे जलते हैं। जलनेवालों को तकलीफ़ नहीं होती होगी?

प्रभा : हाँ। ज़रूर होती होगी।

राजा : तो फिर उनकी समझ में यह बात नहीं आती?

प्रभा : अरे कहावत ही है। जलन से मनुष्य अन्धा हो जाता है। हाँ... हाँ...बोलो राजा, भाऊ सुन रहे हैं।

राजा : लोग मुझसे जलते हैं ना, तो मुझे भी उससे तकलीफ़ होती है री। जानता हूँ तकलीफ़ होती है। मुझे भी तकलीफ़ होती है, उन्हें भी तकलीफ़ होती है।

[राजा कुछ देर ख़ामोश। चिन्तनशील।]

प्रभा : आगे बोलो राजा। मैं ऐसा कहूँगी कि वसुधा स्वभाव से अच्छी है। जैसा तुम कहते हो वैसी नहीं है। वसुधा का स्वभाव अच्छा है, हाँ, बोलो, भाऊ सुन रहे हैं

[भाऊ एकटक होकर राजा को सुनते हैं।]

राजा : मान लो कि वसुधा बस से जा रही है। उसके बाजू की सीट ख़ाली है और उस ख़ाली सीट पर कोई एक ग़रीब फटीचर, गन्दा, अस्वच्छ आदमी आकर बैठ जाता है। वसुधा तुरन्त बेचैन हो उठती है। क्योंकि वह गन्दे आदमी से नफ़रत करती है।

[भाऊ उदास होकर सुनता है।]

प्रभा : मैं कहती हूँ राजा, ग़रीब को साफ़ क्यों नहीं रहना चाहिए?

राजा : उससे बनता नहीं होगा या उसे गन्दे रहने की आदत पड़ गयी होगी। वह अनाड़ी होगा...वसुधा उससे नफ़रत करेगी। और वह अपनी नफ़रत का इज़हार नहीं कर पायेगी, बस में, चार लोगों के बीच वसुधा को अपनी नफ़रत की भावना से तकलीफ़ नहीं

होती होगी ? ज़रूर होती होगी। तो फिर उसे कह देना चाहिए उस गन्दे आदमी से कि साफ़ रहो। नहीं कह सकती हो तो भी उसे नफ़रत की भावना से निजात पानी चाहिए। वसुधा को अपने स्वभाव से तकलीफ़ होती होगी। उसे अपने स्वभाव से तकलीफ़ होती है, मुझे अपने स्वभाव से तकलीफ़ होती है। इतनी बड़ी क़ीमत हम अपने स्वभाव को क्यों देते हैं री ?

[राजा का चिन्तन चालू है तब भाऊ, प्रभा, चोरी-चोरी सुन रही वसुधा सब धीरे-धीरे उदास हो जाते हैं और आख़िर में धीमे सुर में सिसकने लगते हैं।]

[अँधेरा]

२

हृदय

मराठी से अनुवाद : निशिकान्त ठकार

अधिकारपद मिले या न मिले,
मौक़े की जगह मिले या न मिले,
पहला नम्बर आये न आये,
जीने की हाँ, जीने की ऐसी कोई
रीत खोजनी चाहिए कि जीवन
में असली काम करना आना चाहिए।

पात्र परिचय

विट्ठल :	उम्र ४८ से ५० तक
तारा :	उम्र ४५ से ४७ तक, विट्ठल की पत्नी
प्रफुल्ल :	उम्र १७-१८, तारा और विट्ठल का बेटा
श्रीनिवास :	उम्र १७-१८, प्रफुल्ल का दोस्त
वसू :	उम्र ४५-४६, तारा की सहेली
मोहन :	वसू का पति
मिस्टर दिण्डे :	उम्र लगभग ५०, विट्ठल का दोस्त
मिसेस दिण्डे :	उम्र लगभग ५२-५३
मिठापल्ली :	विट्ठल का कार्यालयीन सचिव
शंकर :	तारा का नौकर
सूर्यकान्त :	उम्र ३०-३२
डॉ. वसन्ता :	उम्र ४२-४३, तारा का छोटा भाई
जासूस :	उम्र ५०-५५

दृश्य : एक

[मोहन के बंगले का हॉल। अमीराना। दीवार पर मोनालिसा की तस्वीर। रात दस का समय। छोटी पार्टी की तैयारी हो चुकी है। वसु देखरेख में व्यस्त। वसु का पति मोहन वहीं पर चल-फिर रहा है। पूर्ण सूट पहना हुआ। उसने टाई बाँधी है, लेकिन लगता है कि उसे टाई पसन्द नहीं है। कालर और टाई से अपने हाथ से बेचैनी में हरकतें कर रहा है।]

वसु : (लाड़ से) मोहन, आय नो बुचर शंतनुराव काम्प्लेक्स! तुमने तब से बो-टाई पहनना शुरू किया है, जब से तुमने बिजनेसमेन होना तय किया है...बट् आय लाइक दिस टाई।

[बेल बजती है। नौकर आकर दरवाज़ा खोलता है, जाता है। श्रीमती दिण्डे और श्रीमान दिण्डे आते हैं। पूर्ण सूट पहने श्रीमान दिण्डे ने बो-टाई बाँधी है।]

मोहन : वेलकम...मिस्टर एण्ड मिसेस दिण्डे! (श्री दिण्डे के बो की ओर निर्देश करते हुए) एडवोकेट दिण्डे, यू हैव राइट काइड ऑफ़ टेस्ट ऑन द अर्थ। आय विल् फालो यू।

वसु : (मोहन की टाई की ओर निर्देश करते हुए, झूठे ग़ुस्से से) मुझे यह टाई इतनी पसन्द है न! लेकिन मोहन को तो मेरे पति होने की अपेक्षा बिजनेसमेन होना ज़्यादा पसन्द है।

[श्री दिण्डे मोनालिसा की तस्वीर के पास जाते हैं। श्रीमती दिण्डे और वसु टेबल के पास। मोहन अन्दर जाता है।]

श्रीमती दिण्डे : (वसु से) हाऊ इज तारा? आय हैवंट सीन हर सिंस लास्ट टू मंथ्स।

वसु : शी मस्ट बी वेटिंग फ़ॉर प्रफुल्लाज रिजल्ट्स। प्रफुल्ल एसेस्सी में पहला आया। इण्टर में पहला आया। अब बीई में पहला आने की प्रतीक्षा कर रही होगी।

[मोहन बो लगाकर आता है। दोनों के आसपास खड़ा।]

श्रीमती दिण्डे : (मोहन से) वी आर डिस्कसिंग ताराज केस।

मोहन : ओऽ! देन मिस्टर दिण्डे मस्ट बी प्रेजेंट हिअर। मिस्टर दिण्डे, कमान, दीज टू वीमेन आर अब्यूजिंग तारा...योर फ्रेंड्स वाइफ... लीव मोनालिसा एण्ड कम टु दीज टू वीमेन...

[श्री दिण्डे हँसते हँसते वहाँ आते हैं।]

श्रीमती दिण्डे : (और भी मज़ा लाने के जोश में) दैट्स राइट! सम टाइम्स आय् फील पिटी फ़ॉर तारा...युअर तारा! शी हैज डेवलप्ड फॉरेन कॉम्प्लेक्स, एस्पोशिअली अमरीकी कॉम्प्लेक्स! तारा और विट्ठलजी को कभी फॉरेन जाने को मिला ही नहीं। हाऊ फनी! विट्ठलजी हाउसिंग बोर्ड में डिप्टी इंजीनियर थे, तब वह हाउसिंग प्राब्लेम्स का सेमिनार अटेंड करने चेकोस्लोवाकिया जा सकते थे, तो विट्ठलजी का प्रमोशन हुआ...विट्ठलजी बन गये एक्जिक्यूटिव इंजीनियर और चेकोस्लोवाकिया गया दूसरा ही कोई डिप्टी

इंजीनियर...फिर एक्जिक्यूटिव इंजीनियर्स का एक ग्रुप हाउसिंग प्राब्लेम्स की स्टडी करने लन्दन जानेवाला था, तो बराबर उसी विट्ठलजी को फिर प्रमोशन हुआ और विट्ठलजी लन्दन जाने से रह गये। अब विट्ठलजी निर्माण विभाग के सेक्रेटरी हैं, तो मन्त्रियों का ही विदेश जाने का रिवाज शुरू हुआ!

[सब हँसते हैं।]

श्री दिण्डे : इट्स आल पोलिटिक्स!

श्रीमती दिण्डे : इट माइट बी पोलिटिक्स! बट इट्स अ फनी स्टोरी! फोरेन जाने की आपोर्चूनिटी आती है तब बराबर प्रमोशन!

श्री दिण्डे : लेकिन विट्ठल का कैलिबर ही इतना कि पोलिटिक्स के बावजूद उसे प्रमोशन मिलता ही है।

श्रीमती दिण्डे : ऊंह! आय ऐम नॉट स्पीकिंग एबाउट प्रमोशन एण्ड पोलिटिक्स, ! आय ऐम स्पीकिंग एबाउट अ फनी पार्ट इन इट। एण्ड मोस्ट फनी थिंग इज तारा हैज डेवलप्ड अ फोरेन कॉम्प्लेक्स। मैं और डार्लिंग दिण्डे इमिजिएटली आफ्टर अवर मैरिज, लास्ट इयर, अमरीका हो आये। आप भी तो तीन बार यूरोप हो आये।

वसु : (शेखी बघारते) आय ऐम फेड अप आफ दि वेस्ट...रादर एनी फोरेन कण्ट्री। हमारी शुभदा पन्द्रह दिन बाद मास्को जाने ही वाली है...राघव ने क्रिकेट को अपना कैरियर बना लिया है...मतलब वह सौ बार तो भी यूरोप जायेगा...

श्रीमती दिण्डे : नाऊ यू आब्जर्व ताराज बिहेवियर टुनाइट इन धिस पार्टी, व्हेन द पार्टी इज अरेंज्ड फ़ॉर द रीजन दैट मोहनराव इज गोइंग टू लन्दन...

वसु : आय वण्डर...यू आर ऐन एक्ट्रेस इन देसी ड्रामा एण्ड स्पीकिंग ऑल द टाम इन इंग्लिश...

श्रीमती दिण्डे : (ख़ूब हँसकर) ओके अपनी भाषा में बोलती हूँ...

वसु : तारा और विट्ठलजी के मसलों को छोड़कर।

श्रीमती दिण्डे : आय नो वसु, तारा तुम्हारी सिन्स स्कूलडेज सहेली है...एण्ड तारा के बारे में तुम्हें सॉफ्ट कॉर्नर है ही।

श्री दिण्डे : (श्रीमती दिण्डे से) तुम अब सेमी देसी में बोल रही हो।

[वसु हँसती है।]

श्रीमती दिण्डे : मैं अपने साथ किया मज़ाक़ पसन्द करती हूँ।

मोहन : मैं भी साथ ऊपर किया मज़ाक़ पसन्द करता हूँ।

श्रीमती दिण्डे : नाऊ सी...ओके। मैं अब पूरी अपनी भाषा में बोलूँगी। अपने भारत में अमीर वर्ग अल्पसंख्य है। अल्पसंख्यकों को जिस बेबसी का सामना करना पड़ता है हम अमीरों को भी उसका सामना करना पड़ता है...इसलिए हम अमीरों को चाहिए कि आपस में एक-दूसरे का मज़ाक़ उड़ाते हुए दिल बहलायें। आपस में एक-दूसरे की आलोचना करनी चाहिए। उसके बिना अपना अमीरी कल्चर...सॉरी, संस्कृति, डेवलप, सॉरी... अं...अं... डेवलप के लिए प्रापर देसी शब्द क्या है?

मोहन : विकास करना।

श्रीमती दिण्डे : राइट! हम अमीरों की संस्कृति कैसे विकास करेगी?

मोहन : राइट! आय ऐग्री वुइथ मिसेस दिण्डे।

वसु/श्री दिण्डे : (एकदम, मोहन से) देसी भाषा! देसी भाषा!

[सब हँसते हैं।]

श्रीमती दिण्डे : दिस इज वेरी इंटरेस्टिंग। वसु, तुम तारा की स्कूलडेज से सहेली। मिस्टर दिण्डे भी विट्ठल जी के फास्ट फ्रेंड प्लस विट्ठलजी के इन्कम टैक्स एडवायजर, प्रापर्टी एडवायजर...रहने दो अँग्रेज़ी शब्द...सो वॉट आय एम डेवलपिंग...याने वसु और मिस्टर दिण्डे तारा-विट्ठलजी के दृश्य पर एक तरफ़ हैं तो मैं और मोहनराव तारा-विट्ठलजी की आलोचना करनेवाले...

मोहन : येस...

श्रीमती दिण्डे : याने कि तारा-विट्ठलजी से बनी वसु-मिस्टर दिण्डे की एक रिलेशनशिप और मेरी-मोहनराव की एक रिलेशनशिप...

मोहन : राइट...

श्रीमती दिण्डे : नाऊ आय फैन्सी...विथ दिस थ्रेड, इफ आय एण्ड मोहनराव

डेवलप, याने कि मेरे और मोहनराव के सम्बन्धों का विकास हुआ...

[श्रीमती दिण्डे सहसा हँसने लगती है। मोहन हँसने में शामिल हो जाता है। फिर श्री दिण्डे हँसते हैं। अन्त में वसु हँसती है।]

मोहन : (हँसते हुए) बट् आय एम गोइंग टू लन्दन...
श्री दिण्डे : एण्ड आय एण्ड वसु और हिअर...

[फिर सब ज़ोर से हँसते हैं।]

श्रीमती दिण्डे : मैं तो सोचती हूँ कि हम जैसे अमीर लोगों का एक कल्चर जर्नल होना चाहिए। मैं एडिट करूँगी...गासिप... हैबिट्स अपने प्राब्लेम्स, अपने सुख-दुख, अपनी मुसीबतें...
मोहन : आय एप्रिशियेट दिस आइडिया...

[बेल बजती है।]

वसु : आ गये तारा और विट्ठल जी।

[श्रीमती दिण्डे ज़्यादा ही हँसती है। नौकर आकर दरवाज़ा खोलता है। जाता है। विट्ठल-तारा आते हैं। सब एक-दूसरे की आवभगत करते हैं। विट्ठल ने बो पहना है। तारा क़रीब-क़रीब सुन्दर, आधुनिक। विट्ठल-तारा क्रम से मोहन-वसु की उम्र के।]

मोहन : वेलकम, विट्ठल जी...एण्ड कांग्रेचुलेशन्स!
तारा : (मोहन से) वॉट फ़ॉर...लन्दन जानेवाले बिजनेसमेन के डेलिगेशन के अध्यक्ष तो आप हो गये हैं, विट्ठल नहीं...
मोहन : (नटखटपने से, विट्ठल के बो को पकड़कर) फार दिस बो!...यू हैव राइट काइड ऑफ़ टेस्ट आन द अर्थ, बो इज अ टिपिकल टेस्ट...
श्री दिण्डे : पीपल आर बिकमिंग रैशनल, डेमोक्रेटिक, रिच, प्लेजरसीकर्स, बट आर लूजिंग इन अर्थली मैटर्स।
श्रीमती दिण्डे : ऑन द कांट्रेरी, पीपल आर बिकमिंग मोअर एण्ड मोअर मटीरिएलिस्टिक एण्ड लूजिंग स्पिरिचुअल सेन्स।

विट्ठल : मिस्टर एण्ड मिसेस दिण्डे, आप दोनों की राय भिन्न होने के बावजूद आपका मैरिड लाइफ हैपी है, इसलिए कांग्रेचुलेशन्स।

श्रीमती दिण्डे : ओह! अवर मैरिज इज यंग। जस्ट वन इअर ओल्ड, एण्ड आय नो माय ओन नेचर एण्ड माय ओपीनिअन्स। आय एम अ प्लेजर सीकर। एण्ड आय एन् प्राऊड आफ इट! और मुझे दूसरों का भला होना भी पसन्द नहीं है। मे ही बी माय हजबैण्ड! मिस्टर दिण्डे को उसकी इस उम्र में डिवोर्स लेकर मुझसे शादी करने के लिए मजबूर किया...आय लाइक टु डिस्टर्ब आदर्स... लेटस् हरी अप नाउ।

[बोतल खोल दी जाती है। गिलासें भरी जाती हैं।]

श्रीमती दिण्डे : चिअर्स...टु मोहनरावज् टूर टु लन्दन...

सब : चिअर्स...

[ड्रिंक जारी रहता है।]

वसु : (अजीब ढंग से) अभी जो एब्सेंट हैं, हम उनके बारे में बुरा नहीं बोलेंगे।

तारा : यानी हमारे आने से पहले हमारे बारे में क्या बुरा बोले थे?

श्रीमती दिण्डे : (ख़ूब हँसकर, फिर संजीदा होकर) इसीलिए बड़ी पार्टी करनी चाहिए। सभी पहचानवालों को बुलाना चाहिए।

श्री दिण्डे : नो, नो! छोटी पार्टी ही अच्छी होती है।

श्रीमती दिण्डे : ओके। हाँ तो फिर शुरू कीजिये कम्युनिकेशन...अपनी ज़बान में...दिल की बात।

[सब बिना कुछ सूझे चुप होते हैं। एक-दूसरे को देखते रहते हैं।]

श्रीमती दिण्डे : ओके। आय विल बिगिन। मैं और मिस्टर दिण्डे, हम दोनों परसों फन करने के लिए शिमला जा रहे हैं।

तारा : (तुरन्त) हमारे प्रफुल्ल को केलिफोर्निया इंस्टिट्यूट ऑफ़ टेक्नालॉजी में एडमिशन मिला है।

[श्रीमती दिण्डे कुछ ज़्यादा हँसती है। वसु तत्काल चौकन्ना। तारा कुछ भौचक-सी।]

मोहन : (जान-बूझकर) आप सब तो जानते ही हैं, लेकिन फिर भी कम्युनिकेशन के लिए कह रहा हूँ, मैं लन्दन जा रहा हूँ। सेंट्रल मिनिस्ट्री ऑफ़ कामर्स ने लन्दन जानेवाले डेलिगेशन के लिए मुझे अध्यक्ष के रूप में चुना गया है।

श्रीमती दिण्डे : द रीजन इज सिम्पल। मोहनराव का दोस्त ही अब कामर्स का मिनिस्टर बना हुआ है। (ज़्यादा हँसती है।) लुक माय डिअर फ्रेंड्स दिस इज फार काएड कम्युनिकेशन। कम्युनिकेशन मतलब कुछ तो अलग होता है। बट आय एम नाट ए सीकर आफ लाइफ। इसलिए हर शब्द के सही मायने ढूँढ़ने में मेरी दिलचस्पी नहीं है।

वसु : मिसेस दिण्डे, तुम्हारा मज़ाक़ उड़ाने को मेरा जी चाहता है। तुम्हें सही मायने ढूँढ़ने में दिलचस्पी नहीं है ना? मुझे तुम्हें मुश्किल में डालना है। हम सब को अब हर एक के प्रति ऑनेस्ट होना है...मतलब...मतलब...हाँ, हमें अपनी-अपनी ज़िन्दगी के करप्शन पर बोलना है...

श्रीमती दिण्डे : गुड आयडिया! यूँ भी ड्रिंक लेने के बाद सबकॉन्शस का सबकुछ बाहर आ ही जाता है। लेट अस गिव इट अ वे...

श्री दिण्डे : आय एम अम्यूज्ड एट दिस आयडिया।

तारा : (श्री दिण्डे से) आप अपनी सेक्सुअल लाइफ के बारे में ऑनस्टेली बतायेंगे?

[विट्ठल हँसता है।]

विट्ठल: (हँसते हुए) कमॉन, मिस्टर दिण्डे...

श्री दिण्डे : (पलभर सोचकर मज़ाक़ में) मैं इनकम् टैक्स एडवायजर हूँ... इतना भर कह दिया तो मेरी अपनी ज़िन्दगी के करप्शन पर बोलने जैसा ही है।

मोहन : मैं बिजनेसमेन हूँ...इतना भर कह दिया तो भी मेरा अपनी ज़िन्दगी के करप्शन पर बोलने जैसा ही है।

विट्ठल: मैं सरकार के निर्माण विभाग में सेक्रेटरी हूँ..इतना भर कह दिया तो मेरा अपनी ज़िन्दगी के करप्शन पर बोलने जैसा ही हो गया।

श्रीमती दिण्डे : (बहुत हँसकर) हम औरतें क्रम से आपकी औरतें हैं...(बहुत हँसकर) इतना भर कह दिया तो हमने अपनी ज़िन्दगी के करप्शन पर बोलने जैसा ही हो गया।

[सब ख़ूब हँसते हैं।]

वसु : नाऊ, लेट्स टेक अदर साइड ऑफ़ लाइफ। हम अब अपनी ज़िन्दगी की नॉन-करप्ट बातें बतायेंगे।

मोहन : इट्स थ्रिलिंग! इट रिमाइण्ड्स मी माय बिलिंग पास्ट। मैंने अपनी वीरता के बल पर कर्नल पद पा लिया।

श्रीमती दिण्डे : कौन-से वर्ष?

मोहन : १९४३ में।

विट्ठल: मैंने सिर्फ़ एक वर्ष जूनियर इंजीनियर का काम किया और मात्र एक वर्ष में डिप्टी इंजीनियर बन गया मेरे काम की बदौलत।

श्रीमती दिण्डे : कौन-से वर्ष?

विट्ठल: १९४४ में।

श्रीमती दिण्डे : (श्री दिण्डे से) युवर टर्न नाउ...

श्री दिण्डे : मैं एलएलबी में पहला आया तब सरकारी वकील का ओहदा मेरे पास अनायास आया था...आय वाज गोल्ड मेडलिस्ट एट लॉ...

श्रीमती दिण्डे : कौन-से वर्ष?

श्री दिण्डे : १९४४ में।

श्रीमती दिण्डे : (ख़ूब हँसकर, एक-एक की तरफ़ उँगली दिखाकर) १९४३, १९४४, १९४४ (संजीदा होकर) १९४७ के बाद की बात कीजिये...(सुनाती हुई) हाँ, बोलिये...१९४७ के बाद की बात...

[सारे चुप। सोच में डूबे हुए।]

तारा : (सहसा उत्स्फूर्त होकर) हमारा प्रफुल्ल! १९४८ में जन्मा!

वसु : हमारा राघव १९४९ में और शुभदा १९५२ में।

श्रीमती दिण्डे : मिस्टर दिण्डे की पहली बीबी बिना बच्चा पैदा किये ही

चल बसी, मिस्टर दिण्डे की दूसरी बीबी से हुआ बेटा पप्पू १९५१ का है। मुझे और मिस्टर दिण्डे को बच्चा होगा तो वह भी १९४७ के बाद का ही होगा।

तारा : (अजीब ढंग से) राघव सिफ़ारिश से क्रिकेट की टीम में गया... शुभदा सिफ़ारिश की वजह से यंग डान्सर्स ग्रुप में मास्को जा रही है। पप्पू को भी सिफ़ारिश की बदौलत मिलिटरी स्कूल में एडमिशन मिली है। हमारा प्रफुल्ल बिना सिफ़ारिश के ही एसेस्सी में पहला आया। बिना सिफ़ारिश के ही इण्टर में पहला आया। बिना सिफ़ारिश के ही बीई में पहला आयेगा...आय एम् शुअर...हमारा प्रफुल्ल...हमारी ज़िन्दगी की नॉन करप्ट हक़ीक़त... १९४७ के बाद की...

[तारा थकी हुई। सब अजीब ढंग से ख़ामोश। फिर श्रीमती दिण्डे ज़ोर से हँसती है।]

[अँधेरा]

दृश्य : दो

[तारा के बंगले का हॉल। बहुत अमीरी ठाट। हॉल में एक रेकॉर्ड प्लेयर ज़रूरी और फ़ोन। दोपहर क़रीब चार का समय। रंगभूमि पर सिर्फ़ मिठापल्ली। फ़ोन बजता है। मिठापल्ली उठाता है।]

मिठापल्ली : (फ़ोन पर) येस् सर...थैंक्यू सर।

मिठापल्ली फ़ोन रखता है। डायरी में दर्ज करता है। फिर फ़ोन बजता है। मिठापल्ली फ़ोन उठाता है।

मिठापल्ली : (फ़ोन पर) हैलो! मैं पांगारेसाहब का पीए बोल रहा हूँ...हाँ, पांगारे साहिब बिजी हैं...येस् सर...थैंक्यू सर...

[मिठापल्ली फ़ोन रखता है। डायरी में दर्ज करता है। फिर फ़ोन बजता है। मिठापल्ली उठाता है।]

मिठापल्ली : (फ़ोन पर) हैलो ! मैं पांगारे साहब का पीए बोल रहा हूँ। येस सर। पांगारे साहब बिजी हैं...आँ ?...नहीं, नहीं, मन्त्रालय में अभी पत्रकार परिषद बुलायी है, वहाँ जानेवाले हैं...अभी, तुरन्त...रात देर-सबेर लौटेंगे। येस्सर...शुअर्ली सर...थैंक्यू सर...हाँ...हाँ... पांगारे साहब का तो यह बड़ा सम्मान है...जी हाँ... हाँ...शुअर्ली सर...थैंक्यू सर...

[मिठापल्ली फ़ोन रखता है। डायरी में दर्ज करता है। फिर फ़ोन बजता है। मिठापल्ली उठाता है।]

मिठापल्ली : (फ़ोन पर) हैलो...मैं पांगारे साहब का पीए बोल रहा हूँ...अरे निकम्या तू तुझे कैसे पता कि मैं यहाँ हूँ ? आँ ? (हँसता है) अरे, देख, निकम, आहिरे, कुलकर्णी और अपने सब चॉलवाले दोस्त हैं ना, सबको बता दे, मैं पार्टी देनेवाला हूँ पार्टी...(गम्भीरता से) अरे तू तो जानता ही है कि पिछले तीन वर्षों से घर के डिज़ाइन पर मैं कितनी मेहनत कर रहा हूँ।...हाँ, हाँ, (हँसता है) पांगारे साहब की पावर तो बढ़ेगी ही, लेकिन मेरी भी बढ़ेगी...सिर्फ़ सक्सेस किसी काम का नहीं, पावर बढ़नी चाहिए, पावर...अरे पावर मतलब पैसा...पैसा। (हँसता है) हाँ, माडर्न डिक्शनरी में है यह मीनिंग। अच्छा, कल विस्तार से मिलूँगा। हाँ, और देख, यह देख निकम, अरे मेरा अभिनन्दन तो भी कर !...(हँसता है) थैंक्यू...आँ ? तेरे अभिनन्दन को मैं साहब तक पहुँचा दूँगा, लेकिन पूछेंगे कि यह निकम कौन है, तो क्या बताऊँगा ?...नहीं, नहीं, नहीं, अरे मेरा दोस्त बताने में क्या मज़ा ? हाँ, नहीं, नहीं, ऐसा करता हूँ साहब से कहता हूँ कि निकम नाम के एक आम आदमी का फ़ोन आया था आपका अभिनन्दन करने के लिए... हाँ...आम आदमी अभिनन्दन करे यह बड़ी ग्रेट बात होती है !...हाँ...अच्छा, कल फुरसत से मिलूँगा... हाँ...थैंक्यू थैंक्यू थैंक्यू।

[मिठापल्ली फ़ोन रखता है। डायरी में दर्ज करता है। फिर फ़ोन बजता है। मिठापल्ली फ़ोन उठाता है।]

मिठापल्ली : (फ़ोन पर) हैलो, मैं पांगारे साहब का पीए बोल रहा हूँ...हाँ... होल्डान प्लीज...

[मिठापल्ली रिसीवर बाजू रखकर दरवाज़े की तरफ़ जाने लगता है तभी विट्ठल आता है।]

मिठापल्ली : सर, दिण्डे साहब का फ़ोन है...

विट्ठल : (फ़ोन पर) हैलो, मैं विट्ठल, क्यों रे दिंडया, (हँसते हुए) शिमला क्या कहता है? (हँसता है) थैंक्यू...नहीं रे, पीता कहाँ से बैठ सकता हूँ? पत्रकार परिषद बुलायी है, उधर जाना है...हाँ...ऑफ़ कोर्स, इफ इट इज टेकन सीरियसली, माय डिज़ाइन विल साल्व आल द हाउसिंग प्राब्लेम्स ऑफ़ द वर्ल्ड...(हँसता है) मेरी बुद्धिमत्ता की तारीफ़ बस करो...तुम अपने बारे में बताओ, (ख़ूब हँसकर) नहीं, मतलब हाऊ इज योर सेक्सुअल लाइफ गोइंग ऑन? (बहुत-बहुत हँसता है)... हैलो... हैलो... हाऊ आर यू मिसेस दिण्डे?...तारा इज नैचुरली हैपी, यू सी...नहीं, वह अभी बाथ ले रही है। थैंक्यू... स्टोरी? ओं, यू आर लाइक अ चाइल्ड। द स्टोरी इज सिम्पल...मेरे मुँह से सुनना है, तो कहता हूँ। (गम्भीरता से) क्या है कि मैंने ऐसे घरों का डिज़ाइन बनाया है कि जो अविकसित राष्ट्रों के लिए क़िफायती होगा, कम से कम ख़र्च का, और सभी सीजनों के लिए जो कम्फर्टेबल होगा...हाँ...और यूनो ने मेरा सम्मान किया है...(बहुत हँसकर) नेचुरली, ताजमहल बनाने के दिन नहीं रहे...अब कामन मेन के लिए सबकुछ करना है (हँसता है)...थैंक्यू...ओ येस...हैपी लाइफ टु यू आ ब्सो...बाय।

[विट्ठल फ़ोन रखता है।]

मिठापल्ली : सर, अभी आप कॉमन मेन के बारे में फ़ोन पर बात की न, तो एक निकम नाम के कॉमन मेन का फ़ोन आया था आपका अभिनन्दन करने के लिए।

विट्ठल : अच्छा?

मिठापल्ली : (डायरी खोलकर) सर, बाबाराव जगताप, देशपाण्डे, डाक्टर

गायतोण्डे के भी आपके अभिनन्दन के फ़ोन आये थे।

[फ़ोन बजता है। मिठापल्ली उठाता है।]

मिठापल्ली : (फ़ोन पर) हैलो, मैं पांगारे साहब का पीए बोल रहा हूँ...हाँ... होल्डान प्लीज, (विट्ठल से) सर, मराठवाड़ा के विधायक सालोखे साहब बात कर रहे हैं।

[विट्ठल फ़ोन लेता है। तारा आती है।]

विट्ठल: (फ़ोन पर) हैलो, मैं पांगारे...नमस्कार, नमस्कार... हाँ...हाँ...हाँ आपका मेसेज मिल गया (काफ़ी देर सुनकर) क्या है, सालोखे साहब कि अभी तो सिर्फ़ घर का डिज़ाइन बन गया है। अब पूरी स्कीम तैयार होगी, फिर उस स्कीम को किसी जगह पर असल में लाना है। बड़ी बात यह है कि रिजल्ट का एनालिसिस करना होगा। (काफ़ी देर सुनने के बाद) देखिये सालोखे साहब, औरंगाबाद में एक्सपेरिमेंटर बेसिस पर ऐसे घर बनवाने के बारे में ज़रूर सोचा जा सकता है।...लेकिन सच कहूँ? सालोखे साहब मन्त्रिमण्डल की नीति तय हुई है कि जहाँ इण्डस्ट्री बढ़ रही है, वहीं पर इस स्कीम को लागू करना है...हाँ, लेकिन अब गवर्नमेण्ट तो आपकी ही पार्टी की है, और हम भी तो आपकी ही सुननेवाले हैं...फिर भी मुझे ऐसा लगता है कि आप...मराठवाड़ा में इण्डस्ट्री का जाल बुनाइये और देखिये कि गृहनिर्माण विभाग आ ही जायेगा पीछे-पीछे...थैंक्यू अच्छा।

[विट्ठल फ़ोन रखता है।]

विट्ठल: लगता है इस सालोखे को दूसरी कोई चरागाह नहीं मिल रही है चरने के लिए इसलिए गृहनिर्माण में दख़लन्दाज़ी कर रहा है।

मिठापल्ली : सर, साहित्य संस्कृति मण्डल में सालेखे साहब को जगह देने की ख़बर थी, पता नहीं, उसका क्या हो गया।

विट्ठल: (आदेश की तरह) मिठापल्ली, अब आप चलते बनिए।

मिठापल्ली : चलता हूँ सर।

[मिठापल्ली जाता है। तारा नर्वस दिखती है।]

विट्ठल : (तारा से) क्या हुआ?

तारा : मुझे प्रफुल्ल की बड़ी फिक्र हो रही है। प्रफुल्ल सुबह नौ बजे से बाहर गया हुआ है। अब चार बज चुके हैं। चार-पाँच दिनों से ऐसा ही चल रहा है उसका। खाने के लिए भी घर नहीं आता, रात बारह बजे लौटता है।

[फ़ोन बजता है।]

विट्ठल : अभी रिजल्ट आना है। बाहर मज़े करता होगा।

[विट्ठल फ़ोन उठाता है।]

विट्ठल : (फ़ोन पर) पांगारे स्पीकिंग...थैंक्यू वेरी मच...थैंक्यू थैंक्यू।

[विट्ठल फ़ोन रखता है।]

तारा : तुम्हारा ध्यान ही नहीं है प्रफुल्ल की तरफ़। प्रफुल्ल मुझे आजकल नार्मल नहीं दिखायी दे रहा है। अरे, मेरे साथ ठीक से बात भी नहीं करता। सुबह मैंने यूनो के तुम्हारे सम्मान की ख़बर सुनायी तो जैसे उसने सुनी ही नहीं। मेरी बात की तरफ़ उसका ध्यान ही नहीं था। बिना कुछ बोले बाहर चला गया।

[फ़ोन बजता है। विट्ठल उठाता है।]

विट्ठल : (फ़ोन पर) पांगारे स्पीकिंग...ओ...थैंक्यू वेरी मच... थैंक्यू।

[विट्ठल फ़ोन रखता है।]

तारा : विट्ठल, प्रफुल्ल को इस बात की तो फिक्र नहीं होगी कि वह बीई में पहला आयेगा या नहीं?

विट्ठल : (जरा-सा हँसकर) तुम्हीं को फिक्र लगी हुई है, है ना?

तारा : उस दिन वसु के घर मैंने मिसेस दिण्डे से ज़ोर से कहा ना, कि बिना किसी सिफ़ारिश से प्रफुल्ल बीई में पहला आयेगा, उस दिन से फिक्र लगी हुई है...बेकार ही बोली।

विट्ठल: प्रफुल्ल बीई में पहला नहीं आया तो नहीं! उसे केलिफोर्निया में एडमिशन मिल चुका है, बस हो गया।

तारा : ऐसा नहीं है रे, विट्ठल...प्रफुल्ल ऐस्सेसी में पहला आया। इण्टर में पहला आया। अब बीई में पहला आयेगा या नहीं इस बात की उसे फिक्र होना ग़लत नहीं है। प्रफुल्ल जैसे किसी टेंशन के दबाव में जी रहा है। वसन्त को कन्सल्ट करना होगा।

विट्ठल: कन्सल्ट वग़ैरह करने की बिल्कुल ज़रूरत नहीं है। और ख़ासकर वसन्त से तो बिल्कुल ही नहीं। वह सिर्फ़ डिग्रीवाला सायक्रिएट्रिस्ट है। एक केस ठीक से कर नहीं पाता। उसकी पत्नी...सॉरी, तुम्हारी भाभी लेक्चरर है इसलिए वसन्त की गृहस्थी चल रही है। (रुककर, समझाते हुए) यूनो ने मेरा सम्मान किया है। ज़िन्दगी में ख़ुशी का लमहा आया है और तुम फिक्र करती बैठी हो। (और भी समझाते हुए) प्रफुल्ल दिनभर बाहर ही रहता है ना, रहने दो...उसकी जवानी की शुरुआत है, बाहर विशाल मुम्बई है, उसकी जेब में रोज़ सौ के नोट डालती जाओ... मज़े करने दो...अब देखो...हँसो...मैं चलता हूँ...

[विट्ठल जाने लगता है। फ़ोन बजता है।]

विट्ठल: (जाते-जाते, बजते हुए फ़ोन की तरफ़ इशारा कर, तारा से) ओ प्लीज...

[विट्ठल जाता है। तारा फ़ोन उठाती है।]

तारा : (फ़ोन पर) हैलो, मिसेस पांगारे स्पीकिंग...नहीं, अभी पत्रकार परिषद है, उधर गये हैं साहब...हाँ... अच्छा... बाय्...

[तारा फ़ोन रखती है। फिर उठाकर नम्बर घुमाती है।]

तारा : (फ़ोन पर) हैलो सुमतिजी हैं? मैं मिसेस पांगारे बात कर रही हूँ। क्या श्रीनिवास है?...आँ? ऐसा कोई काम तो नहीं था श्रीनिवास से। क्या प्रफुल्ल आया हुआ है, यही पूछना था...

[दरमियान बेल बजती है। शंकर आकर दरवाज़ा खोलकर जाता है।

सूर्यकान्त आवले आकर खड़ा होता है। तारा का उसकी तरफ़ ध्यान नहीं।]

तारा : (फ़ोन पर, मुश्किल से हँसते हुए) नहीं पता चला न रिजल्ट का? हाँ, देखना है अब...वैसे तो इण्टर में प्रफुल्ल पहला आया और श्रीनिवास दूसरा, और दोनों के मार्कों में कुछ ख़ास अन्तर नहीं था...अब श्रीनिवास भी पहला आ सकता है।...हाँ जी, श्रीनिवास पहला आयेगा तो मुझे उतनी ही ख़ुशी होगी जी!...इस उम्र में दिल को बड़ा करना चाहिए...हाँ जी...अच्छा, बाय।

[तारा फ़ोन रखती है।]

सूर्यकान्त : मैं सूर्यकान्त आवले!

तारा : हाँ...

सूर्यकान्त : बापूसाहब जगदाले जी का भानजा। पांगरे साहब घर पर हैं?

तारा : नहीं, अभी पत्रकार परिषद है, उधर गये हैं।

सूर्यकान्त : पांगारे साहब का युनो ने सम्मान किया इसलिए मामाजी ने यह उपहार भेजा है।

[सूर्यकान्त बक्सा तारा को देता है।]

तारा : (बक्सा लेकर) आप क्या लेंगे? चाय, कॉफी, कोल्ड्रिंक?

सूर्यकान्त : नहीं, नहीं, अभी कुछ नहीं। अच्छा, चलता हूँ।

तारा : हाँ, आइये...

[सूर्यकान्त जाता है। तारा बक्सा खोलकर अन्दर की चाँदी की थाली को तोलती है। बेल बजती है। तारा जल्दी से थाली को छिपाती है। शंकर आकर दरवाज़ा खोलता है। वसु आती है। फ़ोन बजता है। शंकर फ़ोन उठाता है।]

शंकर : (फ़ोन पर) हैलो, हाँ?...नहीं, साहब घर पर नहीं हैं। मन्त्रालय में पत्रकार परिषद है, उधर गये हैं...रात में देर से ही आयेंगे... हाँ...हाँ। कल सुबह फ़ोन कीजिये... हाँ...ठीक...

वसु : (तारा से, शंकर फ़ोन पर बोल रहा था तब) कांग्रेच्युलेशन्स तारा...

तारा : अरी काहे का कांग्रेच्युलेशन्स...कौन-सी बड़ी बात है।

[शंकर फ़ोन रखता है। बेल बजती है। शंकर दरवाज़ा खोलता है। वसन्ता आता है। शंकर अन्दर चला जाता है।]

वसन्ता : (उमंग से) कांग्रेच्युलेशंस तारा...

तारा : उस में क्या बड़ी बात है।

वसु : वसन्ता, सुन अपनी बहन की बात। इतना बड़ा सम्मान किया यूनो ने विट्ठलजी का और यह कहती है कि क्या बड़ी बात है।

वसन्ता : (तारा की आँखों को देखकर) ए, ए वसु...आँ...वसु, तारा की आँखें आज नार्मल नहीं दिखायी देती हैं न? दरअसल, अभी तारा की आँखों में आनन्द की मात्रा ज़्यादा होनी चाहिए थी। दैट वुड बी नेचुरल। विट्ठलजी का यूनो ने सम्मान किया है... इण्टरनेशनल रेकाग्निशन मिला है...और तारा की आँखों में फिक्र, चिन्ता?

तारा : (फिक्र से) वसन्ता...

वसन्ता : (प्रेम से) क्या हुआ, तारा?

तारा : (और भी अधिक फिक्र से) प्रफुल्ल बीई में पहला आयेगा या नहीं, बड़ी फिक्र लगी है रे।

वसु : अरी, प्रफुल्ल एसेस्सी में पहला आया, इण्टर में पहला आया। अब बीई में भी वह पहला ही आयेगा।

वसन्ता : हाँ...

तारा : उस दिन मैंने बड़े गर्व से मिसेस दिण्डे से कहा था न, कि बिना किसी सिफ़ारिश के प्रफुल्ल बीई में पहला आयेगा ही, उस दिन से फिक्र लगी हुई है। बहुत बेचैनी हो रही है, कि प्रफुल्ल पहला आयेगा या नहीं।

वसन्ता : (वसु से) क्यों? क्या हो गया उस दिन?

वसु : (वसन्ता से) अरे मोहन लन्दन जाने वाला था न, उस के दो दिन पहले एक रात में हमने गेट टुगेदर किया था। हम दोनों मिस्टर एण्ड मिसेस दिण्डे और तारा और विट्ठलजी। तो मिसेस दिण्डे ने करप्शन पर गॉसिप शुरू की। बोली कि अपनी-अपनी ज़िन्दगी

की नान-करप्ट घटना बताओ। तो तारा ने कुछ गर्व से ही कहा कि हमारा प्रफुल्ल सब तरफ़ बिना सिफ़ारिश के पहला आया...

तारा : बेकार ही मैं गर्व से बोली...

वसन्ता : अरे, बट हू इज मिसेस दिण्डे? थर्ड क्लास एक्ट्रेस एण्ड द थर्ड वाइफ आफ इन्कम टैक्स एडवायजर दिण्डे? वह दिण्डे उसे भी बाहर कर देगा और चौथी औरत ले आयेगा। डर्टी वुमनायजर! और उसकी बात को क्यों इतना दिल को लगाना?...सीधे एक्जामिनेशन बोर्ड के चेअरमेन को फ़ोन करना और प्रफुल्ल को पहला नम्बर दिलवाना।

वसु : तारे, ऐसा ही करते हैं। बेकार में रिस्क नहीं चाहिए। हमारी शुभदा का मास्को जानेवाले यंग डान्सर्स ग्रुप में अपने आप सिलेक्शन हो गया होता, लेकिन रिस्क क्यों ले, इसलिए हमने इधर-उधर कांटैक्ट किये।

वसन्ता : तारा, प्रफुल्ल को पहला लाने की जिम्मेदारी मुझ पर सौंप दे। आय विल टेक इण्टरेस्ट।

तारा : वसन्ता, तुम करोगे?

वसन्ता : मैं कर ही देता हूँ। फिर तो हो गया?

वसु : (वसन्ता से) तुम कर ही दो यह काम।

वसन्ता : मैं कर ही देता हूँ और तारा, सिर्फ़ तुम्हारे लिए हाँ...और आफकोर्स प्रफुल्ल के लिए भी। वह मेरा भानजा भी तो है। लेकिन तारा यह, मैं यह काम विट्ठलजी के लिए बिल्कुल ही नहीं कर रहा हूँ। मुझे विट्ठलजी का स्वभाव बिल्कुल ही पसन्द नहीं है। वासन्ती तो कभी तुम्हारे यहाँ आती भी नहीं।

तारा : (फिक्र से) वसन्ता...

वसन्ता : करता हूँ बोला तो करूँगा ही, चलो अब फिक्र, चिन्ता सबकुछ निकाल दो, कमॉन, स्माइल...

वसु : तारे, वसन्ता अब सबकुछ देख लेगा। बी शुअर प्रफुल्ल विल बी फर्स्ट।

तारा : अब मुझे कुछ धीरज बँधा।

वसन्ता : अब तुम उसकी बिल्कुल ही फिक्र मत करो...

तारा : बहुत अच्छा लग रहा है, वसन्ता, तुम्हारी बात से लगता है कि मन का बोझ उतर गया।

[तारा बक्सा खोलकर उसमें से चाँदी की थाली बाहर निकालती है। वसु को देती है।]

तारा : विट्ठल का सम्मान किया युनो ने, इसलिए बापूसाहब जगदाले ने तोहफा भेज दिया है।

वसु : (वजन तोलते हुए) काफ़ी भारी है।

वसन्ता : आँ...आँ...तारा...तारा इसे देख कर याद आया देखो, प्रफुल्ल के लिए कोशिश करनी है तो कुछ न कुछ तो देना पड़ेगा...

तारा : मतलब? कह देना कि विट्ठलजी पांगारे, सेक्रेटरी टू द मिनिस्ट्री ऑफ़ बिल्डिंग एण्ड कंस्ट्रक्शन।

वसन्ता : हमने तय किया है कि विट्ठलजी का नाम काम में नहीं लाना। कोशिश मैं करनेवाला हूँ। विट्ठलजी को इसके बारे में भनक भी नहीं पड़नी चाहिए।

वसु : (तारा से) वसन्ता जो कह रहा है वह ठीक ही है। वसन्ता कोशिश करेगा तो विट्ठलजी को किसलिए बताना? और कुछ न कुछ तो देना ही पड़ेगा।

तारा : कितना?

वसन्ता : अं...दस एक हज़ार रुपये दे दो।

तारा : दस हज़ार?

वसु : (तारा से) तुम ज़्यादा सोचो मत। मेरे पास हैं। मैं दे दूँ अभी?

[वसु पर्स खोलने लगती है।]

तारा : (वसु से) मेरे पास हैं री, मैं लाती हूँ।

[तारा उठती है। भीतर जाती है।]

वसन्ता : (वसु से) सरकारी अधिकारियों की बीवियों का होता क्या है कि उनको हमेशा लेने की आदत होती है, देने का वक़्त कभी आता ही नहीं...नहीं, लेकिन बिजनेसमेन की बीवियों का ऐसा

नहीं होता। उनको लेने और देने दोनों की आदत होती है।

वसु : देने में भी एक थ्रिल होता है, रे वसन्ता।

वसन्ता : हाँ...मुझे भी अब थ्रिल लगने लगा है...

वसु : क्यों रे भाई?

वसन्ता : ब्राइब देनी पड़ेगी ना...

वसु : तो?

वसन्ता : मुझे कभी ज़रूरत ही नहीं पड़ी। एम डी वक़्त यूँ देखो तो ज़रूरत पड़ती है लेकिन मैं था एम डी सायकिएट्रिस्ट को। अब सायकिएस्ट्रिस्ट को तो स्टुडेण्ट ही नहीं मिलते। शेड्यूल कास्ट भी नहीं पूछते। फिर नौकरी, तो कार्पोरेशन के अस्पताल में एक भी सायकिएट्रिस्ट टिकता नहीं। मुझे नौकरी तुरन्त मिल गयी। सिफ़ारिश वग़ैरह लफड़े की ज़रूरत ही नहीं पड़ी। हाँ, अब हमारे बच्चे होते तो उनके लिए कुछ तो करप्शन करना पड़ता, लेकिन नहीं। अब वासन्ती और मेरी तनख़्वाह में हमारा अच्छा निभ जाता है। वासन्ती को उसकी माँ से, पुराना ही सही, ब्लाक मिल गया, तो घर के लिए करप्शन करना पड़ता वह भी चूक गया। अरे, ज़िन्दगी में कोई बड़े-बड़े प्लान ही नहीं हैं तो करप्शन करेंगे ही कैसे? (चिन्तन की मुद्रा में) कुल मिलाकर वसु, सोशल फिनमेरा को देखते मुझे ऐसा लग रहा है कि बच्चों के लिए करप्शन करना ही पड़ता है।

वसु : तुम्हारी यह बात बिल्कुल मानने जैसी है। अकेली जान सुखी इन्सान। तो वह क्योंकर करेगा करप्शन? हमारी शुभदा का यंग डान्सर्स ग्रुप में सिलेक्शन होने के लिए हमें करप्ट प्रैक्टिस करनी पड़ी। हमारे राघव का क्रिकेट टीम में सिलेक्शन होने के लिए हमें करप्ट प्रैक्टिस करनी पड़ी। अब बच्चे ही नहीं होते तो क्यों करनी पड़ती करप्ट प्रैक्टिस?

[तारा आती है।]

वसन्ता : (वसु से) तो? करप्शन कम हो इसलिए परिवार नियोजन चाहिए।

तारा : (वसन्ता को पैसे देकर) प्रफुल्ल का एक मित्र है, श्रीनिवास तरटे। उसके पिता केमिकल इंजीनियर हैं। तो प्रफुल्ल इण्टर में पहला आया था तब श्रीनिवास दूसरा था। अब श्रीनिवास पहला आये इसलिए उसके माँ-बाप तो कोशिश करेंगे ही।

वसन्ता : (रुपये पाऊच में रखते हुए) इसका इतना ही मतलब है कि श्रीनिवास के लिए जितना ख़र्च आयेगा उससे ज़्यादा ख़र्च हमें करना पड़ेगा।

वसु : तारा, अब आगे-पीछे नहीं देखना। प्रफुल्ल को पहला आना ही होगा।

वसन्ता : प्रफुल्ल पहला आयेगा ही।

[फ़ोन बजता है। तारा उठकर फ़ोन लेती है।]

तारा : (फ़ोन पर) हलो, मिसेस पांगारे हिअर...हाँ...हाँ...रुकिये (वसु से) शुभदा का

[वसु फ़ोन लेती है।]

वसु : (फ़ोन पर) हैलो...हाँ...हो गयी ना रिहर्सल?...दस मिनट में पहुँचती हूँ। तुम थोड़ी देर वहीं रुको...

[वसु फ़ोन रखती है। तब बेल बजती है। शंकर दरवाज़ा खोलकर चला जाता है। विट्ठलजी आते हैं।]

विट्ठल: कैसे हो वसन्ता?

वसन्ता : हैलो विट्ठलजी, कांग्रेच्युलेशन्स...

विट्ठल: थैंक्यू थैंक्यू...

वसु : अभिनन्दन, विट्ठलजी

विट्ठल: थैंक्यू थैंक्यू हॅव अ सीट।

वसु : अलाव मी टु गो। शुभदा रिहर्सल के लिए गयी है। मेरी राह देखती खड़ी होगी

विट्ठल: ओके। गिव माय बेस्ट विशेस टू हर...

वसु : आय विल...चलती हूँ...आती हूँ री तारा...बाय वसन्ता...

तारा : बाय...
वसन्ता : बाय...

[वसु जाती है। विट्ठल अन्दर जाता है। तारा पीछे-पीछे जाने लगती है।]

वसन्ता : (धीरे से) तारा...

[तारा लौटती है।]

वसन्ता : (तारा से, हल्की आवाज़ में) प्रफुल्ल के बारे में हमने जो तय किया है उसे विट्ठलजी को मत बताना। हम अपना देख लेंगे हाँ? चलो, अब मैं चलता हूँ। गया (ज़ोर से) गया मैं विट्ठलजी
विट्ठल: (भीतर से, ज़ोर से) वसन्ता, हैव ए ड्रिंक एण्ड गो...
तारा : बैठो अब...
वसन्ता : अच्छा।

[तब तक शंकर ने ड्रिंक का सारा प्रबन्ध कर लिया है। विट्ठल आता है। सब ड्रिंक के लिए स्थानापन्न होते हैं।]

वसन्ता : (अकारण हँसते हुए, विट्ठल से) क्यों, ऑफ़िस में सब धाम धूम न?...

[वसन्ता हँसता है।]

विट्ठल: (वसन्ता से) हाँ...तो (तारा से) प्रफुल्ल नहीं आया?
तारा : नहीं आया...मैंने तय किया है कि अब बेकार में प्रफुल्ल की चिन्ता नहीं करना।
विट्ठल: अरी, प्रफुल्ल इज इंटेलिजंट इनफ टू टेक केअर ऑफ़ हिमसेल्फ।

[दरम्यान प्याले भर गये हैं, अब ऊपर उठाये गये हैं।]

वसन्ता : (जल्दबाजी से) चिअर्स टु इण्टरनेशनल रेकगनिशन टू माय ब्रदर-इन-लॉ...विट्ठल जी।

[वसन्ता ज़ोर से हँसता है। पीना जारी होता है। कुछ देर कोई नहीं बोलता]

वसन्ता : पत्रकार परिषद कैसी रही?

विट्ठल: चिढ़कर नानसेन्स...

तारा : (चिन्ता से) क्यों? क्या हो गया? पत्रकारों ने ग़लत सवाल पूछे?

विट्ठल: (सिगरेट सुलगाकर) द मिनिस्टर इज रास्कल। ही वाज ट्राइंग ऑल द टाइम टु बैग द क्रेडिट...

वसन्ता : बट दैट इज द ट्रैजेडी ऑफ़ मॉडर्न सिविलिजेशन। सायंटिस्ट्स प्रोड्यूस एटोमिक बक्स एण्ड प्रेसिडेंट्सू एण्ड प्राइम मिनिस्टर्स प्ले पिंगपांग वुइथ इट।

[सहसा विट्ठलराव का ध्यान चाँदी की थाली की ओर जाता है।]

विट्ठल: (तारा से) यह क्या है?

तारा : बापूसाहब जगदाले की तरफ़ से आया है...

विट्ठल: भेज दिया क्या बाप्या ने?...बाप्या बेहद उतावला है। उसे इस लो बजट हाउसिंग स्कीम का कांट्रैक्ट चाहिए होगा...।

तारा : बापूसाहब जगदाले हमें सिर्फ़ चाँदी की थाली पर ख़ुश करना चाहते हैं। पहले हमने तेईस लाख हाउसिंग का कांट्रैक्ट बापूसाहब जगदाले को दिया हुआ था, तब तेईस लाख के लिए भी सिर्फ़ चाँदी की थाली दी थी। लेकिन लालाराव को सात लाख का कांट्रैक्ट दिया था तो उसने पैंतीस हज़ार कैश लाकर दिया था... इसी तरह महाराष्ट्रीय आदमी पीछे रह जाता है...

विट्ठल: हँ, बाप्या को एकबार ठिकाने पर लाना होगा...ले आयेंगे...ले आयेंगे...

[विट्ठल चाँदी की थाली लेकर उसका ऐश ट्रे बनाता है। उसमें सिगरेट बुझाता।]

वसन्ता : (ज़ोर से हँसकर) वाह! चाँदी की थाली का ऐश ट्रे! दिस इज हाइट आफ लक्जरी।

[सब ख़ूब हँसते हैं। विट्ठल चाँदी की थाली उठाकर तारा के सामने करता है।]

विट्ठल: (लाड़ से) ए तारा, फिर एक बार तुम्हें चाँदी की थाली प्रेजेंट...

तारा : (लाड से) ए विट्ठल, लेकिन अब फिर से वह नहीं हो सकता रे...

वसन्ता : रुकिये, रुकिये, रुकिये...यह फिर एक बार का क्या लफड़ा है?

विट्ठल: (हँसकर) बताता हूँ...तुम्हारी बहन की एक मज़े की बात बताता हूँ। हमारे विवाह को एक बरस हो चुका था। प्रफुल्ल के वक़्त पाँव भारी हो गये थे तब की बात। गृहस्थी की एक-एक चीज़ हम जमा कर रहे थे और एक दिन यह मुझसे कहती है, अजी, घर में एक चाँदी की थाली ले आइये...अजी...तब वह मुझे अजी, सुनो जी कहा करती थी।

वसन्ता : (हँसते हुए) दैट वाज हाइट ऑफ़ स्टुपिडिटी।

विट्ठल: (हँसते हुए ही) मैंने कहा, एक प्रामिस दो, तब ले आऊँगा तुम्हारे लिए चाँदी की थाली।

तारा : (नोस्टाजिक होकर) मैंने पूछा, क्या प्रामिस दूँ?

विट्ठल: येस मैंने कहा, गिव मी अ सन।

तारा : एण्ड आय केप्ट माय प्रामिस, आये गेव हिम प्रफुल्ल।

विट्ठल: और मैंने भी अपना वचन निभाया। तुरन्त तुम्हें चाँदी की थाली ला दी।

तारा : (झूठमूठ झगड़े में) विट्ठल, यह चाँदी की थाली तुम अपने रुपयों से नहीं लाये हो।

विट्ठल: दैट इज द फनी स्टोरी। वसन्ता, मैं तब अभी भी डिप्टी इंजीनियर बन गया था। मेरे अधीन एक हाउसिंग स्कीम चल रही थी और यह बाप्या जगदाले कांट्रैक्टर था। बाप्या का भी यह पहले ही कांटैरक्ट था भला...फनी थिंग इज...बाप्या ने तुम्हारी बहन के मन की बात भाँप ली और बराबर चाँदी की थाली ही ला दी।

तारा : मुझे अभी भी ताज्जुब लगता है कि बापू साहब ने मेरे मन की बात को कैसे पहचाना होगा?

वसन्ता : अँ, दैट मस्ट बी कोइन्सिडन्स।

विट्ठल: बट द फनी थिंग इज...बाप्या की दी हुई चाँदी की थाली मैंने तुम्हारी बहन के हाथ में दे दी...और कहा कि यह रिश्वत में

मिली है...तो वह इतनी डर गयी...

वसन्ता : नैचुरली...

विट्ठल: दैट वाज माय, रादर अवर्स, फर्स्ट ब्राइब...नाउ योर सिस्टर कलेक्ट्स ऑल द ब्राइब्स।

[सब हँसते हैं। अब तीनों मुक्त हो गये हैं।]

वसन्ता : बट टुडे माय सिस्टर इज सैड। उसे फिक्र लगी हुई है कि उसका इकलौता बेटा प्रफुल्ल बीई में पहला आयेगा या नहीं...डोंट वरी सिस्टर, प्रफुल्ल विल बी फर्स्ट।

तारा : (घबराती हुई) प्रफुल्ल पहला आयेगा ही।

वसन्ता : वसु...

विट्ठल: प्रफुल्ल पहला नहीं भी आया तो कुछ बिगड़ता नहीं। वह कुछ भी नहीं पढ़ता तो भी कुछ बिगड़ने वाला नहीं था। बड़े-बड़े इंडस्ट्रियालिस्टों के बच्चे कहाँ पढ़ते हैं? जवान होते ही इण्डस्ट्री में ध्यान देने लगते हैं। अमरीका को विजिट करते हैं। लौट आने पर बन जाते हैं जनरल मैनेजर।

तारा : लेकिन हम कहाँ इंडस्ट्रियालिस्ट हैं?

विट्ठल: आय एम नो लेस दैन एनी इंडस्ट्रियालिस्ट इन इण्डिया। निर्माण विभाग का सेक्रेटरी हूँ। सरकारी नौकर हूँ इसलिए वेतन से ज़्यादा रुपया नहीं दिखा सकता...वर्ना मैंने ताजमहल भी बनाया होता...

वसन्ता : मैं अपनी ज़िन्दगी में ऐसा कभी नहीं कह सकूँगा। बदनसीबी से मेरी ज़िन्दगी के हिसाब ही ग़लत हुए। मैं बेकार ही सायकिएट्रिस्ट हुआ। इण्डिया में रुपया कमाना हो तो गायनाकालॉजिस्ट होना चाहिए। गायनाकॉलॉजिस्ट होता तो ज़रूर ताजमहल बनवाता। मनोविज्ञान अहम विषय लगा और सायकिएट्रिस्ट बन गया...और पेशंट ही नहीं हैं। (घूँट लेते हुए) दरअसल, भारत में करोड़ों मनोरुग्ण हैं। मेरे जैसे सायकिएट्रिस्ट की तो चाँदी होनी चाहिए थी। लेकिन हमारे नागरिक समझते ही नहीं कि वह मनोरुग्ण हैं। नागरिक सोचते हैं कि तन बीमार हो गया तो ही डाक्टर के पास

जाना और मन बीमार हो तो ऐसे ही ज़िन्दगीभर बीमार मन को लेकर जीना... हॉरिबल! हॉरिबल! बेकार में सायकिएट्रिस्ट हुआ। सब ग़लत हो गया। गायनाकॉलॉजिस्ट होना चाहिए था।...

तारा : (सान्त्वना जैसा भाव) वसन्ता, खाना खाकर जाना।

वसन्ता : (किसी तरह) हाँ।

विट्ठल: प्रफुल्ल को पहला आना ही होगा।

वसन्ता : प्रफुल्ल पहला ही आयेगा।

विट्ठल: मैं, विट्ठलराव पांगारे, यूनो ने मेरा सम्मान किया है। विट्ठलराव पांगारे के बेटे को पहला आना ही चाहिए।

वसन्ता : (और भी मुक्त) आप क्या बता रहे हो, मैं कहता हूँ ना प्रफुल्ल पहला आयेगा।

[अँधेरा]

दृश्य : तीन

[तारा के बंगले का हॉल। चार दिनों के बाद। दुपहर क़रीब चार बजे का समय। सिर्फ़ तारा फ़ोन पर]

तारा : (फ़ोन पर...उत्तेजना में) हैलो विट्ठल, ए विट्ठल, दरअसल तुम्हें फ़ौरन घर आना चाहिए...काम जाये जहन्नुम में। तुम्हारे बिना भारत के काम रुकनेवाले नहीं हैं...अरे, तो फिर जितना जल्दी आ सकते हो उतनी जल्दी तो आ जाओ?...हाँ। तुम्हारा बेटा प्रफुल्ल बिल्कुल पगलौटा है। उसे ख़बर ही नहीं है कि वह बीई में पहला आया हुआ है। भटक रहा है कहीं भी। (दिल खोलकर हँसती हुई) तुम्हारे प्रफुल्ल की माँ ही भागवान है। प्रफुल्ल एस्सेसी में पहला आया, यह बात उसकी माँ को ही पहले मालूम हुई। इण्टर में पहला आया, तब भी मुझे ही पहले और अब भी मुझे ही पहले। (बहुत ख़ुशी से हँसती है, फिर गम्भीर होकर) ए, ऑफिशियली रिजल्ट मालूम होने से पहले किसी को मत

बताना हाँ...(फिक्र से) मुझे प्रफुल्ल की चिन्ता हो रही है। सुबह से बाहर गया हुआ है। खाना खाने भी घर नहीं आया। (बहुत विनय से) तुम जल्दी आ जाओ... हाँ...अच्छा।

[तारा फ़ोन रखती है। फिर अपना प्रिय गीत गाने का प्रयास करती है। आवाज़ ही नहीं निकलती। बार–बार प्रयास करती है। आवाज़ ख़राब ही। परेशान होती है।...फिर सहसा ख़ुश होती है, उत्तेजित होती है।]

तारा : शंकऽर, शंकऽर

[शंकर आता है]

तारा : (शंकर से) हमें एक बहुत बड़ी पार्टी अरेंज करनी है। अभी समय है। मिसेस दिण्डे को लौट आने दो। उसने ज़िन्दगी में नहीं देखी होगी ऐसी पार्टी देनी है...

[फ़ोन बजता है।]

तारा : (फ़ोन पर) हैलो, मिसेस पांगारे हिअर...रांग नम्बर...

[तारा सहसा फ़ोन लगाती है।]

तारा : (फ़ोन पर) हैलो, सुमतिजी हैं? मैं मिसेस पांगारे बात कर रही हूँ। श्रीनिवास के रिजल्ट का कुछ पता चला?...कांग्रेच्युलेशंस। पाँचवाँ आया?...नहीं, नहीं, नहीं, प्रफुल्ल का रिजल्ट अभी तक नहीं मालूम हुआ हमें...नहीं, बिल्कुल बेफिक्र रहता है जी। श्रीनिवास को प्रफुल्ल के रिजल्ट के बारे में कुछ मालूम हुआ? ठीक ही है जी। श्रीनिवास को अपना रिजल्ट निकालने में ही बहुत तकलीफ़ हुई होगी...नहीं, नहीं, ऐसी कोई बात मन में न लाइये। मैं बिल्कुल नाराज़ नहीं हूँ...मैं तो यह कहना चाहती हूँ कि श्रीनिवास अब पाँचवाँ आया है, तो जरा कुछ कोशिश करते तो दूसरा आया होता, है न?...नहीं, हमने ऐसा ही तय किया कि प्रफुल्ल के लिए कुछ भी कोशिश नहीं करेंगे।...क्या है कि, हमारी ज़िन्दगी में प्रफुल्ल का करियर यही एक बात प्युअर है। आपके साथ तो सच्ची बात कहनी चाहिए न...हाँ, तो हमने तय

किया कि प्रफुल्ल के कैरियर को प्युअर ही रखना...हाँ, जी... अच्छा...फ्लोरिडा यूनिवर्सिटी ना ?...हाँ, हाँ...प्रफुल्ल अगस्त में जायेगा...कैलिफोर्निया ...अच्छा, बाय...(फ़ोन रखती है, शंकर से) क्या कह रही थी मैं, शंकर ?

शंकर : पार्टी...

तारा : हाँ, पार्टी...

[इतने में बेल बजती है। शंकर दरवाज़ा खोलता है। वसु आती है।]

तारा : (बेहद उत्तेजित) वसु...

[तारा हँसती है। शंकर पलभर ठहरकर चला जाता है।]

वसु : युवर आईज आर स्पार्कलिंग वुइथ जॉय। क्या वसन्ता ने प्रफुल्ल का काम किया ?

तारा : जिस दिन वसन्ता दस हज़ार रुपये लेकर चला गया, उसे अब पाँच दिन हो गये, उसका कोई अता-पता नहीं, उसे फ़ोन करके मैं थक गयी। कहाँ चला गया क्या ख़बर ? (सहसा उत्तेजित होकर) अभी तुम्हारे आने से पहले प्रफुल्ल का रिजल्ट मालूम हुआ। प्रफुल्ल पहला आया।...

[उत्तेजना में तारा हाँफ रही है।]

वसु : (उत्साह से) कांग्रेच्युलेशंस। वण्डरफुल। तारा...तुम पहले बैठ जाओ...जरा रेस्ट ले लो...

[दोनों कोच पर बैठती हैं।]

तारा : बापूसाहब जगदाले का फ़ोन आया था। बापूसाहब जगदाले ने रिजल्ट निकाला।

वसु : चलो, तो कहना होगा कि बापूसाहब जगदाले की कोशिश कामयाब हुई।

तारा : (डाँटने जैसे) वसु, लगता है, कोई ग़लतफहमी हुई है। हमने बापूसाहब जगदाले से बिल्कुल ही नहीं कहा था कि प्रफुल्ल के लिए कोशिश करो। बल्कि, बापूसाहब का ही फ़ोन आया, तो

मैंने ही उनसे पूछा कि क्या आपने कुछ कोशिश की? ज़ोर देकर उनको बताया कि हमें प्रफुल्ल के कैरियर को पुअर रखना है और उतनी ही एक बात हमारी ज़िन्दगी में है जो प्युअर है। तो बापूसाहब ने मुझसे कहा कि उन्होंने ऐसा कुछ प्रयास वग़ैरह नहीं किया है। उनके एक रिश्तेदार एज्युकेशन डिपार्टमेंट में हैं। उन्होंने उनके मुँह से पांगारे साहब का नाम सुना था उसे याद कर स्वयं उन्होंने ही प्रफुल्ल का रिजल्ट निकाला। प्रफुल्ल के लिए बिल्कुल ही कुछ नहीं किया। बापूसाहब ने मुझसे यह भी कहा, कि प्रफुल्ल का कैरियर प्युअर रहे यह उनकी भी इच्छा है।

वसु : मतलब, वसन्ता की कोशिश काम आयी तो...

तारा : उस दिन मैं अकारण ही बहक गयी और वसन्ता को प्रफुल्ल के लिए कोशिश करने को कहा। यह तो एक दाग़ लगा ही।

वसु : वसन्ता की कोशिश के बिना ही प्रफुल्ल पहला आया होगा...

तारा : (आवेग से) प्रफुल्ल का कैरियर प्युअर रह गया (उत्तेजित होकर) वसु, इतनी ख़ुशी हो गयी है। प्युअर जॉय। एब्सोल्यूटली युअर जॉय! विशुद्ध, बिना मिलावट की ख़ुशी! अहाहा! ए शंकर शंकर, कॉफी ले आ (वसु से) हम कोन्याक ही पीते हैं..., शंकर, कॉफी नहीं चाहिए। कोन्याक के ग्लासेस ले आ।

[शंकर प्याले लाता है। तारा कोन्याक की बोतल लाती है, फ़ोन बजता है।]

तारा : (फ़ोन पर) हैलो, मिसेस पां...राग नम्बर।

[तारा फ़ोन रखती है। ड्रिंक उड़ेलती है।]

तारा : मिसेस दिण्डे से कहना, देख हमारी ज़िन्दगी की नॉनकरप्ट घटना...

[दोनों ड्रिंक लेने लगती हैं।]

तारा : समूची ज़िन्दगी नॉनकरप्ट हो तो कितनी विशुद्ध ख़ुशी मिलती होगी, है न?

वसु : लेकिन तारा, आजकल की दुनिया में नॉनकरप्ट ज़िन्दगी जीना नामुमकिन है।

तारा : बड़ी अजीब लगती है मुझे तुम्हारी बात वसु। अरी इसका सीधा मतलब तो यह हुआ कि करप्शन करो।

वसु : नहीं री...

तारा : बड़े-बड़े लोग जो कहते हैं कि सीधी-सादी ज़िन्दगी जियो, क्या तुम्हें यह बात ठीक नहीं लगती ?

वसु : लगती है री...

तारा : सीधे-सादे जीवन में, सिम्पल लाइफ में बड़ा मज़ा होता होगा। (सपनीली होकर अतीत में भटकते हुए) याद करो अपनी पहलेवाली ज़िन्दगी को। कराड की याद कर। कितना सिम्पल था।...पुरानी पुश्तैनी हवेली, पिता की वकालत कुछ ख़ास नहीं चलती थी। मामूली इन्कम टैक्स भी देना नहीं पड़ता था। सो सिम्पल वॉज लाइफ...

वसु : रिअली...सो सिम्पल! आय रिमेंबर इट ऑल। मेरे पिताजी कराड में डाक्टर थे। सीधा सा आरएमपी। घर में ही दवाखाना।...कितने सारे ग़रीब पेशंट्स आते थे। लेकिन खाने-पीने की कुछ कमी नहीं थी...अरी, दस वर्ष पहले मोहन के कर्नल होने के बावजूद उसने मिलिटरी से वालंटरी रिटायरमेंट ली न, और प्राविडेंट फण्ड, एलायसी, ग्रेच्युटी सब मिलकर दो लाख रुपये मिले थे कैश, तब मैंने सोचा था कि पति और दो बच्चों को लेकर दूर कहीं किसी कोने में जाय और सादगीभरी ज़िन्दगी जिये।...सुकून के साथ। लेकिन मोहन...उसे बिजनेसमेन होना था। उसने फ्रीज की एजन्सी ली। फिर बिअर के कारखाने में पार्टनरशिप ली। फिर इस कम्पनी का डिरेक्टर, उस इण्डस्ट्री का एडवायजर, सिर्फ़ तेज़ रफ़्तार...रफ़्तार...रफ़्तार...कहाँ की सादगीभरी ज़िन्दगी और कहाँ का सुकून। भाड़ में गये मेरे सारे सपने

तारा : (सहसा उठकर) ए, अपना पसन्दीदा गाना सुनेंगे ?

[तारा रिकार्डप्लेयर की ओर जाती है। रिकार्ड लगाती है।]

वसु : तारा, कभी-कभी ऐसा लगता है न कि बेहद रिलैक्स हो जाय और लगता है कि दिल को ख़ाली करे...

तारा : और हाँ, वसु, तुम्हें मेरे जैसी कम से कम एक तो भी प्युअर नॉनकरप्ट ख़ुशी मिलनी चाहिए।

[गाना शुरू होता है। भावुकता भरा। दोनों सुनती हैं।]

तारा : (भाव-विवश होकर) ए, तुम्हें याद आता है, इस गाने को हमने पहली बार कब सुना था?

वसु : तब हम दसवीं कक्षा में थीं।

तारा : अँ हँ...एज्युकेशन इज नाट इंपार्टेंट। उस वक़्त हम सोलह बरस की थीं।

वसु : सोलह बरस की। ऐ कितना मीठा लगता था न? कैसी तुम इस गाने को गाया करती थीं...

तारा : मेरी-तुम्हारी पहचान कैसे हुई, याद आता है?

वसु : ऑफ़ कोर्स आय रिमेंबर। तुम दसवीं कक्षा में हमारे स्कूल आयी थीं।

तारा : ब डिविजन में।

वसु : हाँ, मैं अ डिविजन में। मैंने एक बार तुम्हें ब डिविजन की कवायत में देखा...सोचा, कौन यह नयी सुन्दर लड़की?

तारा : दरअसल, मुझे तो अ डिविजन ही चाहिए थी। इसलिए मैं अ डिविजन की लड़कियों की ओर देखा करती थी...

वसु : हाँ...

तारा : एक बार, तुम्हें देखा, तो मन में कहा, कौन यह सुन्दर लड़की?

वसु : हम दोनों एक-दूसरे की ओर देखकर हँस पड़ीं...जैसे तुम मुझे ढूँढ़ रही थी और मैं तुम्हें...

तारा : हाँ...

वसु : ऐ तारा...

तारा : क्या है री?

वसु : तुम्हें याद है, अपनी एस्सेसी की दो डिविजन्स थीं। पैंतालिस अधिक पैंतालिस नब्बे लड़कियाँ थीं एस्सेसी में। मोहन मेजर बन गया तब हम एकबार कराड गये थे, तब मैंने बराबर पूछताछ की कि अपनी कक्षा की लड़कियों के पति क्या करते हैं। तुम्हें

कहती हूँ तारा, सबके पति इकानॉमिकली मिडल क्लास सिर्फ़ तुम और मैं, हम दोनों ही हायर क्लास।

तारा : अरी अपनी कक्षा की वह पहले नम्बरवाली लड़की, कीर्ति पोवले, उसका पति तो हायस्कूल का मामूली शिक्षक है...और वह भी बेचारी शिक्षिका है।

वसु : इतने कम रुपयों में जीना मेरे लिए तो नामुमकिन ही है। आय नीड एम्पल मनी।

तारा : (घबराई सी) मेरे लिए भी नामुमकिन है री। आय आल्सो नीड एम्पल मनी।

वसु : थैंक गॉड। हमें अच्छे पति मिल गये।

तारा : रिअली...थैंक गॉड।

वसु : हम दोनों सुन्दर थीं न, इसलिए बच गयीं...वर्ना हमें भी जीना पड़ता...वही...मिडल क्लास।

तारा : थैंक गॉड। प्रफुल्ल बिना सिफ़ारिश के पहला आया।

वसु : (करुण भाव से) तारा, तारा, प्लीज...अण्डरस्टैंड मी फ्राम धिस पॉईंट ऑफ़ व्ह्यू...(रोती-सी) बाहर की दुनिया में इतना जानलेवा कॉम्पिटिशन चल रही है, इसलिए मैं शुभदा-राघव के लिए कोशिश कर रही हूँ और तुम मुझे हर बार सिफ़ारिश की बात...

तारा : (सहसा समझाते हुए) सिफ़ारिश के लिए मैं तुम्हें दोष नहीं दे रही हूँ री, लेकिन मेरी यह ख़्वाहिश है, तुम मेरी बचपन की सहेली हो न, इसलिए, कि तुम्हें एक बार तो भी मेरी जैसी नॉनकरप्ट ख़ुशी मिलनी चाहिए। मेरी ऐसी बिल्कुल ख़्वाहिश नहीं है कि मिसेस दिण्डे को ऐसी प्युअर नॉनकरप्ट ख़ुशी मिले...

[फ़ोन बजता है। तारा फ़ोन उठाती है।]

तारा : हैलो, मिसेस पांगारे हिअर...हाँ, शुभदा, देती हूँ...

वसु : शुभदा का फ़ोन है...

[वसु फ़ोन लेती है।]

वसु : (रोने के भाव को सँभालकर) हैलो, शुभदा...हो गयी रिहर्सल ?... नहीं री...कहाँ क्या...कुछ नहीं हुआ...(झूठमूठ हँसती है) अच्छा... हाँ...निकल रही हूँ। (फ़ोन रखकर) आती हूँ तारा...

तारा : कल आओगी न ?

वसु : (रुआँसी) फ़ोन करूँगी कल...

[किसी तरह एकदूसरे से विदा लेती हैं। वसु जाती है।]

तारा : शंकर...शंकर...शंकर...

[शंकर आता है।]

तारा : (शंकर से) तुम्हारी ज़िन्दगी कितनी सीधी-सादी है, नॉनकरप्ट है। बहुत प्युअर जॉय, विशुद्ध आनन्द मिलता होगा न तुम्हें ?

[शंकर को कुछ नहीं सूझता। डर, दुख, असहायता, ग़ुस्सा जैसी अनेक भावनाएँ चेहरे पर आती हैं, इतने में बेल बजती है, शंकर दरवाज़ा खोलता है।]

शंकर : (तारा से) डाक्टर साहब...

[वसन्ता आता है। शंकर जाता है। फ़ोन बजता है। तारा फ़ोन उठाती है।]

तारा : (फ़ोन पर) हैलो, मिसेस पांगा...(ग़ुस्से में) रांग नम्बर।

[तारा फ़ोन रखती है।]

वसन्ता : तारा आय् एम सॉरी। आय एम वेरी सॉरी। पिछले चार दिन मैं जरा काम में व्यस्त था, मुझे समय ही नहीं मिला। आय एम वेरी सॉरी।

तारा : (ग़ुस्से के स्वर में) फ़ोन तो भी करना था...

वसन्ता : अरी, सोचा था कि प्रफुल्ल के लिए कहीं न कहीं कांटैक्ट एस्टैब्लिश करने के बाद ही तुम्हें फ़ोन करूँगा। रोज़-रोज़ यही सोचता था। लेकिन हर रोज़ प्रफुल्ल के लिए कुछ भी करना नहीं बनता था और फ़ोन करना भी नहीं होता था। नहीं, लेकिन अब कल पहली बात प्रफुल्ल के लिए कोशिश करूँगा और बाक़ी काम बाद में...

तारा : (हड़बड़ाकर, जल्दी से) नहीं, प्रफुल्ल के लिए अब तुम कोशिश मत करो...

वसन्ता : (शोर मचाते हुए) नहीं, नहीं कल पहला काम प्रफुल्ल के लिए कोशिश...

तारा : (जल्दी से) प्रफुल्ल के लिए तुम कोशिश मत...

वसन्ता : (जल्दी से) कल पहला काम कोशिश...

तारा : (ज़ोर से) प्रफुल्ल के लिए तुम कोशिश मत करो। प्रफुल्ल का रिजल्ट मालूम भी हुआ... अनऑफिशियली...

वसन्ता : मालूम हुआ? क्या हुआ?

तारा : (थकी-सी) पहला आया।

वसन्ता : पहला आया? ग्रेट! ग्रेट अचीवमेंट। फेनमिना। एस्सेसी में पहला, इण्टर में पहला, बीई में पहला हैट्रिक! (ख़ुद ही शराब का प्याला भर लेता है।)

चिअर्स (तारा ख़ुशी से चिल्लाती है) कब पता चला? किसने निकाला?

तारा : बापूसाहब जगदाले ने निकाला। अभी थोड़ी देर पहले बापूसाहब जगदाले का फ़ोन आया था।

वसन्ता : गुड! मतलब यह कि बापूसाहब जगदाले ने दो काम किये। एक चाँदी की थाली और दूसरा प्रफुल्ल को पहला लाये।

तारा : (चिढ़कर) नो...नो...बापूसाहब जगदाले ने प्रफुल्ल को पहला लाने के लिए बिल्कुल भी कोशिश नहीं की। सिर्फ़ रिजल्ट ले आये। बिना किसी सिफ़ारिश के ही प्रफुल्ल पहला आया है... (ग़ुस्से से) थैंक गॉड...सिफ़ारिश करने के लिए तुम्हें वक़्त ही नहीं मिला। (बेहद थककर) थैंक गॉड! थैंक गॉड!

[तारा इतनी थकी हुई है कि वहीं कोच पर गिर जाती है।]

वसन्ता : (नाड़ी देखकर) ऑ? तारा, तारा...क्या हुआ है तुम्हें, तारा? नार्मल? शंऽकर...शंऽकर! शंकर पानी ला, पानी ला...(प्रेम से) तारा, नैतिकता के बारे में सोचकर तुम्हारी शुगर लेवल नीचे जा चुकी है...लो, जरा-सा ग्लुकोज लो...(पानी में डालकर ग्लुकोज

देता है) एकदम फ्रैश हो जाओगी।

[तारा ग्लुकोज लेती है, कुछ सँभल जाती है।]

वसन्ता : अब फ्रेश महसूस करती हो ना?

तारा : (नर्वस होकर) कुछ देर पहले मैंने गाने की कोशिश की थी, आवाज़ ही नहीं लगी...

वसन्ता : (समझाते हुए) ख़ुशी के मौक़े पर आदमी गाना चाहता है, नाचना चाहता है, लेकिन ख़ुशी में मोरेलिटी यानी भले-बुरे की सोच को मिक्स करने पर आवाज़ ही ख़राब हो जाती है। बदन की शुगर लेवल ही नीचे चली जाती है और फिर न गा सकते हैं न नाच सकते हैं (सोच में डूबकर) माडर्न एज में नृत्य के प्रोग्राम बराबर थिएटर में ही करने पड़ते हैं, आँ! (चिन्तन की तरह) मतलब तारा, आदमी की सोचने की क्षमता बढ़ती जाती है तो उसके साथ क्या ख़ुशी की प्रेरणाएँ भी सिकुड़ जाती होंगी? वैचारिक क्षमता और ख़ुशी की अभिव्यक्तियों के भेदों पर मैं अब अच्छा-खासा रिसर्च पेपर ही तैयार करता हूँ। यह क्या हुआ। मेरा रिसर्च तो रुका हुआ था। आय मस्ट बिगिन इट अगेन...तारा, मुझे तो ऐसा ही दिखायी देता है कि आदमी की सोचने की क्षमता बढ़ने पर उसे विशुद्ध आनन्द नहीं ही होता होगा।

तारा : (परेशान होकर) मुझे विशुद्ध आनन्द हुआ है। प्रफुल्ल बिना सिफ़ारिश के पहला आया है, मुझे विशुद्ध आनन्द हुआ है...

वसन्ता : तारा टेक इट ईजी...टेक इट ईजी...यह लो...(ग्लुकोज देता है) तारा, तुम्हें जैसे पुअर जॉय हुआ है न, उसी तरह मुझे भी प्युअर जॉय हुआ है। पिछले चार दिनों से मैं उसी उलझन में था। मेरे पास एक केस आया हुआ है, सायकिल ट्रीटमेंट के लिए। रंगावाला नाम के एक सज्जन हैं। होंगे पैंसठ के आसपास। भारतीय ही हैं। ऑफ़ कोर्स मोहम्मडन। पिछले तीस वर्ष से भारत के बाहर ही हैं। इण्डोनेशिया, जापान, रूस, जैसे बड़े-बड़े देशों में भारत के विदेश विभाग के बड़े-बड़े आहेदों पर काम किये हैं उन्होंने। अब रिटायर्ड होकर भारत लौट आये हैं। उन्हें लोन्लीनेस आ गया

है। मैं ट्रीट कर रहा हूँ।...(उमंग से) ए तारा, पता है, रंगावाला मेरे पास कैसे आये? दस वर्ष पूर्व अमेरिकन जर्नल ऑफ़ सायकॉलॉजी में मेरा एक रिसर्च पेपर पब्लिश हुआ था। लोनलीनेस पर। कहते हैं, रंगावाला ने उसे पढ़ा था। पोलिटेकल लोन्लीनेस नाम से एक अच्छा-खासा रिसर्च पेपर ही पब्लिश करूँगा...रिसर्च का आनन्द कुछ न्यारा ही होता है न? बिल्कुल प्युअर जॉय...रिसर्च से ही मुझे अपनी आयडेंटिटी मिल जायेगी। आय मस्ट गो बैक टु रिसर्च...(फ़ोन बजता है) लो, फ़ोन ले लो...।

तारा : अब तुम ही ले लो...

वसन्ता : मैं ले लूँ? ओके। यु टेक रेस्ट (फ़ोन की तरफ़ जाते हुए बुदबुदाता है) रिसर्च से ही मुझे अपनी आयडेंटिटी मिल जायेगी। आय मस्ट बिगिन इट अगेन...आय मस्ट बिगि...(फ़ोन उठाता है) हैलो, वसन्त फ्रॉम पांगारेज हाउस...(उत्तेजित होकर) ओ ओ मिस्टर रंगावाला (हड़बड़ी में उठकर) येस, येस डॉ. वसन्त हिअर या...येस...प्लीज...(बीच ही में तारा से) मिस्टर रंगावाला... (फ़ोन पर) ओ...येस, देट्स वॉट आय वाज वण्डरिंग, हाऊ कुड यू लोकेट मी आउट...वेरी फेअर ऑफ़ यू...आँ? लेट्स से...आँ? लेट्स से (घड़ी देखकर) इट्स एबाउट फाइव थर्टी, अनडर हाफ एन्न अवर आय शैल बी रीचिंग देअर। प्लीज वेट फार मी...प्लीज, येस...प्लीज...येस येस...प्लीज...(फ़ोन रखकर) तारा, मैं चलता हूँ, रंगावाला मेरी लैबोरेटरी में राह देख रहे हैं...चलता हूँ...तुम अब ठीक महसूस कर रही हो ना? अब तुम्हें फटीग तो नहीं लगता ना? अँ? नार्मल हो गयी हो ना? तुम्हारी आँखों से तो लगता है कि तुम अब नार्मल हो गयी होगी। चलो, अब मैं निकलता हूँ। आँ, यू एंजॉय युवर जॉय।

[वसन्ता जाने लगता है, इतने में]

तारा : वसन्ता...

वसन्ता : (रुकते हुए) हाँ, बोलो...

तारा : (रुककर कर) वो दस हज़ार रुपये?

वसन्ता : ओ, यू हैव बिकम एब्सोल्यूटली नार्मल।...तारा, देख, रंगावाला के केस में मुझे काफ़ी रुपया मिलनेवाला है। मैं तुम्हारे सारे रुपये लौटा दूँगा, हाँ। मैं चलता हूँ। ओके। बाय-बाय...

[इसी दरम्यान बेल बजती है। शंकर दरवाज़ा खोलकर चला जाता है। विट्ठल आता है। दरवाज़े पर ही विट्ठल और वसन्ता मिलते हैं।]

वसन्ता : ओ, हैलो, विट्ठलजी।

विट्ठल: (वसन्ता से) हैलो...

वसन्ता : यू हैव गॉट इंपार्टेंट न्यूज वेटिंग फ़ॉर यू...

विट्ठल: अच्छा?

[वसन्ता जाता है।]

विट्ठल: (तारा से) सो...यू आर एंजॉईंग युवर सन्स ग्रांड सक्सेस।

[शंकर आकर चाय देता है।]

विट्ठल: (चाय लेते हुए, गम्भीरता से, तारा से) क्या हुआ?

तारा : (चिढ़ती हुई) क्या बापूसाहब जगदाले की वजह से प्रफुल्ल पहला आया? तुमने बापूसाहब से कहा था?

विट्ठल: नहीं तो...

तारा : सच्ची, नहीं कहा था...

विट्ठल: नहीं कहा था...

तारा : सच्ची?

विट्ठल: सच्ची।

तारा : बिल्कुल सच?

विट्ठल: बिल्कुल सच।

तारा : प्रफुल्ल की कैरियर, यही एक बात हमारी ज़िन्दगी में प्युअर है।

विट्ठल: आय एम आल्सो फेड अप विथ दिस इण्डियन सोसायटी।

तारा : क्या हुआ?

विट्ठल: लो बजट हाउस का डिज़ाइन मैंने किया। यूनो ने इंजीनियर के हैसियत से मेरा सम्मान किया और शासन है कि मुझे दबाना

चाहता है। मेरा बनाया हुआ घर का डिज़ाइन लेकर मुख्यमन्त्री और निर्माण मन्त्री दिल्ली गये, प्रधानमन्त्री से मिलने। मुझे दूर रखकर अब मुख्यमन्त्री और निर्माण मन्त्री वाहवाही लूटेंगे। आम आदमी के घर की समस्या हम सुलझा रहे हैं...मेरे डिज़ाइन के बल पर अपना मुख्यमन्त्री पद बरकरार रखेंगे और मुझे ही दबाना चाहते हैं। (थक से) मुझे पद्मश्री मिलनी चाहिए लेकिन यह मुख्यमन्त्री और निर्माण मन्त्री सारा क्रेडिट ख़ुद लेंगे और मुझे दबाकर रखेंगे।

तारा : (ग़ुस्से से) दिस इज डर्टी सोसायटी।

[दोनों पलभर के लिए धुआँ-धुआँ से।]

विट्ठल: मुझे तो लगता है कि इस देश को छोड़ दें और अमरीका चला जाये।...यूनो में अच्छी पोस्ट मिलेगी...थोड़ी देर के लिए क्लब हो आता हूँ...और प्रफुल्ल के आते ही मुझे तुरन्त फ़ोन करना...

[विट्ठल जाता है।]

तारा : (अपने आप से) प्रफुल्ल की बुद्धि की उधर ही क़द्र होगी। अमरीका में। यहाँ पहला आने से क्या लाभ? (सिर दबाती हुई) शंऽकर शंऽकर...

तारा : (चाय की प्याली की ओर इशारा कर) इसे ले जा...(उठकर अन्दर जाती हुई) शंकर, मैं रेस्ट कर रही हूँ? कोई आये तो बताना, मेरी तबियत ठीक नहीं है।...

[तारा जाती है। बेल बजती है। शंकर दरवाज़ा खोलता है। श्रीनिवास आता है।]

श्रीनिवास : (शंकर से) प्रफुल्ल की माताजी हैं?

शंकर : मालकिन की तबीयत ठीक नहीं है। मिल नहीं सकतीं...साहब बाहर गये हुए हैं।

श्रीनिवास : मेरा बहुत ज़रूरी काम है भाई।

शंकर : अजी बहुत ख़राब है तबीयत...

श्रीनिवास : कहना कि श्रीनिवास आया है...प्लीज...प्लीज...
शंकर : अजी...अं...

[इतने में तारा बाहर आती है। शंकर चला जाता है।]

तारा : श्रीनिवास, अरे आओ...कांग्रेच्युलेशन्स। पाँचवाँ आये हो न?
श्रीनिवास : (जल्दी में, हड़बड़ाकर) हाँ हाँ...थैंक्यू...अं...
तारा : कौनसा ज़रूरी काम था?
श्रीनिवास : (गड़बड़ाता हुआ) आधे घण्टे पहले मुझे प्रफुल्ल मिला था, जी...
तारा : (गड़बड़ाकर) तो, तो, क्या हुआ?
श्रीनिवास : उसके साथ कुछ लड़के भी थे...
तारा : तो क्या हुआ फिर?
श्रीनिवास : समाजवादी, आरेसेस, युवा कांग्रेस जैसे सात-आठ लड़के थे...
तारा : (परेशान होकर) अरे, लेकिन हुआ क्या?
श्रीनिवास : उसके साथ नक्सलाइट भी था।
तारा : (डरकर रुआँसी, असहाय होकर) नक्सलाइट?
श्रीनिवास : हाँ, नक्सलाइट!

[तारा और भी डर जाती है। और भी असहाय हो जाती है। 'नक्सलाइट', 'नक्सलाइट' बुदबुदाती हुई कोच पर बैठ जाती है। गिर जाती है। श्रीनिवास बेहद घबरा जाता है।]

श्रीनिवास : (बदहवास होकर) शंऽकर, शंऽकर...।

[अँधेरा]

दृश्य : चार

[तारा के बंगले का हाल। क़रीब तीन दिन बाद। दोपहर चार का समय, वसन्ता और तारा। दोनों के सामने चाय की प्यालियाँ। वसन्ता ग़ुस्से में। तारा बचाव की मुद्रा में।]

वसन्ता : तारा, तारा मेरी समझ में यह नहीं आ रहा है, विट्ठलजी ने डाक्टर गायतोण्डे को क्यों एपाइंट किया?

[तारा चुप]

वसन्ता : या तो डाक्टर गायतोण्डे आयेगा या मैं। एक म्यान में दो तलवारें नहीं चाहिए। एक डाक्टर के दो पेशंट नहीं चाहिए, आय मीन, एक पेशंट के दो डाक्टर नहीं चाहिए।

तारा : चाय लो...ठण्डी हो जायेगी।

वसन्ता : (ग़ुस्से से) आय डोंट नीड टी...तारा, वाट आर यू गोईंग टू डू? हूम आर यू गोईंग टू चूज? मी ऑर डॉ. गायतोण्डे?

[तारा चुप]

वसन्ता : आय नो विट्ठलजी...ही हेट्स मी।

तारा : ही हेट्स यू, ऐसा कुछ नहीं है।

वसन्ता : आय नो इट वेरी वेल, ही हेट्स मी। एण्ड दैट्स आल। तुम क्यों छिपाती हो?

तारा : तुम जानते हो...

वसन्ता : क्या जानता हूँ। कहो ना...क्यों छिपाती हो? साफ़ बोलो ना।

तारा : विट्ठल चाहता है कि तुम इस घर में ज़्यादा हस्तक्षेप न करो।

वसन्ता : और मैं तुमसे रुपये उगालता हूँ। तारा...मैं तुम्हारे सारे रुपये लौटानेवाला हूँ...ठीक है। ठीक है। बुलाओ, डाक्टर गायतोण्डे को बुलाओ। मेरे सायकिएट्रिस्ट होते हुए, तुम्हारे सगे भाई के सायकिएट्रिस्ट होते हुए बाहर के सायकिएट्रिस्ट को प्रफुल्ल के केस के लिए बुलायेंगे तो इसे मैं अपना अपमान ही समझूँगा। मैं कोई सन्त नहीं हूँ। माय वाइफ वासन्ती अलरेडी हेट्स योर फैमिली। वह आप लोगों के पास कभी आती ही नहीं... (भावविवश होकर) अब मैं भी तुम्हारे पास नहीं आऊँगा। (अधिक भावुक होकर) हमारे माता-पिता नहीं रहे। कराड का घर था उसे बेच डाला। तुम एक सगी बहन थीं, वह रिश्ता भी अब ख़त्म हुआ...इनफ, इनफ।

तारा : (रुआँसी) वसन्ता, प्लीज...प्लीज...

वसन्ता : हाऊ? हाऊ? मैं प्रफुल्ल का मामा, प्रफुल्ल के मन को मैं बेहतर जानूँगा या डॉ. गायतोण्डे?...प्रफुल्ल तुमसे कोई बात नहीं करता, घर में रुकता नहीं। तुम लोगों के बारे में उसके मन में एक तरह का अविश्वास पैदा हुआ है। क्या इन बातों में डेलिकेटली हैंडल नहीं करना चाहिए? कौन कहाँ का रोगवाला मेरा रिसर्च पेपर पढ़कर मेरे पास आता है, ट्रीटमेंट के लिए और तुम? तुम मेरी सगी बहन होने के बावजूद मुझे नहीं बुलातीं...

तारा : (रुआँसी) क्या करेंगे फिर?

वसन्ता : और एक बात कहता हूँ तुम से। प्रफुल्ल कह रहा है कि मुझे समाजसुधारक बनना है। मैं अमरीका नहीं जाऊँगा। इसका मतलब आता है तुम्हारे ध्यान में? ही इज गिविंग रिएक्शन टू यू एण्ड विट्ठलजी...आर यू गोइंग टू एक्सपोज योर वेज ऑफ़ लाइफ टू डॉ. गायतोण्डे, एन आउट-सायडर?

तारा : (असमंजस में, रुआँसी होकर) क्या करेंगे फिर?

वसन्ता : क्या करेंगे? (चाय लेता है) डॉ. गायतोण्डे को फ़ोन करो और उसे कह दो कि डॉ. वसन्त हैं तो आपको आने की ज़रूरत नहीं है...जरा-सा पोलाइटली कह दो तो बस हो गया।

तारा : लेकिन विट्ठल...

वसन्ता : तो तुम करो ना फ़ोन। और विट्ठलजी को भी साफ़-साफ़ बता दो...

तारा : लेकिन विट्ठल को...

वसन्ता : (समझाते हुए) नहीं तो हम ऐसा करते हैं...

तारा : (डरकर) क्या?

वसन्ता : (समझाते हुए) अब विट्ठलजी ने डॉ. गायतोण्डे को एपाइंट किया है तो उनकी फीस चुका देते हैं।

तारा : (किसी तरह) हाँ...

वसन्ता : विट्ठलजी ने एपाइंट किया है तो फीस तो देनी ही होगी...और मैं गायतोण्डे को फ़ोन करता हूँ कि अरे बाबा, तुम विट्ठलजी को ऑफ़िस में फ़ोन करके बता दो कि डॉ. वसन्त के होते हुए मेरा

आना प्रोफेशनल एथिक्स के ख़िलाफ़ होगा...तो उधर ही सारा मामला रफादफा हो जायेगा।

तारा : कितनी फीस?

वसन्ता : पाँच हज़ार?

तारा : पाँच हज़ार?

वसन्ता : समझ लो कि भाई के लिए ख़र्च हो रहे हैं...(बुदबुदाता है) पाँच हज़ार! इतनी क्या बड़ी रकम हो गयी...पाँच हज़ार...

[तारा अन्दर जाकर रुपये ला देती है। वसन्ता ब्रीफकेस में डालता है।]

वसन्ता : (प्रेम से) और तारा, तारा, देखो...हम ऐसा करते हैं, हम कल यहाँ एक मीटिंग लेते हैं। हाँ? तुम्हारी पहचान के सभी मतलब बहुत नज़दीक के लोगों को बुलाओ, जैसे कि वसु, मिस्टर दिण्डे, मिसेस दिण्डे, प्रफुल्ल के किसी क्लासमेट को बुलाओ... आँ? आय थिंग लेट्स डिस्कस प्रफुल्लज् प्राब्लम आल टुगेदर और...सोल्युशन मस्ट कम आउट...

तारा : अच्छा...

वसन्ता : कल मीटिंग लेंगे। यू डोंट वरी। मैं कल आ ही रहा हूँ। मुझे फ़ोन करो और समय का पता करो। मैं आऊँगा। वुई विल साल्व द प्राब्लम, अँ? चलूँ मैं?...बिल्कुल फिक्र मत करो

तारा : हाँ।

वसन्ता : चलता हूँ।

[वसन्ता जाता है।]

[अँधेरा]

दृश्य : पाँच

[अगला दिन। तारा के बंगले का हाल। शाम क़रीब छह बजे का समय। तारा, विट्ठल, वसु, सौ. दिण्डे गम्भीरता से बैठे हुए हैं। कोई किसी के साथ नहीं बोल रहा है। फ़ोन बजता है, शंकर उठाता है।]

शंकर : (फ़ोन पर) हैलो, नहीं...साहब नहीं मिल सकते। फैमिली प्रोग्राम में बिजी हैं...हाँ।

[शंकर फ़ोन रखता है, चला जाता है। बेल बजती है। शंकर दरवाज़ा खोलकर चला जाता है। श्रीनिवास आता है। श्रीमती दिण्डे के पास बैठता है।]

श्रीमती दिण्डे : (श्रीनिवास से) क्या नाम है तुम्हारा?

श्रीनिवास : श्रीनिवास...

श्रीमती दिण्डे : तुम्हारा अभी क्या काम है?

तारा : मैंने ही उसे बुलाया है

श्रीनिवास : (श्रीमती दिण्डे से) मैं प्रफुल्ल का मित्र। उसका क्लासमेट हूँ।

वसु : (श्रीनिवास से) बीई में?

श्रीनिवास : हाँ...

वसु : फर्स्ट क्लास मिला?

श्रीनिवास : पाँचवाँ आया हूँ...

वसु/श्रीमती दिण्डे : अरे वाह! कांग्रेच्युलेशन्स।

वसु : अब आगे क्या करने का सोचा है?

श्रीनिवास : स्टेट्स जा रहा हूँ। अगले महीने...

वसु : मेरी बेटी शुभदा परसों ही मास्को चली गयी।

श्रीनिवास : मास्को किसलिये?

वसु : भारतीय युवा युवतियों का एक नृत्यपथक मास्को गया हुआ है, सांस्कृतिक विभाग की ओर से। उसमें मेरी बेटी शुभदा का सिलेक्शन हुआ है।...

श्रीनिवास : अरे वाह! पहचान करनी होगी। लेकिन शुभदा लौट आयेगी तब तो मैं स्टेट्स में हूँगा...

वसु : (हँसते हुए) अरे, शुभदा अमरीका भी आ जायेगी...रूस गयी है इसका मतलब अमरीका नहीं, ऐसा कुछ नहीं है उसका...

श्रीनिवास : (वसु को हँसी देकर, श्रीमती दिण्डे से) मैंने नाटकों में आपके काम देखे हैं जी...

विट्ठल : कहाँ है वसन्ता?

श्रीमती दिण्डे : येस, वेअर इज अवर सायकिएट्रिस्ट ?

तारा : अभी आता ही होगा...

[बेल बजती है। शंकर आकर दरवाज़ा खोलकर जाता है। वसन्ता आता है।]

वसन्ता : ओ आय एम सॉरी, तारा, आय एम रिअली सॉरी, विठ्ठलराव। रंगावाला आके बैठे थे लैब में। उठने का नाम नहीं। (वसु से) हैलो, वसु...

तारा : यह है श्रीनिवास...

श्रीनिवास : नमस्कार।

तारा : मिसेस दिण्डे...

वसन्ता : (श्रीमती दिण्डे से) ओह, हैलो, द फेमस एक्ट्रेस...और मिस्टर दिण्डे कहाँ हैं ?

श्रीमती दिण्डे : कलकत्ता गये हुए हैं।

वसन्ता : ओ, आय सी...रंगावाला आकर बैठे थे लैब में। उठने का नाम नहीं...रंगावाला...जर्मनी, रूस, इण्डोनेशिया जैसे कई देशों में थे। भारत के विदेश विभाग में बड़े-बड़े ओहदों पर...सब तरह की बातें बताते रहे। जैसे कि सत्ता के जाने के बाद ख्रुश्चेव को कैसे लोन्लीनेस का प्राब्लम हुआ, टिटो के कैसे पहली बीवी में सपने आते थे, सुकार्नो के बच्चों का कैसे प्राब्लम हुआ...सब कुछ बताते रहे।

श्रीमती दिण्डे : (चिन्ता से) इज इट टू ? टिटो को पहली बीवी के सपने आते थे ?

वसन्ता : इट माइट बी ट्रू, इट माइट नॉट बी ट्रू...इट माइट बी इवन रंगावालाज् फैंटसी...अँ...अँ...(गम्भीरता से) रंगावाला...ही इज माय पेशंट। आय एम ट्रीटिंग हिम, यू नो...

श्रीमती दिण्डे : (गम्भीर होकर) यूँ देखा जाय तो हम सब मनोरुग्ण होते हैं, है ना ?

वसन्ता : (अजीब से हँसकर) हाँ तो...फिर भी हम जैसे सायकिएट्रिस्टों के दवाखाने ख़ाली ही...लुक एट इट...

वसु : क्या अब मूल समस्या की ओर ध्यान देंगे हम लोग?

वसन्ता : ओ येस...आय एम रियली सॉरी। लेट्स बिगिन...नाऊ... नाऊ...फर्स्ट नेसेसरी कंडिशन, हम में से हर एक को चाहिए कि वह दिल खोलकर बोले। ओके? तारा, तुम...(तारा तुरन्त खड़ी हो जाती है) तुम पहले नीचे बैठ जाओ...बैठो...बैठो...(तारा बैठती है) तुम्हें मन पर बिल्कुल टेंशन नहीं रखना है।...ओके। लेट्स बिगिन नाउ...नाउ...प्रफुल्ल, एक बेहद ब्रिलियंट, जीनियस, जिसे टेक्नोलाजी में डीप इन्साइट हैं ऐसा लड़का, कह रहा है कि उसे समाजसुधारक बनना है। दरअसल, हमारे लिए यह प्राब्लेम नहीं होना चाहिए लेकिन हमारे लिए वह प्राब्लम हो गया है।

वसु : भारत आज़ाद हो गया और तभी से समाजसुधारक होने का ट्रेंड ख़त्म भी हो गया है।

श्रीनिवास : लेकिन अलग-अलग तरह के मूवमेंट्स का ट्रेंड आया है...

विट्ठल : सत्ता की सहायता से ही समाजसुधार ज़ोर से किया जा सकता है...इस तरह के एक सिद्धान्त ने आजकल ज़ोर पकड़ा है।

श्रीमती दिण्डे : सत्ता तो चाहिए ही। सत्ता के बिना जी ही नहीं सकते।

वसु : मैं सोचती हूँ प्रफुल्ल ने अगर समाजसुधारक की कैरियर ही की तो क्या बिगड़ा?

श्रीनिवास : मेरे कुछ मित्र अलग-अलग आदोलनों में जॉइन हुए। शुरू में उन्हें बहुत इण्ट्रेस्ट आया लेकिन बाद में बहुत सारे ऊब गये।

तारा : लेकिन हमारा खानदान न समाजसुधारकों का है न राजनीतिवालों का। हमारा खानदान है ऊँचे ओहदे की नौकरी करनेवालों का। विट्ठल प्रादेशिक स्तर पर ऊँचा अधिकारी है। तो प्रफुल्ल को चाहिए कि वह केन्द्रीय या यूनो के स्तर पर ऊँचा अधिकारी बने। याने कि जो अपने ख़ून में है, वही करे।

वसु : लेकिन हमारी शुभदा डान्सिंग करती है। राघव क्रिकेट खेलता है।...दोनों बातें हमारे ख़ून में नहीं हैं।

श्रीमती दिण्डे : एक्सक्यूज मी, हाँ, शंकर ने चाय बनायी होगी ना?

तारा : पहले ही कह दिया है...शंकऽर...

श्रीमती दिण्डे : (वसन्ता से) मिस्टर मनोरुग्णतज्ज्ञ, चाय लेने में कोई आपत्ति तो नहीं है ना?

[वसन्ता मात्र हँसता है, शंकर चाय दे जाता है।]

वसु : लेकिन मैं कहती हूँ प्रफुल्ल अगर समाजसुधारक की कैरियर करे तो क्या बिगड़ता है?

श्रीमती दिण्डे : यू कंटिन्यू...आय विल सर्व टी...

[श्रीमती दिण्डे चाय देती है।]

वसु : तारा मैं...

श्रीमती दिण्डे : (वसु को चाय देते हुए) आय एम सॉरी...

वसु : तारा, लेकिन मैं...

श्रीमती दिण्डे : (वसु और तारा के बीच में आयी हुई है) आय एम सॉरी...(दूर हटकर) टू थिंग्ज एट ए टाइम! चर्चा भी करेंगे और चाय भी पियेंगे। वैसे भी दुनिया में कोई भी एक वक़्त एक काम नहीं करता। ग़रीबी हटाने के लिए चर्चा करेंगे और उसी वक़्त मुख्यमन्त्री बनने के लिए कोशिश याने एक्शन करेंगे। हम अभिनेत्रियाँ एक्टिंग तो करती ही हैं और बराबर उसी वक़्त मशहूर होने के लिए कोशिश करती ही हैं। यूरोप के लेखक तो लेखन भी करते हैं और नोबेल प्राइज के लिए प्रयास भी करते हैं।

वसु : हाँ, नोबेल प्राइज।...राघव के वक़्त मेरे पाँव भारी हो गये थे तब मुझे लगता था कि अपना बेटा ही हो और बड़ा होकर फिजिक्स का वैज्ञानिक बने...अब हमें भारत में कहाँ मिलता है नोबेल प्राइज! मेरी बड़ी चाह थी कि राघव नोबेल प्राइज पाये...लेकिन राघव ने क्रिकेट चूज किया और क्रिकेट के लिए तो नोबेल प्राइज नहीं होता। वैसे तारा, तुमने लाख सोचा हो तो भी प्रफुल्ल ने समाजसुधारक की कैरियर चूज की है तो बिगड़ा क्या?

तारा : लेकिन समाजसुधारक बनेगा, मतलब क्या?

वसु : मतलब क्या? मतलब आदिवासियों के बीच काम करेगा।

तारा : आगे?

वसु : आगे मतलब...आदिवासियों के बीच काम करना, बहुत काम करना, तरह-तरह के सेंटर्स बनाना, फिर काम करना। बहुत सारे काम करना।

तारा : आगे?

वसु : अँ...आदिवासियों के बीच काम करते-करते प्रफुल्ल को मैगसेसे अवार्ड मिल जायेगा। बड़ा होगा। अमरीका जायेगा, यूरोप जायेगा...

वसन्ता : विट्ठलजी ने भी आम, आर्थिक रूप से पिछड़े लोगों के लिए घर का डिज़ाइन बनाया है, विट्ठलजी को भी मैगसेसे अवार्ड मिल सकता है।

तारा : लेकिन मुख्यमन्त्री और निर्माण मन्त्री विट्ठल को क्रेडिट मिलने ही नहीं देते। (विट्ठल बेचैन। उठता है, इधर-उधर होकर अब खड़ा।)

श्रीनिवास : प्रफुल्ल आदिवासी केन्द्र में काम करने जायेगा याने कहाँ जायेगा? आरेसेस के ग्रुप में या समाजवादियों के ग्रुप में, या कम्युनिस्टों के?

श्रीमती दिण्डे : राइट। प्रफुल्ल की वैचारिक भूमिका को समझना होता।

वसु : किसी भी ग्रुप में क्यों न जाये...आख़िर आरेसेस के किये हुए काम में आरेसेस शब्द महत्त्व का, समाजवादियों के लिये हुए काम में समाजवादी शब्द महत्त्व का, कम्युनिस्टों के लिए हुए काम...छें...आय होप ही वॉट गो देअर...एनी वे, उस तरह हमारे लिए प्रफुल्ल शब्द महत्त्व का है...

श्रीनिवास : आदिवासियों के बीच काम करने के लिए शुरू में बहुत सारे आगे आते हैं लेकिन बाद में बहुत सारे ऊब ही जाते हैं...

वसु : अरे, प्रफुल्ल ऊब जायेगा तो अच्छा ही होगा न। फिर ख़ुद अमरीका जायेगा, फिर स्टडी शुरू करेगा।

श्रीमती दिण्डे : प्रफुल्ल समाजसुधारक का काम करते-करते प्रधानमन्त्री भी बन सकता है। ऐसा थोड़े ही है कि समाजसुधारक प्रधानमन्त्री न बने।

सारा : मैं इसे नहीं मानती।

वसु/श्रीमती दिण्डे : लेकिन क्यों?

तारा : गवय्ये का बेटा गवई होगा, चित्रकार का बेटा चित्रकार होगा, प्रधानमन्त्री का बेटा प्रधानमन्त्री होगा तो विट्ठल के बेटे को ऊँचा अधिकारी ही होना होगा।

श्रीमती दिण्डे : (ज़ोर से हँसकर) तारा, प्रफुल्ल तुम्हारा बेटा है, तो वह तुम्हारे जैसा ही होगा...आराम से बैठकर खायेगा...

[फ़ोन बजता है।]

तारा : शंकऽर, शंकऽर (शंकर आता है, शंकर से...चाय के प्याले की ओर इशारा करते हुए) इसे ले जा और बोल दे कि साहब अवेलेबल नहीं हैं।...

[फ़ोन के पास इस वक़्त विट्ठल है इसलिए वही झट से फ़ोन उठाता है। शंकर चाय की प्यालियाँ उठाकर ले जाता है।]

विट्ठल: (फ़ोन पर) हैलो साहब फेमिली प्रोग्राम में बिजि हैं। नहीं मिल सकते।

[विट्ठल फ़ोन रखता है। उसे अजीब लगता है। सब को अजीब लगता है। पलभर बाद...]

श्रीमती दिण्डे : मेरी तो राय है कि प्रफुल्ल को एक अख़बार निकालना चाहिए। एण्ड थ्रू न्यूजपेपर ही कैन ब्रिंग और सोशल रिफर्मिशन। मैं ख़ुद उसकी मदद करूँगी न्यूजपेपर के काम में। मेरे पास भारत के बड़े-बड़े नेताओं के लफड़े हैं...द न्यूजपेपर वुईल बी अ पॉवर! हमारे न्यूजपेपर से विट्ठलराव मुख्यमन्त्री को भी शह दे सकेंगे।

विट्ठल: (परेशानी में चिल्लाकर) स्टाप इट!

श्रीमती दिण्डे : (विट्ठल से) आय एम सॉरी...आय एम सॉरी, इफ आय हैव हर्ट यू...

विट्ठल: (बुदबुदाते हुए) आय एम सॉरी।

श्रीमती दिण्डे : बेसिकली आय एम डेमोक्रेट, माडर्न, एण्ड आउट स्पोकन

भी। अपनी राय साफ़-साफ़ कह देती हूँ। बिना मन में कुछ रखे। लेकिन मेरी बात से अगर कोई हर्ट हो गया ना तो मुझे बहुत बुरा लगता है। सचमुच बुरा लगता है। रिअली, आय एम सॉरी।

विट्ठल: आय एम सॉरी...

वसन्ता : (विट्ठल और श्रीमती दिण्डे से) नो...नो...नो...लेट्स बी नार्मल...लेट्स अण्डरस्टैंड द प्राब्लम। हमें पहले इस बात की ओर ध्यान देना होगा कि प्रफुल्ल का बर्ताव कैसा है...

तारा : आजकल प्रफुल्ल दो-दो दिन घर में नहीं रहता है। एक शब्द भी बात नहीं करता।

वसन्ता : तारा, तारा, शान्त हो जाओ...लेट्स अण्डरस्टैंड द प्राब्लम। आदिवासी केन्द्र, नारीमुक्ति, जातिनिर्मूलन जैसे आन्दोलनों में अगर प्रफुल्ल को जाना होता तो उसने वैसे घर में कह दिया होता।

तारा : (रुआँसी होकर) प्रफुल्ल कुछ भी नहीं बोलता...

विट्ठल: (तारा से) शान्त रहो...लिसन टू द डाक्टर।

वसन्ता : देखो, प्रफुल्ल दो-दो दिन घर पर नहीं रहता। घर में माता-पिता से एक शब्द भी बात नहीं करता। पहला आया इसकी उसे कोई ख़ुशी नहीं। मुझे एक फिक्र लगी हुई है, प्रफुल्ल कहीं किसी उग्र संगठन में तो जॉइन नहीं हुआ होगा?

श्रीमती दिण्डे : जवानी में वायलेंस का एट्रेक्शन होता ही है।

श्रीनिवास : हाँ जी, मैं भी वायलेंट फील करता हूँ। ऐंग्री लगता है। लगता है कि इस समाजव्यवस्था को उलटा दे।

वसु : हमारी शुभदा तो मास्को जानेवाले यंग डान्सर्स ग्रुप में सिलैक्ट हुई ना, तब से रिवोल्यूशन पर बोलने लगी है। इतना तेज़ बोलती है कि मैं भी सोचने लगती हूँ कि होनी चाहिए क्रान्ति। (स्फुरित होकर तारा से) ए...

तारा : क्या?

वसु : प्रफुल्ल को क्रान्तिकारी होना चाहिए। क्या बिगड़ता है? प्रफुल्ल को बड़ा होना चाहिए इतनी ही बात है न? क्रान्ति करेगा और बड़ा बन जायेगा।

वसन्ता : लेकिन वसु, अरी, इतिहास ने साबित किया है कि भारत में उग्रवादियों को सफलता नहीं मिलती...

श्रीनिवास : मेरे कुछ मित्र बहुत उग्र बातें करते हैं, लेकिन करते कुछ नहीं।

तारा : मुझे तो क्रान्ति से डर लगता है।

श्रीमती दिण्डे : मैं नहीं डरती क्रान्ति से, लेकिन मुझे कम्फर्ट्स की आदत है।

विट्ठल: मै किसी जासूस से पता लगा सकता हूँ कि क्या प्रफुल्ल किसी ख़ुफिया उग्र ग्रुप में शामिल तो नहीं हुआ है...

वसु : हम हैं न? फिर जासूस की क्या ज़रूरत?

वसन्ता : नो...नो...नो जासूस। दैट विल स्पॉइल एवरीथिंग।...हमें पहले इस बात का पता लगाना होगा कि प्रफुल्ल के मन में क्या है। लेटस्ट बी डेलिकेट...नाउ आय टेल यू अ प्लान। ईच आफ अस विल हैव अ डायलॉग विथ प्रफुल्ल।

तारा : प्रफुल्ल तो कुछ बोलता ही नहीं...

विट्ठल: (तारा से) वसन्ता सायकियेट्रिस्ट है। उसने सब सोचा ही होगा। पहले उसका प्लैन सुन लो।

वसन्ता : लिसन टु द प्लान। पहली बात यह कि हम सब को नार्मल बर्ताव करना है। मतलब जैसे है वैसा ही बर्ताव करना है। जान-बूझकर कुछ अलग नहीं करना है। अपनी रुटीन, बर्ताव का तरीक़ा हमेशा जैसा ही रखना है। ओके? अब तारा, तुम्हें यह खोजना है कि प्रफुल्ल के मन में क्या चल रहा है...

तारा : प्रफुल्ल कुछ बोल...

वसन्ता : कुछ बोलता नहीं। जानता हूँ मैं...फिर भी खोजना है।

विट्ठल: (तारा से) डाक्टर जैसा कहेंगे वैसा करना है।...

वसन्ता : (विट्ठल से) और विट्ठलजी, आप भी प्रफुल्ल से जान-बूझकर बोलिये। ट्रीट प्रफुल्ल एज युवर फ्रेंड। गिव हिम फ्रेंडली ट्रीटमेंट। ओपन हिज माइण्ड।

विट्ठल: येस डाक्टर...

वसन्ता : गुड। मैं डाक्टर, मैं प्रफुल्ल का मामा। मेरी जिम्मेदारी सबसे ज़्यादा है। मैं एक पूरा दिन प्रफुल्ल के साथ गुज़ारनेवाला हूँ।

दिनभर बातें करूँगा, कोई पिक्चर देखूँगा, उसे अपने लैब में ले जाऊँगा। रंगावाला के सीटिंग के वक़्त उसे साथ में लैब ले जाऊँगा...तो मेरा जो कुछ है वह तो मैं बराबर करूँगा ही...

श्रीमती दिण्डे : प्रफुल्ल को लेकर मैं भी किसी मुवी को जाऊँगी...

श्रीनिवास : (श्रीमती दिण्डे से) मैं भी आपके साथ चलूँगा जी...

वसन्ता : (श्रीनिवास से) नो...नो...नो मुवी बिजनेस। यू हैव इंपाईंट प्ले टू रोल, आय मीन यू हैव इंपार्टेंट रोल टू प्ले...यह देखो...

श्रीनिवास : (उत्साह से) येस...

वसन्ता : (श्रीनिवास से) तुम प्रफुल्ल को अकेले मिलोगे। उसको किसी होटल में ले जाओगे, बार में भी...तुम लेते हो न?

श्रीनिवास : (तुतलाते हुए) जी...

वसन्ता : हाँ ले जाकर उसे ढीला करोगे...

तारा : (श्रीनिवास से) तुम्हारे पास...रुपये होते हैं न?

श्रीनिवास : जी, जी...

विट्ठल: तारा, श्रीनिवास के पास रुपये दे रखना।

वसु : (पर्स से रुपये निकालकर) यह रहे मेरे पास...

[वसु श्रीनिवास को रुपये देती है। श्रीनिवास संकोचपूर्वक लेता है।]

वसु : (उत्साह से) वसन्ता, मैंने क्या करना है?

वसन्ता : वसु, तुम...हाँ...यू आर एट लिबर्टी...डू एज टाइम आलवेज...नऊ ऑल ऑफ़ अस विल मीट एक्झॅक्टली आफ्टर अ वीक, हिअर... एट सिक्स थर्टी इविनिंग ओके? द मिटिंग इज डिस्पर्सड...

[सब एक-दूसरे को बाय कहते हैं। श्रीमती दिण्डे, वसु पहले जाती हैं। वसन्ता जाने की तैयारी में। श्रीनिवास जाते-जाते रुकता है।]

विट्ठल: वसन्ता, मैं प्रफुल्ल से...(श्रीनिवास से) तुम्हारा कुछ काम है?

श्रीनिवास : (चौंककर)...मैं आता हूँ...

[श्रीनिवास जाता है।]

विट्ठल: मैं...प्रफुल्ल से बोलूँगा...बिल्कुल फ्रेंडली...बोलूँगा... लेकिन

प्रफुल्ल ने मुझ पर, मेरे करप्शन पर हमला... मतलब वैचारिक हमला बोल दिया तो...

वसन्ता : (सोचकर) मुझे नहीं लगता कि ऐसा कुछ होगा। क्या है, ऐसा एक भी उदाहरण अपने भारत में नहीं है कि जहाँ माँ-बाप करप्ट हैं इसलिए बच्चे उन्हें दोष देते हो।...हाँ लेकिन हमने जिसे पसन्द किया है उस लड़की को यानी कि विवाह को विरोध करने पर बच्चे अक्सर विद्रोह करेंगे...ऐसे कई उदाहरण हैं...अपने भारत में।

[तारा रोने लगती है।]

विट्ठल: तारा, तारा, क्या हो गया?

तारा : (रोते हुए सँभलकर) विट्ठल, तुम्हें और मुझे इस दुनिया में कुछ भी नहीं पाना है...प्रफुल्ल की ज़िन्दगी ही हमारी ज़िन्दगी...यूनो ने तुम्हारा सम्मान किया, मुख्यमन्त्री निर्माण मन्त्री तुम्हारा क्रेडिट छीनते हैं, इसका दुख मुझे भी होता है। लेकिन हमें अपने दुखों को दूर रखना होगा...प्रफुल्ल के भले के लिए ही हमें जीना होगा...

विट्ठल: परसों ही मैंने तुम्हें यह वचन दिया है।

तारा : (किसी तरह) हाँ...सब बातों को समझदारी से लेना...वसन्ता, खाना खाकर ही जाओ भला...

वसन्ता : अच्छा...

[तीनों मुक्तमन हो जाते हैं।]

[अँधेरा]

दृश्य : छह

[हफ़्ते बाद। शाम साढ़े छह बजे का समय। तारा के बंगले का हॉल। तारा, विट्ठल, वसु गम्भीर होकर बैठे हुए। कोई किसी से बात नहीं कर रहा है।]

वसु : (बुदबुदाती हुई) लगता है, सबको देर हो गयी है।

[दो बार बेल बजती है।]

तारा : शंकऽर

[शंकर आकर दरवाज़ा खोलकर जाता है। श्रीनिवास आता है। बैठता है।]

वसु : (श्रीनिवास से) देर हुई ?
श्रीनिवास : हाँ, जरा सी...
वसु : (पर्स से फोटो निकालकर) मैं तुम्हें दिखाने के लिए फोटो ले आयी हूँ।
श्रीनिवास : (फोटो लेते हुए) अरे वाह!
वसु : ये कटिंग्ज भी ले आयी हूँ।

[श्रीनिवास वसु से अख़बारों के कटिंग्ज लेता है, देखता है, बेल बजती है। शंकर आकर दरवाज़ा खोलकर जाता है। श्रीमती दिण्डे आती है।]

श्रीमती दिण्डे : हैलो तारा, हैलो वसु...डाक्टर नहीं आये अभी तक ?
वसु : वसन्ता की हमेशा की आदत है...
श्रीमती दिण्डे : मिस्टर दिण्डे इज अरायविंग टुनाइट...
विट्ठल : (श्रीमती दिण्डे से) अच्छा।
तारा : (फ़ोन पर) हैलो ? वासन्ती नं ?...तारा बोल रही हूँ वसन्ता है ?

[फ़ोन रखती है।]

वसु : (श्रीनिवास से) अख़बारों के कटिंग दिखाती हुई) यह है हमारी शुभदा।

[श्रीमती दिण्डे भी कटिंग में ध्यान देती है।]

श्रीनिवास : (श्रीमती दिण्डे से) प्रावदा की फ़ोटोग्राफ़ी कितनी बढ़िया है न ? रूस की टेक्नोलॉजी बहुत एडवांस्ड है। नहीं तो देखो हमारे इण्डिया के अख़बारों की टेक्नोलॉजी...हँ...टू पुअर टेक्नोलॉजी।
श्रीमती दिण्डे : (श्रीनिवास से) तुम अमरीका जा रहे हो ना ?

श्रीनिवास : (श्रीमती दिण्डे से) अजी लेकिन अमरीका की टेक्नॉलोजी भी एडवांस्ड है।

तारा : (विट्ठल से) वासन्ती इतने रूखेपन से क्यों बोली?

श्रीमती दिण्डे : (श्रीनिवास से) तुम्हें डेमोक्रेसी पसन्द है या रिवोल्यूशन?

श्रीनिवास : आय प्रिफर रिवोल्यूशन इन अ डेमोक्रेटिक वे...

श्रीमती दिण्डे : होशियार हो।

[फ़ोन बजता है। तारा फ़ोन उठाती है।]

तारा : (फ़ोन पर) हैलो...रांग नम्बर।

वसु : श्रीनिवास को फोटो दिखाती हुई। ये हैं मशहूर रश्श्यन डान्सर मार्गोसोव और यह हमारी बेटी शुभदा। चिट्ठी में लिखा है कि वे दोनों मिलते ही एक-दूसरे के दोस्त बन गये...मानो पिछले जनम की पहचान हो।...

श्रीनिवास : (श्रीमती दिण्डे की ओर देखकर) कम्युनिज्म और पिछला जनम?

श्रीमती दिण्डे : बट वेअर इज अवर सायकिएट्रिस्ट?

[बेल बजती है। शंकर जाकर दरवाज़ा खोलकर जाता है। वसन्ता आता है।]

वसन्ता : (उत्साह में) ता...रा...

वसु/श्रीमती दिण्डे : हिअऽर...

वसन्ता : आय एम सॉरी...रंगावाला बंगले पर ही ले गया...

श्रीमती दिण्डे : फिर तो ड्रिंक वग़ैरह तो हो ही गया होगा...

वसन्ता : और नहीं तो क्या, रंगराव के मन का सबकुछ एकबारगी निकाल लेना था...हिज वाइफ इज रश्श्यन, आफ कोर्स मोहम्मडन, बट शी वांट्स टू स्टे इन अमरीका और रंगावाला को इण्टरेस्ट है इण्डियन पॉलिटिक्स में, सो रंगावाला वांट्स टू बी इन इण्डिया। हिज वाइफ वांट्स टु बी इन अमरीका, उनके बच्चे अमरीका में ही रहते हैं। प्राब्लम हो गया है। सब तरफ़ प्राब्लेम्स, प्राब्लेम्स।

वसु : वसंऽता...

वसन्ता : ओह, आय एम सॉरी। आय एम सॉरी, लेट्स फर्गेट रंगावाला एण्ड लेट्स बिगिन...

वसु : बिगिन मतलब आज के मीटिंग में कहने जैसा मेरे पास तो कुछ भी नहीं है...

श्रीमती दिण्डे : (वसु से) क्यों री?

वसु : इसलिए कि प्रफुल्ल से मेरी मुलाकात ही नहीं हुई।

वसन्ता : तारा...

तारा : अँ?

वसन्ता : प्रफुल्ल आया है?

तारा : पिछले चार दिनों से वह घर पर ही था। था मतलब क्या कि सिर्फ़ था। होते हुए भी जैसे नहीं था। मन से दूर ही था...आज सुबह अचानक चला गया...

वसन्ता : नो कन्फ्यूजन्स जस्ट नाउ। लेट्स अनलाइज द केस। ओके?

श्रीमती दिण्डे : मैं सब के बाद बोलनेवाली हूँ।

वसन्ता : तारा, तुम ही पहले...

तारा : प्रफुल्ल स्वयं होकर मुझसे एकबार ही बोला। विट्ठल स्वयं ही प्रफुल्ल से बोला, तब मैं जान-बूझकर बाहर चली गयी थी। मैं और विट्ठल, हम दोनों इस बात पर बिल्कुल ही नहीं बोले। सोच-समझकर ही (किसी तरह) विट्ठल और मैं, कुछ भी नहीं बोले। (हाँप कर) लगातार सिर पर टेंशन मण्डरा रहा था।

विट्ठल: (सहसा चिल्लाकर) हैंग मी...लेकिन यह टेंशन नहीं चाहिए और यह बचपना तो बिल्कुल ही नहीं चाहिए...

[सारे पलभर के लिए गम्भीरता से ख़ामोश।]

वसन्ता : (बैग से एक बोतल निकालता है, उसमें से टैब्लेट्स निकालता है, विट्ठलजी को देते हुए) लीजिये...ये टैब्लेट्स लीजिये, टेंशन कम हो जायेगा...लीजिये।

[विट्ठल लेता है। वसु उन्हें पानी देती है।]

वसन्ता : नाउ लिसन टु मी...हममें से हर एक को अपने-अपने निरीक्षणों

को बिल्कुल सही, बिना किसी दुरावछिपाव के बताना है। आम तौर पर होता क्या है कि हम सायकिएट्रिस्टों को मनोरुग्ण की सही और ठीक जानकारी नहीं मिल पाती और हमारे इलाज हार जाते हैं। हमारे मनोविज्ञान में मज़ाक़ से यह कहा जाता है कि जब तक बीमार की उसके मरते दम तक की जानकारी नहीं मिलती तब तक उसका इलाज नहीं किया जा सकता। मज़ाक़ में कहा जाता है...

तारा : (काँपती हुई, रुआँसी होकर) मेरा प्रफुल्ल! मेरा प्रफुल्ल! मन का बीमार (रोते हुए) प्रफुल्ल के मरते दम तक की...

[तारा रो रही है। वसु, श्रीमती दिण्डे सान्त्वना देती हैं।]

श्रीमती दिण्डे : काम डाउन, तारा...

तारा : (रोते हुए) हमारी ज़िन्दगी का एकमात्र नॉनकरप्ट हिस्सा!

वसु : शान्त हो जाओ तारा...(वसन्ता की तरफ़ देखकर) कुछ भी बोलते हो तुम वसन्ता...

वसन्ता : आ...आँ? वेरी सॉरी। आय एम वेरी सॉरी...आय मस्ट बी ड्रंक। आय मस्ट हैव टैबलेट मायसेल्फ, तारा, तारा, तुम भी एक टैब्लेट ले लो...टेंशन कम हो जायेगा...मैं तो सोचता हूँ कि हरएक को एक-एक टैब्लेट लेनी चाहिए...(सब को देता है) लो...लो...दीज आर वेरी स्पेशल टैब्लेट्स। दे अनफोल्ड द सबकान्शस...

वसु : मुझे दो रे...

श्रीमती दिण्डे : मुझे भी सबकान्शस के ओपन होने का अरमान है...

श्रीनिवास : मुझे भी...

[सब एक-दूसरे को पानी देते हैं, सब टैब्लेट्स खा लेते हैं।]

वसन्ता : तारा, आय एम वेरी सॉरी। प्रफुल्ल के बारे में मुझे बिल्कुल बुरा नहीं कहना था। मुझे सिर्फ़ मनोविज्ञान की सीमा बतानी थी।

श्रीनिवास : हर एक विज्ञान की सीमा होती है। मनोविज्ञान की सबसे ज़्यादा सीमाएँ हैं। इसीलिए तो बुद्धिमान लड़के मनोविज्ञान की तरफ़ नहीं जाते।

वसन्ता : नॉन्सेन्स।

श्रीमती दिण्डे : बी नार्मल, तारा।

वसु : तारा, रिलैक्स...

विट्ठल: हैव करेज, तारा।

वसन्ता : (हिप्नोटाइजिंग आवाज़ में) तारा...

तारा : (सँभलकर) क्या?

वसन्ता : कहो, कहो, प्रफुल्ल ने तुमसे क्या कहा?

[अतीत का प्रसंग, तारा दूर की कुर्सी पर जा बैठती है। प्रफुल्ल आता है। इस प्रवेश को रंगमंच के पात्र भी देखते हैं।]

प्रफुल्ल : माँ, मज़े की बात तो देख, सब मानते हैं कि दहेज न देना चाहिए न लेना...फिर भी दहेज दिया भी जाता है और लिया भी।

तारा : (हँसकर, ख़ुश होकर) अरे बदमाश, आ गया तुम्हारा मकसद मेरे ध्यान में। तेरी शादी में मैं एक पाई का भी दहेज नहीं लूँगी...तो हो गया?...प्रफुल्ल, तुम्हें किसी से प्यार हो गया है? मुझे बता, मैं बिल्कुल नाराज़ नहीं होऊँगी।

प्रफुल्ल : प्यार?...आकर्षण लगता है। बहुत सी लड़कियों का...लड़कियों का ही क्यों, बुज़ुर्ग औरतों का भी, पचास के आसपास पहुँची औरतों का भी। वही बात। सेक्सुअल एट्रैक्शन। छोटी, युवा, बुज़ुर्ग, ख़ूबसूरत, बदसूरत, ऊबड़खाबड़, अमीर और बिल्कुल ग़रीब भी...सब तरह की औरतों का एट्रेक्शन होता है।...प्यार नहीं होता। किसी से भी...पहले जब कोई मेरी तारीफ़ करता था तो मुझे लगता था...मुझसे प्यार करते हैं। आजकल मुझे ऐसा नहीं लगता। वह प्यार ही नहीं है...किसी ने मेरी तारीफ़ की तो मुझे अच्छा लगता है, किसी ने मेरी बुराई की तो उससे नफ़रत होती है। मुझे प्यार का तज़ुर्बा नहीं है। क्या मुझे समाज से प्यार है? समाज के अनपहचाने चार-पाँच लोग सड़क पर, थिएटर में, दुकान पर, बस में कहीं भी मिले तो क्या लगता है? मैंने जान-बूझकर आब्जर्व किया है...देखे हुए लोगों ने मुझसे कुछ भी बात नहीं की तो उनकी क़दकाठी से, उनकी पोशाक से मैं

अपनी कुछ राय कायम करता हूँ।...मेरी उनके बारे में जो राय है क्या वह मेरा उनके बारे में प्यार है?...हाँ जाने-पहचाने लोग मिल गये तो उनकी राय समझ में आती है...मेरे बारे में या दूसरों के बारे में...कभी एक-दूसरे की राय मिलती-जुलती है, कभी नहीं...लेकिन प्यार का तजुर्बा कहाँ आता है?...लेकिन इस हक़ीक़त को समझना भी इण्टरेस्टिंग होता है। डर भी लगता है...किसी औरत को देखकर मेरे अन्दर का काम फूल उठा तो पलभर बिल्कुल ही कुछ समझता नहीं कि क्या करें। बेवकूफ़ का जो होता होगा वही मेरा भी हो जाता है। अक़्लमन्द हो या बेवकूफ़ पीड़ा के शुरू होने पर हरएक के मन की यह हालत होती है...

तारा : मुझे बहुत डर लग रहा है।...

प्रफुल्ल : डर तो लगता ही है, लेकिन सबकुछ समझ लेने में मज़ा भी आता है...

[प्रफुल्ल जाता है। अतीत प्रसंग समाप्त। तारा सबके बीच आ बैठती है।]

तारा : (हाँफती हुई) मुझे बहुत डर लग रहा है, वसन्ता...

श्रीमती दिण्डे : आय वण्डर, इज प्रफुल्ल मिक्सिंग टू मच विथ मिडल क्लास पीपल। दहेज के प्राब्लम के बारे में सोच रहा है। अपने हायर क्लास में कहाँ है दहेज का प्राब्लम?

वसु : लेकिन अख़बारों में तो आता है न दहेज का प्राब्लम। प्रफुल्ल अख़बार तो पढ़ता ही होगा न?

श्रीमती दिण्डे : राइट! अनफॉर्चूनेटली, लोअर क्लास, मिडल क्लास और हायर क्लास...सबके लिए एक ही तरह के अख़बार होते हैं।

तारा : (चिन्ता से) प्रफुल्ल किसी ग़रीब लड़की से तो प्यार नहीं कर रहा है? वह ऐसा तो नहीं सोचता होगा कि हम उसका विरोध करेंगे?

विट्ठल: हमें एक पाई का भी दहेज नहीं चाहिए। गॉड हैज गिवन मी इनफ!

वसु : मैं बिल्कुल नहीं सोचती कि प्रफुल्ल किसी ग़रीब लड़की से प्यार करता होगा। हमारा ग़रीबों से कहीं इतना सम्पर्क आता है।

वसन्ता : तारा...

तारा : क्या है?

वसन्ता : मुझे...मुझे लगता है कि जिसको समाजसुधारक बनना है उसके दिमाग़ में तीन प्रॉब्लम्स रहते हैं। एक दहेजबन्दी, दूसरा जातिभेद, तीसरा नारीमुक्ति...

श्रीनिवास : (श्रीमती दिण्डे की तरफ़ देखकर) लेकिन यह सारे तो मिडल क्लास, लोअर क्लास के प्रॉब्लम्स हैं...

[श्रीनिवास श्रीमती दिण्डे की तरफ़ मान्यता के लिए देखता है। श्रीमती दिण्डे ध्यान नहीं देती!]

वसु : हमारे यहाँ शुभदा डान्सिंग करती है। इसलिए कला के प्राब्लेम्स, राघव क्रिकेट खेलता है, इसलिए स्पोर्ट्स के प्रॉब्लम्स और मोहन बिजनेसमेन है तो पार्टीज के प्राब्लम्स...इतने पर ही डिस्कशन्स होते हैं।

तारा : प्रफुल्ल कहता है कि उसे किसी के बारे में भी प्रेम नहीं है।

श्रीमती दिण्डे : तारा, प्रेम की कॉन्सेप्ट क्रिश्चयानीटी की है।...

वसु : तो हम ख्रिश्चन नहीं हैं तो क्या किसी से प्रेम नहीं करना?

वसन्ता : गुड...द सब कांशस इज अनफोल्डिंग...

श्रीनिवास : (श्रीमती दिण्डे की तरफ़ देखकर) मेरा भी अन्तर्मन मुक्त हो रहा है...

वसन्ता : (सोच में पड़कर) प्रफुल्ल कहता है, उसका किसी से प्रेम नहीं है...आय थिंक, दिस इज क्वाएट नार्मल।

वसु/श्रीमती दिण्डे : (एकसाथ अचरज से) क्या?

वसन्ता : (ज़ोर से) येस, एब्सोल्यूटली नार्मल।

वसु : क्या कहते हो?

वसन्ता : (और भी ज़ोर से) येस, एब्सोल्यूटली नार्मल। दुनिया के सौ में से निन्यानवों को किसी से प्रेम नहीं होता। नहीं, यह प्रपोर्शन भी ग़लत है। एक हज़ार में से नौ सौ निन्यानवों का किसी से प्रेम नहीं होता। लाख में या लाखों में किसी एक के दिल में प्रेम होता है। दिल में प्रेम का ना होना बिल्कुल नार्मल है।

तारा : (शिकायत के स्वर में, करुणा से) लेकिन प्रफुल्ल को मेरे बारे में भी प्रेम नहीं है।

वसन्ता : तुम्हारे बारे में प्रेम नहीं है तो क्या हुआ? तुम्हें किस बात की कमी है? आँ? तुम्हें किस बात की कमी है? बंगला है, गाड़ी है, पैसा है...भारत जैसे ग़रीब देश में बंगला, मोटर, पैसा जैसी बातों का मिलना कितनी मुश्किल बात है। और बेकार में प्रेम जैसे एब्स्ट्रक्ट बात के लिए कितना तड़पना?...

तारा : चिल्लाते क्यों हो?

वसन्ता : आय एम सॉरी...हाँ, क्या कह रहा था मैं?

श्रीमती दिण्डे : प्रफुल्ल नार्मल है।

वसन्ता : येस! प्रफुल्ल इज एब्सोल्यूटली नार्मल...

श्रीनिवास : एक मुद्दा रह गया है...खुलकर बोलूँ ना मैं?

वसन्ता : येस...बोलो।

[श्रीनिवास भौचक्का]

श्रीनिवास : सेक्स!

तारा : (चिन्ता से) लेकिन प्रफुल्ल को तो सारी औरतों का एट्रेक्शन है...

वसु : सेक्सुअल एट्रेक्शन।

श्रीनिवास : और प्रेम नहीं...

वसन्ता : दैट आल्सो इज नार्मल। प्रफुल्ल इज ट्वेंटी। जवान हो गया है। उसे औरतों का आकर्षण तो होगा ही।

वसु : ए, मुझे भी अब सेक्स की किताबें पढ़नी होगी...

श्रीमती दिण्डे : (वसु से) क्यों?

वसु : राघव, शुभदा भी जवान हो गये हैं न...(अजीब ढंग से) ए तारा, प्रफुल्ल को सारी औरतों के बारे में सेक्सुअल एट्रेक्शन है, मतलब..वह...कहीं वेश्या के पास तो नहीं जायेगा?

तारा : (डरकर) अँ? अँ? विट्ठल...

श्रीमती दिण्डे : तारा, प्रफुल्ल को सेक्सुअल एक्सपीरिअन्स की ज़रूरत है न? आय एम प्रिपेअर्ड टू गिव हिम सेक्सुअल एक्सपीरिअन्स...

वसु : आँ?

वसन्ता : व्हाट?

श्रीमती दिण्डे : एक शर्त है। मैं और प्रफुल्ल एक अख़बार निकालेंगे। उसके लिए विट्ठलजी को हमें कैपिटल देना होगा।

वसु : लेकिन सेक्सुअल एक्ट तो एक्सपीरिअन्स होता ही नही, इट्स प्लेजर। एक्सपीरिअन्स एक बार हो गया तो क्या बार-बार करने की चाह होगी? सुख की ही बार-बार ज़रूरत होती है। सुख का अनुभव होता ही नहीं। सुख ही होता है।

वसन्ता : (वसु से) आ, वसू, कितना ओरिजिनल बोली।

वसु : ए, मुझे और भी ओरिजिनल सूझ रहा है...

वसन्ता : अच्छा?

वसु : पुरुषों को कई औरतों का आकर्षण होता है...

श्रीमती दिण्डे : इसमें ओरिजनल क्या है? औरतों को भी मर्द पुरुषों का आकर्षण होता है। फ्रीली कहना हो तो ख़ुद मुझे विट्ठलजी का आकर्षण है...

श्रीनिवास : फ्री ली कहना हो तो मुझे मिसेस दिण्डे का आकर्षण है। ख़ास सेक्सुअल एट्रेक्शन।

वसन्ता : (अस्पष्ट-सा) गुड!

श्रीमती दिण्डे : (श्रीनिवास से) लेकिन मुझे तुम्हारा बिल्कुल ही एट्रेक्शन नहीं है। अब क्या करोगे?

श्रीनिवास : (श्रीमती दि़ण्डे से) आप मेरे पुरुषत्व का अपमान कर रही हैं।

तारा : तुम्हारी माँ को ही इस मीटिंग में बुलाना चाहिए था, श्रीनिवास।

श्रीनिवास : बेहतर होता (श्रीमती दिण्डे की ओर इशारा) कि इन्हें ही नहीं बुलाया होता।

श्रीमती दिण्डे : (श्रीनिवास के सिर के बालों को पकड़कर मज़ाक़ करती हुई) यू आर अ चाइल्ड।

श्रीनिवास : (सिर हिलाकर बाल छुड़वाते) हँ.,...

विट्ठल: (किसी तरह संयम रखते हुए) प्रफुल्ल का और एक मुद्दा महत्त्व का है। प्रफुल्ल ने कहा, स्त्री हो या पुरुष बुद्धु हो या बुद्धिमान, पीड़ा की परेशानी सब को एक जैसी ही...सेक्स की पीड़ा।

वसन्ता : (गम्भीरता से) सेक्स के प्राब्लेम्स को कोई नहीं सुलझा सका है। हमारे मनोविज्ञान में सैकडों सिद्धान्त हैं। लेकिन सेक्स के प्राब्लेम जहाँ थे वहीं हैं। एण्ड दैट इज नाट इम्पोर्ट। लेट्स ड्राप दिस पाइंट...नाउ...हू विल स्पीक?

श्रीमती दिण्डे : मैं आख़िर में बोलूँगी।

वसु : और मैंने अभी बता दिया कि मेरी प्रफुल्ल से मुलाकात ही नहीं हुई, लेकिन बीच-बीच में जैसा सूझेगा वैसा ओरिजिनल बोलूँगी...

वसन्ता : ओके। श्रीनिवास, तुम्हारा क्या?

श्रीनिवास : (उत्साह से) हँ, मैं और प्रफुल्ल दोनों एक बीअर बार में गये थे। दोनों ने बीअर गटक डाली।

तारा : बहुत ज़्यादा तो नहीं ना गटक डाली?

वसन्ता : (गम्भीरता से) श्रीनिवास, प्रफुल्ल ने बीअर ली?

श्रीनिवास : बीअर और सिगरेट भी...

वसन्ता : मैं जान-बूझकर पूछ रहा हूँ। प्रफुल्ल ने बीअर ली?

श्रीनिवास : हाँ, हाँ, हँ...

वसन्ता : थैंक गॉड।

वसु : (अस्पष्टता से) आँ?

वसन्ता : थैंक गॉड! मतलब प्रफुल्ल प्यूरिटन तो नहीं है...दहेज की समस्या, बीअर, सिगरेट...

वसु : औरतों का आकर्षण...

श्रीमती दिण्डे : सेक्स के प्राब्लेम्स किसी से नहीं सुलझते...

वसु : ए ए सेक्स के बारे में मुझे ओरिजिनल सूझ रहा है...

वसन्ता : (परेशान होकर) वसु...प्लीज...प्लीज...श्रीनिवास, प्रफुल्ल ने तुमसे क्या कहा?

श्रीनिवास : एक तो यह कि प्रफुल्ल दहेज के बारे में बोला...

वसन्ता : (श्रीनिवास से) प्रफुल्ल के एक्जैक्ट शब्दों में बताना।

श्रीनिवास : एक्जैक्ट शब्द बताता हूँ। प्रफुल्ल ने कहा, सब कहते हैं कि दहेज न देना चाहिए न लेना चाहिए फिर भी दहेज देते हैं और लेते हैं। ऐसा क्यों होता है?

तारा : यानी मुझे जो बोला वही...

वसन्ता : प्रफुल्ल, बीअर लेता है, सिगरेट पीता है, दहेज के बारे में सोचता है इसका मतलब प्रफुल्ल आज के ज़माने का रेग्युलर सोशल रिफार्मर है और आज के ज़माने का सोशल रिफार्मर सेक्स के बारे में लिबरल होता है। मतलब कुछ भी डेंजरस नहीं है। अच्छा...(श्रीनिवास से) प्रफुल्ल ने तुमसे जाति के बारे में कुछ कहा?

श्रीनिवास : हाँ, जाति के बारे में उसने कुछ मुश्किल बात की। शायद मैं ठीक से कह नहीं पाऊँगा, लेकिन कोशिश करता हूँ..उसने कहा, मान लो कि अ और ब दो शख़्स हैं और अ और ब जाति भावना समाप्त होनी चाहिए इसलिए आन्दोलन कर रहे हैं, फिर भी अ सोचता है कि उसे ब को मात देनी चाहिए और ब सोचता है कि उसे अ को मात देनी चाहिए, तो ऐसा क्यों होता है, इसे ध्यान में रखकर जीना आना चाहिए...ऐसा ही कुछ बोला...

श्रीमती दिण्डे : यानी रेग्युलर सोशल रिफार्मर जैसी बातें नहीं हैं ये।

वसु : मुझे यह ओरिजिनल लगता है

वसन्ता : (डाँटते हुए) वसु...श्रीनिवास, आगे?

श्रीनिवास : और क्या भला?

तारा : प्रेम के बारे में कुछ बोला?

श्रीनिवास : अँ..नहीं

वसु : सेक्स के बारे में?

श्रीनिवास : नहीं जी...हाँ, याद आया। इसे बताना भी मुश्किल है। लेकिन कोशिश करता हूँ...प्रफुल्ल ने कहा, अधिकारपद मिले या न मिले...मौक़े की जगह मिले न मिले, पहला नम्बर आये न आये, जीने की अँ...जीने की ऐसी कोई रीत खोजनी चाहिए कि जीवन में असली काम करना आना चाहिए...(हाँफकर) प्रफुल्ल के शब्दों को याद करने में थक जाने की नौबत आ जाती है।...

वसु : थक तो जाओगे ही। अपने रोज़मर्रा की ज़िन्दगी के नहीं हैं न, ये...

वसन्ता : प्रफुल्ल इंटेलिजंट तो है ही...उसका सब कुछ मेरे ध्यान में आने लगा है, वह फिलासॉफिकल तो बोलेगा ही...और एक महत्त्व

का मुद्दा मेरे ज़ेहन में साफ़ हो गया है, श्रीनिवास, प्रफुल्ल ने तुमसे करप्शन पर कोई बात की?

श्रीनिवास : हाँ, प्रफुल्ल ने कहा, सब जानते हैं कि करप्शन की वजह से समाज में गड़बड़ी फैली हुई है, फिर भी लोग करप्शन क्यों करते हैं?

विट्ठल: (चौंककर) फिर...तुमने क्या जवाब दिया?

श्रीनिवास : (हड़बड़ाकर) मैं उसके प्रश्नों पर विचार नहीं कर रहा था...क्योंकि मुझे उसके एक्जैक्ट शब्दों को याद रखना था न

[विट्ठल उठता है, स्टेज के दूसरे हिस्से में जा बैठता है। सिग्रेट का पैकेट, माचिस या लाइटर निकालकर रखता है। यह प्रसंग अतीत में घटा जैसा, लेकिन रंगमंच के अन्य पात्र देखते हैं। प्रफुल्ल आता है। सामने बैठता है।]

विट्ठल: (सिग्रेट का पैकेट प्रफुल्ल की तरफ़ सरकाकर) ले...यू आर ओन अप। वुई गुड बिहेव लाइक फ्रेंड्स...मोतीलाल और पण्डितजी भी एकसाथ बैठकर सिग्रेट पीते थे...

प्रफुल्ल : (सहजता से) नेहरूजी के सिग्रेट्स बेहतर होंगे... आजकल अच्छे सिग्रेट नहीं मिलते, गला ख़राब हो जाता है...

विट्ठल: (कोशिश कर सहजता से) प्रफुल्ल, तुझे ठीक लगे, बता सको...लेट मी नो वॉट यू फील, वॉट यू डू वॉट यू वॉट टू डू।

प्रफुल्ल : पेशंटली आय विल फाइट आउट अ वे, साफ़ है कि मैं अपनी जिम्मेदारियों को टालना नहीं चाहता। मेरे मन में गड़बड़ हो तो उसे भी मैं ठीक तरह से समझ लूँगा।

विट्ठल: आय अण्डरस्टैंड...लगता है, तू बड़ी उलझन में है।

प्रफुल्ल : मैं देख रहा हूँ कि समाज के कई लोग भी मानसिक उलझन में उलझे हुए हैं। बड़े-बड़े डाक्टर, इंजीनियर, मन्त्री, कइयों की ज़िन्दगी में मुझे उलझन दिखायी देती है।

विट्ठल: (हड़बड़ाकर) हाँ...हाँ...तुझे सेक्स के कुछ प्राब्लम होंगे...(काँपते हुए) हम आधुनिक युग में जी रहे हैं, शुड वुई डिस्कस?

प्रफुल्ल : (साफ़ तौर से) आपने क़रीब पच्चीस वर्षों का सेक्सुअल लाइफ जिया है, कामवासना के बारे में आपको क्या ज्ञान है?

विट्ठल: (हिचकिचाते हुए) अँ, अँ, अँ...

प्रफुल्ल : दरअसल, यह सवाल मैं आप से इंडिविज्युअली नहीं पूछ रहा हूँ...हर कोई काम जीवन जीता है लेकिन काम जीवन का ज्ञान किसी को नहीं होता। कोई सेक्स पर लिखी किताब पढ़ता है और सेक्स के बारे में बोलने लगता है। जैसे कि सेक्स चाँद पर की कोई चीज़ हो...

विट्ठल: यू आर रिअली इंटेलिजेंट। आय एम् प्राउड ऑफ़ यू माय सन... आय एम प्राउड ऑफ़ यू...मैं सोच रहा था कि तू मेरे करप्ट लाइफ के बारे में पूछेगा...लेकिन तू तो बिल्कुल फंडामेंटल थिंकिंग करता है रे...आय एम प्राउड ऑफ़ यू...माय सन...आय फील मच रिलीव्ड

प्रफुल्ल : आय पिटी यू। इतने रुपये कमाने के बाद भी आपको कभी यह नहीं सूझा कि ज़िन्दगी में रुपये की जगह कहाँ, इसकी सीमा कितनी इस बात की खोज करें। आय पिटी यू। (काफ़ी देर रुककर) मैं इन बातों को नज़रअन्दाज़ भी कर दूँगा...लेकिन सच कहना है तो...आपको काफ़ी कुछ नहीं आता।

विट्ठल: (चौंककर) नहीं आता मतलब?

प्रफुल्ल : (निश्चयपूर्वक) मूलतः आप सिविल इंजीनियर। लेकिन आपको अच्छे मकान बनाना नहीं आता, आपको ही नहीं...मेरा ऐसा निरीक्षण है...प्राचार्यों को कालिज चलाना नहीं आता, इंजीनियरों को अच्छी मशीन बनाना नहीं आता, टायपिस्टों को अच्छा टायपिंग नहीं आता, मुख्यमन्त्रियों को उनके काम नहीं आते, बिल्कुल, बिल्कुल जवान लड़के-लड़कियों को अच्छा प्रेम करना भी नहीं आता। हम पिछड़े हुए हैं, मतलब...हमें ठीक ढंग से काम नहीं आते।

[प्रफुल्ल जाता है। अतीत प्रसंग समाप्त। विट्ठल पराभूत की तरह सबके बीच आकर बैठ जाता है।]

विट्ठल: (हाँफते हुए) हमें ठीक ढंग से काम नहीं आते।

श्रीमती दिण्डे : (रुआँसी) इस मुद्दे को छोड़ दीजिये...छोड़ दीजिये...हमें

काम करना आता तो...इस मुद्दे को छोड़ दीजिये...दूसरी बात कीजिये...अँ अँ...(आँखें पोंछकर, हल्के ढंग से) मुझे लगता है, प्रफुल्ल को रिबेल का अटैक आया है...जवानी की उम्र में हर एक को ऐसा अटैक आ जाता है...ज़िन्दगी का, रुपये का, सेक्स का अर्थ खोजने का अटैक...यह टेम्परेरी फेज होती है।

वसु : हाँ, हाँ, मुझे भी जवानी में समाज सुधार का अटैक आया था। मुझे पहली बार जब दिखाने की बात चली तब मुझे बेहद ग़ुस्सा आया था। लगा था कि लड़कियों को ग़ुलामों की तरह दिखाने के इस रिवाज को समाज से ख़तम कर देना चाहिए। उसके लिए आन्दोलन करने चाहिए। लेख लिखे जाने चाहिए, रेडियो पर तकरीरें होनी चाहिए...मोहन से मुलाकात हो गयी। आगे के सारे मीठे सपने दिखायी देने लगे और समाजसुधार की बात मैं भूल गयी।

श्रीनिवास : (वसु से) लड़कियों को दिखाने की बात अब नहीं खटकती?

वसु : (श्रीनिवास से) खटकती रे, नहीं ऐसी बात नहीं...लेकिन हो जायेगा सुधार धीरे-धीरे।

वसन्ता : ए तारा, तारा...तुम्हें याद है? मेरा एक दोस्त था? यादव नाम का? एमबीबीएस को ही था वह? उसको सोशल रिफॉर्मेशन का स्ट्रांग अटैक आया था। माथेरान को ट्रिप के लिए गये थे तो वहाँ भी सामाजिक सुधार पर ही बातें करता था। बहुत तिलमिलाकर बोलता था। क्रान्तिकारी बोलता था। फिर एमबीबीएस करने के बाद वर्कर्स मूवमेंट में चला गया। वहाँ दस वर्षों तक काम किया फिर सरकार ने उसे उठा लिया...

वसु : उठा लिया मतलब?

वसन्ता : उठा लिया मतलब अच्छे अर्थ में। उसे फिलिपाइन्स का एम्बेसिडर बना डाला।

वसु : मतलब, देख तारा, अच्छा ही हुआ ना उसकी ज़िन्दगी का?

वसन्ता : एक्जैक्टली! इंटेलिजेंट आदमी भारत में कभी बेकार नहीं जाता। प्रफुल्ल का अच्छा ही होगा। अमरीका जायेगा सब ठीक हो जायेगा।

तारा : तुम्हारे मुँह में घी-शक्कर।

वसन्ता : हाँ...घी-शक्कर क्या...हैट...यह क्या शक्कर खाने का वक़्त है ? हैट, नाउ वुई मस्ट हैव ड्रिंक नाऊ, कमीन

श्रीमती दिण्डे : नाउ माय टर्न। प्रफुल्ल मेरे साथ दो-एक वाक्य बोला। उतना ही, एक्जैक्टली उन्हीं शब्दों को मैं बतानेवाली हूँ..और एक बात ध्यान में रखिये, मेरे मन में अब तक प्रफुल्ल के शब्द ही गूँज रहे हैं, लेकिन उनका मुझ पर असर नहीं होने दिया और इतनी देर तक संयम से चर्चा में हिस्सा लिया...प्रफुल्ल ने मुझसे कहा...भारत में नयी संस्कृति पैदा करनी हो तो जवान हुए हर एक को चाहिए कि अपने माता-पिता से मानसिक सम्बन्धों को तोड़ दे।

वसु : आँ ? मतलब...तारा और विट्ठलजी से प्रफुल्ल मन से टूट जायेगा ?

[तारा तुरन्त रोने लगती है। सारे उसके पास इकट्ठा। विट्ठल जहाँ है वहीं पर, चेहरे की हवाइयाँ उड़ी हुई।]

विट्ठल: मैं नौकरी छोड़ देता हूँ। मैंने कर लिया फ़ैसला, इस पल...

तारा : (रोती हुई) विट्ठल...

विट्ठल: मेरे बेटे को मेरे करप्ट लाइफ की इतनी मानसिक तकलीफ़ होती हो, तो छोड़ दी मैंने नौकरी। मैं अपने प्रफुल्ल को खोना नहीं चाहता...

तारा : (रोती हुई) विट्ठल...

विट्ठल: छोड़ दी मैंने नोकरी...

वसन्ता : (विट्ठल से) अजी, ऐसा क्या...

वसु : (विट्ठल से) एकदम नौकरी क्या...

विट्ठल: छोड़ दी मैंने...

[तारा रो रही है। इस तरह सब गड़बड़झाला चल रहा है। स्टेज के पीछे से एक-दो बार सीटी बजती है। रंगमंच की रोशनी चली जाती है। क्या हुआ ? लाइट, लाइट...तारा का रोना... विट्ठलजी का छोड़ देता हूँ नौकरी...वसु की घबराहट... गड़बड़झाला बढ़ रहा है। शंकर भी आया हुआ है। बैटरी की रोशनी डालते हुए जासूस आता है, दिये जलते हैं, सब किसी तरह सँभलकर खड़े।]

विट्ठल: (जासूस से) आइये, आइये कम,...प्लीज कम इन...आपकी इन सबसे पहचान करा देता हूँ।

जासूस : मैं सबको पहचानता हूँ। ये डाक्टर वसन्त, ये मिसेस दिण्डे, ये मिसेस वसु भिड़े, यह श्रीनिवास, यह शंकर...

[सब चकित]

विट्ठल: (जासूस से) आपकी पहचान सबसे करा दूँ, तो चलेगा?

जासूस : मेरा नाम नहीं बताना। वेट, मैं ख़ुद ही अपनी पहचान करा देता हूँ। मैं जासूस हूँ। (वसु, श्रीमती दिण्डे चिल्लाती हैं, श्रीनिवास घबराया-सा) प्राइवेट एजंट नहीं, सरकारी। विट्ठलजी मेरे मित्र हैं। मित्रता के नाते एक काम हाथ में लिया है, प्रफुल्ल के बर्ताव का पता लगाने का...

वसन्ता : अच्छा? तो फिर आपके क्या फायंडिंग्ज हैं?

जासूस : अपने फायंडिंग्ज मैं सिर्फ़ विट्ठलजी को बताऊँगा। दैट्स अ मेथड। अब आपकी मीटिंग ख़तम हुई है। अब तुम सब लोग जाओगे। आल राइट?

वसन्ता : (दुखी, नाराज़) अच्छी बात है। हम जाते हैं...जा रहा हूँ तारा...चल री, वसु, हम चलेंगे...(जाते हुए) अच्छा तो, आप बुलाइये जासूस को, बुलाइये गायतोण्डे को...मुझे क्या...

[वसन्ता जाता है।]

वसु : बाय तारा...
श्रीमती दिण्डे : बाय विट्ठल...

[वसु श्रीमती दिण्डे, श्रीनिवास, वसन्ता के पीछे-पीछे चले जाते हैं।]

जासूस : (तारा से) प्लीज...गो...अवे...दैट्स अवर मेथड।

[तारा हट जाती है, लेकिन चोरी-चोरी सुनती है।]

जासूस : विट्ठलजी, पहले प्रफुल्ल के बारे में बताता हूँ। प्रफुल्ल किसी भी उग्र संगठन में शामिल नहीं हुआ है। नाउ यू शुड बी हैपी एबाउट इट।

विट्ठल: थैंक्यू। थैंक्यू वेरी मच...

जासूस : खोजते-खाजते और कुछ बातों का पता चला है। उनको बताता हूँ। एक तो प्रफुल्ल को पहला लाने के लिए आपकी मिसेस और डाक्टर वसन्ता कोशिश कर रहे थे। आपकी मिसेस ने इस काम के लिए डॉ. वसन्त को दस हज़ार रुपये दिये और डॉ. वसन्ता ने प्रफुल्ल के पहला लाने के लिए कुछ भी कोशिश नहीं की और उन दस हज़ार रुपयों को खा गये।

विट्ठल: हाँ!

जासूस : हाँ, लेकिन डॉ. वसन्त के नाम पर अन्यत्र ऐसे कामों का पता न अभी चला है न इसके पहले...और दो एक मुद्दे मिल गये हैं...

विट्ठल: क्या?

जासूस : विट्ठल जी और दो एक मुद्दे मिल गये हैं। आपकी एन्क्वायरी होने की सम्भावना है।

विट्ठल: मैं नौकरी छोड़नेवाला हूँ।

जासूस : आपका यह प्लेन भी गृह मन्त्रालय में लीक हो चुका है। आप पर करप्शन के चार्जेस लगेंगे।

विट्ठल: प्लीज, यू आर माय फ्रेंड, प्लीज, यू शुड हेल्प मी...

जासूस : (दयनीयता से) हेल्प? यू नो माय पावर्स एण्ड लिमिटेशन्स! ऊपर मेरे नज़दीक का तो कोई नहीं है। पिछले तेरह वर्षों से मैं थर्ड क्लास जासूस की हैसियत से काम कर रहा हूँ। मेरा प्रमोशन भी नहीं हो रहा है एण्ड यू वॉट मी टू हेल्प यू?...यू वांट मी टू हेल्प यू... हाउ कैन आय हेल्प यू? हाउ? हाउ?

विट्ठल: प्लीज...

जासूस : मैं एक बात कर सकता हूँ...सारी जानकारी तुम्हें देता रहूँगा...इतना ही कर सकता हूँ मैं...

विट्ठल: उतना तो भी करो...प्लीज...उतना तो भी करो रे...

[विट्ठल चाँदी की थाली के उस बक्से को जासूस के हाथ में थमा देता है। जासूस लेता है। जल्दी-जल्दी चला जाता है। तारा सामने आती है।]

तारा : (रुआँसी) विट्ठल...

[बेल बजती है। शंकर दरवाज़ा खोलता है। जाता है। मिस्टर एण्ड मिसेस दिण्डे आते हैं...कुछ जल्दबाजी में ही।]

श्री दिण्डे : विट्ठल, मुझे तुमसे कुछ बात करनी है...घर आया तो इसने आपकी मिटिंग के बारे में बताया, इसलिए तुरन्त तुमसे मिलने आया...तुम नौकरी छोड़ने की बात दिमाग़ में बिल्कुल मत लाओ...

विट्ठल: मैं नौकरी छोड़नेवाला हूँ।

श्री दिण्डे : बेकार में पागलपना मत करो...

विट्ठल: (निश्चयपूर्वक) मैं नौकरी छोड़नेवाला हूँ।

श्री दिण्डे : बेकार में पागलपना मत करो...मेरी समझ में यह नहीं आ रहा है कि प्रफुल्ल जो ऐसे तीख़े सवाल उठाता है वह इतना सेन्सिटिव हुआ ही कैसे? बच्चों को लड़कपन से झूठ की थोड़ी-थोड़ी आदत डालनी पड़ती है...

विट्ठल: नॉनसेन्स, नॉनसेन्स, दिंडिया, तू मेरा स्कूल से दोस्त है, मेरा इन्कम टैक्स एडवायजर है, तुम्हें इस बात का कितना ज्ञान है कि आदमी को कितना प्रापर्टी कमानी चाहिए। अपने क्लायंटों को तुमने कभी यह सलाह दी है कि कितनी प्रापर्टी कमानी चाहिए। बेहिसाब प्रापर्टी कमाने का क्या ज्ञान है तुम्हें?

श्री दिण्डे : होशियारी मत दिखाओ, आय एम नॉट अ मॉरल एडवायजर...

विट्ठल: मॉरल एडवायजर क्या चाँद पर रहता है? सेक्स क्या चाँद की चीज़ है? तुम्हारे सारे इंस एण्ड आउट्स का मुझे पता है। कितनी औरतों के साथ तुम्हारे सम्बन्ध हैं...

श्रीमती दिण्डे : हम लिबरल हैं...

विट्ठल: (श्री दिण्डे के लिए) सेक्स का क्या ज्ञान है तुम्हें? किसी औरत ने तुम्हें ना कहा तो कितनी तड़पन-तड़पन होती है। तुम्हारी, इस तड़पन का क्या ज्ञान है तुम्हें?

श्री दिण्डे : विठया, तुम्हारी भी सारी इंस एण्ड आउट्स का पता है मुझे। कुछ दिन पहले प्रफुल्ल बीमार हुआ था, मौत की दहलीज़ पर था, मुझे एक बात बता, तुमने अगर रिश्वतें लेकर रुपया नहीं गाँठ लिया होता, तो क्या किसी बड़े अभिनेता को मिलनेवाली

ट्रीटमेंट तुम अपने बेटे को दे पाते?...बड़ा आया नौकरी छोड़नेवाला...जैसे कि सरकार मुफ़्त में ही दवाइयाँ बाँट रही है...

विट्ठल: सेक्स का ज्ञान होने में तो सरकार आड़े नहीं आ रही है न?

श्रीमती दिण्डे : (उछलकर श्री दिण्डे का हाथ पकड़कर, श्री दिण्डे से) डार्लिंग, ही इज एक्सप्लायटिंग अवर सेक्चुअल इंस्टिंक्ट। (खींचते हुए) चलों, यहाँ रुकने में कोई मतलब नहीं...
(दरवाज़े की तरफ़ खींचते हुए) डार्लिंग, चलो...इसके कहने के बावजूद हम खुल्लम-खुल्ला सेक्स एंजॉय करेंगे...)

[श्रीमती दिण्डे श्री दिण्डे को खींचकर बाहर ले जाती है।]

[अँधेरा]

दृश्य : सात

[एक हफ़्ता बीत चुका है। दोपहर का समय। तारा के बंगले का हॉल। तारा अकेली ही। वसु की प्रतीक्षा में। बेचैन। बेल बजती है। शंकर दरवाज़ा खोलकर चला जाता है। वसु आती है।]

वसु : (चिन्ता से) क्या हो गया री तारा?

तारा : (झूठी हँसी हँसकर) अरी, कहाँ क्या?

वसु : अचानक तुम्हारा फ़ोन आया, फौरन चली आओ। मैं इतनी घबरा गयी। प्रफुल्ल कैसा है?

तारा : अरी, प्रफुल्ल का क्या? विट्ठल ने नौकरी छोड़ दी उसे एक हफ़्ता ही तो हो रहा है। और हमने सिम्पल नॉनकरप्ट ज़िन्दगी की शुरुआत की उसे भी। अब धीरे-धीरे, प्रफुल्ल पर उसका असर होने लगेगा। मुझे यक़ीन है हम अपने सिम्पल, नॉनकरप्ट ज़िन्दगी से प्रफुल्ल का दिल जीत ही लेंगे।

वसु : पुत्र का मन जीतने के लिए पिता नौकरी छोड़ देता है। यह कलियुग की बात ही नहीं लगती।

तारा : विट्ठल ने नौकरी छोड़ दी। करप्शन अपने आप छूट गया। विट्ठल ने शराब छोड़ दी। सिग्रेट भी छोड़ दी।

वसु : बिल्कुल सत्ययुग का प्रसंग लगता है।

तारा : (आँखें बन्द कर, तृप्त हो जैसे) सिम्पल और नॉन करप्ट ज़िन्दगी जीते हुए इतना मुक्त होने का अहसास होता है कि क्या कहूँ... अरी, एक तरह का सेन्स ऑफ़ फ्रीडम लगता है, देखो।

वसु : तुम्हारा फ़ोन आया अचानक, आओ कहने वाला...

तारा : अरी, अकेली बेचैन हो रही थी...

वसु : प्रफुल्ल नहीं है?

तारा : बाहर गया है। हमने उसे फ्रीडम दे रखा है...

वसु : इस उम्र में फ्रीडम ज़रूरी होता है...और फिर प्रफुल्ल कुछ ज़्यादा ही सेन्सिटिव है...और विट्ठलजी कहाँ है?

तारा : बाहर गया है। यूँ ही। काम वग़ैरह कुछ नहीं। इस्तीफ़ा देने के बाद घर पर ही बैठा हुआ था। परेशान हो गया था। वर्ना क्या मीटिंग, क्या देशभर में घूमना। घर में बैठे रहना उसका नेचर नहीं है। मैंने ही कहा, जाओ कहीं बाहर हो आओ। अरी, आजकल फ़ोन भी नहीं आते।

वसु : अरी काम न होने पर आदमी पागल बन जाता है। मोहन नहीं है तो मुझे भी पागल जैसा लग रहा है।

तारा : (हँसते हुए) ए, यह दूसरी वजह से है। तुमने मोहनराव का नाम लिया, राघव-शुभदा का नहीं। मैं भी सायकॉलॉजी जानती हूँ।

वसु : ए तारा, तुम शुरू से ही चुलबुली हो देखो। अरी, अब अपनी उम्र हो चुकी है।

तारा : उम्र हो चुकी हो तो क्या हुआ। सच-सच बता हाँ...

वसु : अरी, मोहन थक जाता है, लेकिन मैं नहीं थकती। राघव-शुभदा के भी ध्यान में आया है। और तुम? तुम्हारा?

तारा : (हँसते हुए) मेरा भी बिल्कुल ऐसा ही है। आजकल कुछ ज़्यादा ही हो गया है। (अपकर्षण भाव से) लेकिन मिसेस दिण्डे का सेक्स ज़रूर करप्ट होगा।

वसु : (पर्स से फोटो निकालकर) अरी तारा, ये देखो फोटो, तुम्हें

दिखाने के लिए लायी हूँ। ये लन्दन के कान्फ्रेन्स के। यह है राघव...दिल्ली के मेयर के साथ...अरी, परसों ही मोहन का फ़ोन आया था, तुम और राघव दोनों लन्दन आ जाओ। शुभदा हमें मास्को से जॉइन होगी...

तारा : (बिना फोटो देखे, अकड़कर) क्या अपना भी सेक्स करप्ट तो नहीं है? पहले जब विट्ठल चाँदी की थाली लाया करता था, तब मेरा सेक्स लबालब भर आता था। सोने के गहने, हीरे का कण्ठा लाने पर तो और भी दुगुना हो जाता था। अगर अपना सेक्स करप्ट होगा तो वैसा ईमानदारी से कबूल करने में क्या हर्ज है?

वसु : (किसी तरह) हर्ज तो कुछ भी नहीं है।

तारा : (और भी अकड़कर) लेकिन विट्ठल लोन्लीनेस फील करने लगा है।

वसु : अरी, फील तो करेगा ही।

तारा : वसन्ता के पास रंगावाला का केस आया है न, लोन्लीनेस का, तो लोन्लीनेस पर इलाज की तरह वसन्ता ने रंगावाला को आत्मकथा लिखने के लिए कहा है। रंगावाला रिफ्यूज्ड टू राइट। रंगावाला की सारी ज़िन्दगी करप्ट। आत्मकथा क्या लिखेगा खाक। इम्पासिबल। ज़िन्दगीभर अमरीका की समस्या, रूस की समस्या सुलझाने जैसी बातें कीं। अपनी लोन्लीनेस की समस्या नहीं सुलझा सके। अब वसन्ता रंगावाला को न जाने कैसी टैब्लेट्स खिला रहा है। इन टैब्लेटों से क्या लोन्लीनेस जायेगा?...करप्ट आदमी! करप्शन करनेवालों को गोली से मार देना चाहिए।

वसु : तारा, विट्ठलजी को हॉबी की खोज करनी चाहिए।

तारा : कैसी हॉबी। हॉबी डेवलप करने के लिए उसे वक़्त ही नहीं मिला। प्रमोशन पर प्रमोशन मिलते गये। अरी, अपना गाना भी मैंने उसे सुना-सुनाकर पसन्द करवाया।

वसु : ए तारा। तुम ही गाया करो न...हमारी शुभदा कहती है कि कला के बिना ज़िन्दगी बेकार है।

तारा : (नर्वस होकर) मेरा गला ही खुला नहीं हो रहा है।

वसु : रोज़ाना प्रैक्टिस करो, हो जायेगा गला खुला। शुभदा कहती है

कि दो दिन प्रैक्टिस नहीं की तो पैरों का रिद्म ही चला जाता है और राघव कहता है दो दिन प्रैक्टिस नहीं की तो तीसरे दिन बैट का एंगल ही ग़लत हो जाता है। (फ़ोन बजता है, उठते हुए) मेरे लिए ही होगा टेलिफ़ोन।

[वसु उठती है। फ़ोन उठाती है।]

वसु : (फ़ोन पर) हैलो, मैं वसु ही बोल रही हूँ...पेंडिंग रखने के लिए कह दो...अभी आती हूँ मैं...अच्छा, पन्द्रह मिनटों में आती हूँ। (फ़ोन रखकर) हाँ, तारा आती हूँ री, मोहन का फ़ोन आनेवाला है।

तारा : (चिड़चिड़ी होकर) वसु, तुम्हें भी करप्शन को रोकना चाहिए। मोहनराव से कह दे, बिजनेस बन्द करे। करप्शन करनेवालों को गोली से मार डालना चाहिए।

वसु : (जाते हुए ग़ुस्से में, किसी तरह) आती हूँ मैं...

[वसु जाती है।]

तारा : (बुदबुदाती हुई) करप्शन करनेवालों को गोली से मार डालना चाहिए।

[इसी समय डॉ. वसन्त आता है। वह बाहर जा रही वसु से हाल के बाहर ही मिलता है।]

वसन्ता की
आवाज़ : (पैसेज में) हैलो वसु, वसु, वसुऽ

[वसन्ता हॉल में आता है।]

वसन्ता : ए तारा, ए वसु ऐसे कैसे गयी? मैंने उसे हैलो कहा, तो उसने हैलो भी नहीं किया, क्या हुआ है उसे?

तारा : करप्शन करनेवालों को गोली से मार डालना चाहिए।

वसन्ता : तुम्हें क्या हो गया है? तबीयत तो ठीक है?

[वसन्ता ड्रिंक ग्लास में उड़ेलकर लेता है।]

तारा : (चिढ़कर) कितना पिओगे ?

वसन्ता : थोड़ी-सी ही लेता हूँ। (लेते हुए) तारा, मैं सिर्फ़ दो मिनिटों के लिए आया हूँ। तुम से बात करनी है। रंगावाला लैब में आ बैठा है। मेरे पास ज़्यादा वक़्त नहीं है। सिर्फ़ दो मिनिटों के लिए आया हूँ। विट्ठलजी कहाँ हैं ?

तारा : घूमने गया है। उसे लोन्लीनेस का अटैक आया है।

वसन्ता : लोन्लीनेस का अटैक आया है। तो क्या हुआ ? शिकायत क्यों करना ? लेकिन क्या इसलिए विट्ठलजी को दस हज़ार रुपयों की बात वासन्ती से कहनी चाहिए थी ? क्या आप लोगों को उसमें और मुझमें झगड़ा करवाना है। दस हज़ार के लिए क्यों आप लोग अपनी जान को परेशान कर रहे हैं ? क्या आप लोगों के लिए दस हज़ार बड़ी रकम हो गयी है ? अब प्रफुल्ल के केस में क्या मैं आप लोगों से कन्सल्टेंसी की फीस ले रहा हूँ? अब अगर बेढंगी ही बात करनी है तो मैं कह सकता हूँ कि तुम्हारी शादी में विट्ठलजी को दस हज़ार रुपयों का दहेज दिया था मेरे पिताजी ने। उन दस हज़ार रुपयों के अब तक पचार हज़ार रुपये हो गये होंगे। इसका मतलब आप ही की तरफ़ के चालीस हज़ार रुपये बकाया मुझे मिलना चाहिए।...आप दस हज़ार के लिए जान को क्यों परेशान कर रहे हैं। बीमार क्या होते हैं। झगड़े क्या लगवाते हैं। आप लोगों का कुछ समझ में ही नहीं आता।

तारा : कैसे समझोगे ? तुम सिर्फ़ अपनी देखते हो। हमपर क्या गुज़री है, इसका पता भी है तुम्हें ?

वसन्ता : क्या हुआ है ?

तारा : (रुआँसी होकर) क्या हुआ है ? क्या-क्या हो गया है। विट्ठल का सारा करप्शन लीक हो गया है। एन्क्वायरी कमिशन लगा रहे हैं। विट्ठल बहुत बेचैन रहता है। पागल जैसा बर्ताव कर रहा है।

वसन्ता : सोचा ही था मैंने कि कभी न कभी ऐसा होनेवाला है। वासन्ती तो कह ही रही थी कि ऐसा होनेवाला है। और करप्शन...करप्शन करना तो कितना करना ! लिमिट नहीं चाहिए ? (अपने बैग से दवा की बोतल निकालकर तारा के सामने धरता है।) सॉरी, लो,

ये टैब्लेटस ले लो...इनसे टेंशन कम हो जायेगा...रंगावाला को दी थी...उनके बड़े काम आये।...ले लो...(बुदबुदाते हुए) दस हज़ार की बात वासन्ती से कहते हैं।...(फ़ोन बजता है, फ़ोन की तरफ़ जाकर) फ़ोन लेना चाहिए। (फ़ोन पर) डॉ. वसन्त फ्राम पांगारे...(ग़ुस्से में चिल्लाकर) रांग नम्बर

[वसन्ता रिसीवर रख देता है और तड़ाक से चला जाता है।]

तारा : (अपने आप से) बड़ा आया कहनेवाला, टैबलेट्स ले लो! टेंशन कम हो जायेगा। टैबलेट्स लेने से क्या होनेवाला है। उससे तो शराब अच्छी (गिलास भरने लगती है) शंकऽर...

[शंकर आकर तारा के सामने खड़ा। तारा एक दो घूँट लेती है फिर शंकर की तरफ़ देखती है।]

तारा : तू क्या मुँह देखते खड़ा है? जा, अपनी नॉनकरप्ट ज़िन्दगी जी ले। खालिस ख़ुशी मिल जायेगी, जा...

[शंकर घबराया हुआ, अलावा इसके ग़ुस्सा भी पी रहा है, बोलता भी नहीं। बेल बजती है। शंकर दरवाज़ा खोलता है और चला जाता है। विट्ठल आता है।]

विट्ठल: किसी का फ़ोन भी नहीं आता।

तारा : कोई मिलने भी नहीं आता।

विट्ठल: दिण्डे टूट गया।

तारा : वसु टूट गयी।

विट्ठल: एन्क्वायरी हुई तो क्या होगा?

तारा : प्रफुल्ल घर आयेगा या नहीं?

विट्ठल: हमारा कैसे क्या होनेवाला है?

तारा : (रुआँसी) विट्ठल, विट्ठल मुझसे सिम्पल ज़िन्दगी नहीं सँभाली जाती...नहीं सँभाली जायेगी।

विट्ठल: अपना सारा राज्य ही डूब गया। अब मुझे कुत्ता भी नहीं पूछेगा। क्या करूँ?

तारा : (कटुता से) ये टैब्लेट्स ले लो। टेंशन कम हो जायेगा। वसन्ता ने रंगावाला को दी थी। कहता था, बड़े काम आयी। तुम्हारे भी काम आयेगी।

विट्ठल: नहीं, टैब्लेट्स नहीं, उससे तो शराब ही अच्छी।

तारा : शराब पीने से क्या होगा? प्रफुल्ल का भरोसा टूट गया है। सब हमारा बुरा चाहते हैं। वे तुम्हारा सारा करप्शन बाहर निकालनेवाले हैं। तुम्हें शायद जेल भी जाना पड़ेगा। अपना सारा रुपया चला जायेगा। शायद कराड जाकर रहना पड़ेगा। लो शराब लो।

विट्ठल: नहीं, शराब भी नहीं चाहिए। (ममता से) प्रफुल्ल है न अपना। प्रफुल्ल के लिए हम सब सह लेंगे।

तारा : (कटुता से) उसका भरोसा नहीं है तुमपर। वह समझ चुका है कि तुमने उसके लिए नौकरी नहीं छोड़ी है।

विट्ठल: (चिल्लाकर) समझने दो।

तारा : (ठण्डेपन से) चिल्लाते क्यों हो?

विट्ठल: सॉरी।

[पलभर ख़ामोशी]

विट्ठल: मैं ज़िन्दगी के बारे में सीरियसली सोचनेवाला हूँ।

तारा : सच नहीं लगता।

विट्ठल: मैं अच्छा बर्ताव करनेवाला हूँ।

तारा : सच नहीं लगता।

विट्ठल: मैं सीधी-सादी ज़िन्दगी जीनेवाला हूँ।

तारा : आर्टिफ़िशियल।

विट्ठल: मैं नॉनकरप्ट जीनेवाला हूँ।

तारा : (कटुता से हँसकर) कॉमिक एक्सप्रेशन।

विट्ठल: (सहसा चिढ़कर, चिल्लाता हुआ) आय एम एडिड टू ब्राइब। मुझे रुपया नहीं, रिश्वत चाहिए।

तारा : करेक्ट। सूरत पर सच्चा भाव है। गो ऑन...

विट्ठल: १५ अगस्त, १९४७ की आधी रात से मैं रिश्वत ले रहा हूँ।

[तारा और विट्ठल दोनों गिलास भरते हैं, हाथों में लेते हैं।]

विट्ठल: चिअर्स...

[दोनों एकाध घूँट लेते हैं।]

विट्ठल: हम सिम्पल जीने का ढोंग करेंगे। हम कर सकेंगे उसे। जीने का ढोंग करेंगे। हम कर सकेंगे उसे। हम प्रफुल्ल से प्रेम करने का ढोंग करेंगे...हम निभा पायेंगे उसे। और दूसरा कुछ क्या कर सकते हैं हम?

तारा : हमें अच्छे ढंग से काम करना ही नहीं आता। तुम्हें अच्छे घर बनाना नहीं आता। मुझे इस घर को अच्छे ढंग से सँभालना नहीं आता। जासूस को जासूसी ढंग से नहीं आती। हम पिछड़े हुए हैं...हमें काम ही ढंग से करना नहीं आता।

[बेल बजती है। शंकर दरवाज़ा खोलता है। जाता है।]

तारा : (डरते हुए) एन्क्वायरी हुई तो...एन्क्वायरी हुई तो...

[मिठापल्ली आता है।]

मिठापल्ली : मे आय कम इन सर?

तारा : (मिठापल्ली से) साहब के इस्तीफ़ा देने के बाद पहली बार मुँह दिखा रहे हो...

मिठापल्ली : सॉरी मैडम। मेरा आपके पास आना ही नामुमकिन था। ऑफ़िस में मेरा बहुत हरैसमेंट हो रहा है। साब का पीए था न इसलिए। (विट्ठल से) सर, बापूसाहब जगदाले भी आपके ख़िलाफ़ गये हैं, सर...

विट्ठल: (ग़ुस्से में) बापया...

मिठापल्ली : सर, बापूराव जगदाले ने नये साहब को कार दे दी, सर। अपना रेट पाँच फीसदी था, नये साहब का पन्द्रह फीसदी है, सर...

विट्ठलराव : (ग़ुस्से में) मेरे बाद बट्टे सेक्रेटरी बननेवाला था तो यह घुगरे कैसे बना?

मिठापल्ली : सर, घुगरे साहब की मौसी के पति का भाई सांसद है, सर...

विट्ठल: मेरे बारे में ऐसा कोई कह सकेगा? मेरा एक भी रिश्तेदार न सांसद है, न विधायक, न मन्त्री। १५ अगस्त, १९४७ को भारत आज़ाद हो गया और यकायक सरकारी नौकरों को लगने लगा कि जिनके रिश्तेदार सांसद, विधायक या मन्त्री हैं, उन्हीं को ऊँचे स्थान मिलेंगे, लेकिन १५ अगस्त, १९४७ के बाद, कुछ ही समय के अन्दर मेरे एक भी रिश्तेदार सांसद, विधायक या मन्त्री न होने के बावजूद मैं निर्माण विभाग का सेक्रेटरी बन गया। दिस इज क्रेडिटेबुल टू इण्डिया। थर्ड वर्ल्ड के लोगों के हाउसिंग प्राब्लम को सुलझानेवाला घर का डिज़ाइन हमारे डिपार्टमेंट ने बनाया। दिस इज क्रेडिटेबुल टू इण्डिया...

[फ़ोन बजता है। विट्ठल फ़ोन उठाता है।]

विट्ठल: (फ़ोन पर) हैलो...(चिल्लाकर) रांग नम्बर...

मिठापल्ली : (घबराते हुए) सर, आपके ख़िलाफ़ एन्क्वायरी कमिशन बनाया गया है, सर...

तारा : (रुआँसी) विट्ठल...

मिठापल्ली : (दयनीयता से) सर, मैं आपका पीए था इसलिए मैं भी झमेले में पड़ जाऊँगा सर।

तारा : (रुआँसी) विट्ठल...

मिठापल्ली : (रोने के कगार पर) सर, मुझे बचाइये, सर...

तारा : (रुआँसी) विट्ठल...विट्ठल...

विट्ठल: (चिढ़कर चिल्लाते हुए) स्टॉप इट!

[सीटी बजती है। जासूस सीटी बजाता हुआ आता है। जासूस अपने साथ चाँदी की उसी थाली को छिपाकर साथ लाया है।]

जासूस : आय हैव कम टू ब्रेक अ न्यूज। नो, नो, नो, मैडम, आय हैव कम टू ब्रेक अ गुड न्यूज। मिस्टर रंगावाला, आपके साले के पेशंट, आय एम सॉरी, डॉ. वसंतस् रिस्पेक्टेड पेशंट, अपने स्टेट के राज्यपाल बन रहे हैं। घण्टे पहले ही निर्णय हुआ है।

तारा : (ख़ुशी से साँस छोड़ते हुए) रिअली अ गुड न्यूज। वेरी गुड न्यूज।

विट्ठल: एक्सट्रीमली गुड न्यूज...

जासूस : (विट्ठल से) तुम्हें पता है, पिछले तेरह वर्षों से मैं थर्ड क्लास जासूस की हैसियत से काम कर रहा हूँ...मुझे प्रमोशन भी नहीं मिलता। तुम नौकरी में थे तब मैंने तुमसे कभी कुछ भी नहीं कहा। अब तुम्हें मेरा काम करना चाहिए। डॉ. वसन्त के मार्फ़त तुम मुझे फर्स्ट क्लास जासूस का प्रमोशन दिलवाओगे। से येस। विट्ठल से येस।

विट्ठल: (किसी तरह) येस!

जासूस : थैंक्यू। थैंक्यू ।

[जासूस छिपाकर लायी हुई चाँदी की थाली, उत्तेजना में बाहर निकालकर दयनीयता से विट्ठल को देता है।]

जासूस : दिस इज अ स्मॉल गिफ्ट फ्रॉम मी। एबाउट डाक्टर वसन्त, वी शैल सी लेटर।

[विट्ठल थाली लेता है। बेल बजती है। शंकर आकर दरवाज़ा खोलकर जाता है। वसन्ता आता है। वसन्ता बेहद उत्तेजित है।]

वसन्ता : (उत्तेजित होकर धूम मचाता हुआ) तारा...अँ...तारा... मज़ा आ गया...

तारा : (हड़बड़ाकर) क्या...क्या हुआ...

जासूस : (सहसा वसन्ता के हाथों को हाथ में लेकर) कांग्रेच्युलेशन्स, सर कांग्रेच्युलेशन्स। आय एम रॉजर परेश सर, थर्ड क्लास जासूस सर, होपिंग फ़ॉर प्रमोशन, सर...कांग्रेच्युलेशन्स, सर कांग्रेच्युलेशन्स।...

वसन्ता : (हाथ छुड़वाते हुए) थैंक्यू...थैंक्यू...

जासूस : थैंक्यू थैंक्यू...

[जासूस हड़बड़ी में बाहर जाता है। उसके साथ मिठापल्ली भी ख़ुशी से लेकिन हड़बड़ी में बाहर जाता है।]

वसन्ता : तारा, अरी तारा...अ...अ...मज़े की बात हुई। लैब में रंगावाला की राह देख रहा था, इतने में फ़ोन आया...उनका, राज्यपाल बन रहा हूँ.फ़ौरन आइये, फ़ौरन चल पड़ा। विट्ठलजी, आपको बताता हूँ? मैं चालीस का हो गया, लेकिन मुझे सेल्फ रिस्पेक्ट कभी आया ही नहीं। आय यूज्ड टू फील वेंकर, एम्टी...अभी...अभी मुझे कुछ आयडेंटिडी मिल गयी...विट्ठलजी, भार में पावर में होने पर या पावर के पास होनेपर ही आयडेंटिटी मिलती है। विट्ठलजी आय एम नॉट अ विलन...आय वॉज कन्फ्यूज्ड... तारा...तारा...तारा मैंने तुम्हारे दस हज़ार रुपये लिये थे न? उसे मैंने मेरे बाथरूम का स्लैब ठीक करवाने में इस्तेमाल किये। नहीं, नहीं, लेकिन मैं उन्हें वापस करनेवाला हूँ...विट्ठल जी, लोग सोचते हैं कि सन्तान नहीं इसलिए मैं फ्रस्ट्रेटेड हूँ लेकिन नहीं, नाऊ आय एम क्लोज टू पावर, नो, आय हैव गॉट पावर। आय विल प्रोटेक्ट यू। आय शैल प्रोटेक्ट माय सिस्टर...आय शैल प्रोटेक्ट एवरीवन। डोंट वरी...म...म...मज़े की बात हुई न? रंगावाला राज्यपाल बन रहे हैं। चलो, मैं चलता हूँ। रंगावाला मेरी राह देख रहे होंगे।

[वसन्ता जाने लगता है। तारा तुरन्त उस चाँदी की थाली को ले आती है।]

तारा : वसन्ता, वसन्ता...तुम्हें यह थाली पसन्द थी न? ले जाओ। वासन्ती को भी पसन्द आयेगी।

वसन्ता : (थाली लेता है) हाँ, री। ज़रूर पसन्द आयेगी उसे...म...म...मज़े की बात हुई है न? रंगावाला राज्यपाल हो रहा है। मैं चलता हूँ...

विट्ठल: (वसन्ता से सानुरोध) नहीं, नहीं, हैव वन फ़ॉर द रोड।

तारा : (गिलास भर देती हुई) यह लो...

वसन्ता : हाँ...हाँ...अभी आया। वाय नॉट, वाय नॉट...

[सब ग्लास ऊपर उठाते हैं।]

वसन्ता : चिअर्स।

तारा-विट्ठल : चिअर्स।

वसन्ता : (हर्षोन्मद हुआ हो जैसे) चिअर्स फ़ॉर हैपी लाइफ। हैपी फ्यूचर। एण्ड करप्शन।

[वसन्ता विकटता से ज़ोर से हँसता है। सारे हँसते हैं। घूँट-घूँट पीते हैं। हँसते हैं। फ़ोन बजता है। विट्ठल फ़ोन उठाता है।]

विट्ठल: (फ़ोन पर) येस, पांगारे स्पीकिंग...वॉट ?...कब ?... कहाँ ?...हाँ, अभी आता हूँ...(फ़ोन रखकर) तारा... तारा...पुलिस स्टेशन से फ़ोन था। प्रफुल्ल का सीरियस एक्सिडेंट हुआ है। उसे केईएम में एडमिट किया है...

[सबकी दूषित ख़ुशी हवा हो जाती है। तारा रोने लगती है। तारा को सँभालकर वसन्ता, विट्ठल बाहर जाने लगते हैं।]

[पर्दा]

३

यळकोट

मराठी से अनुवाद : निशिकान्त ठकार

दृश्य : एक

[पुराने ब्लाक का दीवानखाना। इस कमरे का पुरानापन छिपता नहीं। एक खिड़की। खिड़की पर भड़कीले रंग का पर्दा। किचन में प्रवेश करने का पर्दा भी भड़कीला। कमरे में नया कोच, पुरानी कुर्सियाँ, पुराना टीपाय। नयी-पुरानी चीज़ों से सजा नयी गृहस्थी का संकेत देनेवाला कमरा। दोपहर तीन बजे का समय। सुनन्दा—आयु चौबीस वर्ष। आराम से चाय पीती हुई समाचार पत्र देख रही है। क़दकाठी से मजबूत, मदभरी। गाढे रंग का गाउन पहना हुआ है। गले में भारी-भरकम मंगलसूत्र। सुस्ती से उठती है। फिर त्वरा से टेप पर मस्ती भरे गीत लगाती है। कुछ पल बेहोश-सी सुनती है। आवेश में खिड़की के पास जाकर बाहर देखती है। अंगड़ाइयाँ लेती है। बरबस हँस पड़ती है। पलभर दीवार की ओर मुँह फेरकर दीवार से चिपक जाती है। दीवार को ज़ोर से दबाकर दोनों हाथ फैलाकर खड़ी हो जाती है। सहसा पलट जाती है। हाथों को सीने पर बाँध लेती है। आँखें दबाकर मूँद लेती है। 'ऊँ, ऊँ' आवाज़ करती हुई हलकी-सी आहें भरती

है। मानो पीड़ा हो रही हो। असहाय होकर धड़ाम से कोच पर गिरती है। सुनन्दा सहसा उठकर नृत्य के पदन्यास करती है मानो उस पर भूत सवार हो गया हो। नाचती रहती है। नृत्य उसे बिल्कुल नहीं आता लेकिन मदहोशी का इज़हार करने की कोशिश है। कभी आलिंगन की उत्तेजक मुद्रा, कभी फूल को सूँघने की नज़ाकत का भाव। कभी तीर चलाने का एक्शन, कभी कमर पर दोनों हाथ रखकर बदन को थरथरा देना। नृत्यनुमा हरकतों में बारी-बारी से उत्तेजना और नज़ाकत का प्रदर्शन। बेल बजती है। सुनन्दा पलभर के लिए स्तब्ध। फिर टेप बन्द करती है। झट ज़मीन पर बैठकर प्राणायाम करती है। बेल बजती है। सुनन्दा दरवाज़ा खोलती है। वनिता आती है।]

वनिता : (आयु : २३/२४ वर्ष, क़द-काठी से सामान्य। दिखने में ख़ास सुन्दर नहीं लेकिन केशभूषा आकर्षक। गले में स्पष्ट दिखायी देनेवाला मंगलसूत्र। वनिता के प्रवेश करते ही सुनन्दा उत्तेजित होकर उसे गले लगाती है। वनिता का दम घुट जाता है।)

पात्र परिचय

अशोक :	उम्र २६ से २८ तक, सिविल अभियन्ता
सुनन्दा :	उम्र २४–२५, अशोक की पत्नी, बैंक क्लर्क
श्रीधर :	उम्र २६–२७, सिविल अभियन्ता, अशोक का दोस्त
वनिता :	उम्र २५–२६, सुनन्दा की सहेली, बैंक क्लर्क
विश्वासराव :	उम्र लगभग ५०
मीनाक्षी :	उम्र लगभग ४७–४८, विश्वासराव की पत्नी

वेटर, मैनेजर, होटल के ग्राहक, पोलिस

दृश्य : एक

[पुराने ब्लाक का दीवानखाना। इस कमरे का पुरानापन छिपता नहीं। एक खिड़की। खिड़की पर भड़कीले रंग का पर्दा। किचन में प्रवेश करने का पर्दा भी भड़कीला। कमरे में नया कोच, पुरानी कुर्सियाँ, पुराना टीपाय। नयी-पुरानी चीज़ों से सजा नयी गृहस्थी का संकेत देनेवाला कमरा। दोपहर तीन बजे का समय। सुनन्दा— आयु चौबीस वर्ष। आराम से चाय पीती हुई समाचार पत्र देख रही है। क़द-काठी से मजबूत, मदभरी। गाढे रंग का गाउन पहना हुआ है। गले में भारी-भरकम मंगलसूत्र। सुस्ती से उठती है। फिर त्वरा से टेप पर मस्ती भरे गीत लगाती है। कुछ पल बेहोश-सी सुनती है। आवेश में खिड़की के पास जाकर बाहर देखती है। अंगड़ाइयाँ लेती है। बरबस हँस पड़ती है। पलभर दीवार की ओर मुँह फेरकर दीवार से चिपक जाती है। दीवार को ज़ोर से दबाकर दोनों हाथ फैलाकर खड़ी हो जाती

है। सहसा पलट जाती है। हाथों को सीने पर बाँध लेती है। आँखें दबाकर मूँद लेती है। 'ऊँ, ऊँ' आवाज़ करती हुई हलकी-सी आहें भरती है। मानो पीड़ा हो रही हो। असहाय होकर धड़ाम से कोच पर गिरती है। सुनन्दा सहसा उठकर नृत्य के पदन्यास करती है मानो उस पर भूत सवार हो गया हो। नाचती रहती है। नृत्य उसे बिल्कुल नहीं आता लेकिन मदहोशी का इज़हार करने की कोशिश है। कभी आलिंगन की उत्तेजक मुद्रा, कभी फूल को सूँघने की नज़ाकत का भाव। कभी तीर चलाने का एक्शन, कभी कमर पर दोनों हाथ रखकर बदन को थरथरा देना। नृत्यनुमा हरकतों में बारी-बारी से उत्तेजना और नज़ाकत का प्रदर्शन। बेल बजती है। सुनन्दा पलभर के लिए स्तब्ध। फिर टेप बन्द करती है। झट ज़मीन पर बैठकर प्राणायाम करती है। बेल बजती है। सुनन्दा दरवाज़ा खोलती है। वनिता आती है।]

वनिता : (आयु : २३/२४ वर्ष, क़द-काठी से सामान्य। दिखने में ख़ास सुन्दर नहीं लेकिन केशभूषा आकर्षक। गले में स्पष्ट दिखायी देनेवाला मंगलसूत्र। वनिता के प्रवेश करते ही सुनन्दा उत्तेजित होकर उसे गले लगाती है। वनिता का दम घुट जाता है।)

सुनन्दा : (वनिता को बाँहों में भरते हुए आवेग से) वनिता!

[वनिता असहाय सुनन्दा की बाँहों से निकलने का प्रयास करती है। सुनन्दा उसे गोल-गोल घुमाती है।]

वनिता : (हाँफती हुई) अरी...अरी...सुनन्दा!

[सुनन्दा वनिता को छोड़ देती है। दोनों हाँफती हुई पलभर के लिए खड़ी रह जाती हैं। फिर हाँफती हुई दोनों कोच पर बैठ जाती हैं।]

सुनन्दा : (हाँफती हुई लेकिन सोत्साह) वनिता, अभी मैं तेरे बारे में ही सोच रही थी। मुझे लगा कि तू तो अभी तक मायके में ही होगी।...कब लौट आयी री तू?

वनिता : (हाँफती हुई, हँसती हुई) कल शाम...

सुनन्दा : हाथ मिला...मैं भी कल शाम को ही लौट आयी। (शरारत से) मायके में दिल नहीं लगा ना?

वनिता : तू बड़ी शरारती है री...!

सुनन्दा : (गम्भीरता और ज़ोर के साथ) फैक्ट है भई ये! मेरी शादी को बराबर एक महीना और तेरह दिन हो चुके हैं और तेरी शादी को एक महीना और छह दिन। मायके में कैसे दिल लगेगा? (मज़ाक़िया सुर में गाती है) मेरा मायके में दिल नहीं लगता री, मेरा...

[दोनों खिलखिलाकर हँस पड़ती हैं। एक-दूसरे को ताली देती हैं।]

वनिता : अरी, ले देकर मैं बस दो दिन रही अपनी माँ के साथ और जब अचानक मैंने इधर लौट आने की बात की तो माँ मुझसे बहुत नाराज़ हो गयी। कहने लगी, इतनी जल्दी क्या है? इतना भी क्या है, दो दिन रहना भी तेरे लिए मुश्किल हो गया, यह भी भला कोई बात है? दिल को इतना भी काबू में नहीं रख सकती? यह भी कोई बात है कि पति के सामने मायके से लगाव एकबारगी ख़त्म हो गया? शादी हुए अभी एक ही तो महीना हुआ है। तेरे मन से माँ की ममता क्या बिल्कुल ही मिट गयी? हद हो गयी तेरी भी...ऐसी वैसी क्या-क्या बातें नहीं सुनायी माँ ने। बहुत बकबक करती रही।

सुनन्दा : मेरी माँ ने भी डिट्टो यही कहा। कहने दे! हम अपनी बेटियों को ऐसा वैसा कुछ नहीं कहेंगी। इतना ही नहीं, हम उन्हें सही ढंग से सेक्स के पाठ भी पढ़ायेंगी।

वनिता : माँ कह रही थी कि दो दिन और रुक जा। सेंवई, पापड़, अचार वग़ैरह देने की बात कर रही थी। यह बनाकर दूँगी वह बनाकर दूँगी।

सुनन्दा : आजकल सारी चीज़ें बाज़ार में मिल जाती हैं।

वनिता : और नहीं तो क्या। कल सुबह उठते ही, मैंने डिसिजन ले लिया। बस, निकल जाना है यहाँ से। बैग में सामान भर लिया और तुरन्त निकल पड़ी। बस, सीधे चली आयी।

सुनन्दा : अरी, तू ने तो सुबह उठने पर डिसिजन ले लिया। मैंने तो रात ही में तय किया। परसों रात की बात है। नींद नहीं आ रही थी। उसी पल मैंने तय किया। इस तरह तड़प-तड़प कर मायके में नहीं रहना है। अपनी जवानी है। शादी अपनी हुई है। अपना पति है। एक पुरुष, जिस पर अपना अधिकार है। देह की भूख है, उसे किसलिए मारना? पति के पास चले जायेंगे। मैंने माँ को साफ़-साफ़ बता दिया—देखो माँ, तुम लोगों ने अपने ज़माने में देह की भूख को हमेशा दूसरे दर्जे पर रखा लेकिन मैं देह को प्रधानता देती हूँ। सेक्स के मामले में ऐसी बातों को बिलावजह क्यों छिपाया जाता है? मेरी शादी हुए बस एक ही महीना हुआ है। पति के बिना मुझे चैन नहीं आता। प्राकृतिक बात है। मैं तो चली जाऊँगी अपने पुरुष के पास...मैंने माँ को साफ़-साफ़ सुना दिया। और निकल पड़ी, वहाँ से।...कल शाम को यहाँ हाजिर!...मेरे अपने मर्द के पास।

वनिता : (शरारत से) तो कल रात दिल भर गया ना तेरा? हो गया सन्तोष?

सुनन्दा : मुझे वाहियात कह रही थी। अब कौन कर रहा है वाहियात बातें?...और कल रात क्या तेरा दिल नहीं भरा?

वनिता : (झूठमूठ) बिल्कुल नहीं।

सुनन्दा : हाँ...! लगता है, तेरे साथ कोई मुसीबत है।

वनिता : ना, कोई मुसीबत उसीबत नहीं। मैं एकदम साफ़ और खुली तबीयत की हूँ। रात में काफ़ी प्रणय का खेल हुआ। रात में दो बार! फिर भी सन्तोष नहीं हुआ। आज रात भी वही करूँगी। फिर भी मेरी तसल्ली नहीं होगी।...कल रात फिर...उसके बाद परसों रात...इतबार की छुट्टी को दोपहर में भी...और फिर रात में भी।...हर दिन रात में...फिर भी मेरी तसल्ली नहीं होगी।...सन्तोष नहीं होगा...मेरी वासना चिरन्तन है।

[वनिता अजीब ढंग से खिलखिला कर हँस पड़ती है। वनिता की उत्तेजनापूर्ण बातों से सुनन्दा शुरू में तो कुछ सकपकाती है, फिर धीरे-धीरे गम्भीर हो

जाती है। कुछ देर के लिए शान्ति।]

सुनन्दा : (गम्भीरता से) भई वनिता, तुझे सेक्स का सुख नहीं मिल रहा है, यह तो मैं समझ सकती हूँ लेकिन तू नाराज़ न होगी तो मैं एक बात तुझसे कहना चाहती हूँ।

वनिता : सुनन्दा, तू इतनी संजीदा क्यों हो गयी है?

सुनन्दा : ऐसे मामले में संजीदा ही होना चाहिए।...सेक्स में तुझे सन्तोष नहीं है!...तेरे इस दर्द को मैं समझ सकती हूँ।

वनिता : सुनन्दा, बेकार में तुझे संजीदा होने की कोई ज़रूरत नहीं है और तू इस तरह हमदर्दी के भीगे सुर में कोई बात मत कर। सेक्स के मामले में मैं पूरी तरह सन्तुष्ट हूँ।

सुनन्दा : (उठकर दूर जाती हुई) झूठ बोल रही है री तू! अभी-अभी तो कह रही थी कि सेक्स से तेरा दिल नहीं भरा। तुझे बिल्कुल ही सन्तोष नहीं है...

वनिता : पागल हो गयी है क्या तू? मैं तो बस मज़ाक़ कर रही थी।

सुनन्दा : (कोच पर बैठती है) वनिता, तू मेरी हमजोली प्यारी सहेली है।...जो सच है बता दे...लुकाने छिपाने की कोशिश मत कर।...तू दकियानूसी तो है नहीं...? सेक्स के बारे में मात्र सैद्धान्तिक बातें करनेवाली?

वनिता : (दबाव में आकर) मानो तो सन्तोष है भी और मानो तो सन्तोष नहीं भी। सच तो यही हाल है।

सुनन्दा : अब एक बात कह दूँ?

वनिता : (दबाव अनुभव कर) कह दे।

सुनन्दा : तू नाराज़ तो नहीं हो जायेगी?

वनिता : (हकबकाकर) नहीं तो...

सुनन्दा : देख, बिल्कुल अपसेट नहीं होना...

वनिता : (घबराकर) नहीं।

सुनन्दा : तेरे...मर्द का...श्रीधरजी का स्वभाव कैसा है?

वनिता : (हड़बड़ाकर) अच्छा है...भला-चंगा है। श्रीधर मुझसे बहुत प्यार करता है। श्रीधर रसोई के कामों में मेरी मदद भी करता है।

मौलसिरी के फूलों का गजरा ला देता है। श्रीधर स्वभाव से शान्त है। कभी किसी तरह की कोई जल्दबाजी नहीं। न किसी तरह की कोई हड़बड़ी। मैं बताऊँ तुझे, वह भोजन करता है तो बहुत आराम के साथ। धीरे-धीरे। दफ़्तर जाता है, तो बड़ी शान्ति से जाता है और दफ़्तर से आता है तो भी बड़ी शान्ति के साथ। बहुत शान्त स्वभाव है उसका।

सुनन्दा : (जैसे आघात पहुँचा हो) शान्त स्वभाव का! शान्त तबीयत का! (निश्चयपूर्वक) यही तो गड़बड़झाला है। (उठकर दूर खड़ी होकर तीख़े स्वर में) वनिता, तेरे श्रीधरजी का स्वभाव शान्त है और यही गड़बड़झाला है। अरी वनिता, तू ने बहुत ग़लत शब्द का प्रयोग किया है। शान्त स्वभाव का! (समझाती हुई) वनिता, तू तीन दिन पहले मायके गयी थी न?

वनिता : हाँ, तो... ?

सुनन्दा : मैं भी मायके चली गयी थी। तब तेरे श्रीधरजी और मेरा अशोक, दोनों अकेले थे।...

वनिता : तो... ?

सुनन्दा : तब तेरे श्रीधरजी मेरे अशोक के पास आये थे । रात में। यहीं पर। यहीं पर दोनों पीते हुए बैठे थे। और जानती है क्या हुआ? कल रात अशोक ने मुझे सबकुछ बता दिया। तेरे श्रीधरजी पीते हुए बैठे थे, यहाँ पर...और...और... (एक-एक शब्द का स्पष्ट उच्चारण करती है) तेरे श्रीधरजी को तेरी याद बिल्कुल नहीं आ रही थी। (जल्दी से) कल रात, मेरे अशोक ने मुझे बताया। तू यहाँ नहीं थी, मायके चली गयी थी उस वक़्त (एक-एक शब्द का उच्चारण करती है) तेरे श्रीधरजी बिल्कुल ही ग़मगीन नहीं थे। उदास नहीं थे। मेरे अशोक ने कल रात मुझे बताया कि श्रीधरजी को तेरी याद बिल्कुल ही नहीं आ रही थी। (भावात्मक आवाहन के स्वर में) जिसकी अभी-अभी शादी हुई हो ऐसे मर्द की औरत अगर उससे दूर चली गयी है तो क्या उसके दिल को तड़पना नहीं चाहिए? (ज़ोर से) और तेरे श्रीधरजी को तेरी याद जरा भी नहीं आ रही थी। (सीधी आवाज़ में) मेरा एक मौसेरा

भाई है। उसकी कहानी सुनाती हूँ। बात उस समय की है जब उसकी शादी हुई थी। उसकी औरत याने की उसकी पत्नी ऐसा ही दूर याने मायके चली गयी थी। तब वह इतना बेचैन और उदास हो गया कि पूछ मत। आँखें धँसकर छोटी-छोटी हो गयीं। जैसे छोटे बच्चे की आँखें हों।...और उन दोनों का एक-दूसरे से बहुत प्यार था।...दोनों एक-दूसरे की फिक्र किया करते थे।...और इसका नतीजा क्या हुआ जानती है? दोनों ने बेहद तरक्की की। दोनों अब अमरीका में बस गये हैं। अपने बंगले में उन्होंने तैरने के लिए एक तालाब बनवाया है। तालाब में तैरते हैं और प्रेमसागर में भी तैरते हैं। जब वह उससे दूर जाती है तब वह बड़ा विकल बेकल हो जाता है। यही वजह है कि उन दोनों ने इतनी तरक्की की है।...अब एक दूसरी कहानी सुनाती हूँ। बिल्कुल इसके विपरीत। हमारे परिचितों में एक महिला है। उसके बेटे की बात। उसकी शादी हो गयी। बीवी अच्छी-खासी पढ़ी-लिखी, एम.ए. थी। शादी हुई तब वह पी-एच.डी. कर रही थी।...और जानती है उसका क्या हुआ? वह अपनी पी-एच.डी.पूरी नहीं कर पायी। क्यों? जानती है? उसका अब भी यही कहना है कि उसके पति ने कभी उससे आवेशपूर्ण प्यार नहीं किया। अब तो और भी झुँझलाकर इस बात को दोहराती रहती है। कहती है, इस आदमी की, यानेकि उसके पति की बराबरी करनेवाला उदास आदमी इस दुनिया में दूसरा कोई नहीं होगा। उसने अगर बड़ी उमंग से चाय की प्याली अपने पति के सामने धर दी तो वह ऐसे (दिखाती है) ठण्डे भाव से प्याली उठायेगा। कहीं बाहर जाने की बात हो तो वह अपना क़दम (दिखाती है) इस तरह ठण्डेपन से सामने रखेगा, फिर जूते पहनेगा...ठण्डे भाव से जूतों की तस्मे बाँधेगा। लड़की बेहद शोख, चंचल तो यह एकदम ठण्डा। लड़की बातूनी तो ये महाशय घुन्ने। लड़की मुस्कानों से भरी तो इसका चेहरा निर्विकार। बेहद ठण्डा। शादी को आठ साल हो गये, दो बच्चे भी हैं लेकिन लगता है, शादी को पच्चीस साल हो गये होंगे। बच्चे भी ऐसे

ही हैं, ठण्डे! आजकल वह उसे जली-कटी सुनाने लगी है, और क्या करेगी?...लेकिन यह मर्द जो ठण्डा है सो ठण्डा ही है। (फुसफुसाती हुई) एक बार उसने मुझसे कहा, ज़िन्दगी में सिर्फ़ एकबार मुझे कोई जोशीला मर्द मिल जाय तो मेरे लिए तड़पता हो...तो मैं अपनी ज़िन्दगी क़ुर्बान करने के लिए तैयार हूँ।...बेचारी का जीने का सारा जोश ही ख़त्म हो गया है। बड़ी हवेली है...हवेली में हर तरह की चीज़ें मौजूद हैं...मगर ज़िन्दगी का जोश नहीं है। चारों ओर ठण्डापन छाया हुआ है। कोल्डनेस! तेरे श्रीधरजी कहीं ऐसे ठण्डे हों तो... (सिहरकर) ...छी! जवानी में औरत और मर्द को एक-दूसरे के पीछे पागल हो जाना चाहिए। पागल! तू ने कभी श्रीधर को तेरे लिए इस कदर पागल होते हुए देखा है? तुम दोनों ही रहते हो घर में, तीसरा तो कोई है नहीं। दोनों को बहुत एकान्त मिलता होगा। श्रीधर कभी तेरे साथ उछल-कूद कर पाया है? कभी श्रीधर को ऐसा लगा है कि तेरे साथ क्या करे और क्या न करे। श्रीधर ने कभी तेरे साथ धींगामुश्ती की है? उठापटक की है? मर्द को औरत के लिए लार टपकाते रहना चाहिए। तेरे श्रीधर ने कभी ऐसा किया है? शादी के पहले ही बरस में औरत और मर्द को एक-दूसरे के लिए इतना बेहद, इतना ज़्यादा, इतना बेकाबू हो जाना चाहिए ताकि फिर शादी की रजत जयन्ती के अवसर पर थोड़ा सा बचा रह जाने की उम्मीद होगी। तेरा और तेरे श्रीधर का आगे चलकर क्या होनेवाला, कौन जाने! (सिहरती है) मर्द का ठण्डापन उसका यह कोल्डनेस, औरत के लिए मौत है। क्या तेरा श्रीधर इस कदर ठण्डा है? क्या वह कोल्ड है? ऐसा? वनिता बहन, तू ही निर्णय कर। मैं क्या बता सकती हूँ? अपने अनुभव से तुझे ही तय करना है। और अगर वह ठण्डा है, कोल्ड है तो तुझे अभी कुछ न कुछ करना होगा। मैं तेरी चाहे सो मदद करने के लिए तैयार हूँ। चाहे जो हो जाये, तेरे श्रीधर के अन्दर जमे ठण्डेपन को, कोल्डनेस को निकालकर ही दम लेंगे। ठण्डे मर्द को तो मैं बिल्कुल ही गँवारा नहीं कर सकती। हम श्रीधर के भीतर के

ठण्डेपन को हटाकर ही दम लेंगे। तेरे श्रीधर के अन्दर के जोश को जगाकर ही हम चैन की साँस लेंगे।

[सुनन्दा बेहद थकी हुई है। उसकी सारी बातें सुनकर वनिता धीरे-धीरे सिकुड़ती गयी है। निचले होंठ को दबाती है। बदन काँप उठता है। अन्ततः वह सिसकियाँ लेने लगती है। वनिता सिसकियाँ भर रही है लेकिन सुनन्दा इतनी थकी हुई है कि उसकी ओर देखती भी नहीं। वनिता रोना थामकर स्वयं ही अपने आँसू पोंछ लेती है। धीरे-धीरे उसके चेहरे पर के भाव और आँखें क्रूर बनती जाती हैं।]

वनिता : (उठकर दूर जाती हुई, क्रूरता से) अब मैं तेरे अशोक की बुराइयाँ बताती हूँ।

सुनन्दा : (थकी हुई, क्रूरता से) वनिता, रिवेंज मत ले। सेक्स के मामले में मैं बिल्कुल सन्तुष्ट हूँ। मैं और मेरा अशोक हम दोनों जवानी की सारी मस्ती में पूरी तरह डूबे हुए रहते हैं।

वनिता : (भागती हुई दरवाज़े के पास जाकर जूते पहनती है, दरवाज़ा खोलने की तैयारी में) अपने अशोक की बुराइयाँ सुनने के लिए तेरे पास धीरज नहीं है न...

सुनन्दा : (वनिता को रोकती हुई बिसूरकर) मत जा, इस तरह बात को अधूरी छोड़कर मत जा।

वनिता : (तीख़े स्वर में) मैं मायके गयी थी। तू भी मायके गयी थी। तेरे अशोकजी और मेरा श्रीधर दोनों यहाँ पीते हुए बैठे थे। एक रात की बात...

सुनन्दा : (घबराकर) हाँ?

वनिता : (तीव्रता से) तब पता है, तेरे अशोकजी ने कैसा बर्ताव किया?

सुनन्दा : (घबराकर) कैसा?

वनिता : (ठण्डे किन्तु कठोर स्वर में) कल रात मेरे श्रीधर ने मुझे सबकुछ बता दिया। पीते समय (एक-एक शब्द का स्पष्ट उच्चारण) तेरा अशोक गन्दी बातें कर रहा था। अश्लील। (कठोरता से) तेरे अशोक की अश्लीलता का घिनौना बयान कर दूँ? (सुनन्दा सिकुड़ जाती है।) अश्लील मर्द के साथ घर बसाने की गन्दगी

का बखान कर दूँ? (सुनन्दा गर्दन हिलाकर नही, नहीं का संकेत करती है) यह बता दूँ कि कैसे अश्लील मर्द की वजह से उसकी सन्तान भी विकृत बन जाती है? बता दूँ कि अश्लील पुरुष की वजह से तुम्हारी देह की क्या दशा हो जायेगी?

[सुनन्दा असहाय होती जाती है, अन्ततः रोने लगती है।]

सुनन्दा : (ग़ुस्से से काँपती हुई) मर्द अश्लील होते हैं।

वनिता : (ग़ुस्से से काँपती हुई) मर्द ठण्डे होते हैं।
(दोनों काँपती हुई एक-दूसरे का सहारा बनकर सँभलती हुई कोच पर बैठ जाती हैं। दोनों की आँखों में पानी।)

वनिता : (दूर देखती है, विकल होकर मानो अपनेआप से कहती है।) तरल, नाज़ुक, सुन्दर प्रणय के कितने सारे सपने सजाये थे। (लम्बी साँस भरकर)...और मेरा श्रीधर...(गला भर आता है) इस कदर ठण्डा।

सुनन्दा : (ग़ुस्से में, मानो अपने आप से ही बात कर रही है) काँच के बरतन की तरह जिसकी हिफ़ाज़त की वह अपना कुँवारापन... (और भी ग़ुस्से से) मैंने अशोक को समर्पित किया (और अधिक ग़ुस्से से) और अशोक...(और भी अधिक ग़ुस्से से) अश्लील!

[ख़ामोशी]

सुनन्दा : (गम्भीरता से) हमें जल्दी से जल्दी बच्चा पैदा करना होगा। ...मातृत्व के बिना नारी की हस्ती बेमानी है।

वनिता : बच्चे हो गये तो भी आख़िर कितने होंगे? एक...ज़्यादा से ज़्यादा दो। बच्चों के पैदा होने के बाद जिसमें बच्चे पैदा नहीं होंगे ऐसा सेक्सुअल लाइफ फिर भी बचा रहेगा।...और वह सुन्दर, नाज़ुक, तरल तो नहीं ही होगा।

[ख़ामोशी।]

सुनन्दा : (ग़ुस्से से) मैं तो सोचती हूँ कि मुझे अशोक से सेपरेट हो

जाना चाहिए।

वनिता : (बेचैनी से) और मुझे श्रीधर से।

सुनन्दा : तू नौकरी करती है। मैं भी नौकरी करती हूँ। आर्थिक रूप से हम दोनों आज़ाद हैं। दिखा देंगी अपनी बुलन्दी को और काट डालेंगे इस अश्लील रिलेशनशिप को।

वनिता : इन ठण्डे सम्बन्धों को।

सुनन्दा : अगर मिल गया कोई मर्द, तरल, सुन्दर, नाज़ुक प्रणय करनेवाला तो करेंगे दुबारा शादी।

वनिता : नहीं तो रह लेंगी ऐसी ही।

सुनन्दा : सेक्स का मतलब समूची ज़िन्दगी तो नहीं है।

वनिता : सेक्स न हो तो कोई मर नहीं जाता।

सुनन्दा : लोग भूख से मरते हैं। सेक्स न होने से बिल्कुल नहीं मरते।

[ख़ामोशी]

सुनन्दा : यह अच्छा हुआ कि हम लोगों ने अपने तबादले अभी तक यहाँ नहीं करवाये हैं। अब मैंने ठान लिया मैं आज ही सोलापुर चली जाऊँगी और छुट्टियाँ कैंसिल कर काम पर चली जाऊँगी। तू भी ऐसा ही कर। कर दे छुट्टी कैन्सल। चली जा आज ही कोल्हापुर। और ड्यूटी जॉइन कर। (ख़ामोशी) फ्रेश होकर जरा ठीक ढंग से सोचेंगे। चल, मुँह धो ले। आँखों को भी धो डालना। मेरा तो नहाने को जी करता है। एक बहुत बड़ा बाथरूम होना चाहिए। बिल्कुल डबल बाथरूम। एकदम साफ़-सुथरा। मार्बल का। झकाझक। साफ़! क्लीन! पारदर्शी। ट्रान्सपेरंट। नीता री, हमें अपनी स्किन की फिक्र बहुत ख़ूबसूरती से करनी चाहिए। (वनिता नाख़ून पर नाख़ून घिस रही है उसे देखकर) अशोक को तो अपने बालों की जरा-सी भी फिक्र नहीं है। लगता है, उसके बाल जल्दी पक जायेंगे। छी:। अशोक को तो अपनी स्किन की भी बहुत फिक्र करनी चाहिए। पसीने से बेहद गंधाती है उसकी स्किन। छी:। नहाने से पहले रोज़ उसके तनबदन पर आमा हल्दी रगड़नी चाहिए। मैं अभी आयी हाथ मुँह धोकर।

[सुनन्दा भीतर चली जाती है। वनिता गम्भीर मुद्रा में बैठी है। सुनन्दा मुँह पोंछती हुई बाहर आती है। फिर शेल्फ पर रखा पाउडर का डिब्बा उठाती है।]

सुनन्दा : मेरी पहचान की एक महिला हैं। अधेड़ उम्र की। चालीस-पैंतालीस के आसपास। स्लिम वग़ैरा बिल्कुल नहीं भला, और साँवली भी है। गोरी वग़ैरा बिल्कुल नहीं। लेकिन जब वह पाउडर लगाती है तब उसे देखना चाहिए। इस तरह बड़े ढंग से पाउडर का डब्बा उठायेंगी, हाथ में पकड़ेंगी और...इतना बेहतरीन हरकतें होती हैं उसकी कि पूछ मत। ब्यूटीफुल! बस देखते ही रह जायें।...और अशोक...पाउडर का डिब्बा वह बड़े अजीब ढंग से पकड़ता है, ज़ोर से (सुनन्दा के हाथ से पाउडर का डब्बा गिर जाता है। हड़बड़ी में डब्बा उठाती है।) पाउडर लगाने के ऐक्शन को सुन्दर, नाज़ुक और तरल बनाने का ढंग मैं उस महिला से ज़रूर सीखूँगी। (ठण्डी साँस भरकर) लेकिन अभी नहीं कर सकूँगी। मन ही ठिकाने पर नहीं है। (तेज़ी से पेशानी पर बिन्दी लगाती है। कोच पर बैठ जाती है। फिर प्यार से) फ्रेश हो जा।

[दोनों उठती हैं। भीतर चली जाती हैं। थोड़ी देर बाद मुँह पोंछती हुई वनिता बाहर आती है। फिर अपने पर्स से छोटा-सा आईना, पाउडर की डिबिया आदि निकालती है। धीरे-धीरे पाउडर लगा रही है। सुनन्दा तेज़ी से आ जाती है।]

सुनन्दा : तू ने तो कमाल कर दिया वनिता! मेरे वाला पाउडर लगा लेती तो क्या तेरा कुछ बिगड़ जानेवाला था? तू बड़ी सेल्फसेंटर्ड है री। (जल्दी से) दूध उफन जायेगा। अभी आयी। (दौड़ती हुई भीतर जाती है। लौटकर झुँझलाती हुई) दूसरों की चीज़ें इस्तेमाल करने की बड़ी गन्दी आदत है अशोक को। अरी सुन, हनीमून के बाद जब हम लोग मायके गये थे न, तब वहाँ हमारे गाँव का एक किसान आया हुआ था। तो उसके पास से नास लेकर अशोक ने अपनी नाक में ठूँस दी थी। छीः।

[सुनन्दा भीतर जाती है। चाय की प्यालियाँ ले आती है। टीपाय पर रख देती है। कुछ अचानक याद आने से भीतर चली जाती है। बिस्कुट ले आती है।]

सुनन्दा : ले ले। पहले बढ़िया चाय पी लेंगे। फिर सोचेंगे अशोक के बारे में।...श्रीधर के बारे में...अरी ठहर, चकली ले आती हूँ। बहुत बढ़िया है। (भीतर जाते हुए) मन ठिकाने पर नहीं है न इसलिए कुछ ठीक ढंग सूझता नहीं है। (भीतर जाकर जल्दी से चकलियाँ लेकर उसमें से एक वनिता को देते हुए) इस चकली की ख़ास स्पेशलिटी है। खाकर तो देख।

वनिता : (स्वाद से चकली खाती है। ग़मगीन होकर) बहुत ही बढ़िया है री! (फिर खाकर) क्या इसमें लहसुन मिला दिया है रीऽऽ।

सुनन्दा : लहसुन का स्वाद बड़ा अच्छा लगता है ना? (खाती है। चाय लेती है।) लहसुन से एक अलग ही क़िस्म का जायका आता है।

वनिता : कब बनायी? या माँ के पास से ही ले आयी?

सुनन्दा : नहीं री, मैं कहाँ से बनाती? मैं जब भी चकली बनाती हूँ तब वह भुरभुरा जाती है। और माँ बना दे, इतनी फुरसत ही कहाँ छोड़ी थी मैंने माँ के लिए? अरी, हमारे सामने वो मीनाक्षी चाची रहती है ना, उनके रिश्ते की एक महिला है। बेचारी ग़रीब है। उससे ले ली। (चकली को निहारकर) स्वाद तो बढ़िया है लेकिन रंग कुछ काला पड़ गया है। असली चकली होती है न, वह पीले रंग की भी नहीं होती और काले रंग की भी नहीं होती। और डब्बे में जब सारी चकलियाँ रख दी जाती हैं तब उनका रंग नज़र में भरना नहीं चाहिए। सबको एकसाथ देखने पर हर एक का आकार ठीक-ठाक दिखायी देना चाहिए। जिसका सिर्फ़ रंग ही अस्त्रों में भर जाता है और आकार की ओर ध्यान नहीं जाता वह असली चकली नहीं है। और खस्ता चकली को भीतर से एकदम पोली होना चाहिए। और हाथ लगाने पर टूटनी भी नहीं चाहिए लेकिन तोड़ने के लिए प्रयास करने की ज़रूरत भी

नहीं पड़नी चाहिए। दाँतों तले रख दी और बस जरा-सा दबा दिया, नज़ाकत से तो कुट्ट के साथ टूटनी चाहिए।

वनिता : ऐसी आदर्श चकली कहाँ मिलेगी?

सुनन्दा : मीनाक्षी चाची बता रही थी...शायद जान-बूझकर ही बता रही होंगी...कि वह महिला गोंद के लड्डू भी बहुत बढ़िया बनाती है। (आँखों में शरारत) लेंगे, ले लेंगे। गोंद के लड्डू भी ले लेंगे।

वनिता : फिर भी इस चकली में लहसुन की वजह से बहुत ही बढ़िया जायका आया हुआ है। नन्दा, मेरे लिए भी उस महिला से चकली ले रखना। (उँगलियों को अजीब ढंग से झाड़कर पर्स खोलती है।) कितने पैसे रख दूँ? आधा किलो ले लेना। (नोट देते हुए) ले सम्भाल! श्रीधर को चकली बहुत पसन्द है।

सुनन्दा : अरी रहने दे पैसे-वैसे की बात। मैं ज़रूर ले रखूँगी चकली...तेरे श्रीधर के वास्ते।

वनिता : (नोट टीपाय पर रखना चाहती है।) पैसे यहीं पर रखने दे ताकि तुझे याद रहेगा—मेरे लिए चकली लेनी है।

सुनन्दा : (वनिता को नोट रखने नहीं देती) रहेगा याद मुझे। (नोट पर्स में रखवाकर) चुपचाप रख दे। बिल्कुल रहेगी यह बात मेरे ध्यान में कि तेरे श्रीधर को पसन्द आनेवाली चकली लेकर रखनी है। तेरा श्रीधर मेरे अशोक से अलग तो नहीं है। अशोक जब चकली खाता है न, तब इतनी जल्दी से ख़तम कर डालता है कि पूछ मत।

वनिता : (ऐंठकर अजीब ढंग से) तेरा अशोक जल्दी से ख़तम कर डालता है?

सुनन्दा : (चौंककर तथा झुँझलाकर) क्यों? क्या हो गया?

वनिता : श्रीधर इतना धीमे-धीमे खाता है कि पूछ मत। (सिहरकर) रोटी का एक टुकड़ा तोड़ने के लिए एक मिनट, फिर उस टुकड़े को उठाकर सब्ज़ी की ओर ले जाने के लिए एक मिनट, फिर रोटी और सब्ज़ी का कौर मुँह की तरफ़ ले जाने के लिए एक मिनट। फिर धीरे से आऽऽ करेगा, फिर वह कौर उसके मुँह में जा गिरेगा। और इतना हौले हौले चबाता रहेगा कि उसके दोनों

जबड़ों को हाथ से ज़बरदस्ती ऊपर-नीचे करने को मन करता है। श्रीधर जब दफ़्तर से लौट आता है न तब बहुत आराम से जूतों के तस्मे खोलेगा, आराम से कमीज उतारेगा...मन करता है खींचकर फाड़कर उसकी कमीज उतार दें।

सुनन्दा : अशोक जिस तरह गँवारपन से पैंट के बाहर पैर निकालता है, उसे देखकर घिन आती है।

[ख़ामोशी]

वनिता : श्रीधर के हुलिये में काफ़ी कुछ सुधार लाने की ज़रूरत है।

सुनन्दा : अशोक के हुलिये में भी मुझे बहुत कुछ सुधार लाना होगा।...नीता री, हम इस चैलेंज को स्वीकार करेंगे। हम अपने अपने पतियों को सुधारकर ही दम लेंगे।

वनिता : नारी को हरदम चुनौतियों का सामना करना पड़ा है।

सुनन्दा : अशोक को इतना भी नहीं सूझा कि शादी से पहले एक अच्छा-सा फ़्लैट ख़रीद ले। नौकरी मिल गयी। जवानी चढ़ गयी। कर ली शादी। क्या, अशोक को इतना समझना नहीं चाहिए था कि शादी से पहले एक अच्छा सा मकान होना चाहिए।...(खोकर) मेरे लिए नागपुर का प्रस्ताव आया था...(और भी खोकर) कितना बड़ा बंगला था उन लोगों का...

वनिता : नागपुर की धूप भी बड़ी कड़ी होती है...

सुनन्दा : (खोकर) पूरा बंगला एसी...

वनिता : लेकिन लड़का इंजीनियर नहीं था, वकील था...

सुनन्दा : और इतना सलोना था...और सन्तरे के बग़ीचे।...मुझे नौकरी करने की ज़रूरत ही नहीं थी।

वनिता : नागपुर मतलब विदर्भ ही तो...

सुनन्दा : (खोकर) विदर्भ अच्छा लगता है मुझे।

वनिता : लेकिन विदर्भ महाराष्ट्र से कट गया तो...

सुनन्दा : (खोकर) कट गया नहीं...आज़ाद विदर्भ...स्वतन्त्र विदर्भ।

वनिता : लेकिन नागपुरवालों की तो जॉइंट फैमिली थी।...स्वतन्त्र विदर्भ में जॉइंट फैमिली। (खोकर) मेरे लिए बैंगलुरु से प्रस्ताव आया

था। लड़का इंजीनियर तो था ही, अलावा इसके छोटा परिवार... लड़का और उसकी माँ...कोई जिम्मेदारियाँ नहीं।

सुनन्दा : लेकिन बैंगलुरु का तेरा वह प्रस्ताव राजस्थानी था।...तुझे घर में राजस्थानी, बाहर कन्नड़ और मन में मराठी बोलना पड़ता। तीन भाषाएँ सीखनी पड़तीं। फिर बेलगाम कर्नाटक में कि महाराष्ट्र में...तू निर्णय नहीं कर सकती थी।

वनिता : (अचानक सावधान होकर) नन्दे, क्या हमें अमरीकी पति नहीं मिल सकते थे?

सुनन्दा : आराम से! अमरीका के महाराष्ट्रियों को अपनी जैसी आधी आधुनिक और आधी पारम्परिक लड़कियाँ ही पसन्द आती हैं।

वनिता : अमेरिका के महाराष्ट्रीय लड़कों की बात नहीं कर रही हूँ? मैं ख़ुद अमरीकी...ख़ुद अमरीकी पति क्या हम मिल सकते? यह कहना था मुझे (सुनन्दा सोच में)

वनिता : (खोकर) मुझे बचपन से ही लगता था कि विवाह के बाद पुणे में रहने को मिले।

सुनन्दा : मैंने अशोक से इसलिए शादी की कि पुणे शहर में रह सकेंगे। रहने को अगर एक अच्छा सा घर नहीं है तो पुणे शहर को लेकर क्या चाटना है? अशोक को तो यह भी नहीं सूझा कि पॉश लोकेलिटी में किराये का ही सही एक अच्छा-सा ब्लॉक ही ले ले। अशोक के पास सौन्दर्यबोध ही नहीं है। यह भी कोई लोकेशन है?...रात के बारह-एक बजे तक इधर चौराहे पर शोर मचा रहता है। हम यहाँ रहने के लिए आये उसके एक दिन बाद की बात है...रात के बारह बजे के बाद भी भला...हम दोनों बेड में...तैयारी में...और चौराहे पर अचानक हुल्लड़ मच गयी।...मर गयी...मर गयी की आवाज़ें...अरी...बेड में...धक हो गया। और अशोक...बेशर्म...अश्लील... कहता था...बाहर की बात बाहर...बाहर क्यों ध्यान देती हैं? अपने घर में हम...

वनिता : हमारे घर के सामने तो देर रात तीन-तीन बजे तक भजन गाये जाते हैं।...मिरदंग पर थाप पड़ते ही धक हो जाता है।

सुनन्दा : (सहसा दीवार पर ज़ोर-ज़ोर से पंजे को पीटती है।) अरी,

अशोक को कम से कम किराये पर ही सही लेकिन नया ब्लाक लेना चाहिए था। यह? इतना पुराना? नया रंग तो भी लगाना चाहिए था। यह भी कोई खिड़की है? खिड़की से झाँकने पर मीनाक्षी चाची की पुरानी कोठी दिखायी देती है। ना सूरज उगता है न सूरज डूबता है। न चन्दा है न चन्दा की चाँदनी। भीनी-भीनी हवा की एक लहर भी नहीं। जवान मर्द और औरत के लिए कैसा आलीशान मकान होना चाहिए प्यार करने के लिए।

वनिता : क्रान्ति ही होनी चाहिए।

सुनन्दा : अब तो क्रान्ति का कोट ही इस दुनिया से उठ गया है।

वनिता : दुनिया में जब क्रान्ति नहीं हो पायी। हम सबका क्या होनेवाला है कौन जाने? सस्ते और सुन्दर, विलास घर होने चाहिए कि नहीं? शादी के पहले बरस के लिए तो कम से कम ख़ास और ख़ूबसूरत घर होने ही चाहिए। (आँसू पीकर) फिर एक बार देह का उन्माद उतर गया तो सब कुछ ख़तम। जिये जाओ जैसे-तैसे।

सुनन्दा : अशोक अगर मेरे साथ सुन्दर प्रणय नहीं कर सकेगा तो क्या दफ़्तर में ठीक काम कर पायेगा? बेढंगा प्रेम करने में पीढ़ियाँ गुज़रती जा रही हैं। ऐसी दशा में राष्ट्र आगे कैसे बढ़ सकेगा? (फुसफुसाकर) हमारे सामने वह मीनाक्षी चाची है ना...

वनिता : तो?

सुनन्दा : उसका पति...विश्वासराव...उम्र होगी कुछ पैंतालीस के आस-पास...ज़्यादा भी हो सकती है, उनका बेटा ही बीस-बाईस साल का है। बेटा बालिग हो गया है फिर भी विश्वासराव...बेशरम जैसा मेरी ओर ताकता रहता है। हमारी खिड़की के सामने ही उनकी खिड़की जो है। मर्द सोचता है कि औरत देखते रहने की चीज़ है। मिलती है तो देखते रहो। दबोचने के लिए मिलती है तो ठीक ही है नहीं तो सिर्फ़ देखो। हम जब पहली बार यहाँ आये थे तब यह विश्वासराव आँखें गड़ाकर मेरी ओर देख रहा था। और मायके जाने के एक दिन पहले की बात है, विश्वासराव और मीनाक्षी चाची दोनों हमारे पास आये थे...यही बताने के

लिए कि चकली, लड्डू वग़ैरह चीज़ें मिल जायेंगी। मीनाक्षी चाची तो वैसे बड़ी सीधी–सादी है री, लेकिन उसका वह पति, विश्वासराव ...मेरे घर आया है, मैं चाय बनाकर दे रही हूँ और वह सीधा मेरी ओर ताक रहा है। अशोक के ध्यान में भी यह बात आ गयी। उस रात की बात बताती हूँ। बेहद गन्दा महसूस हो रहा था। लगा कि वह विश्वासराव मेरी ओर देखे जा रहा है। छीः। मूड नहीं बन रहा था। आख़िर मैंने अशोक से कह दिया कि आज नहीं होगा। उस विश्वासराव का कुछ बन्दोबस्त कर दे। और अशोक भी कैसा अश्लील...अश्लील नहीं तो क्या ?... कह रहा था, मीनाक्षी और विश्वासराव ही नहीं, शहर के सारे पति–पत्नी इस समय वही कर रहे होंगे, जो हम कर रहे हैं। छीः। घर में प्राइवेसी का नाम नहीं...विश्वासराव की वह नज़र... घिन आती है। सोचती हूँ विश्वासराव की उस नज़र से बचने के लिए ही सही इस घर को बदलना चाहिए। मैं बहुत सेन्सिटिव हूँ। मैं मैदान में बसना पसन्द करूँगी बशर्ते उस विश्वासराव की सूरत नज़र न आये।

वनिता : चारों तरफ़ ऐसी ही गन्दगी है।

सुनन्दा : मैं स्वस्थ समाज में रहना चाहती हूँ।

वनिता : लाखों बरस बीत गये मानव समाज में सुधार अब भी जारी है। समाज को सुधारते–सुधारते पागल हो जायेगा आदमी। हम एक बात तो कर ही सकते हैं सुनन्दा, हम अपने घरों को सुन्दर बनायेंगे। अपने घरों के भीतर का माहौल सुन्दर बना देंगे।

सुनन्दा : अपना घर बनाने को दस बरस लग जायेंगे।

वनिता : अपने बच्चे तो सुन्दर ज़िन्दगी जी लेंगे। अपने बच्चों का प्रणय सुन्दर होगा।

सुनन्दा : सुन्दर प्रणय करनेवाले नर–नारियों की सन्तति ही सुन्दर होती है। बेढंगा प्यार करनेवालों की सन्तति भी बेढंगी होगी। सारी प्रजा बेढंगी पैदा हो रही है।

वनिता : डर लगता है।

सुनन्दा : डर। वनिता, कुछ न कुछ करना होगा।

वनिता : सुनन्दा, विश्वासराव की नज़र की बात दिमाग़ से निकाल दे।...

सुनन्दा : कैसे निकाल दूँ?...कैसे?...बचपन से मैं यही सुनती आ रही हूँ। दिमाग़ से इस बात को निकाल दे, उस विचार को निकाल दे। कैसे निकाले दिमाग़ से अचूक उसी बात को, जिसे हम पसन्द नहीं करते? कैसे निकाल दे उन भावों को जिन्हें हम नहीं चाहते? किसी को भी पता नहीं होगा। सब के सब बातें बनाते हैं। मन से यह निकाल दो, वह निकाल दो।

वनिता : मैं तो बस इतना कहना चाहती हूँ कि तू विश्वासराव के मन को तो बदल नहीं सकती। तू सिर्फ़ अपने बारे में सोच। तू अशोक पर कॉन्सन्ट्रेशन कर। अशोक की अश्लीलता को निकाल दे। अशोक तेरा है, विश्वासराव तेरा नहीं। यह तो सच है न?

सुनन्दा : हाँ!

वनिता : तो तू अपने अशोक को कोमल बना।

सुनन्दा : हाँ!

वनिता : इस अपने घर को सुन्दर बना।

सुनन्दा : हाँ!

वनिता : इस घर के माहौल को सुन्दर बना। दीवारों को सॉफ्ट, फीके रंग से सजा दे। और यह खिड़की का पर्दा, इसे गाढ़े रंग के पर्दे को बदल डाल। नाज़ुक, हल्के रंग का पर्दा लगा दे। फ़र्श पर मुलायम दबे रंगतवाली कार्पेट बिछा दे। और इस दीये के लिए एक अच्छी-सी शेड ले आ। एकाएक ट्यूब की भभकती हुई रोशनी और फिर एकाएक अन्धेरा...अशोक की प्रवृत्तियों को देखते हुए यह प्रकाश-योजना ठीक नहीं लगती।...खाना वग़ैरा तो सुकून की रोशनी में कर लेना...फिर हल्की-सी रोशनी...और फिर अन्धेरा...फिर घना अन्धेरा...इस तरह होना चाहिए। फिर तेरा अशोक अश्लील से श्लील हो जायेगा।

सुनन्दा : यहाँ घना अन्धेरा कभी होता ही नहीं...बाहर की रोशनी आ ही जाती है।

वनिता : बाहर की दुनिया को ठीक करने के झंझट में बिल्कुल नहीं

पड़ना चाहिए। बाहर की रोशनी आती है, तो इस अलमारी को यहाँ से हटा दे...

सुनन्दा : अशोक को आईने में देखना अच्छा लगता है।

वनिता : यही तो अश्लील है। तो फिर इस अलमारी को यहाँ से हटा ही दे। अशोक की अश्लीलता के सारे रास्तों को बन्द करना होगा।

सुनन्दा : लेकिन तू अपनी अलमारी को बेडरूम में ही रख। श्रीधर को देखने दो आईने में। होने दो उसको उत्तेजित। मेरा अशोक जो-जो करता है उसे तेरे श्रीधरजी से करवायेंगे। अशोक को थोड़ा-सा ठण्डा बनाना है और तेरे श्रीधरजी को थोड़ा-सा अश्लील। तू अपनी दीवारों को गाढ़े रंग से सजा दे। खिड़की का पर्दा चटकीले रंग का उत्तेजक। दिया रहने दे और आईना भी रहने दे।...

वनिता : क्या कह रही है तू! दीवारों को गाढ़े रंग से सजा दूँ? खिड़की पर चटकीले रंग का पर्दा?... आज...आज की रात क्या करेंगे?

सुनन्दा : हाँऽऽ! दीवारों को रंग देने और पर्दा बदल देने में तो एक महीना लग जायेगा। आज...आज की रात क्या करेंगे?...तू अपने नारीत्व को चटकीला बना दे...इतना उत्तेजनापूर्ण कि श्रीधर का ठण्डापन कोसों दूर भाग जायेगा! ठण्डे मर्द को धीरे-धीरे बहकाने-बहलाने में कितना मज़ा आयेगा! वही नारी सच्ची नारी है जो ठण्डे मर्द को बहका सकती है। उसे राजी बनाकर प्रणय के लिए उत्सुक बना सकती है। ठण्डे मर्द को उत्तेजित करना मुझे बड़ा अच्छा लगेगा। मेरे पास वह स्किल ज़रूर है। नीता, तू मेरे जैसी बन जा!

वनिता : और तू मेरे जैसी। धपधप क़दमों से न चला कर। छिछलापन कम कर। मुलायम हो जा। छुईमुई बन जा। ज़ोर-ज़ोर से बात मत कर। सच तो यह है कि मैं अश्लील मर्द को बड़ी अच्छी ट्रीटमेण्ट दे सकती हूँ।

[घड़ी बजती है। दोनों चौंक पड़ती है।]

वनिता : अरी, साढ़े पाँच बज गये। मैं चलती हूँ। श्रीधर दफ़्तर से निकल चुका होगा।

[वनिता दरवाज़े की ओर जाकर जूते पहन लेती है। सुनन्दा उसके कन्धे को पकड़कर]

सुनन्दा : मादक हो जा!

वनिता : कोमल बन जा!

सुनन्दा : तेरे श्रीधर को तली हुई नमकीन मिर्च पसन्द है। खिला दे...

वनिता : तेरे अशोक को नारियल की चटनी पसन्द है। परोस दे...

सुनन्दा : श्रीधर को मीठी-मीठी चिकोटियाँ काट ले।

वनिता : अशोक को ठण्डा कर दे।

सुनन्दा : श्रीधर को प्याज़ दे खाने को।

वनिता : अशोक को कड़ुवा नीम खिला दे।

सुनन्दा : हक़ीक़त की ओर ध्यान दे और सपने भी देख।

वनिता : (निकलती हुई) सेम टू यू!

सुनन्दा : तेरा और श्रीधर का प्रणय बेहतर हो।

वनिता : सेम टू यू।

सुनन्दा : आईना लगा दे...जिसमें सबकुछ दिखायी पड़े... आईना बहुत ज़रूरी है...हॉट नेस के लिए।

वनिता : और तू आईने को हटा दे...बाय...

सुनन्दा : बेस्ट ऑफ़ लक। बाय...

वनिता : बेस्ट ऑफ़ लक। बाय।

[वनिता जाती है]

[अँधेरा]

दृश्य : दो

[होटल]

[होटल की बाहरवाली सड़क से श्रीधर जल्दी-जल्दी आता है। श्रीधर के पास एक ब्रीफकेस। जल्दबाजी में श्रीधर के एक पैर से जूता निकल पड़ता है। श्रीधर वैसे ही दो-तीन क़दम आगे चलता है। फिर उसके ध्यान

में आता है कि पैर में जूता नहीं है। श्रीधर दो क़दम पीछे मुड़ता है। जल्दी से जूता हाथ में लेता है और आराम से जूता पहनता है। आराम से जूते की तस्मे बाँधता है। तब सड़क की दूसरी तरफ़ से हड़बड़ी में अशोक आता है। अशोक के पास भी ब्रीफकेस है।]

अशोक : (आवाज़ ऐसी जैसे गला दबाया गया हो) श्रीधऽऽर।
(श्रीधर बौखलाकर इधर-उधर देखता है।)

अशोक : श्रीधऽऽर।
(दोनों परेशान-से एक-दूसरे के पास आ जाते हैं। होटल के बाहर ही खड़े)

श्रीधर : (झुँझलाकर) मुझे तुमसे बात करनी है।

अशोक : मुझे भी तुमसे बात करनी है।

[दोनों में कुछ देर ख़ामोशी]

श्रीधर : (ग़ुस्से/ग़ुस्से में) तुम्हारी पत्नी घर पर ही है न?

अशोक : नहीं तो कहाँ जायेगी?
(दोनों झल्लाते हुए ख़ामोश)

श्रीधर : अशोक, बिगड़ जाने की कोई बात नहीं, मैं इतना कहना चाहता था कि अगर तुम्हारी पत्नी घर पर न होगी तो हम वहाँ बातें कर सकते हैं।

[ख़ामोशी]

अशोक : (ग़ुस्से में) तुम्हारी पत्नी घर पर है या नहीं?

श्रीधर : नहीं तो कहाँ जायेगी? मैं इस बात को व्यंग्य से नहीं, मज़ाक़ से कह रहा हूँ। तुम्हें मज़ाक़ नहीं लग रहा है? नहीं है तो जाने दो। हम दोनों शान्ति से काम लेंगे।...और बातें करेंगे...चलो, होटल में बैठते हैं...बातें करेंगे। क्यों?

[पलभर दोनों परेशान से खड़े। फिर अशोक धीमी गति से होटल में जाता है। तुरन्त पीछे से हड़बड़ी में श्रीधर भी आ जाता है। दोनों एक टेबुल पर आमने-सामने बैठ जाते हैं। एक-दूसरे की नज़रों को टालते हैं। इस दौरान गट-गट पानी पी लेते हैं। सहसा एक-दूसरे की ओर देखते हैं। चौंककर

तिरछे बैठ जाते हैं। जल्दबाजी में ब्रीफकेस खोलकर दोनों ऊन के लच्छे और सलाइयाँ निकालते हैं। बुनाई करने लगते हैं। गति बढ़ जाती है।]

श्रीधर : (अपने आपसे बुदबुदाता है) मैंने मोजे तो बुन लिये। अब मैं स्वेटर बुन रहा हूँ।

अशोक : (अपने आप से बुदबुदाता है) मैंने स्वेटर तो बुन लिया है। अब मैं मोजे बुन रहा हूँ। तुमसे मेरी बातें उल्टी हैं।

श्रीधर : (बुनना रोककर) मुझसे उल्टी ?...तुम अश्लील हो।

अशोक : (बुनना ज़ोर से चालू) मुझसे तुम्हारी बातें उलटी हैं।...तुम ठण्डे हो।

[दोनों सहसा गटगट पानी पीते हैं। फिर गति से बुनाई का काम जारी। वेटर आता है।]

दोनो : दो चाय।

[वेटर जाता है]

श्रीधर : (बुनाई जारी रखते हुए) तुम्हें बेटा पसन्द है या बेटी ?

श्रीधर : एक बेटा और एक बेटी।

श्रीधर : यही सामाजिक रिवाज भी है।

[ख़ामोशी]

अशोक : क्या तुम्हारे घर पर भी कुछ प्राब्लेम है ?

श्रीधर : (चिड़चिड़ा होकर) तुम्हारे भी—से मतलब ?

अशोक : बिगड़ो मत...यार...श्रीधर। तुम्हारे भी से मतलब मेरे घर पर प्राब्लेम है। दोनों शान्ति से बात करेंगे...कल रात (आँसू पीकर) मेरा सुनन्दा से झगड़ा हो गया। बहुत बड़ा झगड़ा।

श्रीधर : मेरा भी...कल रात ही...बहुत बड़ा झगड़ा हो गया वनिता के साथ। (वेटर चाय रखता है।) वनिता ने झगड़ा किया मेरे साथ। ज़बान लड़ाई। क्या-क्या नहीं कहा उसने। मुझ पर गन्दे इल्ज़ाम लगाये।

(बुनाई रोककर विस्फोट से) मेरे और वनिता के बीच जो

झगड़ा हुआ उसके लिए तुम जिम्मेदार हो! तुम!

अशोक : (बुनाई रोककर—लेकिन उँगलियाँ चल रही हैं मानो बुनाई का काम जारी है) हम लोग शान्ति से सारी बातें करेंगे। चिढ़ने से सवालों का हल नहीं निकलता। मेरे और सुनन्दा के बीच जो झगड़ा हुआ उसके लिए तुम जिम्मेदार हो।

[अशोक का हाथों की हरकतें बेकाबू हो जाने से उसके हाथ से एक प्याली गिरकर टूट जाती है।]

एक युवा ग्राहक : (उचककर गिरती हुई प्याली से अपनेआप को बचाते हुए) धीरे से भाण्डो, भाई।

[युवा ग्राहक चला जाता है। वेटर के सफ़ाई काम को अशोक अपराध-भाव से देखता है। वेटर टुकड़े उठाकर जा रहा है।]

श्रीधर : (वेटर से) और एक चाय लाओ।

[वेटर जाता है।]

अशोक : (बुदबुदाकर) धिस इज बैड। धीरे से भाण्डो भाई।...लोग हमें टाँट मार रहे हैं। यह ठीक नहीं।

श्रीधर : (ज़ोर से) टूटने दो। टूटने दो। कोई फिक्र नहीं है। मैंने अब ज़िन्दगी में बेफिक्र होकर जीने का निश्चय किया है। चाय पी डालेंगे और किसी दूसरे होटल में जा बैठेंगे। नहीं तो पार्क में ही चले जायेंगे और बातें करेंगे। यहाँ बिल्कुल नहीं...

अशोक : (ठण्डेपन से, हाथों की हरकतें बुनाई जैसी) मैं शान्ति से एक आर्ग्युमेण्ट करना चाहता हूँ। ऐसा मत समझना प्लीज कि मैं तुमसे उलटी बात कर रहा हूँ। एक स्टेटमेंट कर रहा हूँ शान्ति से, उसे तुम्हें शान्ति से ही लेना होगा। हमें दूसरे होटल में जाने की कोई ज़रूरत नहीं है। वह अजीब मनोदशा की निशानी होगी। हम यहीं शान्ति से बात करेंगे। हम सारी दुनिया को दिखा देंगे कि हम अपने प्राब्लम पर शान्ति से बात कर सकते हैं। क्यों?

श्रीधर : हाथ से हरकतें मत करो। कुछ दिन स्वेटर की बुनाई बन्द कर

दो। बुनने के कारण तुम्हें हाथ से हरकतें करने की आदत पड़ गयी है।

[ख़ामोशी। फिर श्रीधर अशोक का लच्छा सुइयाँ अशोक के ब्रीफकेस में रख देता है।]

अशोक : ये सलाइयाँ ठीक नहीं हैं। ये ऊन भी अच्छी नहीं है।

श्रीधर : मेरी भी सलाइयाँ अच्छी नहीं हैं। मेरी ये ऊन भी अच्छी नहीं है।

अशोक : भारत में एक भी अच्छी चीज़ नहीं मिलती। मकान अच्छे नहीं हैं। सड़कें अच्छी नहीं हैं।

श्रीधर : (हाथ सीने पर बाँधकर, दृढ़ता से) इसीलिए तो मनों को चंगा करने की जिम्मेदारी भारतीयों पर आ जाती है। (वेटर आता है। आगे जाकर दूसरे ग्राहक को चाय देता है। लौटता है। अशोक-श्रीधर के पास बिल रखकर जाने लगता है।)

श्रीधर : (हाथ सीने पर बाँधकर, दृढ़ता से वेटर से) एक चाय लाओ पहले। बिल बाद में देना।

वेटर : कप सौसर ब्रेक किया उसका बिल है...चाय लाता हूँ।

[वेटर जाता है।]

श्रीधर : (हाथ सीने पर बाँधकर ही दृढ़ता से झुककर बिल देखते हुए) पचास रुपये! (एक हाथ छोड़कर उसे कप कौसर से छूकर) इस कप सौसर के पचास रुपये!

अशोक : (जैसे अपने आप से) सुनन्दा ने अच्छा बर्ताव किया होता तो मेरे हाथों ये कप सौसर टूट नहीं जाता।

श्रीधर : (ज़ोर से) टूटने दो! टूटने दो! ज़िन्दगी बेफिक्र होकर जीना है। फेंक दो पचास रुपये होटलवाले के मुँह पर! वनिता को लेकर मैं भी बेफिक्र होनेवाला हूँ। (वेटर चाय लाता है। रखकर चला जाता है।)

श्रीधर : (ऐंठते हुए, प्यार से) चाय लो अशोक!

अशोक : (एक हाथ सीने पर बँधा हुआ, दूसरा खुला।) तुम्हारी ठण्डी हो गयी होगी।

श्रीधर : (दोनों हाथ, खुले सहजता से) मुझे ठण्डी चाय ही पसन्द है।

अशोक : (एक हाथ सीने पर, दूसरा हरकतें करने के लिए उठाता है लेकिन ध्यान में आकर बीच हवा में रखकर।) क्या सचमुच तुम्हें ठण्डी चाय पसन्द है?

श्रीधर : क्यों? हाथ नीचे करो!

अशोक : (झट से दूसरा हाथ सीने पर बाँधकर) जवानी में गरमागरम, हॉट चाय ही पसन्द आनी चाहिए।

[कुछ देर ख़ामोशी]

श्रीधर : (अपने आप से) अरे इसकी माँ की, (ब्रीफकेस खोलकर उसमें से प्याज़ निकालकर टेबुल पर रखते हुए) वनिता मुझे प्याज़ खाने पर मजबूर करती है।

अशोक : सुनन्दा साली रात में मेरे बदन पर चन्दन मलती है।

श्रीधर : दोनों पिछड़ी हुई हैं। आधुनिक गोलियों, तेलों का पता ही नहीं उनको।

[पास के टेबुल पर दो युवा चाय पीते हुए श्रीधर अशोक की ओर देखकर चुपके से उनकी बातें सुन रहे हैं। दोनों चाय पीकर उठकर चलने लगते हैं।]

एक युवा : (दूसरे युवा से) ख़ाली टाइमपास कर रहे हैं। कम टु दि पाईंट। (अशोक श्रीधर चौंक उठते हैं। उस युवा की ओर ताकते हैं। दोनों युवा चले जाते हैं।)

श्रीधर : (झुँझलाकर) अपने यहाँ सोशल लाइफ भी अमरीका स्टाइल चलने लगी है। सिर्फ़ नक़ल! दूसरों की बातों में, बर्ताव में और लोग ही ध्यान देने लगे हैं।

अशोक : हम इण्डियन चुप बैठ जाते हैं। अब अगर यह होटल और वे लड़के अमरीकी होते तो हमने उन लड़कों के गले पकड़ लिये होते और तोड़-फोड़ की होती।...मैं और सुनन्दा अमरीकी होते तो दोनों एकसाथ आज़ाद होते।

श्रीधर : और अगर हम रूसी होते तो? (कुछ देर ख़ामोशी) रूस का

कुछ ठीक से समझ में नहीं आता है अभी तक। रूस के अपने मित्र होने के बावजूद...।

अशोक : (दोनो कपों की चाय को परस्पर मिलाते हुए) रूस और उसकी पत्नी...इनमें झगड़ा हो गया...और तुम्हें पता चला तो तुम क्या करोगे?

श्रीधर : रूस और उसकी पत्नी?

[अशोक जल्दी से चाय पी डालता है। धाँधली में ब्रीफकेस खोलकर, लच्छा सुइयाँ निकाल देती है।]

श्रीधर : बुनो मत।

[अशोक सलाइयाँ लच्छा टेबुल पर रख देता है। श्रीधर चाय का कप उठाता है। वेटर आता है।]

वेटर : और क्या?

श्रीधर : झल्लाकर कुछ नहीं।

अशोक : दो कॉफी...कड़क।

[वेटर अशोक की ख़ाली कप सौसकर लेता है। श्रीधर के हाथ से भी निकाल लेता है और चला जाता है।]

अशोक : साला, अपना घर होते हुए भी हमें बातें करने के लिए होटल आना पड़ता है। बदक़िस्मती है।

श्रीधर : (करुण होकर) मैं अपनी कहता हूँ।

अशोक : आराम से कह दो।

श्रीधर : (काँपती आवाज़ में) वनिता ने बताया कि तुमने सुनन्दा से यह कहा कि मैं तब याने वनिता जब मायके गयी थी तब, मैं उदास, विकल और बेचैन नहीं था। वनिता ने मुझ पर इल्ज़ाम लगाया है कि मैं सेक्सुअली कोल्ड हूँ।

अशोक : (झुँझलाकर) और तुमने वनिता से कहा कि मैं तब अश्लील बोल रहा था। सुनन्दा ने मुझ पर इल्ज़ाम लगाया है कि सेक्स के मामले में मैं विकृत हूँ। (दोनों ख़ामोश। एक अधेड़ ग्राहक आता। कहीं बैठ जाता है।)

अशोक : इसके बाद इस बात को ध्यान में रखना है—तुम अपनी पत्नी को मेरे बारे में कुछ नहीं बताओगे और मैं अपनी पत्नी को तुम्हारे बारे में कुछ नहीं बताऊँगा।

श्रीधर : तुम्हारी पत्नी और मेरी पत्नी को, दोनों को अकेले में नहीं मिलने देना चाहिए।

अशोक : राइट!

[पलभर ख़ामोशी। दोनों सोच में]

श्रीधर : (सन्तुलन बिगड़कर) कल रात...गन्दी गन्दी बातें करते हुए वनिता ने मुझसे झगड़ा किया।...ऐसे शब्दों का इस्तेमाल किया जो औरतों के मुँह में शोभा नहीं देते।...और...मुझे...तब सेक्स की ज़बर्दस्त हूक उठी थी...और तभी वनिता ने झगड़ा शुरू किया।

अशोक : बदन सेक्स से जल उठा हो और औरत से झगड़ा! मोस्ट ट्रैजिक थिंग इन दि युनिवर्स।...तकदीर! कल रात जब सुनन्दा ने मुझसे झगड़ा शुरू किया तब मेरे बदन में सेक्स की आग बिल्कुल नहीं थी। (लम्बी साँस भरकर) मुझे लगता है, हमें इस बात की भी खोज करनी चाहिए कि सुन्दर, कोमल, तरल प्रणय का मतलब क्या है!

श्रीधर : (बेहद गम्भीरता से) धिस इज अ पाइण्ट।

अशोक : (झूँककर विकलता से) फर्गेट अवर वाइल फ़ॉर अ मोमेण्ट। टेल मी, मुझे बताओ, क्या मैं सेक्स में विकृत हो सकता हूँ? हूँ मैं?

श्रीधर : (भोलेपन से) सेक्स के मामले में तुम क्या हो यह तो मैं नहीं बता सकूँगा। ठीक है न? लेकिन तुम्हारी शख़्सियत में एक तरह का दबंगपन है। अवश्य। (एक युवा ग्राहक आकर कहीं बैठ जाता है।)

अशोक : आय ॲग्री! मैं मानता हूँ।

श्रीधर : मेरे बारे में तुम्हारी क्या राय है? क्या मैं सेक्सुअली कोल्ड हूँ?

अशोक : यह तो मैं नहीं बता सकूँगा। राइट? लेकिन तुम नाज़ुकमिज़ाज हो। मन से नाज़ुकमिज़ाज हो।

श्रीधर : (भावविवश) इसका मतलब यह कि हमें कुछ करना होगा। मुझे अपने दबंगपन को कम करना चाहिए और तुम्हें अपने नाज़ुकमिज़ाज को।

[गुण्डाटाइप एक ग्राहक होटल में आकर कहीं बैठ जाता है।]

श्रीधर : सारांश, तुम्हें मेरी नाज़ुकमिज़ाजी को लेना होगा और मुझे तुम्हारे दबंगपन को अपनाना होगा।

अशोक : राइट! तुम मेरा दबंगपन लोगे मैं तुम्हारी नाज़ुकमिज़ाजी ले लूँगा।

श्रीधर : (गम्भीरता से) बचपन में हम कहा करते थे, गौतम बुद्ध से अहिंसा का पाठ पढ़ना चाहिए, लोकमान्य तिलक से धीरज का! (अजीब ढंग से) पण्डित नेहरू से कोमलता का पाठ पढ़ना चाहिए, सरदार पटेल से आत्मसम्मान का।

अशोक : (अजीब ढंग से) अब भी लोग कहा करते हैं कि जो चल बसा उससे अमुक पाठ पढ़ना ही उसके प्रति श्रद्धांजलि है।...

[दो युवतियाँ होटल में आती हैं। बैठ जाती हैं।]

श्रीधर : (आँसू पीकर) अशोक...

अशोक : श्रीधर...तुम रात हॉट, पीली पुस्तकें पढ़ा करो।

श्रीधर : और तुम...रात में ग़ैरफ़िल्मी गीत सुना करो (अजीब ढंग से गाता है) ये रातें...ये मौसम...ये हँसना हँसाना...इन्हें ना भुला ना...इससे तुम्हारी चित्तवृत्तियाँ कोमल हो जायेंगी।

अशोक : (कड़वाहट से) हँसना-हँसाना! ऐसा कहने पर श्लील...और सम्भोग कहने पर अश्लील! (पलभर आँखें मूँदकर।) सच तो यह है कि मुझे स्लिम औरत अच्छी लगती है। स्लिम!

श्रीधर : मेरी बात तुमसे विपरीत है।

अशोक : (श्रीधर का हाथ पकड़कर थपथपाते हुए) होने दो।

श्रीधर : (भारी आवाज़ में) मुझे गदरायी भरी-पूरी औरत अच्छी लगती है।

अशोक : (हाथ हटाकर) समथिंग इज राँग। सुनन्दा इतनी मस्ती भरी है,

इतनी मस्तीभरी। (उलझन बढ़ाकर) हमारे सामनेवाले पड़ोसी...

श्रीधर : (उलझन में) सामनेवाले पड़ोसी?

अशोक : (उलझन में दृढ़ता का भाव) सामने रहते हैं इसलिए सामनेवाले, पड़ोसी जैसे हैं इसलिए पड़ोसी...(ज़ोर से) सामनेवाले, पड़ोसी... विश्वासराव...मीनाक्षी देवी के मिस्टर...हमेशा सुनन्दा की तरफ़ देखते रहते हैं।...ज़रूर सुनन्दा में कुछ ग़लत एलीमेंट भरा हुआ है।

श्रीधर : (दीनता से) वनिता इतनी दुबली-पतली है। उसकी तरफ़ कोई भी नहीं देखता...अपील ही नहीं है उसमें। (रुककर, आँसू पीकर, अपराध बोध से) हाउ एवर...मैं वनिता से प्यार करता हूँ। उसकी आँखें मुझे, अच्छी लगती हैं।

अशोक : (अजीब ढंग से) ऑफ़ कोर्स, मैं भी सुनन्दा से प्यार करता हूँ। उसका चलना मुझे अच्छा लगता है।...एण्ड... दैट्स दि प्राब्लम।

श्रीधर : (हताशा में) दैट्स द प्राब्लम।...

[ख़ामोशी]

श्रीधर : (किसी तरह) वह नागपुर वाला प्रस्ताव...

अशोक : (अजीब ढंग से) मैं ही था वह नागपुरवाला प्रस्ताव। सुनन्दा को अगर अमरीकी आदमी से शादी करनी होगी तो मैं ही हूँगा वह अमरीकी आदमी...और तुम...श्रीधर, तुम...बंगलूरुवाला प्रस्ताव और कोई नहीं तुम ही हो। वनिता को अमरीकन के साथ शादी करनी हो तो तुम ही होगे अमरीकन...

श्रीधर : (बल अनुभव कर) विवाह के बन्धन पहले से ही बँधे हुए होते हैं।

अशोक : बँधे होने दो या न होने दो। उन दोनों की अक़्लमन्दी को ज़्यादा नहीं चलने देना है। हमें ब्लैकमेल नहीं करने देना है।

श्रीधर : (ज़ोर से) हमें...अपनी पत्नियों के सामने इस तरह पेश आना चाहिए मानो हम सम्भोग में प्रवीण हैं। मैं निश्चय के साथ वनिता को सुना दूँगा कि मैं सम्भोग में तज हूँ।

अशोक : (उठकर, उत्तेजना में) मैं सम्भोग में तज हूँ ही।

[एक युवा ग्राहक सीटी बजाता है। गुण्डाटाइप ग्राहक उठकर अशोक-श्रीधर की ओर देखने लगता है।]

दूसरा युवा ग्राहक : (चीख़कर) अरे ओ सम्भोगाचार्यो, यह होटल है... बेडरूम नहीं।

[एक युवती ग़ुस्से में काउण्टर के पास बैठे आदमी की ओर जाती है।]

युवती : (उस आदमी से) दीज, मेन...ये दो आदमी घिनौनी बातें कर रहे हैं। पब्लिक प्लेस में...टर्न देम आउट।

श्रीधर : (युवती से) अण्डरस्टैण्ड अस...हम अश्लील नहीं हैं।

युवती : मैं श्लील-अश्लील नहीं मानती। सुन्दर और गन्दी मानती हूँ।...(काउण्टरवाले से) ये गन्दी बातें कर रहे हैं। टर्न देम आउट।

अधेड़ उम्र का ग्राहक : पहले समाज को संगठित करना होगा।

युवा : (अधेड़ ग्राहक से) तुम अकेले पहले संगठित हो जाओ।

काउण्टरवाला : सायलेन्स।

युवती : टर्न देम आउट...

[काउण्टरवाला बाहर जाता है।]

गुण्डा : (युवतियों से) माँजी, आप शान्त हो जाइये। मैं इनका पूरा बन्दोबस्त कर देता हूँ।

युवती : (झुँझलाकर) मुझे इस तरह माँजी, बहनजी कहकर मत पुकारो। गन्दा लगता है मुझे...आय एम नॉट योर मदर, नीदर आय एम योर सिस्टर। आय एम अ ह्यूमन बीईंग।

[गुण्डा उलझन में पड़ा है।]

दूसरा युवक : (गुण्डे से) इनका कहना है कि ये न तुम्हारी माँ हैं न बहन। ये बस मनुष्य हैं।

[गुण्डे की उलझन बढ़ी हुई। अधेड़ उम्र का ग्राहक चला जाता है।]

गुण्डा : (अशोक-श्रीधर के पास जाकर) तुम्हारे माँ-बहन हैं या नहीं?

[दोनों युवतियाँ चली जाती हैं। काउण्टरवाला पुलिस को लेकर आता है। दोनों युवक भी चले जाते हैं।]

पुलिस : (श्रीधर-अशोक के पास जाकर) क्या हो रहा है? शान्ति भंग कर रहे हो? (गुण्डा आकर पुलिस को सलाम बजाता है।) अन्दर कर दूँगा। कर दूँ अन्दर?...अश्लील बातें करते हो?...क्या तुम लेखक या कवि हो?

अशोक : हम इंजीनियर हैं।

पुलिस : देश को इंजीनियरों की ज़रूरत है। (भावविवश) मैं भी अपने बेटे को इंजीनियर नहीं तो डाक्टर बनानेवाला हूँ।

श्रीधर : (पुलिस सिपाही से, अशोक की ओर इशारा करते हुए) मेरे इस दोस्त की बीवी के साथ बनती नहीं, उनमें हमेशा झगड़े होते रहते हैं। हम उसके बारे में बातें कर रहे थे।

अशोक : (श्रीधर से) तुम्हारे भी तुम्हारी औरत के साथ झगड़े होते हैं।... उसके बारे में बताओ ना...मेरी ही बात क्यों बता रहे हो?

पुलिस : (पासवाली कुर्सी खींचकर बैठते हुए सहानुभूतिपूर्वक) अरारा!... औरत के साथ झगड़ा। लो...कैसी बेकार की बात। औरत के साथ झगड़ा मतलब जान का जंजाल। छोटी-छोटी बातों को लेकर ये औरतें खिचपिच-खिचपिच करती रहती हैं। (आह भरकर) मेरी एक ऐंबिशन है एक ऐसा भी दिन होना चाहिए जिस दिन मेरी गृहस्थी में शान्ति हो, मेरी औरत ने खिचपिच करना बन्द कर दिया हो, नागरिक अच्छा बर्ताव कर रहे हों और मेरे देश में भी शान्ति हो। लेकिन ऐसा दिन नहीं आयेगा। मैं हवलदार हूँ इसके बावजूद मेरी औरत मुझे परेशान करती रहती है। घरवाली के सामने दफा ३०१, ३०२, ३१५, ३१७ और दफा ४२० सब यूज़लेस। औरत को आज़ादी बिल्कुल नहीं देनी चाहिए। और नागरिकों को भी आज़ादी नहीं देनी चाहिए। विदेशियों को देश के बाहर निकाल दो और औरतों को भी निकाल दो...

श्रीधर : (अनायास) लेकिन औरत के बिना मर्द को चैन कहाँ? पुरुष-पुरुष क्या कर सकेंगे?

पुलिस : (वेटर से) कॉफी ला। (श्रीधर-अशोक से) अश्लील बोलने का नहीं...पब्लिक प्लेस में अश्लील! अन्दर कर दूँ? (वेटर कॉफी ला देता है। एक-एक घूँट पीते हुए) हॉट कॉफी अच्छी लगती है या कोल्ड कॉफी?...इस तरह सिम्बालिक बोलना। तुम तो इंजीनियर हो...तुम लोगों को सिम्बॉलिक कुछ ज़्यादा ही समझता होगा। आँ? सिम्बॉलिक बोलते हुए देशभर में घूमा करो।...कोई भी अश्लीलता का इल्ज़ाम नहीं लगा पायेगा।... नागरिक कब सुधर जायेंगे पता नहीं। (उठते हुए अशोक-श्रीधर से) उठो (दोनों उठकर खड़े) किसी भी समस्या का समाधान दो आदमी मिलकर खोजते रहे—ऐसा ज़माना अभी आने को है। फिर...उसके बाद...अपनी समस्या स्वयं सुलझाने का ज़माना आयेगा...या अपनी समस्या को स्वयं सुलझानेवाला युग आयेगा ही नहीं?...अब ज़माना है शिविरों का, मोर्चों का, सभाओं का। समझ गये? दोनों मिलकर समस्या मत सुलझाओ। शिविर का आयोजन करो। आ? कर दूँ अन्दर? चलो...चलो... (डण्डा पटककर। टेबुल पर पड़े प्याज़, ऊन के छल्ले, सलाइयाँ उठाकर अपनी जेबों के हवाले करते हुए) ज़ब्त कर दिया है।...चलो...क्या साले नागरिक हैं, औरत से झगड़ा करते हैं, होटल में आकर अश्लील बोलते हैं...चलो...

[श्रीधर-अशोक ब्रीफकेस उठाकर चलने लगते हैं। पीछे डण्डा पटकते हुए पुलिस।]

वेटर : (चिल्लाकर) हवालदारसाब के पासवाले दो आदमी... पचपन रुपये।

[काउण्टरवाला झट काउण्टर के पास जाता है। श्रीधर बिल अदा करता है।]

पुलिस : (श्रीधर-अशोक को आगे बढ़ाकर पीछे से डण्डा पीटते हुए) चलो...चलो...

[इसी समय मीनाक्षी और उसकी एक सहेली होटल में आती हैं। अशोक-श्रीधर को पुलिस ले जा रही है यह देखकर मीनाक्षी बहुत चकित।]

मीनाक्षी : (सहेली से, उलझन में पड़कर) चल, चल मुझे घर जाना होगा।... लगता है, अशोकजी और श्रीधरजी को पुलिस ने पकड़ लिया है।...सुनन्दा को बताना होगा।

[मीनाक्षी जल्दी-जल्दी होटल के बाहर निकल पड़ती है। पीछे से सहेली भी निकल पड़ती है।]

[अँधेरा]

दृश्य : तीन

[स्थान : सुनन्दा-अशोक का घर। दूसरे दृश्य के अन्त से पूर्व का आधा घण्टा। सुनन्दा और वनिता चाय की घूँटे पीने के बाद खोई हुई-सी कहीं देखती रहती हैं। दोनों ग़मगीन, और पश्चाताप दग्ध।]

वनिता : (अपने आप से) मैं बार-बार यही सोच रही हूँ कि आख़िर मैं ही ग़लत हो गयी ? मैंने बिल्कुल तय किया था कि कल रात में अपने नारीत्व को धीरे-धीरे चटकीला बनाऊँगी, श्रीधर को उकसाऊँगी...उसके ठण्डेपन को पूरी तरह से निकाल दूँगी...खाने में उसको प्याज़ भी बहुत खिला दिया था...लेकिन ऐन मौक़े पर...सहसा याद आया...मैं जब मायके गयी थी तब...श्रीधर मेरे लिए बिल्कुल बेचैन नहीं हुआ था। उदास नहीं हुआ था। याद आया और माथा ग़ुस्से से ठनक उठा...मैंने श्रीधर को जली-कटी सुनायीं...(थकी आवाज़ में) श्रीधर सुबह का ही बाहर चला गया है।

सुनन्दा : (काँपते स्वर में) कल रात मैंने यहाँ एक बहुत ही बढ़िया, सौंधी ख़ुशबूवाली अगरबत्ती जलायी थी...ठण्डेपन के लिए अशोक के बदन पर चन्दन भी मला था।...मन में तय किया कि अपने भीतर के नारीत्व को कोमल बना दूँगी और अशोक की अश्लीलता को क्रिएटिव मोड़ दे दूँगी...लेकिन ऐन वक़्त पर मेरे दिमाग़ ने पलटी खायी (ग़ुस्से में) जब मैं यहाँ नहीं थी, मायके

गयी हुई थी, तब शराब पीकर अशोक ने अश्लील बातें की थीं। (और अधिक ग़ुस्से में) अश्लील! याद आया और बेहद ग़ुस्से से भर गयी। मैंने अशोक को बेहिसाब गालियाँ दीं।...अब भी मैं ग़ुस्से से जल रही हूँ।

[यह कहते हुए सुनन्दा ग़ुस्से से और भी काँपने लगती है। वह स्थिर बैठ नहीं पाती। खड़ी रहती है। खड़ी नहीं रह पाती। घूमती है, पैर पटकती है। परिणामस्वरूप वनिता भी भ्रम में उठकर हाथ-पैर पटकती हुई मानो नाचने लगती है।]

सुनन्दा : (हाथ-पैर पटककर नाचती हुई) मेरे मन में अशोक को लेकर ग़ुस्सा ही ग़ुस्सा है।

वनिता : मेरे मन में श्रीधर को लेकर नफ़रत ही नफ़रत है।

सुनन्दा : बदन सेक्स से जल रहा है।

वनिता : बदन सेक्स से जल रहा है।

सुनन्दा : यह क्रोध नृत्य है।

वनिता : यह नफ़रत-नाच है।

सुनन्दा : यह सेक्स नृत्य है।

वनिता : यह सेक्स नृत्य है।

सुनन्दा : यह कथक नृत्य है।

वनिता : यह भरत नाट्यम है।

सुनन्दा : (थककर हाँफती हुई धीरे से नाचती हुई) नृत्यकला में होता है बेहद प्यार और बेहिसाब चाहत।

वनिता : (हाँफती हुई) यथार्थ नृत्य में होती है पुरुष से नफ़रत और पुरुष की ही चाहत।...

[दोनों हाँफती हैं। सिसकती हैं। थककर गति बढ़ाने का प्रयास करती हुई नाचती है। कुछ देर बाद बेल बजती है।]

सुनन्दा : (रुककर हाँफते हुए किसी तरह) लगता है मेरा अशोक आया है।

वनिता : (उसी तरह) लगता है मेरा श्रीधर आया है।

[दोनो पलभर खड़ी। फिर दोनों एकसाथ बैठकर प्राणायाम का आसन करती हैं। बेल बजती है। दोनों और थोड़ी देर प्राणायाम करती हैं। दोनों उठती हैं।]

[वनिता दरवाज़ा खोलती है। मीनाक्षी अन्दर आती है। आयु चालीस-पैंतालीस। वेशभूषा ठीक-ठाक। कुछ आकर्षक ही।]

मीनाक्षी : (हड़बड़ी में) अशोक जी और श्रीधर जी को पुलिस ने पकड़ लिया है।...पामीर होटल में।

वनिता : (घबराकर) मीनाक्षी चाची, क्या हो गया?

मीनाक्षी : (हड़बड़ी में) पता नहीं। दोनों को पुलिस ने पकड़ लिया इतना ही इन दो आँखों ने देखा है। सिपाही डण्डा पटक रहा था...ज़मीन पर...पामीर होटल में। अशोकजी और श्रीधरजी को आगे चलने को कहकर पुलिस ले जा रही थी...मैं अपनी सहेली के साथ गयी थी वहाँ...वहाँ बटाटावडा बहुत अच्छा मिलता है...अशोकजी और श्रीधरजी को पुलिस पकड़कर ले गयी। (मीनाक्षी जल्दी-जल्दी चली जाती है।)

वनिता : (गद्गद होकर) क्या हो गया होगा? (रुककर) श्रीधर सुबह से ही चला गया है...क्या हो गया होगा?

सुनन्दा : मन ठिकाने पर न हो तो कहीं भी भटक जाता है।

वनिता : चलो, खोज लेंगे उन्हें।

सुनन्दा : कहाँ जायेंगे?

[दरवाज़ा खुला ही है। अशोक आता है।]

वनिता : (रुआँसी) मेरा श्रीधर कहाँ है?

[श्रीधर आता है।]

सुनन्दा : (ग़ुस्से में) पुलिस ने क्यों पकड़ा था?

[अशोक की बाँहों को पकड़कर ज़ोर से हिलाती है। बोलते क्यों नहीं? क्या अपराध किया था?]

श्रीधर : (भरी हुई आवाज़ में) शान्त हो जाइये, सुनन्दा भाभी, शान्त हो

जाइये। (अशोक बेअसर खड़ा है। सुनन्दा आवेश में आकर अपना सन्तुलन खो बैठती है। वह गिरनेवाली ही है कि श्रीधर उसे सहारा देता है, फिर बड़े प्यार से कोच पर बिठा देता है। पीठ, सिर पर थपथपाता है।)

श्रीधर : शान्त हो जाइये सुनन्दा भाभी, दिमाग़ को ठण्डा रखिये, सुनन्दा भाभी।

वनिता : (विस्फोट होकर। श्रीधर को पकड़कर खींचती है।) ठण्डा...मुझे इस ठण्डेपन से घिन आती है। (श्रीधर के हाथ से ब्रीफकेस खींचकर ग़ुस्से में फेंक देती है। एक पुस्तक बाहर निकल पड़ती है। श्रीधर शान्तभाव से खड़ा है। उसकी ओर देखकर) शान्त खड़े रहते हैं...ठण्डे कहीं के। (पुस्तक को पैरों से ठुकराती है, फिर दौड़कर उठाती है, नाम पढ़ती है, चौरासी आसन। श्रीधर की ओर मुड़कर चौरासी आसन की पुस्तक पढ़ते हो? चौरासी आसन पढ़कर क्या ठण्डापन भाग जायेगा?)

[वनिता बोलते-बोलते श्रीधर की तरफ़ पुस्तक को फेंकना ही चाहती है कि अशोक दौड़कर वनिता का पुस्तकवाला हाथ हवा में ही पकड़ लेता है। वनिता के हाथ से पुस्तक छूट जाती है, उसे अशोक बीच में ही चपलता से लेता है। वनिता झट से नीचे बैठ जाती है। रोने लगती है।]

अशोक : वनिता भाभी, ऐसा नहीं करते। (वनिता को उठाते हुए) छोटे बच्चे की तरह। पुस्तक को फेंक देने से क्या होगा? (वनिता को कोच की तरफ़ ले जाता है। आपका यह कहना बिल्कुल ठीक है कि पुस्तक पढ़ने से कुछ नहीं होता। दास कापिताल पढ़ने से हर कोई मार्क्सिस्ट नहीं हो जाता। गीता पढ़कर कोई कर्मयोगी नहीं बन जाता, वनिता भाभी...)

वनिता : (रोती हुई, ग़ुस्से में श्रीधर से) देखो कैसा शान्ति का पुतला खड़ा है। मुझे समझाने भी नहीं आता।

श्रीधर : (समझाने का प्रयास लेकिन ठण्डेपन से) मैं समझा सकता हूँ। अभी-अभी तो सुनन्दा भाभी को समझाया।

सुनन्दा : (झट से वनिता के पास जाकर) कोई हमें समझाये इसकी

प्रतीक्षा हमें नहीं करनी चाहिए। वनिता, रोते नहीं। (वनिता की आँखें पोंछकर।) अब तक नारी रोती रही। अब हम नारियों को पुरुष के साथ कठोरता से मुक़ाबला करना है।

[ऐसा कहते हुए सुनन्दा अपने गले से मंगलसूत्र निकालकर नाटकीय ढंग से चारों के बीच लहराती है।]

सुनन्दा : यही है हमारी ग़ुलामी की निशानी।

[सुनन्दा धीरे से मंगलसूत्र ज़मीन पर छोड़ देती है। फिर वनिता के गले से मंगलसूत्र निकालकर उसे भी लहराकर झुलाती है, यही है हमारी ग़ुलामी की निशानी! सुनन्दा मंगलसूत्र धीरे से नीचे डाल देती है। अशोक दरवाज़े की ओर जाकर दरवाज़ा बन्द कर देता है।]

श्रीधर : (दस्ती से माथे का पसीना पोंछते हुए) मेरी यह राय बिल्कुल ही नहीं है कि शादी के बाद औरत को मंगलसूत्र पहनना ही चाहिए।

अशोक : (लौटकर विवशता से) मेरी राय में तो औरत को सिन्दूर भी नहीं लगाना चाहिए।

श्रीधर : (दस्ती से हवा करता हुआ कुछ शक्ति के साथ।) वनिता, अब चार लोगों के बीच में साफ़-साफ़ कह देता हूँ तुम टुंडी के नीचे साड़ी बाँधती हो फिर भी मैंने कभी ऑब्जेक्शन नहीं लिया है।

अशोक : (सुनन्दा से) तुम इस गाउन में बड़ी मदभरी दिखायी देती हो, फिर भी मैंने कभी आपत्ति नहीं की।

श्रीधर : (बहुत मृदु स्वर में) हम अपनी जवानी इस तरह झगड़ने में क्यों बरबाद कर रहे हैं? जवानी बार-बार नहीं आती। (वनिता के सामने घुटनों के बल बैठकर) मैं वादा करता हूँ वियोग की दशा में मैं बेचैन, उदास और ग़मगीन रहूँगा।

अशोक : (सुनन्दा के सामने घुटनों के बल बैठकर) मैं भी वादा करता हूँ, मैं अश्लील नहीं बोलूँगा।

[ख़ामोशी]

श्रीधर : (खड़े होकर, प्यार से) मैं सोचता हूँ कि अब हम लोगों की प्राब्लम हल हो चुकी है।

[अशोक भी खड़ा हो जाता है।]

सुनन्दा : (सख़्ती से, अशोक से) पुलिस का क्या लफड़ा हो गया?

श्रीधर : किसने बताया?

वनिता : (श्रीधर से) पुलिस का क्या लफड़ा हो गया?

श्रीधर : (गिरी आवाज़ में, वनिता से) कुछ ख़ास नहीं, मामूली बात थी।

वनिता : (सख़्त होकर) मामूली? फिर छिपाते क्यों हो?

सुनन्दा : (सख़्ती से, अशोक से) क्या हो गया?

वनिता : (सख़्ती से श्रीधर से) क्या हो गया?

श्रीधर : (गिरी आवाज़ में) सिग्नल तोड़कर स्कूटर चलाया, तो पुलिस ने पकड़ लिया...बस, और कुछ नहीं।

वनिता : (ज़ोर से) यह झूठ है। होटल में...पुलिस का लफड़ा वहाँ हुआ है।

सुनन्दा : (ज़ोर से) हाँ, पामीर होटल में।

[श्रीधर अशोक की ओर देखता है, अशोक नज़रें चुराता है। ख़ामोशी]

वनिता : (श्रीधर को ज़ोर से) बोलो ठण्डे क्यों खड़े हो? अब क्यों नहीं बोलते?

सुनन्दा : (अशोक से) अब क्यों मुँह पर ताला पड़ा हुआ है?

श्रीधर : (सहसा दबी हँसी हँसता है। दबी-सी मज़ाक़िया आवाज़ में) अभी मुझे एक बात सूझ गयी। महिला पुलिस पुरुष अपराधी को पकड़ने का काम करे और पुरुष पुलिस महिला अपराधी को पकड़ने का काम करे। जब तक ऐसा नहीं होता तब तक नारी-पुरुष समानता नहीं आ सकती।

अशोक : (दबी हँसी हँसकर दबी-सी मज़ाक़िया आवाज़ में) इतना ही काफ़ी नहीं है, महिला पुलिस को चाहिए कि वह पुरुष से रिश्वत ले और पुरुष पुलिस को चाहिए कि वह महिला से

रिश्वत ले। जब तक ऐसा नहीं होता तब तक नारी पुरुष समानता नहीं आ सकती।

[अशोक-श्रीधर परस्पर दबी सी दाद देते हैं। और मुस्कुराते हैं।]

सुनन्दा : (उस पुस्तक को पटककर) मज़ाक़ बन्द करो। होटल में पुलिस का क्या लफड़ा हुआ था?

[अशोक अपराध-भाव से ख़ामोश]

वनिता : (श्रीधर से) होटल में पुलिस का क्या लफड़ा हुआ था?

सुनन्दा : (अशोक से) हाँ?

वनिता : (श्रीधर से) ख़ामोश ठण्डे मत खड़े रहो। मुँह खोलो।

श्रीधर : अच्छी बात है। तुम ज़ोर से बोल रही हो तो अब मैं भी ज़ोर से ही बोलूँगा। नाराज़ मत होना। जवाब चाहिए? (वनिता से) सोच लो, मैं अब जो बताऊँगा। उसके बारे में सोच लो। या फिर तुम दोनों भी सोच लेना, या (तीनों को) तीनों सोच लेना, या (अपनी ओर देखकर) चारों सोच लेना पति ने पत्नी से जवाब तलब करना या पत्नी ने पति से जवाब तलब करना, ऐसा क्यों? वनिता, होटल में क्या हुआ यह बात तुम मुझसे क्यों पूछती हो? सिर्फ़ इसलिए कि मैं तुम्हारा पति हूँ? अशोक तुम्हारा पति नहीं है, क्या इसीलिए तुम अशोक से जवाब तलब नहीं करोगी? सुनन्दा, तुम मुझसे जवाब तलब करो, मैं तुम्हारा पति नहीं हूँ फिर भी करो और वनिता, तुम अशोक से जवाब तलब करो...

सुनन्दा : (पूछो निश्चयपूर्वक से) अपने पति के मन का पता मुझे होना ही चाहिए।

श्रीधर : (सुनन्दा से) और मेरे मन का पता तुम्हें क्यों नहीं होना चाहिए? क्यों? क्या मैं तुम्हारा पति नहीं हूँ इसलिए। सुनन्दा, तुम्हारे मन का पता भी मुझे होना चाहिए, भले ही मैं तुम्हारा पति न होऊँ। पुरुष को हर नारी के मन का पता होना चाहिए—हर पराई नारी के मन का पता होना चाहिए और नारी को हर परपुरुष के मन

का पता होना चाहिए। कहीं भी परायेपन का नाम नहीं होना चाहिए। (रुककर, दम लेकर) और कोई भी मन, जीवन या आदमी कभी ब्लैक एण्ड व्हाइट नहीं होता। सब किर्मिजिया मटमैले रंग के होते हैं। पूरी तरह से अश्लील कुछ भी नहीं होता। किर्मिजी अश्लील होता है। पूरी तरह से अश्लील भी कुछ नहीं होता, किर्मिजी अश्लील होता है दुनिया में (वनिता से) पूरी तरह से बेचैन या उदास कोई नहीं होता। ममेला बेचैन होता है। दिसेम्बर।

वनिता : (श्रीधर को झिंझोड़कर) वाहियात बातें बन्द करो।

श्रीधर : (वनिता से) यह तुम मुझसे ही क्यों कहती हो ? अशोक से क्यों नहीं कहतीं ? सुनन्दा क्यों नहीं मुझे झिंझोड़े ? (ज़मीन पर पड़े सुनन्दा के मंगलसूत्र को लात से उठाकर) इसलिए इस विवाह संस्था को ही उखाड़ना होगा। (मंगलसूत्र जहाँ गिर पड़ा है, वहाँ दौड़ती हुई जाकर सुनन्दा उसे उठा लेती है।)

सुनन्दा : (नाराज़ होकर श्रीधर से) मेरे मंगलसूत्र को लात मारने का कोई कारण नहीं है। तुम्हें।

श्रीधर : (कुत्सा से) मेरा मंगलसूत्र।...मेरा। (खलनायक की तरह।) हा, हा हा।...

सुनन्दा : (क्रोध से, मंगलसूत्र को लटकाकर) मंगलसूत्र के नाम पर मेरे लिए इसकी कोई क़ीमत नहीं है। लेकिन मेरी मत नहीं मारी गयी है। बीए ऑनर्स विथ इकानामिक्स हूँ मैं। सोने की क़ीमत मैं जानती हूँ। (हाथ के मंगलसूत्र को नचाती हुई) ढाई तोले का है। (ज़मीन पर पड़ा दूसरा उठाकर) यह तुम्हारी पत्नी का...तुमने विवाह में पहनाया था...(दोनों मंगलसूत्रों को नचाती हुई) यह दो तोले का...मंगलसूत्र के नाम पर दोनों की क़ीमत सिफर है सिफर। (अपने मंगलसूत्र को नचाती हुई) सोने के रूप में इसकी क़ीमत ज़्यादा है। मेरी बुद्धि ठिकाने पर है।

श्रीधर : (सहसा वनिता के पास जाकर, वनिता से) तुम्हारे लिए तीन तोले का बना दूँगा मंगलसूत्र।

अशोक : (सुनन्दा के पास जाकर, सुनन्दा से) तुम्हारे लिए साढ़े तीन

तोले का बना दूँगा मंगलसूत्र।

श्रीधर : (वनिता से) तुम्हारे लिए चार तोले का बना दूँगा।

अशोक : (सुनन्दा से) तुम्हारे लिए पाँच तोले का बना दूँगा।

श्रीधर : (वनिता से) तुम्हारे लिए दस तोले का बनाऊँगा।

सुनन्दा : कोई ज़रूरत नहीं है। उनके पीछे पागल बन जाने की। उन्हें पचास तोले का मंगलसूत्र बनाने दो नहीं तो सौ तोले का बनाने दो। हम उनके पीछे पागल नहीं होंगे। आज के ज़माने में मंगलसूत्र के कोई माने नहीं हैं। और सोने की क़ीमत राष्ट्र के जीवन में होती है। व्यक्ति के नहीं। हमें तो एक अच्छा-सा मकान चाहिए। पॉश।

वनिता : (श्रीधर का हाथ पकड़कर) मुझे नहीं चाहिए मंगलसूत्र और नहीं चाहिए, सोने के कंगन-वंगन। अच्छा-सा घर चाहिए।

सुनन्दा : (कोच पर बैठकर आँखें बन्द कर जैसे खो गयी हो) सुन्दर घर में ही सुन्दर प्रणय होता है।

अशोक : (सुनन्दा के पास बैठकर, उसका हाथ हाथों में लेकर, पैशनेटली) सुन्दर घर।

श्रीधर : (आँखें बन्द कर, कामार्त स्वर में) सुन्दर प्रणय।

वनिता : (पैशनेटली) सुन्दर बच्चा।

सुनन्दा : घर में पश्चिम दिशा में खिड़की हो।

श्रीधर : अहाहा! सुन्दर सूर्यास्त!

वनिता : रात में तन पर चाँदनी की बौछार हो...

अशोक : भोर में मन्द मधुर बयार...

वनिता : मीठी सिहरन...

सुनन्दा : मीठी नींद में...

श्रीधर : मदभरी गलबाही में...

[चारों धीमे से ठण्डी आहें भरते हैं।]

वनिता : सच कहूँ तो, हमें ऐसे फ़्लैट लेने चाहिए जहाँ से सूर्योदय, सूर्यास्त दिखायी दे। पूनम की चाँदनी खिड़की से अन्दर आये।

श्रीधर : ऐसा फ़्लैट मिलना ही नामुमकिन है।

वनिता : ऐसे एकदम दूसरी धुरी पर क्यों पहुँच जाते हो ?

श्रीधर : ऐसे फ़्लैट नहीं बनाये जाते।

वनिता : मतलब ?

श्रीधर : मतलब, अपने यहाँ लोगों को काम बिगाड़ने में मज़ा आता है। हम लोग सारी बातों को पेचीदा बना डालते हैं। शहर पेचीदा, इमारतें पेचीदा, फ़्लैट पेचीदा...

वनिता : हम अपने फ़्लैट का इण्टीरिअर डेकोरेशन एकदम बढ़िया करवा लेंगे। बाहर के सूर्योदय वग़ैरह को मरने दो।

श्रीधर : इण्टीरीअर डेकोरेशन भी पेचीदा होनेवाला। हाँ, पूरे मकान में एक कोना सुन्दर हो सकता है, पूरा मकान, पूरा शहर सुन्दर होना नामुमकिन है। एक ताजमहल सुन्दर, आगरा घिनौना। देहात का घर खपरैलवाला...तो बारिश में टपकता हैं खपरैलवाला घर...भरी दुपहरी (गाता है) देहात का घर खपरैलवाले घर में होता है बिल्कुल अँधेरा।

सुनन्दा : लेकिन, सभी देहातों में नहीं जीते। कुछ कुछ देहातों में रात में मस्त एकान्त होता है। बहुत मस्त ख़ामोशी होती है।

अशोक : मैं एक बार एक खेत में पेड़ के नीचे खड़ा था अकेला। आसपास बिल्कुल कोई नहीं। ख़ामोशी और एकान्त। बाप रे...इतना अनईजी हो गया।

वनिता : पूरी शान्ति तो नहीं चाहिए।

सुनन्दा : गोल्डन मीन निकालना आना चाहिए।

श्रीधर : गोल्डन मीन मतलब...सुन्दर ताजमहल को देखने गन्दे आगरे जाना।

वनिता : जहाँ तक हो सके हम अच्छा फ़्लैट लेंगे...यही है गोल्डन मीन (सहसा ग़ुस्से में) फ़्लैट लेने को तुम हाँ क्यों न कहते।

अशोक : मैं सिविल इंजीनियर हूँ। कार्पोरेशन में नौकरी कर रहा हूँ। (ज़ोर से) अपने रुपयों का निवेश कर फ़्लैट लेना मुझे ठीक नहीं लगता। शर्म आती है।

वनिता : अपने रुपयों के निवेश ख़रीदने में कैसी शर्म ?

श्रीधर : अशोक इशारे में बोला है। सेक्स को लेकर स्त्री पुरुष जैसे

नज़रों के इशारे में बोलते हैं न, वैसे। कार्पोरेशन में इतने बिल्डर, आर्किटेक्ट आते रहते हैं, तरह-तरह के काम होते हैं उनके। एफ एस आय बढ़ाना चाहते हैं, अवैध बाँधे गये कामों को वैध बनवाने का काम होता है...पुलों, सड़कों के कांट्रेक्ट चाहिए होते हैं। हमने उसके कामों को करवाना...और हमें, कार्पोरेशन के इंजीनियरों को...कुछ नहीं चाहिए?

वनिता : (बेहद ख़ुशी से) समझी! समझी! अभी नहीं ही लेंगे फ़्लैट ख़रीदकर! नन्दे, पेशन्स रखने का। फ़िलहाल जहाँ रहते हैं उसी घर में रहने का। इस पेचीदा समाज में बिल्कुल नज़ाकत से सबकुछ साधने का। गुपचुप सुखों का उपभोग लेने का। (अशोक से) इशारे में बोलना। भाषा का कम ही इस्तेमाल करना। सुखों को भोगनेवाले को ज़्यादा भाषा की ज़रूरत भी नहीं होती। भाषा का इस्तेमाल तभी करना जब राजनीति और करप्शन पर बोलना हो।

सुनन्दा : करप्शन के ख़िलाफ़ तो हमें बोलना ही चाहिए।

वनिता : जो है उसी घर में जरा-सा चेंज करते हैं। (श्रीधर से) अपनी खिड़कियों और दरवाज़ों को भड़कीले रंग के पर्दे लगायेंगे।

सुनन्दा : (अशोक से) हम साफ्ट कलर के पर्दे लगायेंगे।

श्रीधर : मेरा तो बचपन से एक सपना था। सात बेडशीट लेने का। रोज़ अलग फ्रेश बेडशीट।

सुनन्दा : मुझे यह आयडिया पसन्द आ गया। (अशोक से) हम भी ले आयेंगे सात बेडशीट! रोज़ाना फ्रेश साफ्ट कलरवाले।

वनिता : अब मुझे और एक फंटेस्टिक आयडिया सूझा है। श्रीधर ने कहा था न, आगरा गन्दा लेकिन एक ताजमहल सुन्दर। उसी तरह शहर गन्दे हों तो भी शहर में एक तो भी फाइवस्टार होटल होता ही है...हम ऐसे ही किसी मस्त होटल में रहने के लिए जायेंगे। लोग होटल में खाना खाने जाते हैं, हम रहने के लिए जायेंगे। क्या बिगड़ेगा ऐसा करेंगे तो?

श्रीधर : कबूल!

वनिता : (श्रीधर से) हम अलग होटल में (सुनन्दा-अशोक से) तुम

अलग होटल में।

अशोक : हरदम चारों की दख़लन्दाज़ी नहीं चाहिए। दो पुरुषों का साथ रहना प्राकृतिक होगा, दो औरतों का साथ रहना भी प्राकृतिक होगा, लेकिन दो कपल्स का साथ रहना अप्राकृतिक ही होगा।

श्रीधर : हम कभी एक ही होटल में रहेंगे, कभी अलग-अलग। ज़िन्दगी में हर तरह के ढंग करेंगे।

अशोक : (सुनन्दा से) क्यों न आज रात ही लॉज पर जायें? शुभस्य शीघ्रम।

श्रीधर : (वनिता-सुनन्दा से) और एक बात कहूँ? तुम औरतों को...जरा-सा शर्माना चाहिए। तुम लोगों को कुछ नेत्रकटाक्ष करने चाहिए। इशारे के जेश्चर्स। हाथों को मटकाना चाहिए। उसमें मज़ा, मौज है।

अशोक : मौज तो चाहिए ही।

वनिता : (अशोक से) हम नौकरी करें, रुपये कमायें, फ़्लैट के बारे में सोचे...उसमें नहीं हो सकता यह शर्माना, वरमाना, वग़ैरह!

श्रीधर : (सुनन्दा से) अच्छा, छोड़िये इन बातों को। अब पहले चाय बनाइये।

सुनन्दा : (उठती हुई) मस्त चाय पियेंगे।

अशोक : सावन है सावन...देखो, पल में धूप पल में बादलों की छाँव...

श्रीधर : (गाते हुए) सावन का महीना पवन करे शोरऽऽ

[सुनन्दा के हाथ में दोनों मंगलसूत्र हैं। एक मंगलसूत्र वनिता को देती है।]

वनिता : (सुनन्दा से) यह तुम्हारा है।

सुनन्दा : आधे तोले का ही तो फ़र्क़ है।

[दोनों अपने-अपने मंगलसूत्र लेकर गले में पहनती हैं।]

श्रीधर : (वनिता की ओर निरखकर) मंगलसूत्र से औरत को क्या बढ़िया गेटअप आता है। (वनिता शर्माती है) अहाहा! औरत का शरमाना तो चमत्कार ही है! (वनिता प्यार से श्रीधर को झूठमूठ ढकेलती

है। श्रीधर वनिता को किचन की तरफ़ ढकेलते हुए) मस्त चाय बनाइये।

वनिता : पति-पत्नी को मित्रों जैसा रहना चाहिए।

श्रीधर : आफकोर्स।

सुनन्दा : (श्रीधर-अशोक से) तुम दोनों में सच्ची मित्रता होनी चाहिए।

श्रीधर : हम दोनों में सच्ची सच्ची मित्रता है। हाइस्कूल से।

सुनन्दा : (श्रीधर से) फिर तुमने वनिता को ऐसा क्यों बताया कि अशोक अश्लील बातें कर रहा था? क्या यह अच्छी मित्रता का लक्षण है?

श्रीधर : सॉरी, वेरी सॉरी।

वनिता : बिल्कुल छोटी-छोटी बातों में भी अच्छा बर्ताव करना चाहिए।

अशोक : छोटी-छोटी बातों में भी अच्छा बर्ताव करना? यह कैसे हो सकता है? ठोस बातों में अच्छा बर्ताव हो सकता है। हाँ, अगर प्रकृति ने ही हमारे अन्दर सर्वत्र अच्छा बर्ताव करने का तत्त्व डाल दिया हो तो सर्वत्र अच्छा बर्ताव कर सकेंगे।

वनिता : हम ऐसा नहीं कहते कि दुनिया में सबके साथ अच्छा बर्ताव करो। हमारा कहना है, हमारे साथ अच्छा बर्ताव करो।

श्रीधर : यह गोल्डन मीन अच्छा है (अशोक से) यह अपने से हो सकेगा (दोनों को) समझो कि यह हो ही सकेगा (हँसे) तो अब चाय बनाइये। अब लाइट बोलेंगे। लाइट!

[श्रीधर वनिता को प्यार से किचन की ओर ले जाता है। वनिता-सुनन्दा भीतर जाती हैं। श्रीधर अशोक के पास लौट आता है। कुछ देर ख़ामोश।]

अशोक : (फुसफुसाकर) दफ़्तर में राजनीति चलती है और उसे पहचानकर नौकरी बजानी पड़ती है। ऊपर की ग्रेड पानी होती है। उसी तरह सेक्स में भी पॉलिटिक्स होता है, उसे पहचानकर ऊपरवाली ग्रेड हासिल करनी चाहिए। अब मैं बेहद मुलायम बर्ताव करूँगा।

श्रीधर : मेरे ध्यान में अब यह बात अच्छी तरह से आ गयी है कि पति-पत्नी में प्रेम कम राजनीति ज़्यादा चलती है। सेक्स में तो सबसे बढ़कर राजनीति होती है। अब मैं कभी मुलायम व्यवहार करूँगा

तो कभी विरक्ति दिखाऊँगा, कभी वाहियात बरताव करूँगा तो कभी धींगामुश्ती करूँगा। कभी-कभार सेक्स में व्हायलेन्स भी मिला दूँगा।

[ख़ामोशी]

अशोक : (अपने आप से बुदबुदाता हुआ) नारी-पुरुष सम्बन्धों में यह कैसी हैरानी है।

श्रीधर : मैं तो अब डाक्टर से सर्टिफिकेट ही लानेवाला हूँ। यह बतानेवाला कि मैं कोल्ड नहीं हूँ। दीवार पर फ्रेम करके टाँग दूँगा। ठेठ वैज्ञानिक राजनीति खेलूँगा। सायंटिफिक पॉलिटिक्स।

अशोक : (ठण्डी साँस भरकर) बहुत थकान-सी महसूस हो रही है।... सुनन्दा जितना बतायेगी उतना ही और वैसा ही सेक्स करूँगा। न ज़्यादा न कम।

[ख़ामोशी]

श्रीधर : मैट्रिकुलेशन परीक्षा में हमने बानवे प्रतिशत अंक प्राप्त किये थे फिर भी हमारी यह हालत है। पचास प्रतिशत अंक पानेवालों की क्या दशा होती होगी।

[ख़ामोशी]

अशोक : रात में ऐन मौक़े पर सुनन्दा पुलिसवाले प्रसंग को छेड़ेगी। बड़ी अजीब तबीयत है उसकी।

श्रीधर : अब आगे मजबूत बनकर रहना होगा।

[ख़ामोशी। सुनन्दा गीत गुनगुनाती हुई चाय को ट्रे ले आती है। पीछे से वनिता चकली की तश्तरी ले आती है। अशोक और श्रीधर चौंक जाते हैं।]

सुनन्दा : (ट्रे को टीपाय पर रखती हुई श्रीधर से) लहसुन की चकलियाँ हैं। कुरकुरी। आपके पसन्द की।

वनिता : (अशोक से) और स्ट्रांग चाय बनायी है...आपके पसन्द की।

[सुनन्दा श्रीधर के सामने एक चकली पकड़ती है। श्रीधर मज़े से मुँह आगे बढ़ाकर सुनन्दा के हाथ से चकली खाता है। हँसता है। सुनन्दा क्रीड़नशील भाव से हाथ हटाती है—मानो श्रीधर उसकी उँगली को ही काट खायेगा। सुनन्दा हाथ हटाकर मुस्कुराती है। खेल जारी रहता है। वनिता अशोक के सामने चाय की प्याली पकड़ती है। अशोक मुँह आगे बढ़ाकर प्याली को होंठ लगाता है। वनिता हँसते हुए अशोक को एक घूँट पिला देती है। यह भी खेल है। वनिता अशोक के पास और सुनन्दा श्रीधर के पास बैठ जाती है। श्रीधर सुनन्दा को और अशोक वनिता को चाय की प्याली दे देते हैं। सब चकली खाते हुए चाय पीते हैं। अकारण हँसते-मुसकुराते हैं।]

श्रीधर : अहाहा! लहसुन का स्वाद कितना बढ़िया है।

अशोक : (चाय लेकर) बेलगाम कारवार के साथ संयुक्त महाराष्ट्र होना ही चाहिए उस तरह हर रोज़-रोज़ ऐसी ही गरम और स्ट्रांग चाय मिलनी चाहिए।

[सब अकारण हँसते हैं।]

सुनन्दा : (मज़े से आँखें मटकाकर श्रीधर से) मैं तुमसे पूछती हूँ श्रीधर, (और मज़े से हँसकर) दूसरे परपुरुष यहाँ होते तो मैं उनसे भी पूछ लेती (हँसने के साथ-साथ) पुलिस का क्या हो गया?

[श्रीधर थोड़ा-सा चौंक उठता है। झट से तश्तरी में से चकली उठाता है।]

श्रीधर : (चकली खाते हुए) वाह! चाय कितनी बढ़िया बनी है।

वनिता : (श्रीधर से) चकली खा रहे हो और कह रहे हो कि चाय कितनी बढ़िया हो गयी है। (अशोक से) पुलिस का क्या हो गया?

अशोक : (चकली का एक टुकड़ा खाकर मुँह बिगाड़ता है) यह चकली ऐसी क्यों लग रही है? बिल्कुल मिट्टी का स्वाद आ रहा है।

वनिता : (चकली खाकर) अच्छी तो है।

अशोक : (वनिता को अपनी चकली देते हुए) इसे खाकर देखो।

[अशोक अपने हाथ की चकली का टुकड़ा वनिता के मुँह में डालता है।]

वनिता : (मुँह बिगाड़कर, चकली को थूकती हुई) छी: बिल्कुल मिट्टी जैसी है।

अशोक : (चकली का टुकड़ा खाकर) वाह! बढ़िया! एकदम बढ़िया!

श्रीधर : (दूसरी चकली का टुकड़ा खाकर) छी: ! मिट्टी!

सुनन्दा : (श्रीधर से) इस कोच को देखो। हमने नया लिया है। भारी से भारी। जब लिया था तब इसका फील (हाथ फेरती है) इतना प्लेजर था। अब देखो, हाथ फेरकर देखो (स्वयं हाथ फेरकर सिहरती है) इतना गन्दा फील आ रहा है। (और भी सिहरकर) छी:ऽऽ!

श्रीधर : ह्यूमिडिटी! पेरिस से अपने यहाँ चीज़ें आयेंगी तो ऐसा ही होगा! वे लोग क्यों अपनी धूप, बरसात, जाड़े के बारे में सोचकर अपने लिए चीज़ें बनायेंगे? और हम भी नहीं बनायेंगे। (चकली की तश्तरी उठाकर) इसमें से आधी चकलियाँ ख़राब हैं और आधी डुप्लिकेट हैं।

अशोक : हर गृहस्थी में (अपनी ओर इशारा) एक व्यक्ति ख़राब (ज़ोर से हँसकर, सुनन्दा की ओर इशारा) और दूसरा व्यक्ति डुप्लिकेट होता है।

सुनन्दा : (ग़ुस्से से) मज़ाक़ में भी किसी को कमतर नहीं कहना।

वनिता : (अशोक से) तुम जान-बूझकर पुलिसवाली बात टाल रहे हो।

श्रीधर : (मज़ाक़िया हँसी) पुलिस भी डुप्लिकेट होती है।

वनिता : (अशोक से, डरकर) पुलिसवाली बात से मुझे हमेशा डर लगता है।

सुनन्दा : (जोश के साथ श्रीधर से) मैं नहीं डरती पुलिस से। लेकिन अपनी पुलिस रोबदार नहीं लगती। एक भी सिपाही ढंग से खड़ा नहीं रहता। एक पैर पर ज़ोर देकर किसी तरह तिरछा-बेढंगा खड़ा रहता है। छी: कुछ ग्रेस ही नहीं होता उनके खड़े रहने में।

श्रीधर : (सुनन्दा से) तुम्हारा यह ऑब्जर्वेशन बिल्कुल सही है। मुझे पुलिस की बात खटकती रही लेकिन क्या खटकता है, समझ में नहीं आता था। अब समझ गया पुलिस का खड़ा रहना। बिल्कुल ग्रेसफुल नहीं होता।

अशोक : अरे, बेचारों को कितनी देर तक खड़ा रहना पड़ता है। फिर वह कैसे ग्रेसफुल खड़ा रह पायेंगे? सुनन्दा, पुलिस के खड़े रहने को लेकर उन्हें भला-बुरा कहना ठीक नहीं।

सुनन्दा : (श्रीधर से, हँसते हुए, प्यार से) तो क्या हुआ पुलिस का?

श्रीधर : (टालमटोल कर हँसते हुए) जाने भी दो ना...

वनिता : टालमटोल क्यों कर रहे हो?

(इस बीच अशोक, श्रीधर के पैण्ट को खींचकर इशारे से मत बताओ, कह रहा है, इसे वनिता देख लेती है।)

वनिता : (नाराज़ होकर अशोक से) तुम श्रीधर के पैण्ट को खींचकर न बोलने का इशारा मत करो। कह देती हूँ।

श्रीधर : (वनिता से ज़ोर से) कितनी ऑफ़ हो जाती हो तुम अचानक।

वनिता : (ज़ोर से) मैं अशोक से बात कर रही हूँ। तुम्हें मुझ पर चिल्लाने की ज़रूरत नहीं।

श्रीधर : (ग़ुस्से में) तुम्हारे इस तरह के बर्ताव के कारण ही पुलिसवाला तमाशा हो गया।

सुनन्दा : (श्रीधर से) तुम वनिता पर इल्ज़ाम मत लगाओ, कह देती हूँ। नारी अब अकेली नहीं है।

अशोक : (ग़ुस्से में सुनन्दा से) और मैं भी श्रीधर के पक्ष में खड़ा रहूँगा। कह देता हूँ। पुरुष की आज़ादी के लिए मैं भी अपने प्राणों की बाजी लगा दूँगा। और अब साफ़-साफ़ बता देता हूँ। होटल में पुलिस की क्या बात थी उसे मैं बिल्कुल नहीं बताऊँगा। (श्रीधर से) अपनी ज़िन्दगी पर अपना ही अधिकार है। मैं किसी के सामने उस बात को कभी नहीं बताऊँगा।

वनिता : (ग़ुस्से में, श्रीधर से) किसी के भी सामने? मैं तुम्हारी कुछ लगती हूँ?

श्रीधर : (वनिता से) तुम सौम्य भाषा में बात करो। आवाज़ ऊँची मत करो। पैर की जूती पैर में ही अच्छी।

सुनन्दा : (वनिता से) चल री, उठ...इनके और अपने सम्बन्ध ख़तम हो गये।

[सुनन्दा जल्दी से बैग लाती है। कपड़े लाती है। बैग भरने लगती है। वनिता उसकी सहायता करती है।]

अशोक : जाओ! बेशक चली जाओ। मैं इंजीनियर हूँ। पुल बनाने में एक्सपर्ट हूँ। मैं देशभर में पुल बनाने का आन्दोलन छेड़ दूँगा और देश की सेवा में ज़िन्दगी बिताऊँगा।

श्रीधर : भारत की सड़कों को बेहतर बनाने के प्रचार में मैं अपनी ज़िन्दगी ख़र्च कर दूँगा।

[तब तक वनिता चप्पलें पहनकर जाने की तैयारी में]

वनिता : (पैरों से चप्पलें उतारकर पैर से ही फेंककर) प्रचार ही करते रहो। काम कुछ मत करो। सुनन्दा, इन पुरुषों के दिमाग़ को ठिकाने पर ले आयेंगे। (श्रीधर की ओर निर्देश) इनकी कार्य-कुशलता को बढ़ाकर अगर मैंने इस शहर की सड़कें अच्छी नहीं बनायीं तो मैं इनकी पत्नी नहीं कहलाऊँगी अपने आप को।

सुनन्दा : इन पुरुषों को ठिकाने पर ले आयेंगे। छोड़ेंगे नहीं।

[वनिता सुनन्दा को पकड़कर ले आती है। दोनों कोच पर धम्म से बैठ जाती हैं।]

श्रीधर : मैं जानता हूँ तुम बैंक में क्या काम करती हो। मैं औरतों के बारे में जानता हूँ। हर रोज़ काम पर लेट आना। काम में दूसरों को नसीहतें देना। अपने लिए (हिलकर) कुछ नहीं।

सुनन्दा : ऐसा नहीं होता हमारे यहाँ। दो वर्षों में अफ़सर बन जाऊँगी। देख लेना।

श्रीधर : (कुत्सा से हँसकर) अफ़सर तो कोई भी हो जाता है।

अशोक : (श्रीधर को दूर खींचते हुए) क्यों इनकी बातों में आते हो? बस हो गया। साली, इनकी कुत्ते की पूँछ टेढ़ी सो टेढ़ी। चलो...हम ही जायेंगे...कहीं भी जायेंगे...

[अशोक तेज़ी से दरवाज़े की ओर जाकर चप्पलें पहनता है। सुनन्दा पीछे से दौड़ती हुई जाकर उसे रोक लेती है। वनिता ने भी ग़ुस्से में श्रीधर को रोक लिया है।]

श्रीधर : (वनिता को दूर हटाकर) मैं पुरुष हूँ। कहीं भी जाऊँगा।

सुनन्दा : (अशोक को घर में ढकेलकर) पुरुषों का परिवर्तन नहीं किया तो मेरा नाम सुनन्दा नहीं।

श्रीधर : (वनिता से धींगामुश्ती करते हुए) मुझे औरत के साथ धींगामुश्ती करके उपभोग करना अच्छा लगता है। मैं अश्लील हूँ। तुम्हें जो करना है, करो।

वनिता : (श्रीधर से झगड़कर) झूठे! तुम अश्लील हो ही नहीं सकते।

सुनन्दा : (अशोक से झगड़कर) पुरुष का परिवर्तन नहीं किया तो मेरा नाम सुनन्दा नहीं।

[अशोक–श्रीधर की पीठ से पीठ लगी है। सुनन्दा–वनिता उन्हें दबा रही हैं। दोनों पीठ से एक–दूसरे को सपोर्ट में सुनन्दा–वनिता को भी ढकेलते हैं।]

अशोक : (सुनन्दा से) मेरा परिवर्तन करेगी। मुँह तो देखो। तुम ही अश्लील हो। पड़ोस के विश्वासराव टकटकी लगाकर देखते हैं और तुम एंजॉय करती हो।

श्रीधर : (वनिता से) कैसी है तुम्हारी पर्सनेलिटी। फ्लॅट। विश्वासराव तुम्हारी तरफ़ आँख उठाकर भी नहीं देखता।

वनिता : शटअप!

[वनिता, श्रीधर, अशोक, सुनन्दा ज़ोर से ठण्डी साँस भरकर अँऽऽअँऽऽ करते हुए झगड़ रहे हैं।]

[अँधेरा]

दृश्य : चार

[स्थान : अशोक का दीवानखाना। चार का समय। अशोक कुर्सी पर बैठकर समाचारपत्र पढ़ रहा है। थोड़ी देर बाद आँखें बन्द करता है।]

अशोक : (चिड़चिड़ाकर) वक़्त नहीं कट रहा है। (आँखें खोलकर समाचार–पत्र पैर से उड़ा देता है। दूर तक देखकर) मिस्टर प्रेसिडेंट ऑफ़ इण्डिया, सुनन्दा ने अशान्ति पैदा की है।...तुरन्त सैनिकों को मत

भेजिये। सुनन्दा झगड़कर मायके चली गयी है। (आह भरकर, धीरे से घर पर नज़र फेरते हुए, आराम से भर्राई आवाज़ में) शान्ति तो है ही। (चिड़चिड़ाकर दूर देखकर) शान्ति है इसलिए ख़ुश होने की ज़रूरत नहीं, मिस्टर प्रेसिडेंट, शान्ति तनावपूर्ण है। (ज़ोर से) मिस्टर प्रेसिडेंट ऑफ़ अमरीका, मुझे तुरन्त अमरीका ले जाइये। आय एम सिविल इंजीनियर। हम न्यूयार्क की सभी सड़कों को सुन्दर बनायेंगे। मिस्टर प्रेसिडेंट, सुनन्दा की बात दिमाग़ से निकाल दीजिये। मैं सुनन्दा को तलाक देनेवाला हूँ। अमरीकन नारी से शादी करूँगा। उसे भी तलाक दे दूँगा। तीसरी शादी करूँगा। अहाहा! तीन-चार शादियाँ। बट्...मिस्टर प्रेसिडेंट पहले हमारे देश में भी दो औरतों से शादी करने का रिवाज था। हाँ...या एक बीवी और एक रखैल...एक बीवी मायके चली गयी तो दूसरी होती ही थी।...अब...एक ही बीवी...वह मायके चली गयी तो...(ज़्यादा ही चिड़चिड़ाकर) सुनन्दा झगड़े करती थी, दिमाग़ चाटती थी, लेकिन वक़्त तो कटता था।...(असहाय होकर) अब मैं कैसे वक़्त काटूँ? (ग़ुस्से में) सुनन्दा, फ़ौरन आ जाओ, मेरा वक़्त खाओ। (सँभलकर, प्यार से) प्लीज, सुनन्दा, फ़ौरन आ रहीऽ (बेल बजती है, ख़ुशी से कूदकर) आ गयी सुनन्दा...

[अशोक उमंग में दरवाज़ा खोलता है। दरवाज़े में श्रीधर, अन्दर आते हुए।]

श्रीधर : अशोक, क्या मैं उदास, बेचैन नज़र आता हूँ?

अशोक : (कटुता से)। मैं अश्लील बोलूँगा!

श्रीधर : ना, ना, मैं जाता हूँ। (भीतर आकर) अकेला होने पर अकेले से ही सेक्स किया जाता है।

अशोक : अकेले से सेक्स? हाँ, लेकिन अकेले सेक्स करने से वंश नहीं बढ़ता।

श्रीधर : वंशवृद्धि...दो वंश हो जाने पर...दुकेले का सेक्स भी वंशवृद्धि के बिना ही होता है।

अशोक : अकेले का सेक्स करना प्राकृतिक है।

श्रीधर : अकेले के सेक्स करने से मनुष्य की इमैजिनेशन नाम की शक्ति का ग़लत इस्तेमाल होता है (ज़ोर से, ख़ुशी से) वाह! कितनी अच्छी बात सूझ गयी है मुझे, इमैजिनेशन का ग़लत इस्तेमाल। अहाहा? अशोक मैं बुद्धिमान हूँ रे...तुम भी बुद्धिमान हो। हम बड़ी अजीब हालत में फँस गये हैं रे (रुककर) रास्ता निकल आयेगा, अशोक, बैठो, निकल आयेगा रास्ता।

[श्रीधर अशोक को कुर्सी पर बिठाता है। ख़ुद भी बैठता है।]

श्रीधर : (उठकर, करांगुलि दिखाकर) अभी आया। (अन्दर जाते हुए) तुम्हें आजकल बार-बार पेशाब को तो नहीं जाना पड़ता रे?

[अशोक चुप बैठता है। श्रीधर अन्दर जाता है।]

श्रीधर : (लौटते हुए) वनिता-सुनन्दा मायके चली गयी इस बात को हफ़्ता होने को आया। (ठण्डी साँस भरकर) हमें कुछ स्टेप्स लेने चाहिए? क्या किसी को बीच-बचाव करने के लिए तो भी नहीं कहना चाहिए?

[अशोक जल्दी से अन्दर जाता है।]

श्रीधर : तो तुम्हें भी जाना पड़ता है बार-बार?

[अशोक अन्दर गया हुआ। श्रीधर इधर-उधर कुछ करता है। पत्रिकाएँ उठाकर रखता है। ताश के पत्ते उठाता है। फेंटकर रख देता है। चेसबोर्ड लेता है। रख देता है। अशोक लौट आता है।]

श्रीधर : ऑफ़िस में काम होता तो वक़्त तो भी कट जाता। सड़कें उखड़ गयी हैं। कार्पोरेशन इस काम को नहीं उठाती। अच्छी सड़कें बनाने में मज़ा आता...बारहवीं में, बीई करते हुए पढ़ाई में वक़्त, बरस कैसे कट गये, समझा ही नहीं। अभी अपने को पढ़ाई करनी होती तो हम इस तरह उल्टा-पुल्टा तो नहीं होते चलो, हम पढ़ाई करते हैं। ले आओ किताबें।

अशोक : नहीं है। एक भी किताब नहीं है।

श्रीधर : कैसे साले हम इंजीनियर है। घर में किताब ही नहीं। (इधर-उधर

देखकर, काग़ज़-पेन लेकर) चलो, मैथेमेटिक्स का जितना याद आता है उतना याद कर पढ़ाई करेंगे। बताओ।

अशोक : कुछ भी याद नहीं आता।

श्रीधर : (सोचकर) साला, कुछ भी याद नहीं आता। हमने शायद परीक्षा के लिए जितनी ज़रूरी उतना ही पढ़ाई की थी, इसलिए हमारी ऐसी हालत हो गयी है। हम अपने बच्चों से ज्ञान के लिए पढ़ाई करवायेंगे।

अशोक : बच्चों के लिए औरत ज़रूरी होती है।

[अशोक सहसा उठकर जल्दी से अन्दर जाने लगता है। श्रीधर उसे रोकता है।]

श्रीधर : मत जाओ। यह बुरी आदत है। आदत तो मुझे भी लग चुकी है। नहीं जाऊँगा मैं...(चेस उठाकर) चेस खेलेंगे।

अशोक : (सिर से नहीं कहकर) बुद्धि का प्रयोग करना अच्छा नहीं लगता।

श्रीधर : (चेस रखकर, ताश के पत्ते उठाता है) पत्ते खेलते हैं। रमी।

अशोक : बेग़म...बेग़म देखने पर बेचैनी आयेगी। (अशोक झट से अन्दर जाता है)

श्रीधर : (अपने आप से) जाने दो।

[श्रीधर खिड़की के पास जाकर बाहर देखता रहता है। अशोक आता है।]

श्रीधर : (बाहर देखते हुए ही) विश्वासराव रद्दी का गट्ठर बाँध रहे हैं।

[अशोक कोने में पड़ी रद्दी लेकर गट्ठर बाँधता है।]

अशोक : अब क्या कर रहे हैं विश्वासराव?

श्रीधर : विश्वासराव घड़ी के सेल बदल रहे हैं।

[श्रीधर खिड़की से हट जाता है। अशोक ने घड़ी उठाई है। श्रीधर उसे निकाल लेता है। घड़ी का ही सेल निकाल कर उसी को फिर से बिठाता है।]

श्रीधर : (घड़ी रखते हुए) देखो, अब विश्वासराव क्या कर रहे हैं...

[अशोक खिड़की के पास जाता है। बाहर देखता है।]

अशोक : विश्वासराव डिसऐपिअर्ड।

श्रीधर : हम डिसऐपिअर नहीं हो सकते।

अशोक : (मुड़कर) हम मीनाक्षी चाची के पति नहीं हैं।

श्रीधर : मेरे दिमाग़ में सेक्स हरकत करने लगा है।

अशोक : मेरे दिमाग़ में चौबीसों घण्टे सेक्स का (करांगुलि दिखाकर अन्दर जाते-जाते) ख़याल हिलता रहता है। (कुछ क्षण बाद लौटकर) लगातार औरतें आ रही हैं दिमाग़ के अन्दर...दिमाग़ के इण्टरकोर्स की तस्वीरें...इण्टर कोर्स... अँग्रेज़ी में बोलने पर अश्लील नहीं होता। ध्यान में रखो। नहीं तो सुनन्दा को बतायेगा।...

श्रीधर : दिमाग़ में सेक्स...सेक्स इन हेड...यह डेंजरस बात है...मैंने पढ़ा है...शरीर का सेक्स ही सुन्दर बात होती है।

[श्रीधर अन्दर जाने लगता है। अशोक रोकता है।]

अशोक : दिमाग़ के सेक्स को कैसे निकाल बाहर कर दूँ? बताओ मुझे।

श्रीधर : मैं दबाकर रखता हूँ। (अन्दर जाना चाहता है। अशोक ने रोक रखा है।) उछलकर ऊपर आता हूँ (चुलबुलाते हुए) वनिता ने बुरा हाल बना दिया है।...(हकलाते हुए) वेश्या के पास...

अशोक : एड्स!

श्रीधर : कंडोम!

अशोक : वेश्या समाज की गन्दी उपज है।

श्रीधर : (व्यंग्य से) वाह! सीधे सामाजिक नज़रिया।

अशोक : मैं किसी भी ऐरीगैरी औरत के साथ समरस नहीं हो सकूँगा। मुझे अपनी सोच की ही औरत चाहिए।

[श्रीधर चुलबुलाता है। अशोक श्रीधर का हाथ पकड़ता है।]

श्रीधर : (झटके से हाथ छुड़ाकर) मैं नहीं जा रहा हूँ। अपने...अपनी ही सोच की पत्नी अपनी ही सोच बच्चे...अपनी ही सोच का अपना बॉस...अपनी ही सोच का पड़ोसी...अपनी ही सोच का पोस्टमैन...अपनी ही सोच का प्रधानमन्त्री अपनी ही सोच की सारी दुनिया! स्टुपिडिटी।

अशोक : (खिड़की के पास जाकर) जाओ...हो आओ।

श्रीधर : गयी मेरी।
अशोक : (बाहर देखकर) विश्वासराव कुछ खा रहे हैं।

[अशोक श्रीधर की ओर देखता है। श्रीधर खाने की नक़ल उतारता है।]

अशोक : तुम मीनाक्षी चाची के पति नहीं हो।

[श्रीधर सहसा खुला मुँह बन्द करता है।]

अशोक : (अन्दर जाते-जाते) पानी पीने के लिए जा रहा हूँ।
श्रीधर : (चिल्लाकर) ज़्यादा पानी मत पीना।

[अशोक अन्दर गया है। बेल बजती है। श्रीधर दरवाज़ा खोलता है। मीनाक्षी आती है। मीनाक्षी के हाथ में छोटा-सा टिफिन।]

मीनाक्षी : अशोकजी कहाँ हैं?
श्रीधर : पेश...पानी पी रहा है।
मीनाक्षी : (टिफिन खोलकर दिखाती हुई) बटाटेवडे लायी हूँ। गर्मागर्म। तुरन्त खाइये। (मीनाक्षी जाती है।) अशोक लौट आता है।
श्रीधर : (सोत्साह, टिफिन दिखाकर) मीनाक्षी चाची ने बटाटावडे दिये हैं। बैठो। (दोनों बैठते हैं। एक वड़ा लेकर) गरम है। खाओ (आराम से एक कौर खाता है) बढ़िया स्वाद है। मीनाक्षी चाची के हाथ में स्वाद है। (भावविवश होकर) वनिता भी अच्छी रसोई बनाती है। (दूसरा कौर खाकर) अशोक, मुझे एक आयडिया सूझा है। वनिता-सुनन्दा के बारे में। अब वो अगर चली गयी हैं तो...क्यों न मीनाक्षी चाची से बीच-बचाव करने के लिए कहें? सुनन्दा-वनिता को मायके गये आठ दिन हो चुके हैं। इतने दिनों में उन्होंने भी कांटेक्ट नहीं किया है। हमने भी नहीं किया है। इस तरह दिन गुज़रते जायेंगे तो सब बिखर सकता है। तुम क्या सोचते हो?
अशोक : मीनाक्षी चाची क्या बीच-बचाव करेंगी?
श्रीधर : मीनाक्षी चाची अनुभवी हैं। उन्हें सूझेगा कुछ न कुछ।
अशोक : मुझे विश्वासराव पसन्द नहीं है। सुनन्दा की तरफ़ टकटकी लगाकर देखता रहता है।

श्रीधर : तो फिर मीनाक्षी चाची और विश्वासराव दोनों से बीच-बचाव करायेंगे! विश्वासराव बिचौलिये की नैतिक भूमिका ही करायेंगे। अशोक, तुम ऐसा करो, इस टिफिन को वापस करने के बहाने मीनाक्षी चाची के पास जाओ और उन्हें अपना केस बताओ। मतलब, सिर्फ़ इतना ही कहना कि वनिता-सुनन्दा झगड़कर मायके चली गयी हैं। और कुछ भी बोलना नहीं और पूछना कि अब क्या करें? मीनाक्षी चाची से कहना कि मध्यस्थ बनकर कुछ करे। विश्वासराव को नैतिक कर्तव्य में हम उलझा देंगे।

[बेल बजती है। श्रीधर दरवाज़ा खोलता है। मीनाक्षी आती है।]

मीनाक्षी : खा लिये बड़े? टिफिन ले जाती हूँ।

श्रीधर : धोकर देता हूँ। रुकिये।

मीनाक्षी : (टिफिन लेकर) रहने दीजिये। बरतनवाली माँज देगी।

श्रीधर : मीनाक्षी चाची, वडे बहुत बढ़िया थे। बहुत पसन्द आये।

मीनाक्षी : पामीर होटल से मँगाये थे। पामीर होटल के बटाटेवडे फेमस हैं। मुझे बहुत पसन्द आते हैं। (जाने लगती है, जाते-जाते रुककर) क्या हाल बना रखा है रे तुम दोनों ने।

श्रीधर : (भर्राये गले से) मीनाक्षी चाची...

मीनाक्षी : इस हाल में मत रहो रे।

श्रीधर : मीनाक्षी चाची, हमें आपकी सहायता चाहिए।

मीनाक्षी : ख़ुशी से करूँगी। बताइये।

श्रीधर : वनिता और सुनन्दा मायके चली गयी हैं। नाराज़ होकर।

मीनाक्षी : मत झगड़ा करो रे इस तरह।

श्रीधर : आप कोई राह निकालिये न। अपने माता-पिताओं को इसमें घसीटना अच्छा नहीं लगता। हम भी...

मीनाक्षी : तुम पुरुष हो। पुरुषों में ईगो होता है न? इसमें यूँ तो कोई ग़लत बात नहीं है। पति को पत्नी की शरण में जाना ही नहीं चाहिए।...हाँ, पत्नी जब एकबार वापस आयेगी तो उसके साथ अच्छा बर्ताव करे।

श्रीधर : आप ही कुछ राह निकालिये न।

मीनाक्षी : हमारे वो हैं न, उन्होंने पहले ऐसे दो केसेस देखे हैं। वो करेंगे कुछ बीच-बचाव।...ऐसे समय में पराया आदमी ही चाहिए होता है। मध्यस्थता करने के लिए। इनको पुकारती हूँ।

[खिड़की के पास जाकर ज़ोर से (अजी, सुनिये ऽऽ।) 'आइये' का हाथों से इशारा करती है। फिर लौटती है।]

मीनाक्षी : घर-गृहस्थी में बरतन से बरतन तो टकराता ही है। पति-पत्नी बोले तो बहस तो होनेवाली। चिन्ता की कोई बात नहीं। सब ठीक हो जायेगा।

श्रीधर : (भावुक होकर) थैंक यू मीनाक्षी चाची।

मीनाक्षी : थैंक यू किसलिए?

[विश्वासराव पधारते हैं।]

मीनाक्षी : (विश्वासराव से) सुनन्दा और वनिता नाराज़ होकर मायके चली गयी हैं। हमें कुछ बीच-बचाव करना है।

विश्वासराव : मैंने ऐसे दो केसेस सुलझाये हैं। बिल्कुल पिछले वर्ष में। चिन्ता की कोई बात नहीं।

मीनाक्षी : (अशोक-श्रीधर से) ये वनिता-सुनन्दा के लिए बड़े भाई जैसे हैं। अब हम ऐसा करते हैं हम दोनों बात करके सोचते हैं कि क्या करना है, और फिर आपको बता देंगे। (विश्वासराव से) पहले हम तय करते हैं। और अपने घर पर भी नहीं। आसपास के किसी को कुछ पता भी नहीं चलना चाहिए। (अशोक-श्रीधर से) चिन्ता की बिल्कुल ही कोई बात नहीं। इनको सुनन्दा-वनिता के बड़े भाई मान लो। सुलझ जायेगी सारी समस्या। सबकुछ मीऽऽठा हो जायेगा।

विश्वासराव : निश्चित रहिये। सब कुछ ठीक कर देता हूँ।

[विश्वासराव मीनाक्षी जाते हैं। श्रीधर आँखें पोंछता है।]

[अँधेरा]

॥ मध्यान्तर ॥

दृश्य : पाँच

[स्थान : पामीर होटल। दोपहर का समय। एकाध ग्राहक। विश्वासराव और मीनाक्षी होटल में आते हैं।]

मीनाक्षी : (होटल में आते-आते, कुर्सी पर बैठते-बैठते) दोपहर के वक़्त इन होटल में भीड़ नहीं होती। अब आराम से बैठकर बीच-बचाव पर चर्चा करेंगे। सभी आधुनिक लोग होटल में बैठकर ही चर्चा करते हैं। वे लोग ड्रिंक लेते-लेते चर्चा करते हैं। हमें इतना आधुनिक नहीं बनना है। हम वडा खाते हुए बहस करेंगे। (वेटर आता है, वेटर से) दो सिंगल बटाटावडा।

विश्वासराव : (वेटर से) दो डबल...

मीनाक्षी : (विश्वासराव से) मेरी सुनिये। पहले सिंगल लेने का और बाद में फिर सिंगल लेने का।

विश्वासराव : दो बार सिंगल किसलिए?

मीनाक्षी : बाद में बताती हूँ। (वेटर से) दो सिंगल बटाटावडा। (वेटर जाता है) पहले सिंगल लेने का। उससे खाने का मोह संवरण नहीं होता। तो फिर और एक सिंगल लेने का। एक बार ही डबल लिया तो फिर लेने की चाह पैदा होती है।

विश्वासराव : तो लेने का फिर डबल...

मीनाक्षी : दो बार डबल इस उम्र में जरा मुश्किल होगा। गैसेस होते हैं। इसलिए दो बार सिंगल लेने का। इस उम्र में मोह से इस तरह बचना चाहिए।

विश्वासराव : वनिता-सुनन्दा...

मीनाक्षी : वडे को आने दो। चर्चा की जल्दबाजी क्यों? (थोड़ी देर बार वेटर वडे रखकर जाता है।)

विश्वासराव : लो आ गया वडा। सुनन्दा-वनिता...

मीनाक्षी : अभी-अभी तो वडा आया है। अभी तक तो एक कौर भी तोड़ा नहीं। अभी से किसलिए सुनन्दा-वनिता?

[विश्वासराव काँटे-चम्मच से वडा तोड़ने लगते हैं। मीनाक्षी रोकती है।]

मीनाक्षी : कितनी जल्दबाजी! यहाँ का वडा बिल्कुल गर्म होता है। जरा ठण्डा होने दीजिये...तब तक वडे की ओर देखते रहना। (वडे की ओर देखती रहती है।) अर्जुन को जिस तरह परिन्दे की सिर्फ़ आँख दिखायी दे रही थी उसी तरह हमें सिर्फ़ वडा ही दिखना चाहिए। फिऽऽर एंजायमेंट के तीर को बराबर वडे पर छोड़ने का। (ध्यान लगाकर एकटक वडे की ओर देखती है। फिर कुछ पल बाद) अब ठण्डा हो गया होगा। लेकिन बहुत ठण्डा भी नहीं होने देना है।

[काउण्टर के पास वह पुलिस का सिपाही खड़ा। सौंफ खाता है। विश्वासराव वडे का एक टुकड़ा उठाकर जल्दी से खा जाते हैं। मीनाक्षी भी वडे का एक कौर जल्दी से खाती है। विश्वासराव जल्दी से दूसरा कौर उठा ही रहे थे तभी]

मीनाक्षी : रुकिये। पहला कौर खाने का...जल्दी से...वासना की पूर्ति के लिए। बाद में आराम से खाना। एंजॉय करते हुए। जल्दी-जल्दी में सबकुछ खा लिया तो वासना पूरी हो जाती है। एंजाय नहीं होती।

विश्वासराव : (रुककर) मैं ऐसा करता हूँ कल और परसों की छुट्टी निकालता हूँ। कल सोलापुर जाकर वनिता को ले आता हूँ। और परसों कोल्हापुर जाकर सुनन्दा को ले आता हूँ।

मीनाक्षी : वडा खाना क्यों बन्द कर दिया। खाइये। मनुष्य को पहले अपनी बात की तरफ़ ध्यान देना चाहिए। फिर दूसरों की।

[विश्वासराव जल्दी-जल्दी दो कौर खाते हैं।]

मीनाक्षी : हमें सभी कोणों से सोचना होगा। कहते हैं कि पति-पत्नी के झगड़े में तीसरे ने नहीं जाना चाहिए। इसके बारे में भी सोचना होगा।

[सिपाही ध्यान देकर सुनने लगा है।]

विश्वासराव : झगड़े में क्यों नहीं जाना चाहिए। श्रीधर भोला है। वनिता

लौट नहीं आयी तो बेचारा शायद आत्महत्या भी कर ले।

मीनाक्षी : पुरुष कभी भी औरत के लिए आत्महत्या नहीं करता। हमेशा औरत ही आत्महत्या करती है।

विश्वासराव : श्रीधर औरत ही है।

मीनाक्षी : (अजीब ढंग से) श्रीधर औरत है?

विश्वासराव : (हड़बड़ाकर) वेटर को देखता है। वेटऽर...(वेटर आता है) एक सिंगल वडा। एक सिंगल वडा।

[वेटर जाता है।]

मीनाक्षी : कितनी जल्दी-जल्दी खा रहे हैं। मैंने तो अभी तक आधा भी नहीं खाया है। एंजाय ही नहीं करते।

[वेटर वडा दे जाता है।]

विश्वासराव : (वडा हाथ में लेकर खाते हुए) मैं अपने ढंग से एंजॉय करूँगा। मुझे फिक्र है श्रीधर की।

मीनाक्षी : श्रीधर इंजीनियर है। अशोक जी इंजीनियर हैं। दोनों भी आपसे ज़्यादा, बहुत ज़्यादा पढ़े-लिखे हैं। वे अपनी समस्याएँ हल कर सकते हैं।

[सिपाही ध्यान देकर सुन रहा है।]

विश्वासराव : पत्नी के साथ होनेवाले झगड़े में इस बात की कोई अहमियत नहीं होती कि इंजीनियर या बिंजिनियर हैं, या ज़्यादा पढ़े-लिखे हैं या कम पढ़े-लिखे हैं। पति-पत्नी के झगड़े में, शुरू-शुरू के झगड़े में बिचौलिये की ज़रूरत पड़ती है। वर्ना सबकुछ बिखर जाता है। मैं कल सोलापुर जाता हूँ और वनिता को ले आता हूँ।

मीनाक्षी : (वडा ख़त्म करते हुए) और सुनन्दा का क्या?

विश्वासराव : परसों कोल्हापुर जाऊँगा और सुनन्दा को ले आऊँगा।

मीनाक्षी : बीच-बचाव करते वक़्त आपको सुनन्दा के बड़े भाई की तरह बर्ताव करना चाहिए। और सुनन्दा के बड़े भाई होने का नाटक नहीं चलेगा। सुनन्दा के बड़े भाई होने का सच्चा-सच्चा एहसास

होना चाहिए आपको। सुनन्दा के सच्चे बड़े भाई होने का एहसास मन में लाइये। मेरी तरफ़ देखिये। (विश्वासराव के चेहरे को निरखते हुए) सुनन्दा के बड़े भाई होने का एहसास आपके चेहरे पर बिल्कुल ही नहीं आ रहा है। नहीं हो सकता यह आप से। आप को जाना ही नहीं चाहिए। सुनन्दा को लाने मैं जाऊँगी। मुझे सुनन्दा की बहन होने की कोई ज़रूरत नहीं है।

विश्वासराव : अच्छी बात है। मैं वनिता को ले आता हूँ।

मीनाक्षी : दोनों को मैं ही ले आती हूँ। आपकी छुट्टी बेकार नहीं जायेगी।

[सिपाही दोनों के बीच आता है।]

सिपाही : (विश्वासराव से) नमस्कार, काका...

विश्वासराव : (हड़बड़ाकर) नमस्कार।

सिपाही : क्या मैं जरा-सा बोलूँ ? सिपाही बनकर नहीं एक आदमी की हैसियत से। पति-पत्नी के शुरू-शुरू के झगड़ों में (ज़ोर देकर) बिचौलिया लगता ही है। मेरे और मेरी पत्नी के शुरू शुरू के झगड़ों में मेरे चाचा ने बीच-बचाव किया। इसलिए हमारी शादी बरकरार रही। फिर आगे पति-पत्नी को झगड़े की आदत पड़ जाती है। फिर नहीं लगता कोई बिचौलिया। आपमें से कोई भी बीच-बचाव करो। लेकिन करो। पति-पत्नी का झगड़ा बोले तो मुझे बहुत बुरा लगता है।

[सिपाही आँखें पोंछता है।]

मीनाक्षी : (सिपाही से) बैठिये ना (सिपाही कुर्सी पर बैठता है) वेटऽऽर। (वेटर आता है) हवलदार साहब के लिए चाय ले आओ।

सिपाही : (दोनों को) हमारे आने के बाद वेटर चाय लाता ही है जी।

[वेटर एक चाय लाकर सिपाही के सामने रखता है।]

सिपाही : (वेटर से, ग़ुस्से में) तू समझता नहीं क्या रे ? और दो चाय ले आ।

[वेटर जाता है।]

मीनाक्षी : हवलदार साहब, बीच-बचाव मैं ही करनेवाली हूँ।

विश्वासराव : (सिपाही से) इसे तजुर्बा नहीं है। इसके पहले मैंने दो केसेस हल किये हैं। सक्सेसफुली।

[वेटर चाय दे जाता है। तीनों पीते हैं।]

मीनाक्षी : (सिपाही से) कभी तो शुरुआत करनी होगी ना? उसके बिना तजुर्बा आयेगा कैसे? ठीक है ना हवलदार साहब? आप ही फ़ैसला कीजिये।

सिपाही : फ़ैसला मतलब इन्साफ...इन्साफ तो जज करता है। हम पुलिसवाले। हम आरोप रखते हैं। सबूत देते हैं।

मीनाक्षी : आदमी की हैसियत से बताइये जी।

सिपाही : आदमी होना बहुत मुश्किल होता है चाची जी। पुलिसवाला होना आसान। जज होना आसान। पति होना आसान, पत्नी होना आसान, बिचौलिया होना आसान।

मीनाक्षी : दरअसल, पति-पत्नी में अगर प्रेम हो तो बिचौलिये की कोई ज़रूरत नहीं पड़ती। प्रेम ही महत्त्व का होता है।

विश्वासराव : (मीनाक्षी से) अब तुम ने तो अजीब मुद्दा उठाया। विषयान्तर करना। कभी सीधी सरल चर्चा न करना।

मीनाक्षी : क्या पति-पत्नी का प्रेम विषयान्तर है, हवलदार साहेब? (दादा-गुण्डा आता है। तीनों की ओर देखता है।)

सिपाही : चाची जी, आपको क्रिमिनल वर्ल्ड का पता नहीं है। हर एक आदमी में क्रिमिनल होता है। आपको इस बात का पता नहीं है। इसलिए आप प्रेम की बात करती हैं। पति-पत्नी में प्रेम होता है यह एक दन्तकथा है चाची जी। चाची जी, अब ऐसा सोचिये, पति-पत्नी का रिलेशन स्टेबल कब हो जाता है?

मीनाक्षी : बच्चे पैदा होने पर।

सिपाही : बिल्कुल नहीं। बच्चे का पैदा होना यह बाय-प्राडक्ट है। पति-पत्नी झगड़े करते हैं, करते रहते हैं और हेल्पलेस हो जाते हैं। तब कहीं जाकर पति-पत्नी की रिलेशन और गृहस्थी स्टेबल हो जाती है। दुनिया में सब तरफ़ पावर गेम चलता है। मैंने लोगों

का बर्ताव देखकर काफ़ी कुछ पढ़ लिया है। दोनों पार्टियाँ पावरगेम खेलती हैं। दोनों पार्टियों के हेल्पलेस हो जाने के बाद बैलेंस आता है। स्टेबिलिटी आती है। कोई भी कभी भी नहीं जीतता। सृष्टि के इस सारे पसारे में जीतना नाम की कोई चीज़ ही नहीं है। इसलिए आदमी ने क्रिकेट, कबड्डी जैसे गेम खोज लिये हैं। झूठमूठ ही सही, जीतने का फीलिंग मिले इसलिए। ज़िन्दगी में और गृहस्थी में जीतना होता नहीं, पति-पत्नी के बीच जीतना तो बिल्कुल ही नहीं। या तो दोनों हार जायेंगे या दोनों हेल्पलेस हो जायेंगे। पति पत्नी को सुधारने की कोशिश करता है तो पत्नी पति को सुधारने की कोशिश करती है। सुधरना क्या जोक है ? ख़ुद को ख़ुद का सुधारना नहीं आता, न पति सुधरता है न पत्नी सुधरती है...पति-पत्नी दोनों भी हेल्पलेस हो जाते हैं। अशोक-सुनन्दा के झगड़े में पहले यह देखिये कि क्या वे दोनों हेल्पलेसपन के पाईंट पर आये हैं या नहीं। पति-पत्नी अगर हेल्पलेसपन के पाईंट पर पहुँच गये होंगे तो ही बीच-बचाव कामयाब होता है। वरना बीच-बचाव करनेवाले का ही अपमान होता है। ध्यान में रखिये।

मीनाक्षी : सुनन्दा और अशोक हेल्पलेस नहीं हुए हैं।

विश्वासराव : (ज़ोर से) हो गये हैं।

मीनाक्षी : (ज़ोर से) नहीं हुए हैं।

विश्वासराव : (और भी ज़ोर से) हो गये हैं। तुम समझती नहीं। नहीं हुए हैं।

मीनाक्षी : मैं समझती हूँ मुझे गृहस्थी का पचास वर्षों का तजुर्बा है।

सिपाही : (प्रेम से) चाची जी, धीरे से बोलिये। हम लोगों को पब्लिक प्लेस में शान्ति रखनी होती है।

विश्वासराव : (पुलिस से दबी आवाज़ में) हमारी शादी को पच्चीस वर्ष हो चुके हैं और यह कहती है कि पचास वर्षों का तजुर्बा है...जो मुँह में आये वह बोलने का।

मीनाक्षी : मैंने ग़लती से पचास वर्ष कहा।...फिर भी वह ठीक ही है। औरत का घर-संसार में दुगुना ध्यान होता है। पच्चीस का दुगुना पचास। पुरुष का गृहस्थी में आधा ध्यान होता है। विश्वासराव,

आपका गृहस्थी का तजुर्बा पच्चीस का आधा यानी साढ़े बारह वर्षों का है। मुझे पहाड़े आते हैं।

सिपाही : (मानो, अपने आप से) यह नया नालेज है। (विश्वासराव से) चाचीजी के कहने में सच्चाई है।

विश्वासराव : (चिढ़कर, जरा आवाज़ बढ़ाकर) क्यों? अदालत में इसका आर्गुमेंट टिक पायेगा? (और भी चिढ़कर) जो मुँह में आये बोलने का। (आवाज़ बढ़ाकर) चाचीजी चाचीजी कहकर औरतों की ख़ुशामद करने का...(अधिक ज़ोर से) क्या पुलिस के सिपाही को यह शोभा देता है? हेल्पलेस होने का मतलब है एडजस्ट होना। फिर गृहस्थी स्टेबल हो जाती है। लोग कहते हैं, ब्याह एक संस्कार है। मतलब क्या? तो आज़ादी का जाना। मतलब ग़ुलामी नहीं आती, हेल्पलेसपन आ जाता है।

मीनाक्षी : पारिवारिक हिंसा का क़ानून तो है ही।

सिपाही : भारत में सारे क़ानून हैं। भ्रष्टाचार का भी है, रुका है भ्रष्टाचार? हम भी करते हैं भ्रष्टाचार। फ्रेंडली बोल रहा हूँ इसलिए ओपनली बोल रहा हूँ।

विश्वासराव : (मीनाक्षी से) वो क़ानून की बातें निकालकर विषयान्तर मत कर। मैं दोनों की गृहस्थियों को सही रास्ते पर लाऊँगा।

[दादा पुलिस को सलाम करता है।]

सिपाही : (विश्वासराव से) चाचाजी, पाँच रुपिये निकालिये।

[विश्वासराव हड़बड़ाकर पाँच रुपये निकालकर हाथ में रखते हैं।]

सिपाही : (दादा से) ले और निकल जा।

[दादा झटसे पाँच रुपये लेता है। चला जाता है।]

मीनाक्षी : (हड़बड़ाकर) कौन है वो?

सिपाही : दादा! इस गली का दादा!

मीनाक्षी : (घबराकर) दादा? गुण्डा?

सिपाही : फेल्युअर दादा है वह। गुण्डागर्दी करने के चार-पाँच बार अटेंप्ट

किये। फेल गये। अब हम लोग ही इधर-उधर से कुछ रुपये उसे कमा देते हैं। हेल्पलेस है। एक्टिव होता तो एन्काउण्टर में मैंने ही उसे मार दिया होता। अब क्या मारना? वह तो है हेल्पलेस। हम भी हेल्पलेस। स्टेबल रिलेशन। आप हेल्पलेस। दे दिये पाँच रुपये। उसे अब जाने दो। चाचाजी, चाचीजी, आपके वह झगड़ा करनेवाले पति-पत्नी...

मीनाक्षी : अशोक-सुनन्दा।

विश्वासराव : श्रीधर-वनिता।

सिपाही : अरारा। एक साथ दो जोड़ियाँ झगड़नेवाली? ...अच्छा, होने दो। दो जोड़ियाँ होने पर भी प्रिंसिपल तो एक ही है हेल्पलेसपन का। तो चाचाजी, चाचीजी, अशोक-सुनन्दा एक ही जोड़ी का नमूना लेंगे। तो...

सिपाही : (ग़ुस्से में) सायलेन्स। पुलिस पर इल्ज़ाम? अन्दर कर दूँगा।...

विश्वासराव : (डरकर, सिपाही से) सॉरी सर (जल्दी में मीनाक्षी से) मैंने बीच-बचाव करने का आयडिया तुमने ही निकाला था न?

मीनाक्षी : (ज़ोर से) टू अर इज छपन! (सोच में डूब कर बिनती के स्वर में) टू अर इज ह्यूमन...आगे क्या है जी?

विश्वासराव : आगे का मुझे नहीं पता।

मीनाक्षी : (लोड से) पता है, लेकिन जान-बूझकर नहीं बता रहे हैं। (सिपाही से) ये बीए विथ इंग्लिश हैं और कहते हैं कि पता नहीं। भला कोई मान लेगा?

विश्वासराव : (सिपाही से) मैं बार्डर पर पास बीए हूँ। बीए में पास क्लास। कम ही नालेज होता है।

सिपाही : मैं भी बीए विथ इंग्लिश...बॉर्डर पर ही लेकिन सेकंड क्लास तो है ही।

मीनाक्षी : (उमंग में, सिपाही से) हाँ? तो फिर आप बताइये...टू अर इज सुमन...आगे?

सिपाही : (हड़बड़ाकर) टू अर इन ह्यूमन...अँड टू अरेस्ट अज पुलिस।

विश्वासराव : (ज़ोर से हँसकर) ग्रेट ज्योक। ग्रेट।

[विश्वासराव ज़ोर-ज़ोर से हँसते हैं।]

मीनाक्षी : (उठकर, चिढ़कर, चिल्लाकर) वेटऽऽर...
(वेटर आता है। एक डबल वटाटावडा। पार्सल। जल्दी...)

[वेटर जाता है। पार्सल लाता है। मीनाक्षी को देता है।]

मीनाक्षी : (पार्सल लेकर विश्वासराव से) सुनन्दा को बिल्कुल वापस नहीं आना है। सुनन्दा का वापस आना मुझे मंजूर नहीं।

[मीनाक्षी वडा खाते हुए बाहर जाती है। विश्वासराव काउण्टर के पास जाते हैं। पीछे से सिपाही]

सिपाही : (किसी तरह) चाचीजी को बड़ा ग़ुस्सा दिखायी देता सुनन्दा पर।

[विश्वासराव हाथ से सिपाही की बात को तुच्छ बात कर बिल चुकाते हैं। बाहर निकल रहे हैं।]

सिपाही : (बाहर निकलते हुए) पत्नी से झगड़ा हुआ तो भी पति होना अच्छा। पुरुष होना बुरा। पराई औरत के साथ मीठी बातें करने का मोह होता रहता है।

[अँधेरा]

दृश्य : छह

[स्थान सुनन्दा का दीवानखाना। दुपहर का समय। सुनन्दा साड़ी पहनती हुई, असहाय-सी, आँखें भर आयी। बेल बजती है। असहाय-सी उठकर सुनन्दा दरवाज़ा खोलती है। वनिता आती है। वनिता आहे भरती हुई सुनन्दा को गले लगाती है। सुनन्दा भी आहें भरती हुई रोने लगती है।]

वनिता : (आहें भरती हुई) मैं सवा दस बजे घर पहुँची। श्रीधर बिना बोले कपड़े पहनकर चला गया।

[वनिता कुछ ज़्यादा आहें भरती हैं।]

सुनन्दा : (रोते हुए) अशोक भी इसी तरह चला गया।

[दोनों कोच पर बैठती हैं। आँखें पोंछती हैं।]

सुनन्दा : (गला दबाया गया हो जैसे) माँ, भाई, बापू सब कह रहे थे आज राखी पूनम, आज मत जा...फिर भी मैं आ गयी...(और भी भर्राये गले से) तो अशोक का यह इस तरह का बर्ताव।

वनिता : (भर्राये गले से) दिनभर दोनों बाहर ही रहेंगे? पता नहीं रात में लौटेंगे भी या नहीं। हेल्पलेस लग रहा है।
(बेल बजती है)

वनिता : (उठकर) आयी! कैसा बर्ताव करना है? हमें कुछ तय करना होगा।

सुनन्दा : हम कुछ नहीं करेंगी। समस्या उन्हीं को सुलझाने दे!

वनिता : और अगर उल्टे पाँव चले गये तो?

सुनन्दा : (उठती हुई) उलटियाँ निकालना।

वनिता : नाटक! काम आयेगा? हम गोलियाँ खाती हैं। अशोक-श्रीधर को तो पता है ही।

सुनन्दा : मर्द बेवकूफ़ होते हैं। उन्हें जब पता चलता है कि बीवी के पाँव भारी हो गये हैं तो लड्डू फूटते हैं उनके मन में।

[बेल बजती है।]

वनिता : पवित्र भाव का नाटक करना अच्छा नहीं।

सुनन्दा : पवित्र-फवित्र कुछ नहीं होता। वक़्त पड़ने पर तो नाटक करना होगा।

[बेल बजती है। सुनन्दा दरवाज़े की तरफ़ जाती है।]

वनिता : हेल्पलेस लगता है।

[सुनन्दा वनिता के सिर पर हाथ फेरती है। दरवाज़ा खोलती है। मीनाक्षी आती है। दरवाज़ा बन्द करती है।]

मीनाक्षी : (दोनों से) तुम—लौट आयीं।

[दोनों किसी तरह हाँ कहती हैं।]

मीनाक्षी : असहाय, हेल्पलेस हो गयी हैं?

सुनन्दा : (ज़ोर से) बिल्कुल नहीं।

वनिता : उन दोनों को ही असहाय बना देंगी।

मीनाक्षी : (ज़ोर से) तुम्हें लौटना नहीं चाहिए था। इससे वह दोनों असहाय, हेल्पलेस हो गये होते।

सुनन्दा : (ज़मीन पर पैर पटककर) यहाँ रहकर ही दोनों को ठिकाने लायेंगी।

मीनाक्षी : (ज़मीन पर पैर पटककर) यहाँ रहकर?

वनिता : (ज़मीन पर ज़ोर से पैर पटककर) हाँ, यहीं पर।

मीनाक्षी : (वनिता से) तुम क्यों पैर पटक रही हो? तुम्हारा फ़्लैट तो दूसरी तरफ़ है।

सुनन्दा : (ज़मीन पर पैर पटककर) यह मेरा फ़्लैट है।

[तब तक मीनाक्षी ने कमर में पल्लू बाँध लिया है। आवेश में है।]

मीनाक्षी : (होहल्ला मचाती हुई, आवेग में, बीच-बीच में दम लेती हुई, अधिकतर सुनन्दा से) तुम लोगों से बात करना है मुझे। बहुत-बहुत अहम बात करनी है। तुम दोनों दुखी हो। मैं तुम्हारा दुख समझती हूँ। तुम्हारे दुख का रामबाण इलाज बताती हूँ। ध्यान से सुनो। तुम दोनों तुरन्त फ़्लैट ले लो। और तुरन्त वहाँ रहने के लिए चली जाओ। ताबड़तोड़ हरकत में आ जाओ। एक महीने के अन्दर, पन्द्रह दिन के अन्दर, हफ़्ते के अन्दर बल्कि कल ही फ़्लैट ले लो और कल ही उधर रहने के लिए चली जाओ। यहाँ मत रहो। इस पुराने घर में सुख नहीं मिलनेवाला। मैं अपने अनुभव से बता रही हूँ। हम इस पुराने घर में रहे। शादी हुई तब से। दो कमरों में। विश्वासराव की माँ, छोटा भाई, छोटी बहन...हमारी जाइण्ट फैमिली...मेरी और विश्वासराव की जवानी सचमुच बर्बाद हो गयी। (आँखें पोंछती हैं। अब हम दोनों ही

हैं, फिर भी हमारी फिफ्टी प्लस ज़िन्दगी बेकार जा रही है। रात में, मैं और विश्वासराव पीठ से पीठ सटाकर सोते हैं। जवानी में शारीरिक सम्बन्धों की आदत नहीं लगी तो उम्र बढ़ जाने पर चाहत ही ख़तम हो जाती है। जवानी में ही सेक्स की भरपूर आदत लगाइये, तो फिर वह फोर्टी प्लस में टिकी रहेगी। फोर्टी प्लस में टिकी तो फिर सिक्स्टी प्लस में भी रह जाती है। यहाँ, इस पुरानी, उजड़ी जगह में सेक्स की आदत पक्की नहीं हो जायेगी। बढ़िया फ़्लैट ले लो। वहाँ जाओ। तुम्हें मैं अपना एक अनुभव बताती हूँ। मेरी शादी के छह महीने बाद की घटना है। मेरी मौसी बड़ी अमीर थी। बड़ा बंगला था उसका। मेरी मौसी को अमीर घर मिला। मेरी माँ को ग़रीब घर मिला। दो बहनों में आर्थिक बराबरी नहीं थी। बहन-बहन में, भाई-भाई में, भाई-बहन में अब भी आर्थिक बराबरी नहीं दिखायी देती। भारत आर्थिक महासत्ता बनेगा तब भी बहन-बहन, भाई-भाई, भाई-बहन में आर्थिक बराबरी नहीं ही रहेगी। हाँ, अब अगर एक ही सन्तान हो तो ही परिवार में आर्थिक भेदभाव नहीं रहेगा। फिर भी ममेरा भाई, मौसेरा भाई जैसे रिश्तों में आर्थिक भेदभाव तो रहेगा ही। हम क्या कर सकते हैं? (उच्छ्वास छोड़ती है।) तो मौसी उस वक़्त एक बार सपरिवार बैंगलूर गयी हुई थी। सॉरी, मेरा वाक्य ग़लत हो गया। मौसी का पति सपरिवार बैंगलूर चला गया था। अपने यहाँ पुरुष-सत्तान्मक प्रणाली है। भूलकर कैसे चलेगा? मौसी ने मुझसे कहा, 'मीनाक्षी, हमारे बंगले की ये चाभियाँ ले लो। यहीं पर रहो। रात में यहीं पर सो जाओ। ऐसा नहीं कि मेरी मौसी दिलदार थी, वह हमें चाभियाँ इसलिए दे रही थी कि बंगले में चोरी न हो। ऐसी ही चलती है दुनियादारी। तो हमने, मैंने और विश्वासराव ने उस बंगले में पन्द्रह रातें बितायी। पहली दो रातों में तो हम अपने एकान्त से ही घबरा गये। लेकिन बाद में...अहाहा! तेरह रातों में हमारे प्यार में जो बहार आयी! अहाहा!...(हाथ दिखाती हुई) याद आने पर मेरा बदन अब भी रोमांचित हो रहा है।...तो कहने का

मतलब क्या है...इस पुरानी, उजड़ी जगह में...नहीं! नहीं आयेगी प्यार में बहार। बढ़िया फ़्लैट ले लो। छोड़ दो यह जगह! एक बात मेरी समझ में नहीं आ रही है, अशोक–श्रीधर इंजीनियर हैं, उन्हें इतना भी नहीं समझता कि बढ़िया, बेहतर फ़्लैट लें? लगता है अशोक–श्रीधर को काम के बातों की समझ ही नहीं है। श्रीधर कार्पोरेशन में काम करता है, अब तक किसी बिल्डर से, मुफ़्त में एक अच्छा–सा बड़ा–सा फ़्लैट पा लेना चाहिए था। अशोक–श्रीधर हिम्मतवाले ही नहीं लगते। और एक बात मेरी समझ में नहीं आ रही है। अशोक–श्रीधर सिविल इंजीनियर हैं। कंस्ट्रक्शन में उतरकर धंधा करने के बदले नौकरी क्यों कर रहे हैं? उनमें महत्त्वाकांक्षा ही नहीं दिखायी देती। कुछ पति तो इतने कारोबारी, हिम्मतवाले, महत्त्वाकांक्षी होते हैं कि बंगला, कार, गहनों से अपनी पत्नियों को मालामाल कर देते हैं। धन्य हैं वे औरतें! (दोनों के प्रति दयाभाव दिखाकर) तुम नहीं हो धन्य औरतें। (ज़ोर से) तुम कारोबारी, हिम्मतवाली, महत्त्वाकांक्षी बन जाओ और बड़ा फ़्लैट ले लो। वहाँ जाओ रहने के लिए। यहाँ मत रहो।...(दम लेकर) अब इसी बात को एक अलग नज़रिये से बताती हूँ। अपना देश अब भी एक विकसनशील राष्ट्र, डेवलपिंग कण्ट्री है। विकसनशील राष्ट्र में, डेवलपिंग कण्ट्री में हरएक को सब बातें नहीं मिलती। किसी को अच्छी नौकरी मिलती है तो उसे अच्छा घर नहीं मिलता। किसी को अच्छा घर मिलता है तो उसका स्वास्थ्य अच्छा नहीं होता। डायबिटीज हो जाता है। कोई स्त्री अच्छी होती है तो पति बण्डल होता है। पति–पत्नी, घरबार, नौकरी–चाकरी अच्छी होते हैं तो बच्चे अक़्ल के कच्चे होते हैं। विकसनशील राष्ट्र में, डेवलपिंग कण्ट्री में बरसात के मौसम में बारिश ही नहीं होती। या फिर इतनी घनघोर बारिश होती है कि पूरा जनजीवन अस्तव्यस्त हो जाता है। (दम लेकर) विकसनशील राष्ट्र में, डेवलपिंग कण्ट्री में, ऐसा नहीं है कि सारी सुखसुविधाएँ बिल्कुल ही किसी को नहीं मिलती। मिलती हैं विकसनशील राष्ट्र में,

डेवलपिंग कण्ट्री में सारी सुख-सुविधाएँ। किसे ? जो चालाक हो उसे। मैं और विश्वासराव तो चालाक है ही नहीं। विकसनशील राष्ट्र में, डेवलपिंग कण्ट्री में हमें सिर्फ़ बुद्धिमान बेटा मिला। (साँस भरकर, दम लेकर) तुम चालाक बनो। घरबार, कार, एकान्त, सेक्स का भरपूर सुख, बुद्धिमान ही बेटा...पाओ। चालाक बनो...इस भ्रम में मत रहियो कि भारत आर्थिक महासत्ता बननेवाला है ही, तो सबकुछ अपने आप मिल जायेगा। आर्थिक महासत्ता में भी सारे सुख, सारी सुविधाएँ राष्ट्र से छीननी पड़ेंगी। (ग़ुस्से में) कितना बताऊँ ? (और भी ग़ुस्से में) तुम्हारे दिमाग़ की बत्ती अब भी क्यों नहीं जल रही है ? (सिर्फ़ सुनन्दा से, चिल्लाकर) तुम यहाँ मत रहो। बिल्कुल आज ही यहाँ से चली जाओ...जाओ...

[मीनाक्षी दरवाज़े तक जाने के लिए बढ़ती है। वहीं खड़ी रहकर फूट-फूटकर रोने लगती है। थोड़ी देर बार मीनाक्षी सुनन्दा के सामने सीधे आँचल फैलाती है।]

मीनाक्षी : सुनन्दा, मैं माफ़ी माँगती हूँ। मेरी घरगिरस्ती में मिट्टी मत मिला। मेरी गिरस्ती आधी पार हुई है। बेटे की पढ़ाई चल रही है उसमें बाधा मत पैदा कर। विश्वासराव पर मोहिनी मत डाल।...एक बार हम, मैं और विलासराव खाना खा रहे थे। विश्वासराव सहसा थाली छोड़कर उठे। बाहर के कमरे में गये। खाने के लिए मैंने पाँच मिनट तक उनकी राह देखी, फिर हमारे बाहर के कमरे में आयी। देखती क्या हूँ तो तुम्हारी खिड़की पूरी खुली हुई थी और तुम कपड़े बदल रही थी और विश्वासराव देखने में खो गये थे। मैंने ग़ुस्सा किया तो विश्वासराव मुझ पर ही बरस पड़े कि मैं साड़ी ही ठीक से पहन नहीं सकती, बोले कि मैं बेढ़ंगी हूँ। मैंने इस बात की ओर भी ध्यान नहीं दिया होता...यह सोचकर कि मर्द ऐसी मामूली हरकतें करते रहते हैं...मैंने सुना है कि अपनी औरत के सहवास करते वक़्त पति के मन में कोई दूसरी औरत होती है। लेकिन एकबार मुझसे सहवास करते हुए

विश्वासराव बुदबुदाये, सुनन्दा, सुनन्दा...(ज़ोर से) मैं इसे नहीं बर्दाश्त कर सकती...तुम अपनी गिरस्ती में रमो। मेरे पति से दूर हटो। (ज़ोर से चिल्लाकर) इस जगह को छोड़कर चली जाओ। जाओ। जाओ।

[सुनन्दा ग़ुस्से से काँप रही है।]

वनिता : (सुनन्दा को आधार देकर, सन्तप्त होकर मीनाक्षी से) छी:! कितनी गन्दी बात कर रही हैं आप। ऐसी गन्दी बात करते हुए शर्म कैसे नहीं आती आपको? आप सुनन्दा की गृहस्थी को बरबाद करने जा रही हैं।

मीनाक्षी : (वनिता से, प्रेमपूर्वक) सुनन्दा की गिरस्ती बेहतर होने दो। मेरी तो यही इच्छा है। तुम दोनों मायके चली गयी थीं...मैं तुम लोगों में बीच-बचाव करनेवाली थी। (सुनन्दा से) तुम्हें लाने के लिए मैं आनेवाली थी! पूछो अशोकजी से।
(वनिता से) पूछो श्रीधरजी से।

वनिता : कुछ पूछने की ज़रूरत नहीं है। और न ही आपके बीच-बचाव की। आप अपने पति को, गन्दे पति को सँभालिये। बताये देती हूँ? सुनन्दा पर चाहे जैसे इल्ज़ाम नहीं लगाना।

मीनाक्षी : (रोती-सी, वनिता से) सुनन्दा इल्ज़ाम नहीं लगा रही री मैं। मेरा पति एक पुरुष है। पुरुष के शरीर को उतावलेपन की सदियों-सदियों की परम्परा है। औरत को ही चाहिए कि पुरुष के शरीर को ठीक से सँभाले। (सुनन्दा की ओर इशारा करती हुई) इसे इस तरह बर्ताव करना चाहिए कि पुरुष विचलित न हो।

वनिता : चिढ़कर आपकी विचारधारा पुरानी हो चुकी है। आपके विश्वासराव को आपको ही ठिकाने पर लाना चाहिए।

मीनाक्षी : यही तो मुझसे नहीं हो रहा है। मैं अबला हूँ।

वनिता : तो फिर मैं ही जूती से पीटकर विश्वासराव को ठिकाने लाती हूँ।

मीनाक्षी : (घबराकर, वनिता के मुँह पर हाथ रखकर) ऐसा मत कहो। इनको ठिकाने पर तो लाना होगा। लाना ही होगा। लेकिन जूती से पीटने की बात मत कहो। (काँपती आवाज़ में, सुनन्दा से)

इनको ठिकाने पर लाना चाहिए...मैं एक रास्ता बताऊँ? सरल है, करोगी?

वनिता : करूँगी।

मीनाक्षी : (दोनों की तरफ़ बारी-बारी से देखती हुई) आज राखी पूनम है। (सुनन्दा से) तुम इनको राखी पहनाओं। (दोनों को) तुम्हें बताती हूँ। अशोक जी-श्रीधर जी ने जब बीच-बचाव की बात की हमसे, तब मैंने विश्वासराव को सुनाया था कि ऐसा बर्ताव करो कि जैसे वनिता-सुनन्दा के बड़े भाई हो। आज विश्वासराव को राखी पहनाओ। भाई बनाओ। (ब्लाउज से राखी निकालकर सुनन्दा के सामने रखती है।) लो पकड़ो इस राखी को। विश्वास-राव घर पर सोये हुए हैं। तुम उन को पुकारकर बुला लो और सीधे राखी बाँध दो। शर्मिन्दा कर दो उन्हें।

[वनिता राखी लेती है।]

मीनाक्षी : (आँचल से आँखें पोंछती हुई) मैं चलती हूँ। इनको बिल्कुल पता नहीं चलना चाहिए कि मैं यहाँ आयी थी।

वनिता : मीनाक्षी चाची, आप घर पर रुको ही नहीं।

मीनाक्षी : आयडिया! मैं माँ के पास जाती हूँ। (वनिता से) तुम भी यहाँ मत रुको। (सुनन्दा की ओर इशारा करती हुई) यह अकेली ही विश्वासराव को शर्मिन्दा करायेगी।

[मीनाक्षी दरवाज़े की तरफ़ बढ़ती है।]

वनिता : मीनाक्षी चाची, मुझे एक अलग ही आयडिया सूझ गया है। आप विश्वासराव को बताइये कि माँ के पास जा रही हूँ? लेकिन आइये इधर ही। हम दोनों अन्दर छिपकर बैठेंगी। सुनन्दा विश्वासराव को राखी पहनायेगी बिल्कुल उसी क्षण हम यहाँ पधारेगी। तालियाँ बजायेगी।

मीनाक्षी : (ख़ुशी से निहाल होकर) सच, मैं बेहद ख़ुशी से तालियाँ बजाऊँगी। वैसा ही करते हैं। ऐसा ही करते हैं। अभी आयी मैं पाँच मिनट के अन्दर साड़ी बदलकर।

[मीनाक्षी त्वरा से जाती है।]

वनिता : (सुनन्दा की आँखें पोंछती हुई) नन्दे, हिम्मत से काम ले। नन्दे, पकड़ इस राखी को। (राखी को सुनन्दा के हाथ में ठूँसती है।) नन्दे, आयडिया।, विश्वासराव को जितना हो सके नीचा दिखायेंगे। (जोश में) नन्दे, ऐसा करते हैं, टेप पर रोमांटिक गाना लगाते हैं। रोमांटिक बर्ताव करोगी तुम। बेवकूफ़ विश्वासराव के हाथ को हाथ में पकड़ना। पागल बुद्धू विश्वासराव के होश उड़ते ही उसके हाथ में राखी बाँधना। बिल्कुल उसी वक़्त हम तालियाँ पीटती हुई यहाँ हाजिर होंगी। (निश्चयपूर्वक) और यदि नीच विश्वासराव तुम्हारे साथ ग़लत व्यवहार करने लगेगा तो मैं दौड़ती हुई आऊँगी और जूती से बेहिसाब पीटूँगी। मीनाक्षी नाम की नादान औरत के विश्वासराव नाम के लार घेटनेवाले पति को हर हालत में ठिकाने लायेंगे ही। और इस बहाने पुरुष को ठिकाने लाने का अपना ट्रेनिंग हो जाने के बाद...फिर श्रीधर और अशोक की बारी। (साँस छोड़कर) नन्दे, गाउन पहनो। तब तक मैं रोमांटिक गाना खोजती हूँ।

[वनिता सुनन्दा को अन्दर ढकेलती है और टेप पर एक रोमांटिक गाना एडजस्ट करती है। सुनन्दा गाउन पहनकर आती है।]

वनिता : रोमांटिक गाने को एडजस्ट कर दिया है। सिर्फ़ ऑन करना।

[मीनाक्षी आती है। मीनाक्षी सजधजकर आयी है।]

मीनाक्षी : (सुनन्दा की ओर देखकर) गाउन में कितनी मदभरी दिखती हो।

वनिता : (सुनन्दा से) नार्मल हो जा।

[वनिता मीनाक्षी के बालों से फूल निकालकर उसे सुनन्दा के गाउन के ऊपरवाले बटन में खोंसकर, थोड़ा दूर जाकर सुनन्दा की ओर देखती है।]

मीनाक्षी : मस्त दीखती हो तुम सुनन्दा। ऐसी कि कोई भी मर जायेगा।

वनिता : (सुनन्दा से) अब हँस दो जरा।

[सुनन्दा हँसती है।]

मीनाक्षी : कितनी मीठी हँसी हँसती है सुनन्दा! कोई भी बिल्कुल पागल हो जायेगा।

वनिता : (मीनाक्षी से) पागल ही करवाना है एक पुरुष को।

[सुनन्दा को खिड़की की तरफ़ ले जाती है। वनिता कुछ दूर हो जाती है। मीनाक्षी घबराकर वनिता का हाथ पकड़ती है। सुनन्दा के गले से आवाज़ ही नहीं निकलती।]

वनिता : नन्दे, हाँ...पुकारो।

सुनन्दा : (डरकर, किसी तरह, धीरे से) विश्वासराव...

वनिता : (डरी हुई) इतने धीरे से क्या काम का? रुको...मैं दिखाती हूँ। (खिड़की के पास जाकर, ज़ोर से पुकारने का जोश दिखाकर भी धीरे से) विश्वासराव...

[वनिता घबराई हुई]

मीनाक्षी : (जल्दबाजी करती हुई, ज़ोर से) विश्वासराव।

[मीनाक्षी घबराकर झट से नीचे बैठ जाती है। लजाती भी है। वनिता सुनन्दा के पीछे छिपकर सुनन्दा के हाथ को उठाकर आइये के भाव में हिलाती है। और डरकर बैठ जाती है। मीनाक्षी को पकड़ लेती है। सुनन्दा थोड़ी देर बार नीचे बैठ जाती है। तीनों एक-दूसरी को घबराकर सहारा देती हुई एक-दूसरी से चिपकती हैं। थोड़ी देर बार बेल बजती है।]

वनिता : (फुसफुसाकर) मरद आया।

मीनाक्षी : (वनिता के मुँह पर हाथ रखकर) इस तरह बेअदबी की बात तो न करो री।

वनिता : (मीनाक्षी का हाथ हटाकर) नन्दे, सब कुछ ठीकठाक करना।

[फिर बेल बजती है। वनिता त्वरा से सुनन्दा को सहारा देती हुई दरवाज़े के पास ले जाती है। फिर जल्दी से लौटकर मीनाक्षी को पकड़कर रसोई के पर्दे के पीछे ले जाती है।]

वनिता : (पर्दे के पीछे से धीरे से) खोल दरवाज़ा। धीरज से काम लो।

[सुनन्दा डरती हुई, सँभलती हुई, मन्द सुर में गाना गुनगुनाती हुई दरवाज़ा खोलती है। दरवाज़े में विश्वासराव]

सुनन्दा : आइये। आइये।

[विश्वासराव अन्दर आते हैं।]

सुनन्दा : (दरवाज़ा बन्द करते हुए मीठे सुर में) आज मुझे चैन ही नहीं है। बैठिये ना।

विश्वासराव : (बिना बैठे, भाँपते हुए) अशोक जी कहाँ हैं?

सुनन्दा : (अब सहजता से) ऑफ़िस को। आज उन्हें छुट्टी नहीं है। (टेप लगाती है) प्रेम गीत लगता है। मन्द सुर में गुनगुनाती है। गाल पर उँगली रखकर। (खोई हुई सी।) अच्छा ही है न गाना।... कितना रोमांटिक है!...

[सुनन्दा विश्वासराव के क़रीब पहुँची है। विश्वासराव की प्रतिक्रिया की प्रतीक्षा में। विश्वासराव सिर झुकाकर गाना सुन रहे हैं। फिर जेब से दस्ती निकालकर आँखें पोंछते हैं। सुनन्दा गम्भीर।]

विश्वासराव : मेरी इकलौती छोटी बहन को यह गाना बहुत पसन्द था...खो जाती थी गाना सुनते-सुनते। ट्रांजिस्टर को गले लगाकर सुनती रहती थी। मैंने एक बार उसे तमाचा भी मार दिया था।

[विश्वासराव आँखें पोंछते हैं।]

सुनन्दा : कहाँ रहती है वह आजकल?

विश्वास : (भरे गले, आँखें पोंछकर) चल बसी वह।

[ख़ामोशी]

सुनन्दा : (टेप बन्द कर, करुणा से) कब?

विश्वासराव : बाईस...बरस की थी...जब चल बसी थी।

सुनन्दा : मैया री! इतनी छोटी उम्र में!...शादी हुई थी?

विश्वासराव : तय हुई थी! शादी को एक हफ़्ता बाक़ी था...उसे अचानक ज्वर चढ़ गया। श्वासनलिका में सूजन...उसी में चल बसी।...फिर

माँ उसे बहुत याद करती रही। कहती थी, शादी तय हुई और बिना शरीर सुख के ही चल बसी।

[ख़ामोशी]

सुनन्दा : (करुण भाव से) मैं बन जाऊँगी आपकी बहना (राखी सामने पकड़ते हुए) मैं बाँधूँगी राखी आपको। आज राखी पूनम है।

[सुनन्दा विश्वासराव के हाथ के पास राखी ले जाती है। विश्वासराव झट से हाथ पीछे हटाते हैं।]

सुनन्दा : (विश्वासराव का हाथ पकड़कर सामने लाना चाहती है।) मैं बन जाऊँगी आपकी बहन।

[विश्वासराव दूर चले जाते हैं।]

सुनन्दा : (राखी सामने पकड़कर विश्वासराव का पीछा करते हुए) मैं बन जाऊँगी आपकी बहना। (विश्वासराव हाथ पीछे लेकर इधर-उधर भागते हैं। राखी सामने पकड़ते हुए सुनन्दा विश्वासराव का पीछा करती है।) कुछ देर तक यह चलता है तब मीनाक्षी दौड़ती हुई आती है और विश्वासराव का पीछा करती है। फिर वनिता भी आकर विश्वासराव का पीछा करती है। अन्ततः मीनाक्षी विश्वासराव को पकड़ लेती है। चारों थके हुए।

मीनाक्षी : (विश्वासराव से प्रेम से) आपके बहन नहीं है तो सुनन्दा को ही बहन मान लीजिये।

[सुनन्दा आगे बढ़कर विश्वासराव के हाथ में राखी बाँधना चाहती है। विश्वासराव मीनाक्षी के हाथ को झटककर हाथ को पीछे ले जाते हुए दूर भाग जाते हैं। फिर चारों की भागमभाग। चारों, थककर एक-दूसरे से दूर खड़े। चारों ज़ोर-ज़ोर से साँस लेते हैं। कुछ देर ख़ामोशी।]

मीनाक्षी : सुनन्दा को क्यों नहीं बहन मानते?

वनिता : (चिढ़कर) सुनन्दा से क्यों नहीं राखी बँधवा लेते?

[वनिता विश्वासराव को पकड़ने के लिए उनकी तरफ़ भागती है।

विश्वासराव हाथों को पीछे बाँधकर भागते हैं। चारों की फिर भागमभाग। अन्ततः तीनों विश्वासराव को पकड़ लेती हैं। विश्वासराव हाथों को सीने पर दृढ़ता से बाँध लेते हैं। तीनों की विश्वासराव के हाथों को छुड़ाने की कोशिश नाकामयाब होती है।]

मीनाक्षी : (विश्वासराव से, ज़ोर से) आपकी बहन चल बसी फिर भी आपका दिमाग़ टेढ़ा है न? मैं जानती हूँ सुनन्दा का आकर्षण है आपको।

[विश्वासराव सिर हिलाकर नहीं, नहीं कहते हैं।]

वनिता : (चिढ़कर) नहीं है क्या?

मीनाक्षी : (चिढ़कर) आँ?

विश्वासराव : (किसी तरह) मुझमें सुनन्दा को लेकर किसी तरह की कोई भावना नहीं है। ना माँ जैसी, ना बहन जैसी।

मीनाक्षी : झूठ बोल रहे हैं आप। रात में एक बार सुनन्दा का नाम लेकर बर्गलाये थे उसका क्या?

विश्वासराव : नींद में मैं ग़लत बोल गया। अब जागेपन में सच बोल रहा हूँ। सुनन्दा के बारे में मुझे कुछ भी नहीं लगता।

सुनन्दा : (विश्वासराव को छोड़ देती है। राखी फेंकते हुए) कमीना! (मीनाक्षी से) आप मुझ पर गन्दे गन्दे इल्ज़ाम लगा रही थीं। झूठी कहीं की।

[सुनन्दा की फेंकी राखी वनिता ने उठायी है।]

वनिता : (विश्वासराव से) मेरे बारे में...क्या?

[विश्वासराव सकारात्मक सिर हिलाते हैं।]

वनिता : (राखी को सामने पकड़कर) तो फिर मैं राखी बाँधती हूँ।

[वनिता विश्वासराव को राखी बाँधना चाहती है। विश्वासराव हाथों को पीछे बाँधकर दूर हटते हैं।]

मीनाक्षी : (सन्ताप से) क्यों? अब क्यों?

विश्वासराव : मुझे वनिता का...आकर्षण है...मैं ईमानदार मर्द हूँ।
वनिता : (चिढ़कर राखी फेंकती हुई) कमीना।

[वनिता की फेंकी हुई राखी को मीनाक्षी लेती है। विश्वासराव के पास जाकर विश्वासराव के हाथों के पास ले जाती है। चौंककर राखी फेंक देती है। विश्वासराव से दूर हट जाती है।]

मीनाक्षी : चिढ़कर, वनिता की ओर इशारा करते हुए, (विश्वासराव से) इसमें आकर्षित होने जैसा क्या है? (सुनन्दा की ओर इशारा करते हुए) इसके बारे में आकर्षण हो तो मैं समझ सकती हूँ। यह तो है ही मस्तीभरी।

[सुनन्दा मीनाक्षी की ओर भागती है। सुनन्दा मीनाक्षी पर हाथ उठाती है। विश्वासराव मीनाक्षी की रक्षा करते हैं। वनिता विश्वासराव पर जूती उठाती है। मीनाक्षी विश्वासराव को बचाती है। ऐसे सब गड़बड़झाला होता है। चारों भी, थककर थोड़ी देर के लिए आराम करते हैं।]

विश्वासराव : हमें इससे कोई सही रास्ता निकालना होगा। बातें करेंगे। चर्चा करेंगे। दुनिया के सारे नेता कहते हैं कि चर्चा से रास्ता निकालो।
मीनाक्षी : (ज़ोर से, विश्वासराव को) वाहियात बकवास नहीं करने की, बताये देती हूँ। ठीक से बोलिये।
विश्वासराव : ठीक बोलता हूँ। बैठ लीजिये।

[तीनों बैठ जाती हैं। विश्वासराव तीनों के सामने खड़े।]

विश्वासराव : देवियो और सज्जनो।
तीनों : (कानाफूसी करती हुईं) हम औरतें ही हैं यहाँ...पुरुष कहाँ हैं?
वनिता : कमीना!
मीनाक्षी : (विश्वासराव को) चर्चा कीजिये। भाषण नहीं चाहिए।
विश्वासराव : ओके। ओके। (तीनों सामने बैठती हैं। फिर भी भाषण जैसे ही) मनुष्य जीवन की एक अहम और मूल समस्या के बारे में दो शब्द बोलने के लिए मैं यहाँ खड़ा हूँ। सॉरी, बैठा हुआ हूँ। (उठते हैं।) भारत, अपना देश एक अजीबोगरीब दशा से गुज़र

रहा है। वर्तमान समय ट्रांजिशन का पीरियड है। काव्यात्मक भाषा में बताना हो तो कहूँगा कि अभी भोर चल रही है। सायन्स और टेक्नोलॉजी का सूरज उगा है, कम्प्यूटर का, आयटी का, दलितों का, सामाजिक संवेदनाओं का, देशीयता का, ग्लोबलाय-जेशन का, स्त्री-पुरुष समानता का...ऐसे कई सूरज एकसाथ उगे हैं। और भी सूरज उगेंगे ही...भारत में लगातार ट्रांजिशन पीरियड ही आ रहे हैं।

मीनाक्षी : मुद्दे की बात कीजिये।

विश्वासराव : अब मैं एक सनातन सवाल की तरफ़ अंगुलिनिर्देश करूँगा...स्त्री पुरुष सम्बन्धों के बारे में मैं बोलनेवाला हूँ।

मीनाक्षी : वाहियातपना मत कीजिये। अश्लील बोलेंगे तो सभा होने नहीं देंगे।

विश्वासराव : फैसिस्ट मत बनिये। मुझे अपना मत रखने का पूरा अधिकार है।

मीनाक्षी : अधिकार के साथ जिम्मेदारी भी आ जाती है।

विश्वासराव : परस्त्री और परपुरुष दोनों को भी एक-दूसरे के प्रति आकर्षण हो तो वह दोनों क़ानून, रूढ़ि, बन्धन (ज़ोर देकर) को तोड़कर संग करते हैं। (तीनों में बेचैनी) मैं सैद्धान्तिक बात कर रहा हूँ। समझने की कोशिश कीजिये। लेकिन किसी परपुरुष को किसी परस्त्री के बारे में आकर्षण लगता हो, और उस परस्त्री को लेकिन उस परपुरुष के बारे में आकर्षण न हो...तो वह पुरुष क्या करे? इकतरफ़ा आकर्षण का क्या होगा! स्त्री-पुरुष सम्बन्धों के बारे में यही असली मुद्दा है।

मीनाक्षी : उस पुरुष को विलन माना जाता है।

विश्वासराव : विलन कहने से समस्या का हल नहीं निकलता।

मीनाक्षी : उस पुरुष को संयम से काम लेना चाहिए।

विश्वासराव : संयम पालन करने की रीत को किसी ने भी सही ढंग से नहीं समझाया है। अगर संयम पालन करने की रीत मनुष्य को मिल गयी होती तो करप्शन भी नहीं हुआ होता।

मीनाक्षी : पुरुषों से वटसावित्री की तरह ऐसे व्रत का पालन करवाना

चाहिए कि अपनी ही पत्नी का आकर्षण हरदम बरकरार रहे।

विश्वासराव : (राखी लेकर) तुम अपने दोनों भाइयों को हर साल राखी बाँधती थीं। तुम्हारे पिता के चल बसने के बाद क्या उन्होंने तुम्हें पिता की प्रापर्टी का हिस्सा दिया ?...नहीं दिया। क्या हुआ (राखी को हिलाते हुए) इस व्रत का लाभ ?

सुनन्दा : (विश्वासराव से) आपको इनकार का स्वीकार करना सीखना चाहिए।

विश्वासराव : कैसे सीखें ? इनकार को सीखने की राह मनुष्य को अभी तक नहीं मिली है। मन्त्रीपद न मिलने पर विधायक दल बदलता है। विद्रोह करता है।

मीनाक्षी : तो आप खोजिये ना फिर।

विश्वासराव : मुझे सूझी है एक राह। सुनिये। (प्रेम से) मुझे वनिता ने प्यार से कहना होगा कि विश्वासराव, मुझे नहीं लगता जी आपके प्रति आकर्षण।... बिल्कुल प्यार से कहना...

वनिता : (चिढ़कर) मैं बिल्कुल नहीं कहूँगी, बल्कि जूती से पीटूँगी।

विश्वासराव : (वनिता से) तुम हिंसक हो गयी हो तो मैं भी हिंसक बन जाऊँगा...।

मीनाक्षी : (विश्वासराव से) आपको अगर (वनिता की ओर इशारा करते हुए) इसके बारे में आकर्षण लगता हो तो स्त्रियों पर हज़ारों वर्षों से लादे हुए बन्धनों को मैं एक पल में ठुकरा दूँगी और फिर अपने आप को अशोकजी या श्रीधरजी के आकर्षण में उलझाऊँगी।...ध्यान में रखिये।

[बेल बजती है। मीनाक्षी दरवाज़ा खोलती है। दरवाज़े में अशोक-श्रीधर। अशोक के हाथ में शराब की बोतल। दोनों अन्दर आते हैं। श्रीधर दरवाज़ा बन्द करता है।]

सुनन्दा : (अशोक से, ज़ोर से) तुम मुझ पर इल्ज़ाम लगाते थे न कि विश्वासराव मेरी तरफ़ नज़रें गड़ा के देखते हैं। अब सीधे विश्वासराव से ही पूछो। उन्हें मेरे बारे में बिल्कुल ही आकर्षण नहीं लगता।

अशोक : कौन अविश्वासराव?

श्रीधर : (वनिता से) और अविश्वासराव तुम्हारी तरफ़ आकर्षित हुए हैं। ऐसा ही है?

(श्रीधर-अशोक एक-दूसरे को ताली देते हुए हँसते हैं।)

विश्वासराव : (अशोक से) मैं एक फिलासाफिकल मुद्दा रख रहा था।

वनिता : नहीं चाहिए फिलासॉफिकल या बिलासॉफिकल। (मीनाक्षी से) आप अपने पति को सँभालिये। ले जाइये। जाइये। गेट आउट। वर्ना पुलिस में ख़बर कर दूँगी।

[मीनाक्षी विश्वासराव को खींचकर ले जा रही है। विश्वासराव एक बार पैर उलझकर गिर जाते हैं।]

मीनाक्षी : (विश्वासराव को उठाते हुए) आदमी को चाहिए कि वह सीधा चले।

[मीनाक्षी विश्वासराव को लेकर त्वरा से चली जाती है। अशोक अन्दर जाकर दो गिलास और पानी ले आता है।]

अशोक : अहाहा! (ब्रीफकेस से फरसाण का पैकेट निकालते हुए) अब सिर्फ़ मधुर मदहोशी।

[सुनन्दा त्वरा से अन्दर जाती है। दो गिलास लेकर आती है।]

सुनन्दा : बैठो, वनिता!

श्रीधर : (वनिता से) तुम्हें तो बू भी अच्छी नहीं लगती!

सुनन्दा : (सुनाते हुए) मुझे भी बू अच्छी नहीं लगती। आज लेनेवाली हूँ। हम दोनों। (सुनन्दा अशोक के हाथ से बोतल खींचना चाहती है। अशोक नहीं छोड़ता।)

अशोक : सारी बग़ावत पति के सामने। पर्वती पर कार्तिक स्वामी के मन्दिर में जाके दिखाओ। वहाँ करो ना बग़ावत।

श्रीधर : मैं और वनिता एक बार म्हसोबा के मन्दिर गये थे। वहाँ तख़्ती लगी हुई थी, स्त्रियाँ मन्दिर में प्रवेश न करें। तो यह वनिता वहाँ चुप। वहाँ नहीं बग़ावत। शराब पीने के लिए बग़ावत। चलो फूटो।

सुनन्दा : श्रीधर, स्त्री-पुरुष समानता माननेवाले हो या नहीं?

श्रीधर : सारे समाज में स्त्री-पुरुष समानता आयेगी तब हम भी उसका पालन करेंगे।

अशोक : स्त्री-पुरुष समानता का पालन नहीं हो सकेगा।

वनिता : (ज़ोर से) श्रीधर, देखना फिर।

श्रीधर : (गिरी हुई आवाज़ में) अच्छा तो, चारों पीते हैं।

[श्रीधर बोतल उठाता है। खोलनेवाला ही है कि बेल बजती है।]

श्रीधर : मीनाक्षी चाची।

[चारों हड़बड़ाते हैं। गिलास-बोतल भीतर ले जाते हैं। लौटते हैं। सुनन्दा दरवाज़ा खोलती है। विश्वासराव अन्दर आते हैं।]

विश्वासराव : (वनिता से हाथ जोड़कर) माफ़ कीजिये। (चारों को) माफ़ी माँगता हूँ आप सब से। (वनिता से हाथ जोड़कर।) मेरे अभी के बर्ताव का मुझे पछतावा हो रहा है। माफ़ी माँगता हूँ।

सुनन्दा : (विश्वासराव से) वनिता के पैरों को छूकर माफ़ी माँगिये। (विश्वासराव टालते हैं।) वर्ना पुलिस में बतायेंगे। (विश्वासराव फ़ौरन वनिता के पैर पकड़ते हैं। फ़ौरन उठ जाते हैं। शर्मिन्दा। आँखें भरी हुई।)

विश्वासराव : (करुण स्वर में) कैसे कहूँ?...तुम सब उम्र में मुझसे छोटे हो...कैसे कहूँ?...(काँपती आवाज़ में) यह मुझे पास ही आने नहीं देती। उसे सिर्फ़ अपने बेटे में इण्टरेस्ट। मुझे टालती है। (आँखें पोंछकर) जवानी में भी इसे इण्टरेस्ट नहीं था। सिर्फ़ बेटा चाहिए था। और...बताऊँ? पत्नी के अवगुणों का बखान नहीं करना चाहिए। फिर भी कहता हूँ वह बहुत निद्रालु है। रात हो जाते ही खाना वग़ैरह से निपटकर उसे ऐसा लगता है कि कब सो जाऊँ। अभी की बात नहीं है, पहले से ही है। निद्रालु पत्नी मिलने पर उसके पति का क्या होता होगा? (निश्चयपूर्वक) अब उसकी नींद ही उड़ा देता हूँ।...देखते रहिये।

[विश्वासराव आवेश में चले जाते हैं। श्रीधर दरवाज़ा बन्द करता है। चारों त्वरा में बोतल, गिलास लाते हैं, बैठते हैं।]

श्रीधर : (करुणा से) आदमी को समझदारी से काम लेना चाहिए।

[श्रीधर बोतल का ढक्कन खोलनेवाला ही है कि बेल बजती है। फिर बजती है। चारों का गड़बड़झाला। बोतल, गिलास अन्दर रखते हैं। श्रीधर दरवाज़ा खोलता है मीनाक्षी आती है।]

मीनाक्षी : (वनिता के पैर पकड़कर, भर्राये गले से) विश्वासराव ने तुम्हारे साथ वाहियात बर्ताव किया। माफ़ करो। (उठकर चारों को हाथ जोड़कर) पुलिस में शिकायत मत कीजिये। विश्वासराव अब ऐसा बर्ताव नहीं करेंगे। मैं वचन देती हूँ। विश्वासराव को मैं अब अपने कब्ज़े में ही रखूँगी। (हाथ जोड़कर) विश्वासराव को अब सिर झुकाकर ही घूमने-फिरने लगाऊँगी। (सहसा काँपती आवाज़ में) विश्वासराव मेरे पास आते ही नहीं। मेरा सेक्स स्टार्वेशन हो रहा है। रात-रात भर मैं तड़पती रहती हूँ। (आँखें पोंछकर) मेरे बेटे, अरुण की ओर देखकर मैं दिन काट रही हूँ। (रुककर, तन्द्रा में) मेरे अरुण को रिच सेक्सुअल लाइफ मिलना चाहिए। (ज़ोर से) मिलेगा। मेरा अरुण इण्टेलिजेंट है। उसे इण्टेलिजेंट पत्नी मिलेगी। बहुत रुपया मिलेगा। मेरे अरुण को समृद्ध जीवन और समृद्ध सेक्सुअल लाइफ मिलेगा ही। फिर प्यारा-सा पोता, इण्टेलिजेंट पोता। पोते को भी रिच सेक्सुअल लाइफ मिलेगी।

श्रीधर : फिर पड़पोता। पड़पोतों को भी रिच सेक्सुअल लाइफ। फिर पड़पड़पोता। आपके सारे वंशजों को रिच सेक्सुअल लाइफ मिलेगा।

[श्रीधर हाँफने लगता है।]

मीनाक्षी : (ख़ुशी से फूली न समाकर, श्रीधर से) कितना अच्छा बोले तुम! अब मैं अपना और विश्वासराव का सेक्सुअल लाइफ रिच करूँगी। समृद्ध। विश्वासराव असली हैं। सेक्स में पुरुष को ही ज़्यादा ऐक्टिविटी करनी पड़ती है। अब विश्वासराव को ऐक्टिव करके ही छोड़ूँगी।

[मीनाक्षी सहसा श्रीधर के बालों में हाथ फेरती है। उत्तेजित होकर चली जाती है। श्रीधर दरवाज़ा बन्द करता है।]

श्रीधर : अब बेल बजेगी तो भी दरवाज़ा नहीं खोलेंगे। चलो, बोतल, गिलास ले आता हूँ।

[श्रीधर अन्दर जाने लगता है। सुनन्दा अचानक उसकी राह में खड़ी हो जाती है।]

सुनन्दा : फिर मुझे पुरुषों का कुछ समझता ही नहीं। विश्वासराव वैसे तो यह...श्रीधर...मीनाक्षी चाची श्रीधर के बालों में उँगलियाँ...

वनिता : (उछलकर, श्रीधर से) मीनाक्षी चाची तुम्हारे बालों में उँगलियाँ फेरती है और तुम एंजॉय करते हो। छी:।

श्रीधर : मैं मीनाक्षी चाची के लिए बेटे जैसा हूँ।

वनिता : मीनाक्षी चाची को क्या तेरहवें वर्ष हो गये तुम? तुमने एंजाय किया मीनाक्षी चाची का तुम्हारे बालों में उँगलियाँ फेरना। अनैतिक हो तुम।

श्रीधर : पुरुष को परस्त्री का आकर्षण होता है। प्रकृति है यह। फिर भी पुरुष का स्वस्त्री के साथ ही सेक्स करना नैतिक है। स्त्री को परपुरुष का आकर्षण होता है, फिर भी उसने स्वपुरुष के साथ ही सेक्स करना। इसे नैतिकता कहते हैं।

वनिता : तुम अश्लील बोल रहे हो।

श्रीधर : (उधेड़बुन में पड़कर) अश्लील! (अशोक की ओर इशारा) यह है ना? (काँपती आवाज़ में) मैं तो ठण्डा...

अशोक : (श्रीधर से) तुम लोग अपना-अपना देखो। मुझे बीच में मत घसीटो।

श्रीधर : (वनिता से) पहले तुमने मुझे ठण्डा कहा था। अब अश्लील कहती हो...ठण्डा और अश्लील... बेतुका है यह।

वनिता : तुम में सब बेतुका ही है।

श्रीधर : तुम निद्रालु हो...एक नम्बर की निद्रालु। (चिल्लाकर) गेट आउट।

वनिता : (सुनन्दा की ओर देखते हुए, काँपती आवाज़ में) देखो...

सुनन्दा : (वनिता से) तुम कहो उसे, गेट आउट।
वनिता : (चिल्लाकर, श्रीधर से) गेट आउट।
श्रीधर : वे दिन अभी दूर हैं जब औरत मर्द को घर से बाहर निकाले। इसलिए...यू गेट आउट। तुम्हारा-मेरा नहीं बन सकता। डिवोर्स दे दो और मुक्त हो जाओ। अशोक, तुम भी डिवोर्स दे दो। इनफ।

[वनिता उलटी का नाटक करती हुई गड़बड़ मचाती हुई अन्दर जाती है।]

श्रीधर : (चिन्ता से, सुनन्दा से) क्या हुआ?
अशोक : सफ़र में खाये होंगे बड़े पकौड़े।

[सुनन्दा सिर हिलाकर नहीं-नहीं करती हुई उलटी का नाटक कर गड़बड़ मचाती हुई अन्दर जाती है। अशोक-श्रीधर अन्दर जाना या नहीं सम्भ्रम में परेशान। वनिता-सुनन्दा आती हैं। उनके पेट कैसे भी बेतरतीब फूले हुए]

श्रीधर : (ख़ुशी से सुनन्दा-वनिता की तरफ़ देखकर) गुड न्यूज?
अशोक : (उत्तेजित-सा) मेहमान की आहट?

[अशोक-श्रीधर तुरही बजाने की नक़ल करने लगते हैं।]

सुनन्दा : बस हो गया! (तुरही बजाना थम जाता है।) आजकल तुरही आसानी से नहीं मिलती।
श्रीधर : तुरही बजाने की सीडी ही ला रखता हूँ।
अशोक : इस ख़ुशी के मौक़े पर आदिवासियों की तरह नाचा तो जा ही सकता है...

[श्रीधर-अशोक ऊँटपटाँग नाचने लगते हैं।]

वनिता : बस हो गया। गणपति के जुलूस में नाचने जैसे हो रहा है।
श्रीधर : (हाँफते हुए) आदिवासियों की मस्ती को नहीं उठा पाते।
सुनन्दा : अब मध्ययुग की तरह बर्ताव करके देखिये तो...
अशोक : (सोचते हुए) मध्ययुग की तरह...मतलब...हाँ... (अचानक सूझकर, एक तरफ़ वनिता और दूसरी तरफ़ सुनिता को लेकर) मध्ययुग...दो-दो औरतें! अहाहा!...

वनिता : (श्रीधर से) देखते क्या हो ठण्डेपन से? तुम्हारी औरत को भगा ले जानेवाले को मार डालो।

अशोक : (श्रीधर को, तलवार निकालने की नक़ल करते हुए) चल आ द्वन्द्व करते हैं।

[अशोक-श्रीधर द्वन्द्व खेलते हैं। अशोक के वार से श्रीधर गिर जाता है।]

अशोक : हा...हा...हा...दुश्मन का ख़ातमा कर दिया।
(एक तरफ़ सुनन्दा को दूसरी तरफ़ वनिता को लेकर।) दोनों औरतों को मैंने जीत लिया। (दोनों को) तुम दोनों मेरी प्रिय रानियाँ। दोनों के लिए दो सेपरेट राजमहल बनवा दूँगा। तालाब बनवा दूँगा। रोज़ चाँदनी गिराऊँगा। (वनिता से) एक रात (ज़ोर देकर) मस्ती में तुम्हारा उपभोग। (सुनन्दा से) एक रात (ज़ोर देकर) ठण्डेपन में तुम्हारा उपभोग। मैं हर तरह से करूँगा। तरह-तरह से उपभोग करने की मनुष्य में चाहत होती है। आगे चलकर मैं और भी औरतों को चाहूँगा। तुम नापसन्द रानियाँ बनोगी। हा...हा...हा...

[श्रीधर सहसा उठता है। बेख़बर अशोक पर वार करता है। अशोक गिर जाता है।]

श्रीधर : हा...हा...हा...। मध्ययुग में धर्मयुद्ध नहीं होता। हा... हा...हा...मध्ययुग में...दग़ाबाजी...वार स्ट्राटेजी...(अशोक की ओर इशारा) इसे लगा, मैं मर गया...मैंने मरने का स्वाँग किया...स्वांग करना मानव का जन्मसिद्ध अधिकार है। हा...हा... हा...(एक तरफ़ वनिता को, दूसरी तरफ़ सुनन्दा को लेकर, अशोक की ओर इशारा करते हुए) इसने जो जो किया वह सब अब मैं करनेवाला हूँ।...वह और मैं...कुछ भी फ़र्क़ नहीं है।... हा...हा...हा...

सुनन्दा : अब आधुनिक युग में जियो...

[अशोक उठता है। अशोक सुनन्दा के पास श्रीधर वनिता के साथ डान्स करने लगते हैं।]

अशोक : (कहीं भी देखते हुए) पहला...बेटा ही।

श्रीधर : (कहीं भी देखते हुए) बेटा, बेटी दोनों एक जैसे ही फिर भी पहले बेटा ही है...

अशोक : बेटे को बड़ा बनाओ।

श्रीधर : बेटे को डाक्टर, इंजीनियर बनाना। अमरीका भेजना।

अशोक : (पागल की तरह) डाक्टर, इंजीनियर, अमरीका का मतलब बड़ा।

श्रीधर : (पागल की तरह) दूसरे किसी बड़े का पता ही नहीं है हमें। (नाच रोककर, बैठते हुए, हाँफते हुए) सभी युगों में जीकर थक गये।

अशोक : (बैठते, हाँफते हुए) थक गये।

वनिता : मर्द थक गया और औरत आज़ाद हो गयी।

सुनन्दा : आज़ादी का क्या करेंगे?

वनिता : (अशोक के पास खींचकर) बिना शादी किये मैं अशोक के पास रहूँगी।

श्रीधर : (धूम मचाते हुए सुनन्दा को पास लेकर) हम ऐसे ही साथ रहेंगे। (वनिता से) मेरा वंश तुम्हारे पेट में पल रहा है। अच्छा ध्यान रखिये। (अशोक से) तुम्हारा वंश सुनन्दा के पेट में पल रहा है, हम अच्छा ध्यान रखेंगे। नयी समस्याएँ नहीं होने देंगे।

अशोक : दरअसल, बच्चे तो राष्ट्र की सम्पत्ति हैं। राष्ट्र को ही चाहिए कि बच्चों की फिक्र करें। किसी भी औरत को चाहिए कि वह किसी भी मर्द के साथ सहवास करे। यही प्राकृतिक है।

श्रीधर : नयी समाज रचना बनानी होगी।

सुनन्दा : दवाखाने में जब हमारी जचगी होगी तब तुम नयी समाज रचना करोगे।

अशोक : अपना समाज बार-बार पीछे हटता जाता है।

श्रीधर : अपनी सरकार उल्टा-पुल्टा कारोबार करती है।

अशोक : नागरिकों को चाहिए कि स्वयं समझदार हों।

वनिता : (श्रीधर से, पेट के गोले दिखाती हुई) तुम बन जाओ समझदार। क्या गर्भवती का पेट ऐसा होता है?

(अशोक सुनन्दा का पेट देखता है। सुनन्दा गाउन से रेशम का गोला निकालती है।)

सुनन्दा : (अशोक से, गोले को नचाती हुई) तुम्हारा पागलपन!

[सुनन्दा-वनिता हवा में गोले उछालती हैं। अशोक-श्रीधर भागदौड़ करके गोलों को लपक लेते हैं।]

वनिता : (श्रीधर से) बावले! यह भी ध्यान में नहीं कि हम परिवार नियोजन कर रहे थे।

अशोक : (वनिता के पास जाकर) मतलब हम सेफ हैं।

श्रीधर : (अशोक-वनिता से) आपके नये जीवन के लिए शुभकामनाएँ।

वनिता : (अशोक का हाथ हाथ में लेकर सुनन्दा-श्रीधर को) सेम टु यू।

श्रीधर : (सुनन्दा का हाथ हाथ में लेकर, सुनन्दा से) हम पहले एक-दूसरे को समझ लेंगे।

[अशोक-वनिता कुर्सी लेकर एक-दूसरे के सामने बैठ जाते हैं। दूसरी तरफ़ श्रीधर-वनिता कुर्सी पर एक-दूसरे के सामने बैठ जाते हैं।]

सुनन्दा : (मशगूल होकर, मानो सब से) मुझे बंगला, कार, बुद्धिमान बच्चे, यूरोप अमेरिका की यात्रा, बहुत सारा रुपया, सारे सारे सुख चाहिए।

अशोक : (मशगूल होकर, मानो सब से) मेरी राय सुनन्दा जैसी ही है।

श्रीधर : मेरी भी।

वनिता : मेरी भी। (सहसा उठकर, हड़बड़ाकर हम चारों की राय एक जैसी ही है। कोई किसी से भी शादी करे तो कुछ फ़र्क़ पड़नेवाला नहीं है।)

श्रीधर : (उठकर, तीनों से अलग होते हुए) अपनी संस्कृति में स्वयं को जानना महत्त्व का होता है।

[चारों अलग-अलग होकर दूर-दूर बैठते हैं। आँखें बन्द करते हैं। कुछ समय गुज़र जाता है।]

वनिता : (परेशान होकर) चिन्तन बोर हो रहा है।

अशोक : (उठकर) हँ, जवानी में कैसा चिन्तन।

श्रीधर : (उठकर) फैंटसी काफ़ी हो गयी! (जोश में) आयडिया! मीनाक्षी चाची और विश्वासराव में आज ज़रूर झगड़े होंगे!...हम देखेंगे उनके झगड़े? तीसरे को जानने में मज़ा आता है।

[सारे एक साथ खिड़की के पास जाकर बाहर देखने लगते हैं। थोड़ी देर बाद।]

अशोक : हॉल तो ख़ाली ही है।

सुनन्दा : किचन में झगड़ते होंगे।

वनिता : किचन तो नहीं दिखायी देता।

सुनन्दा : किचन में झगड़ते-झगड़ते हॉल में तो आयेंगे ही...

श्रीधर : एक ही जगह पर कोई झगड़ते नहीं रहते। हॉल में ज़रूर आयेंगे। हॉल और किचन इतना ही तो घर है उनका।

[चारों बाहर देखते हुए ख़ामोश]

अशोक : मीनाक्षी चाची को सेक्स करना है। विश्वासराव को भी सेक्स करना है। दोनों का प्रयोजन एक ही है, तो फिर उनमें झगड़ा क्यों होगा?

वनिता : प्रयोजन एक होने पर भी होते हैं झगड़े।

श्रीधर : प्रयोजन साध्य करने की पद्धति को लेकर होते हैं झगड़े।

[चारों खिड़की के बाहर देखते रहते हैं। सुनन्दा जमुहाई लेकर दूर हटती है।]

सुनन्दा : दूसरों में झगड़े हों यह इच्छा अच्छी नहीं है।

श्रीधर : (बाजू हटकर) अपनी इच्छा हो या न हो, उनमें तो झगड़े होंगे ही। विश्वासराव आलसी हैं और मीनाक्षी चाची निद्रालू। झगड़े तो होंगे।

[सारे धीरे-धीरे खिड़की से हट जाते हैं।]

वनिता : लेकिन दोनों को भी सेक्स की इच्छा हो गयी है। नहीं होंगे झगड़े।

श्रीधर : बूढ़े हो गये हैं विश्वासराव और मीनाक्षी चाची। सेक्स की इच्छा तो सिर्फ़ मन में ही होगी, सो जायेंगे चुपचाप।

वनिता : कुछ बूढ़े ऊढ़े नहीं हुए हैं। मीनाक्षी चाची चालीस-पैंतालिस के आसपास होंगी और विश्वासराव पचास के। नहीं हुए हैं बूढ़े।

श्रीधर : (वनिता से) फिर कौन-से वर्ष सेक्स थम जाता है? (वनिता चुप) है कुछ पता? (वनिता चुप) नहीं न पता? (वनिता चुप) मुझे भी नहीं है पता। इस तरह की मामूली बातों के बारे में भी अपने यहाँ जानकारी नहीं होती। इतना ही जानते हैं कि सेक्स की इच्छा को मारना। झगड़ो और मार डालो सेक्स की इच्छा को। सेक्स के बारे में रिस्पेक्ट होना चाहिए।

वनिता : (श्रीधर के मुँह पर हाथ रखकर, काँपते स्वर में) मत बोलो ना ऐसा (काँपते स्वर में, बुदबुदाते हुए, श्रीधर का हाथ पकड़कर) चलो, हम घर चलते हैं। (और हल्के से बुदबुदाती हुई) मुझे मूड आ गया है।

श्रीधर : (वनिता का हाथ हाथ में लेकर, थोड़ा चलते हुए।) अशोक, सुनन्दा...आप भी एकान्त करो। चलता हूँ।
(श्रीधर वनिता का हाथ पकड़कर दरवाज़े की तरफ़ जा रहा है।)

सुनन्दा : (कुछ चिढ़ी-चिढ़ी सी) मेरा मूड नहीं है।

[श्रीधर-वनिता तुरन्त थम जाते हैं। वनिता दौड़ती हुई-सी सुनन्दा के पास जाती है। सुनन्दा का हाथ पकड़ती है।]

वनिता : (सुनन्दा से) ऐसा मत कर री...

श्रीधर : (फुर्ती से वनिता-सुनन्दा के पास जाकर) वनिता, सुनन्दा को मूड में लाने के बाद ही हम अपने घर जायेंगे।...क्या करेंगे?... क्या? हाँ...सूझ गया। हम ताश के पत्ते खेलते हैं। लाइट, खेल का मूड लायेंगे।...(अशोक से) अशोक, कैसा लगता है?

अशोक : (मृदुता से) मैं सब के लिए तैयार हूँ।

[वनिता ताश के पत्ते लाती है।]

वनिता : (अशोक से) तुम दोनों खेलेंगे। हम चिअर अप करेंगी।
श्रीधर : ग्रेट आयडिया। सारे पत्ते नहीं हैं। दोनों भिखार साहुकार खेलो। देखते हैं कौन भिखारी होता है।

[श्रीधर सुनन्दा को बिठाती है। वनिता अशोक को सुनन्दा के सामने बिठाती है। श्रीधर पत्ते फेंटकर दो हिस्से बनाकर अशोक-सुनन्दा को देता है। सीटी बजाता है।]

वनिता : (जोश में) पारी शुरू। सुनन्दा पत्ता फेंक। पहले तुम।

[सुनन्दा पत्ता फेंकती है।]

वनिता : अशोक, हाँ, अब तुम।

[अशोक पत्ता फेंकता है। सुनन्दा की बारी आने पर]

श्रीधर : जयदेव! सुनन्दा को जीतने दो।
वनिता : जयदेव! सुनन्दा को जीतने दो।
(श्रीधर-वनिता हर बार यही कहते हैं।)
अशोक : (बीच में एक-दो बार) जय देव! सुनन्दा को जीतने दो।
वनिता : ब्रावो, अशोक, तुम नोबल हो।

[अशोक-सुनन्दा पत्ते फेंकते रहते हैं।]

[अशोक के हाथ में आख़िरी पत्ता।]

सुनन्दा : ग्रेट, सुनन्दा भाभी! ग्रेट!

[वनिता ताली पीटती है। अशोक अपना आख़िरी पत्ता फेंकता है।]

अशोक : नो चान्स, इट्स ऑल राइट, गॉड, देवा, अब सुनन्दा को जीतने दो।

[सुनन्दा अपना आख़िरी पत्ता फेंकती है।]

श्रीधर : (चिल्लाकर) ड्रॉ! कोई भी नहीं जीता।
वनिता : निगेटिवली नहीं देखना। कोई भी नहीं हारा। दोनों भी नहीं हारे। पॉजिटिवली लेना। (चिन्तनशील होकर) क्या अभी तक आदमी

ने ऐसे खेल का ईजाद नहीं किया है कि जिसमें दोनों पार्टियाँ जीतती हों? ऐसा कैसा? ऐसा खेल होना ही चाहिए जिस में दोनों पार्टियाँ जीतती हों। (पलभर सोचकर हर्ष से) है, ऐसा खेल है! (जोश से) प्रणय! प्रणय के खेल में मज़ा आता है और दोनों पार्टियाँ जीतती हैं। प्रणय!

(वनिता श्रीधर का हाथ हाथ में लेती है।)

श्रीधर : (ख़ुशी से) येस...प्रणय!

[अशोक सुनन्दा के पास जाकर सुनन्दा का हाथ हाथ में लेना चाहता है। सुनन्दा दूर जाती है।]

सुनन्दा : (कटुता से) गृहस्थी भी ड्रा होगी।...नीते...हाथ छोड़।

[वनिता चौंककर श्रीधर का हाथ छोड़ देती है।]

श्रीधर : सुनन्दा भाभी, यह अन्धी श्रद्धा है।

[बेल बजती है। अशोक दरवाज़ा खोलता है। मीनाक्षी और पीछे से विश्वासराव पधारते हैं। मीनाक्षी जोश में।]

मीनाक्षी : (बुद्धू की तरह) हमने अभी-अभी सहवास किया।
श्रीधर : (उतावलेपन से) मज़ा आया?
मीनाक्षी : (उमंग से) विश्वासराव पूरी तरह से ऐक्टिव थे।
विश्वासराव : मीनाक्षी पूरी तरह से जाग रही थी...मैं समझ रहा था।
मीनाक्षी : मैं भी समझ रही थी।
श्रीधर : समझ गया! (सब की तरफ़ देखते हुए) समझना होना चाहिए।

[श्रीधर फुर्ती से वनिता को उठाता है। बाहर जाने लगता है। विश्वासराव त्वरा से जाकर सामनेवाला दरवाज़ा खोलते हैं। वनिता को दोनों हाथों पर उठाकर बाहर जाता है। अशोक-सुनन्दा अचरज से देखते हैं। विश्वासराव दरवाज़ा बन्द कर लौटते हैं। मीनाक्षी तालियाँ पीटना रोकती है। सुनन्दा अशोक के पास आकर उसके गालों पर कोमलता से हाथ फेरती है। मीनाक्षी विश्वासराव जरा-सा मुस्कुराते हुए ख़ुशी से देखते हैं। अशोक सुनन्दा की कमर को हाथों से घेर लेता है। सुनन्दा को भीतर ले जाने

लगता है। मीनाक्षी तालियाँ पीटती है। विश्वासराव को भी तालियाँ पीटने लगाती है।]

सुनन्दा : (अन्दर जाते-जाते, मुड़कर प्यार से) मीनाक्षी चाची, (मीनाक्षी-विश्वासराव तालियाँ पीटना बन्द करते हैं।) जाते वक़्त सामनेवाले दरवाज़े को ज़ोर से बन्द कीजिये।

[सुनन्दा-अशोक अन्दर जाते हैं। मीनाक्षी हवा में हाथ उठाती है। विश्वासराव मीनाक्षी के हवा में ताली देता है। मीनाक्षी विश्वासराव हाथों में हाथ गूँथकर मानो नाचते हुए चलकर बाहर निकलने लगते हैं।]

[पर्दा]

४

दर्शन

मराठी से अनुवाद : राजेन्द्र धोड़पकर

मनुष्य
काल
अन्तरिक्ष
प्रकृति...
रहस्य है
ये ध्यान के स्थान हैं।

पात्र परिचय

कुमार	उम्र २० वर्ष
पुनरुत्थानवादी युवक	उम्र २५ वर्ष
कबाड़ी	उम्र २५ वर्ष
परिवर्तनवादी पुरुष	उम्र ४०–४५ वर्ष
सेल्समैन	उम्र २५–३० वर्ष
नाटककार प्रौढ़ कुमार	उम्र ४०–४५ वर्ष
कबाड़ी की पत्नी	उम्र २० वर्ष
पानीवाली	उम्र ३० वर्ष
गौरी	उम्र ३५–४० वर्ष
बाल ईश्वर	उम्र ७ वर्ष
युवा ईश्वर	उम्र २५–३० वर्ष
वृद्ध ईश्वर	उम्र ३५–३० वर्ष
स्त्री रूपी ईश्वर	उम्र ३०–३५ वर्ष
अनेक हाथ–पैरों वाला ईश्वर	उम्र २० से ४० वर्ष
पारम्परिक वेष में ईश्वर	उम्र प्रौढ़
तेज	उम्र २५–३० वर्ष
परमाणु वैज्ञानिक	उम्र ६५ वर्ष
परमाणु वैज्ञानिक का बेटा	उम्र ३५–४० वर्ष
भूत	

- पुनरुत्थानवादी युवक और कबाड़ी की भूमिका एक ही अभिनेता करे।
- परिवर्तनवादी और नाटककार प्रौढ़ कुमार की भूमिका एक ही अभिनेता करे।
- कबाड़ी की पत्नी, पानीवाली, गौरी की भूमिका एक ही अभिनेत्री करे।
- युवा ईश्वर, वृद्ध ईश्वर की भूमिकाएँ एक ही अभिनेता कर सकता है।
- सेल्समैन वाले हिस्से के संवादों में से कुछ संवाद परिवर्तनवादी या पुनरुत्थानवादी बोल सकता है। निर्देशक यह फ़ैसला करे।
- विद्यार्थी कुमार के कमरे में मच्छर हैं। वह बीच-बीच में हवा में ताली बजा कर मच्छर मारता है। नाटक के उस हिस्से में कुमार का यह ताली नृत्य बीच-बीच में चलता रहे।
- सारे पात्रों की गतिविधियों में नृत्यात्मकता हो। हर नृत्यात्मकता में सौन्दर्य और विचित्रता का मिश्रण हो।

पहला अंक

[स्थान—कुमार का कमरा, खटिया, कुर्सी, मेज़, पानी का लोटा, गिलास, छोटा डब्बा, किताबें, आईना, कंघी इस क़िस्म की चीज़ें कमरे में हैं। खटिया पर दरी, चादर, तकिया। कमरे में दरवाज़े पर कुमार कुर्सी पर बैठकर पढ़ाई कर रहा है। रात दस बजे का वक़्त। कुमार निकर और बनियान पहने है। उसके पास चादर, गमछा या लुंगी, इस क़िस्म का कोई कपड़ा है। कभी-कभी वह लुंगी की तरह उसे पहनता है, कभी ग़ुस्से में फेंकता है, कभी सिर पर बाँध लेता है। फ़िलहाल कुमार पढ़ रहा है तब परिवर्तनवादी पुरुष, पुनरुत्थानवादी युवक, सेल्समैन, स्त्री, पारम्परिक

वेश में ईश्वर एक नृत्य मुद्रा में स्थिर हैं। बाद में ये सभी रंगमंच पर आकर नृत्य करने लगते हैं। कुमार का इस नृत्य पर ध्यान नहीं है। परेशानी की हालत में पढ़ाई कर रहा है। कमरे में मच्छर हैं जो कुमार को काट रहे हैं। कुमार गर्दन, गाल, पैर खुजाता है, मच्छरों को मार रहा है। परिवर्तनवादी पुरुष, पुनरुत्थानवादी युवक, सेल्समैन, स्त्री पारम्परिक वेश में ईश्वर नृत्य करके चले जाते हैं। खिड़की के बाहर परिवर्तनवादी और पुनरुत्थानवादी युवक एक-दूसरे से लड़ रहे हैं। यह युद्ध नृत्य है।]

कुमार : (परेशान होकर) मेरा भविष्य क्या है?

[नृत्य मुद्रा में फिर सारे चरित्र नृत्य करने लगते हैं। यह कुमार का भविष्य नृत्य है, नाचते-नाचते सब मंच के बाहर चले जाते हैं।]

कुमार : (मच्छर मारते हुए, भागते हुए, किताब पढ़ते हुए) अकॉर्डिंग टू न्यूटन स्पेस इज़ एब्सोल्यूट। अकॉर्डिंग टू आइंस्टीन स्पेस इज़ रिलेटिव, टाइम इज़ रिलेटिव।

[कमरे के बाहर परिवर्तनवादी पुरुष और पुनः युवक लड़ रहे हैं। मानो दोनों का युद्ध नृत्य चल रहा हो।]

कुमार : (एकदम उठकर) बाहर परिवर्तनवादी और पुनरुत्थानवादी का संघर्ष जारी है। (शान्ति, चौंककर फिर पढ़ने लगता है।) अकॉर्डिंग टू न्यूटन स्पेस इज़ एब्सोल्यूट। अकॉर्डिंग टू आइंस्टीन स्पेस इज़ रिलेटिव, टाइम इज़ रिलेटिव। (पढ़ाई में से फिर ध्यान उतर जाता है) मेरे मन में भी परिवर्तनवाद और पुनरुत्थानवाद का संघर्ष चल रहा है।

[परिवर्तनवादी और पुनरुत्थानवादी युद्ध नृत्य करते हुए कुमार के क़रीब आ जाते हैं। अब एक ओर परिवर्तनवादी पुरुष और दूसरी ओर पुनरुत्थानवादी युवक और बीच में कुमार है। परिवर्तनवादी और पुनरुत्थानवादी पर हमला करता है तो कुमार को ही मार पड़ती है, या पुनरुत्थानवादी युवक पुरुष को मारता है तो कुमार ही शिकार होता है। इस वजह से युद्ध नृत्य के साथ कुमार का एक विचित्र बचावनृत्य भी चल रहा है, बीच-बीच में मच्छर मारने का तालीनृत्य भी जारी है।]

कुमार : मैं आगे चल कर परिवर्तनवादी बनूँगा (परिवर्तनवादी पुरुष कुमार को अपनी ओर खींचता है, कुमार विरोध करता है) या पुनरुत्थानवादी (पुनरुत्थानवादी युवक कुमार को अपनी ओर खींचता है, कुमार विरोध करता है) (खीजकर) अब दिमाग़ में पुनरुत्थानवाद चाहिए न परिवर्तनवाद (परिवर्तनवादी और पुनरुत्थानवादी दोनों पर चिल्लाता है) भागो यहाँ से...मुझे पढ़ाई करने दो...भागो (कुमार मानो दिमाग़ से विचार निकाल रहा है, परिवर्तनवादी और पुनरुत्थानवादी दोनों थोड़ा वहीं भटकते हैं, जैसे विचार भटक रहे हों, फिर चले जाते हैं, कुमार आगे पढ़ता है) अकॉर्डिंग टू (ध्यान उचाटकर)अकॉर्डिंग टू न्यूटन स्पेस इज़ एब्सोल्यूट। टाइम इज़ एब्सोल्यूट। (हवा में मच्छर देखता है। किताब बग़ल में दबाकर, दोनों हाथ उठाकर सावधानी से मच्छर का पीछा करता है, फिर एकदम ताली बजाकर, हथेलियाँ देखता है) ड्रॅमेटिक...मर गया...एक मच्छर मारने का सीन नाटक में रखना चाहिए। मुझे नाटककार होना है। मेरी महत्त्वाकांक्षा है। नाटककार बनना (चौंककर) पहले बी.एस-सी. पूरी करना है (अटकते हुए) पहले पढ़ाई (पहले लगता है) अकॉर्डिंग टू आइंस्टीन स्पेस इज़ रिलेटिव, टाइम इज़ रिलेटिव। (आँखें खोलकर आईने में देखते हुए) लेकिन आइंस्टाइन के मुताबिक स्पेस रिलेटिव है और टाइम भी रिलेटिव है (आईने में बाल सँवारते हुए) कुछ छोटा-मोटा खाने को होना चाहिए, मुँह चलाने को कुछ तो हो (आईना रखकर डब्बा खोलता है। दो चने हैं उसमें उन्हें हथेली पर रखता है) एक...दो...दो चने हैं सिर्फ़ (लम्बी साँस छोड़कर) न्यूटन के मुताबिक कल सुबह कुछ खाने को लाना चाहिए। आइंस्टाइन के मुताबिक (ठहरकर) पढ़ाई करते वक़्त बीच-बीच में कुछ खाते रहना चाहिए (जीभ दबाकर) आइंस्टाइन के मुताबिक (कान के पास ताली बजाकर) क्या मुसीबत है (किताब पढ़ते हुए) अकॉर्डिंग टू आइंस्टीन स्पेस इज़ रिलेटिव (चने देखकर) आज की रात इन दो चनों के सहारे बितानी है (दृढ़ता से) बितानी है। जीवन में कैसा भी

प्रसंग आये (चने खूँटी पर रखे बुश्शर्ट की जेब में रखते हुए) धीरज नहीं छोड़ना है (हवा में ताली बजाता है। पुनरुत्थानवादी और परिवर्तनवादी युद्ध करते आते हैं, उनकी मार से बचने के लिए कुमार का विचित्र नृत्य होता है, साथ ताली नृत्य भी जारी है। कुमार सिर पकड़ लेता है) नहीं। दिमाग़ में पुनरुत्थानवाद और परिवर्तनवाद का द्वन्द्व नहीं चाहिए, नहीं! (भगाने के लिए हाथ हिलाता है। परिवर्तनवादी और पुनरुत्थानवादी युद्ध नृत्य करते चले जाते हैं। कुमार फिर पढ़ता है) अकॉर्डिंग टू आइंस्टीन स्पेस इज़ रिलेटिव, टाइम इज़ रिलेटिव। (ध्यान उचाटकर) बाहर पुनरुत्थानवादी और परिवर्तनवादियों का संघर्ष जारी है (आईने में देखते हुए) मुझे नाटककार होना है (आईना रखकर आँख बन्द कर) पहले बी.एस-सी, (आँखें ज़ोर से बन्द करते हुए) भूख लगी है (आँखें खोलकर बुश्शर्ट की ओर जाते हुए) आइंस्टाइन के मुताबिक दो चने (जीभ दबाकर) स्पेस रिलेटिव है (ख़ुशी से) यह ठीक है। अभी एक चना खाया जाय। न्यूटन के मुताबिक स्पेस अब्सोल्युट है (दूसरे चने को दखते हुए) दूसरा फिर कभी खाया जाय (एक चना खाते हुए) न्यूटन के मुताबिक स्पेस अब्सोल्यूट है (दूसरा चना बुश्शर्ट की जेब में रखते हुए) आइंस्टाइन के मुताबिक (खटिया के पास जाकर गद्दे के नीचे से पैसे निकालता है) स्पेस (मन लगाकर पैसे गिनता है।) बहत्तर रुपये मात्र (हवा में मच्छर के लिए ताली बजाकर) सिर्फ़ बहत्तर रुपये। और सारा महीना चलना है फिर पिताजी पैसा भेजेंगे (पैसा गद्दे के नीचे रखते हुए) आइंस्टाइन के मुताबिक स्पेस इज रि...ले...टि...व, बहत्तर रुपये में बी.एस.-सी. कैसे हो सकते हैं? और दो चनों से नाटककार भी कैसे बना जा सकता है? (परिवर्तनवादी और पुनरुत्थानवादी युद्ध नृत्य करते हुए आते हैं। दोनों के बीच कुमार फँस जाता है, फिर कुमार का विचित्र बचाव नृत्य, कभी भी मच्छरों को भगाने के लिए तीनों का ताली नृत्य भी...तब) इस शहर में अमीरों के यहाँ बोरियाँ भर कर चने होंगे। बोरियों में भरे रुपये होंगे। मेरे

पास दो चने और बहत्तर रुपये मात्र...पहले कम्युनिज्म तो था...अमीरों से घृणा करने के लिए। अब अमीरों का क्या करे?...बिना सिद्धान्त के अमीरों से घृणा करने की नौबत आ गयी है (दिमाग़ से विचार बाहर करने के लिए बात खींचते हुए) भागो-भागो (परिवर्तनवादी और पुनरुत्थानवादी को भागते हुए) भागो—अभी मुझे परिवर्तनवाद और पुनरुत्थानवाद में पड़ना नहीं है। भागो—भागो (परिवर्तनवादी और पुनरुत्थानवादी युद्ध नृत्य करते हुए चले जाते हैं) पुनरुत्थानवाद और परिवर्तनवाद में बाहर संघर्ष चल ही रहा होगा (थककर बैठते हुए) ज़िन्दगी में बहुत पैसा कमाना चाहिए—बेहिसाब पैसा कमाना चाहिए, (ख़ुशी से) ऐसा किया जाय—पहले कमर्शियल नाटक लिखे जायें। (उत्तेजित होकर) हर नाटक के हज़ार दो हज़ार पाँच हज़ार प्रदर्शन होने चाहिए और (अति उत्तेजना में ज़ोर से) फिर पैसा ही पैसा। उदार अर्थव्यवस्था है तो ढेर सारा पैसा आते रहना चाहिए (पागलों जैसे) मर जाने के बाद भी मेरे पास पैसा आते रहना चाहिए (थककर चुप थोड़ी साँस लेकर) फिर प्रायोगिक नाटक लिखने चाहिए (बीच-बीच में दम लेते हुए) लोग यानी नाटककार लोग क्या करते हैं? तो—पहले वे प्रायोगिक नाटक लिखते हैं—फिर उनके दो-चार प्रदर्शन ही होते हैं तो नाटककार लोग दुखी होकर कमर्शियल नाटक लिखते हैं। हम उल्टा करेंगे—पहले कमर्शियल नाटक लिखकर सुखी हो जायेंगे फिर प्रायोगिक नाटक लिखकर (उत्साह से) दुखी होने की वजह ही क्या है? पहले लिखे हुए कमर्शियल नाटक हाउसफुल चल ही रहे होंगे न...तो कमर्शियल नाटकों के हाउसफुल चलते हुए प्रायोगिक नाटक लिखकर (आँखें मारकर) हम भी कुछ कम नहीं—कमर्शियल नाटक भी लिखे जायें और प्रायोगिक नाटक भी लिखे जायें—ख़ूब पैसा कमाया जाय—फिर—बूढ़े होने पर अपने नाम से किसी महान नाटककार को पुरस्कार दिया जाय—बल्कि तो कई पुरस्कार रखे जायें। (चौंककर) पहले बी.एस.सी. अभी पहले पढ़ाई (आँखें बन्द करके याद करते हुए) अकॉर्डिंग

टू न्यूटन (याद नहीं आता) न्यूटन के मुताबिक (याद नहीं) क्या? क्या? और आइंस्टाइन के मुताबिक क्या? किसका क्या? ऊँह—नहीं—नहीं बनती (हवा में ताली बजाकर) मेरा भविष्य क्या होगा? (रुआँसा होकर) मैं भिखारी बनूँगा। भारत में फ़िलहाल भिखारी हैं—भिखारी होना—कोई भी नहीं चाहता (चुप दृढ़ बनकर) मैं स्वरोज़गार करूँगा। मैं रिक्शा चलाऊँगा और स्वाभिमान से जिऊँगा। (ख़ुश होकर) अरे, रिक्शावालों के जीवन पर नाटक लिखा जाना चाहिए—मराठी में यह अद्वितीय काम होगा—ऊँह—मराठी नाटक सिर्फ़ मध्यमवर्गीयों में फँस गया है—रिक्शावालों के जीवन पर एकाध सीन लिखकर देखना चाहिए (कुर्सी पर बैठकर, कापी और क़लम लेकर) मैं भले ही रिक्शावाला बनूँ मेरी पत्नी पढ़ी-लिखी होनी चाहिए—नाटक में इसका कुछ इस्तेमाल हो सकता है।

[कुमार हाथ में पेन लेकर सोच रहा है पुनरुत्थानवादी युवक (पताकावाला) और उसकी पत्नी आती है, पत्नी २२-२३ साल की, फ़ैशनेबल कपड़े, बालों का फ़ैशनेबल स्टाइल, लिपस्टिक लगाये। पति-पत्नी कबाड़ की गाड़ी ढकेलते मंच पर आते हैं। गाड़ी में कबाड़ है, उसमें गत्ते का आटो रिक्शा का एक बाजू दिखता कटआउट है। कबाड़ी के गले में रंगीन पताका की माला।]

कुमार : (कबाड़ की गाड़ी को पकड़ते हुए) यह क्या (हकलाते हुए) रिक्शा नहीं है। (पताकावाला कबाड़ की गाड़ी में से रिक्शा का कटआउट निकालकर कबाड़ की गाड़ी को एक तरफ़ लगाकर उसे आटो रिक्शा बनाने की कोशिश करता है। उसकी पत्नी रिक्शा का कटआउट छीनकर फेंक देती है।

पत्नी : (कबाड़ीवाले की ओर इशारा करके) शादी के पहले इसने मुझसे कहा, मुझसे शादी कर, मैं रिक्शा लेनेवाला हूँ—और अब—रिक्शा-विक्शा (कुछ नहीं कबाड़ की गाड़ी की ओर इशारा करके) यह धन्धा कर रहा है, इसने मुझे धोखा दिया। (रोने लगती है)

कबाड़ी : (खिन्नता से) रिक्शा ही लेने वाला था मैं। कर्ज़ भी मंज़ूर हो

गया था। तभी सरकार ने रातोंरात फ़ैसला किया, सारे देश के सारे रास्ते वाहनों से हाउसफुल हो गये हैं, अब रास्ते पर एक भी नया रिक्शा नहीं आयेगा। मेरा कोई दोष नहीं है, मैंने इसे धोखा नहीं दिया, सरकार ने धोखा दिया (पत्नी की ओर देखकर) सरकार चंचल होती है, यह फ़ैसला भी बदल देगी तब रिक्शा लूँगा मैं।

[पत्नी रोना रोकती है।]

कुमार : (डरते-डरते दोनों से) मुझे नाटक चाहिए था—तुम्हारी ज़िन्दगी पर—

कबाड़ी : (कुमार को पत्नी की ओर इशारा करके, फुसफुसाते हुए) शर्ट पहनो (कुमार बुश्शर्ट पहनता है) हम तो कभी नाटक नहीं देखते।

पत्नी : (उत्साह से) हम सनीमा देखते हैं, सनीमा बनाओ (हड़बड़ी मचाते हुए, पति की ओर इशारा करके) इनका काम अमिताभ करेगा। मेरा रोल माधुरी करेगी। मस्त गाने (नाचते, गाते) मेरे अँगने में तुम्हारा क्या काम है (ठहर कर) मारामारी—ढिश्यां...

कबाड़ी : (पत्नी पर चिल्लाते हुए) चुप! चंचल कहीं की (कुमार से) इसे सपने का बड़ा शौक़ है। लिपस्टिक लगाती है—

पत्नी : (हाथ से छीटेपन का इशारा) एकेक रुपये के दो छोटे पाउच लिपस्टिक के ख़रीदें तो तीसरा मुफ़्त मिलता है। तीन पाउच इक्कीस दिन चलेंगे ऐसा पाउच पर लिखा होता है, मैं महीना भर चलाती हूँ। मैं किफ़ायत करती हूँ इसलिए इसकी गृहस्थी चल रही है—नाटक नहीं—सनीमा ही ठीक होगा हम पर।

कुमार : (गम्भीरता से) नाटक की! नाटक क्यों नाहीं।

पत्नी : (लड़ियाते हुए) सिरियल बनाओ। पाँच सौ एपिसोड।

कबाड़ी : (पत्नी से) चुप (कुमार से) ठीक है—नाटक लिखो—हमारी ज़िन्दगी कहीं तो चले

कुमार : (ज़ोर से) टाइम पास नहीं! सीरियसली—यानी।

पत्नी : गम्भीरता से।

कुमार : (उदारता से) अरे वाह! तुम्हें तो अँग्रेज़ी आती है।

पत्नी : लगभग दसवीं पास हूँ मैं। सिर्फ़ अँग्रेज़ी रह गयी है (कबाड़ीवाले की ओर इशारा) यह बी.एस.-सी.फेल है मैं दसवीं फेल। (कुमार चौंकता है फिर सँभलता है।)

कुमार : (पत्नी की ओर इशारा करके) पत्नी अच्छी पढ़ी-लिखी दिखती है मुझे नाटक में।

पत्नी : तो दिखाओ न। मुझे अच्छी पढ़ी-लिखी दिखाओ और (कबाड़ीवाले की ओर इशारा) इसे अनपढ़ बनाओ नाटक में।

कबाड़ी : मैं क्यों अनपढ़?

पत्नी : मैं पढ़ी-लिखी और तुम अनपढ़...तभी नाटक में रंग आता है... तुम समझते नहीं हो।

कबाड़ी : (ख़ुद से, दुखी होकर) बी.एस-सी. में ढंग से पढ़ाई की होती तो ये दिन न देखने पड़ते। (कुमार से) फिर मुझे रिक्शावाला ही बनाओ नाटक में, कबाड़ी नहीं, ठीक है?

कुमार : (आँखें पोंछकर) कबाड़ी नहीं।

कबाड़ी : अनपढ़ रिक्शावाला यानी कि मैं और पढ़ी-लिखी—यह—इनका—यानी कि हमारा—प्रेम हो जाता है, पढ़ी-लिखी इसके पढ़े-लिखे रिश्तेदार विरोध करते हैं फिर भी पढ़ी-लिखी यह रिक्शावाले से ही शादी करती है। रिक्शावाला दिल का अच्छा है।

पत्नी : (कबाड़ी वाले से) इतने कहाँ अच्छे हो तुम!

कबाड़ी : (पत्नी को ग़ुस्से में देखकर कुमार से) रिक्शावाला अनपढ़ है फिर भी दिल का अच्छा है। इसीलिए पढ़ी-लिखी स्त्री अशिक्षित रिक्शावाले से शादी करती है, ऐसा दिखाया तभी लोग स्वीकार करेंगे। नाटक ऐसा हो जो लोग स्वीकार करें।

कुमार : (सोचते हुए गर्दन हिलाते हुए) नहीं।

पत्नी : (पति से) तुम रिक्शावाले नहीं हो। कबाड़ी ही हो (कुमार से) हम झुग्गी बस्ती में रहते हैं। निचले वर्ग की स्त्रियों का दुख दिखाना है।

कुमार : नहीं।

पत्नी : हम निचले वर्ग के लोगों की हमेशा एक ही दिक़्क़त रहती है—पैसा! पैसा पास रहता ही नहीं।

कबाड़ी : हमारी दरिद्रता, हमारी अन्धश्रद्धा, शराबी पति, घरों में काम करने वाली पत्नी, उनके झगड़े, गाली-गलौच।

पत्नी : औरतों का घर के बाहर नहाना।

कबाड़ी : हमारे वर्ग के लोगों की सेक्सबाजी, हिंसा।

पत्नी : यह सब दिखाना है क्या नाटक में?

कुमार : नहीं।

कबाड़ी : फिर क्या चाहिए तुम्हें?

कुमार : (खिन्नता से हँस कर) जीवन ही मेरा समझ में नहीं आता।

कबाड़ी : चिढ़कर बेकार वक़्त खाया हमारा (कबाड़ की गाड़ी के पास जाकर मीटर पकड़कर है।) कबाड़ी होते हुए भी ख़ुद को रिक्शावाला मान कर दिखाया। बी.एस-सी. फेल होकर भी अशिक्षित बनकर दिखाया। धत तेरे की। मुझे इतने काम करने हैं (गले में पताकाओं की माला नचाते हुए) मुझे कल के उत्सव की तैयारी करनी है (बीवी से) चल री! (गाड़ी ढकेलने लगता है। एकदम कुमार के पास आकर हड़बड़ी मचाते हुए पलटकर कुमार से) आइडिया! उत्सव का सीन करें यहाँ? मंच पर? शंकर जी का उत्सव—शंकर जी—का उत्सव कोई करता नहीं है। नया उत्सव होगा और मराठी नाटक में मंच पर उत्सव का सीन भी पहली बार हो जायेगा—तुम्हें इसका क्रेडिट मिलेगा।

कुमार : (नर्वस होकर) उत्सव का सीन, नहीं। वह भाँय-भाँय लाउड-स्पीकर, धूम-धड़ाका, आड़ा-टेढ़ा नाचा —(मुँह की तरफ़ हाथ ले जाकर 'पीने' का अभिनय करता है। थोड़ी सी चुप्पी फिर उत्साह से) आइडिया! (कबाड़ी वाले के कन्धे पर हाथ रखकर) सूझा। मुझे उत्सव में लड़के-लड़कियों का (जीभ चबाकर) यानी युवक-युवतियों को नचाने की इच्छा होती है।

पत्नी : हाँ। मुझे भी।

कुमार : तुम दोनों कबाड़ी हो या रिक्शावाले—कोई भी हो—तुम दोनों—सरल सहज सुन्दर शानदार लयदार—मन को स्वस्थ करने वाली

नाच की विधाएँ खोजते हो—ऐसे नृत्य तैयार करते हो उनमें तुम्हारा जीवन नाटक पिरोना है—वाह जीवन का उत्सव। वाह!

कबाड़ी : (कबाड़ की गाड़ी धकेलते हुए) नहीं।

कुमार : क्यों? क्यों नहीं?

कबाड़ी : (चिढ़कर चिल्लाते हुए) यहाँ वक़्त किसके पास है? नाच खोजने को जितना वक़्त लगेगा उसमें दस उत्सव हो जायेंगे। (पत्नी से) चल। (कबाड़ीवाला, पत्नी गाड़ी लेकर चले जाते हैं।)

कुमार : (खीजकर) वक़्त नहीं है! नौ उत्सवों का वक़्त लगाओ नाच खोजने में और एक ही उत्सव ढंग से करो—(गम्भीरता से) एक रिक्शावाला—यानी, कोई भी—उत्सव के लिए नृत्य के प्रकार खोजता है—वह कैसे खोजता है, उसके लिए (दृढ़ता से) वक़्त कैसे निकालना पड़ता है, खोज करने वाले का मन कैसा होता है इस विषय पर शानदार नाटक हो सकता था। आम आदमी के पास सांस्कृतिक सर्जनशीलता कैसे आती है—यह दिखाते बनना चाहिए (कड़वाहट से) मुझ ही से वह नहीं बनता—(निश्चय से) मैं कोशिश करूँगा (कॉपी, पेन लेकर लिखने लगता है। लिखते-लिखते हल्के-हल्के बुदबुदाता है।) नाटक (लिखने लगता है, बुदबुदाता है) स्त्री खटिया पर लेटी अख़बार पलट रही है।

[स्त्री यानि कबाड़ीवाले की पत्नी आती है। हाथ में अख़बार और क़लम लेकर वर्ग पहेली सुलझाती खटिया पर तेज़ी से जाती है। कबाड़ीवाला तेज़ी से आता है। गले में रंगीन काग़ज़ की पताका की माला है, हाथ में रिक्शा का पुराना मीटर। कबाड़ीवाला ग़ुस्से में बिना कुछ बोले दीवार के साथ बैठ जाता है। बीच-बीच में पत्नी को देखता है। पत्नी उस पर ध्यान नहीं देती। पहेली सुलझाती रहती है।]

कबाड़ी : (ग़ुस्सा दबाकर, प्यार से बोलने की असफल कोशिश करते हुए) यह पेपर यह पढ़ा करो (ख़ामोशी, पत्नी बिल्कुल ध्यान नहीं देती, थोड़ी ऊँची आवाज़ में) वह बिना धर्म वालों का पेपर मत पढ़ा करो...

पत्नी : (शान्ति से) पहेली सुलझा रही हूँ! (पहेली सुलझाना बन्द करती है, मगर पति की ओर ध्यान न देकर पड़ी रहती है।)

कबाड़ी : (कमीज के अन्दर से अख़बार निकालता है) यह अपने धर्म वालों के अख़बार की भाषा की पहेली सुलझाया करो।

कुमार : (लिखते हुए) हँ! बिन धर्मवालों के अख़बार की पहेली और धर्मवालों के अख़बार की पहेली! अजीब है!

पत्नी : (पति की ओर ध्यान न देकर) दोनों अख़बारों में आज एक ही पहेली छपी है।

[कबाड़ीवाले ने अख़बार वाला हाथ पत्नी की ओर बढ़ाया हुआ है। पत्नी अख़बार नहीं लेती। पताकावाले का हाथ अकड़ जाता है—एकदम नियन्त्रण ख़त्म हो जाने की तरह हाथ धड़ाम से नीचे आता है, लगभग ज़मीन से टकराता है।]

कबाड़ी : (दर्द से) आऽऽ (हाथ मलते हुए, चिड़चिड़ाते हुए) बड़ी देर से देख रहा हूँ, मैं आया हूँ, बैठा हूँ, बात कर रहा हूँ—फिर भी तू आड़ी-टेढ़ी पसरी हुई है। यह ठीक नहीं है।

पत्नी : (ग़ुस्से में सँभलकर बैठते हुए) यह ठीक नहीं और वह ठीक नहीं, ऐसा करो और वैसा करो...मैं दूध पीती बच्ची हूँ क्या? या मैं अनपढ़ हूँ (कुमार की ओर देखकर) मैं एम.ए. हूँ (कुमार 'ठीक है' के अन्दाज़ में हाथ हिलाता है। पति से) कैसे क्या करना चाहिए मैं समझती हूँ।

कबाड़ी : (चिढ़कर) मराठी में एम.ए. कोई भी हो जाता है। मराठी एम.ए. की कोई क़ीमत नहीं होती।

पत्नी : तुझ कबाड़ी को मिलेगी एम.ए. विथ इंग्लिश बीवी।

कबाड़ी : (उठकर ग़ुस्से में) मैं अभी रिक्शावाले का काम कर रहा हूँ अब कबाड़ी मत बोलना ख़बरदार!

[कबाड़ी माला सँभालते तेज़ी से बाहर जाने लगता है। पत्नी एकदम उठती है, माला पकड़ लेती है।]

पत्नी : (चिढ़कर) घर में पैसा नहीं है। दूध नहीं है।

कबाड़ी : मुझे चाय नहीं पीनी।

पत्नी : मुझे चाय पीनी है। पहले दूध ला दो फिर जाओ बाहर, तुम्हें जहाँ मटरगश्ती करने जाना है।

कबाड़ी : मराठी एम.ए. होकर अशुद्ध बोलती है और मुझसे तू लड़ाकत करती है। मैं तुम्हारा पति हूँ मुझे आप कहो। अपनी ऊँची संस्कृति में पत्नी पति को इज़्ज़त से बुलाती है। मैं तुम्हारा पति हूँ, मुझे आप कहो।

पत्नी : तो मुझसे लव मैरेज क्यों की ? करनी थी किसी उच्च संस्कृति-वाली गँवार औरत से अरेंज्ड मैरेज।

कबाड़ी : एम.ए. हो तो पैसा कमाओ, नौकरी करो।

पत्नी : (दुखी होकर) बार-बार मेरी नौकरी की बात मत छेड़ो। मराठी एम.ए. को मिलती है कहीं नौकरी ?

कबाडी : (जेब से पाँच रुपये निकालकर) ये लो। रात में रिक्शा लेकर जाऊँगा मैं।

पत्नी : रात में कबाड़ी मिलेगा।

कबाड़ी : (हाथ में रिक्शा का मीटर नचाते हुए, नाचते हुए) रिक्शावाला हूँ मैं...रिक्शावाला हूँ (पत्नी ग़ुस्से से मीटर लेकर फेंक देती है। कबाड़ीवाला पत्नी का हाथ उठाता है, कुमार दौड़कर उसका हाथ पकड़ लेता है।)

कुमार : कुमार (कबाड़ी से) यह ऊँची बात नहीं है।

पत्नी : (कुमार से) पति-पत्नी के झगड़े में तीसरे को नहीं बोलना चाहिए।

कबाड़ी : (कुमार से) समझ में आयी अपनी संस्कृति!

कुमार : (कबाड़ीवाले के गले में पड़ी माला को हाथ से सहलाते हुए) हाँ चित्त की धार्मिकता, यानी धार्मिक चित्त कैसा होता है इस ओर ले जाना है नाटक।

कबाड़ी : धार्मिक चित्त वग़ैरा कुछ नहीं। धर्म का सिर्फ़ अभिमान होना चाहिए।

कुमार : ठीक है, ठीक है फिर दूसरा कुछ करें।

कबाड़ी : दूसरा क्या ?

कुमार : दूसरा कुछ भी (कबाड़ी और पत्नी चुपचाप एक-दूसरे को प्रश्नार्थक मुद्रा में देखते हैं।)

कुमार : बोलो-बोलो (दोनों चुप) बोलो भाई...कुछ भी (दोनों चुप) नाटक आगे बढ़ना ज़रूरी है (दोनों चुप) कथ्य ही नहीं है या भाषा नहीं आती? (सोचकर उत्साह से) आइडिया (कबाड़ की गाड़ी में रिक्शा के गत्ते जोड़ते हुए) यह रिक्शावाला आस्तिक है। इसकी पत्नी नाटक में आस्तिक दिखायें या नास्तिक? हमने कुछ परिवर्तनवादी परिवार देखे हैं। उनमें पति नास्तिक होता है और पत्नी आस्तिक, एकदम आस्तिक पूजापाठ करने वाली, ऐसा चलता है। यहाँ दूसरा करके देखें (कबाड़ की गाड़ी गत्ते लगाकर रिक्शा बन चुकी है, कबाड़ी वाले से) रिक्शावाले!

कबाड़ी : (ख़ुशी से) बोलिये।

कुमार : आप आस्तिक ईश्वर को मानने वाले और आपकी मिसेस... नास्तिक ईश्वर को न मानने वाली।

कबाड़ी : (चिल्लाकर) अबे ओ कुमार के बच्चे, किसकी मिसेस नास्तिक? अपन आस्तिक तो अपनी मिसेस भी आस्तिक ही होगी। वो परिवर्तनवादी पति दूसरे हैं जो अपनी बीवियों को आस्तिक नहीं बना सकते हैं, धिक्कार है उन पर। अपनी बीवी आस्तिक ही होगी। हम दोनों एक जैसे, एक ही मत के...दोनों ही क्यों सारा समाज की आस्तिक होना चाहिए...वही नाटक हमें चाहिए।

कुमार : (धीमी आवाज़ में, समझाते हुए, दोनों से) ठीक है, आप दोनों ही आस्तिक। फिर ऐसा करें...आप तपस्या करते हैं, आपको भगवान दर्शन होते हैं। ऐसा दिखाते हैं।

कबाड़ी : तपस्या कौन करेगा। इतना वक़्त किसके पास है। भगवान के दर्शन नहीं चाहिए (ज़ोर से माला नचाते हुए) भगवान का उत्सव करना है। (और ज़ोर से) भगवान के उत्सव का चन्दा दो (जल्दी मचाते हुए) चलो...दो...निकालो।

कुमार : (घिघियाते हुए) मैं ग़रीब...ग़रीब हूँ। मेरे पास...पैसे नहीं हैं।

पत्नी : (ज़ोर से) पैसा नहीं ऐसा कैसे हो सकता है? निकालो चन्दा उत्सव का...जल्दी।

कुमार : कल। कल दूँगा।

पत्नी : (खटिया पर का गद्दा हटाते हुए) ये क्या हैं पैसे।

[कबाड़ीवाले कुमार को धक्का देते हैं, कुमार गिर पड़ता है, कबाड़ीवाला गाड़ी धकेलने लगता है।]

कबाड़ी : (पैसा लेकर पत्नी से) चलो (पत्नी मीटर उठाती है।) कल का उत्सव शान से करना है...फिर मेरी हैसियत बन जायेगी। धर्मवालों की पार्टी...फिर मैं चुनाव लड़ूँगा..सत्ता हासिल करूँगा। हमें घर में शान्त। बाहर संघर्ष।

[पत्नी लगातार गर्दन हिलाती है। कबाड़ी वाला पैसा नचाते हुए कूल्हे हिलाते हुए नाचते हुए जाता है। पत्नी सुबकती हुई पीछे-पीछे]

कुमार : ऐसे कूल्हे मटकाकर आड़ा-टेढ़ा मत नाचो। अच्छा नृत्य खोजो।

[कबाड़ीवाला और विद्रूप तरीके से नाचते हुए कुमार को लात मारता है। कुमार दर्द से कराहता है। कबाड़ीवाला और पत्नी गाड़ी धकेलते हैं। पैसा पाने की ख़ुशी मनाते चले जाते हैं। कुमार सुबकते हुए उठ बैठता है।]

कुमार : (रोते हुए) अकॉर्डिंग टू (ज़्यादा सुबकते हुए) अकॉर्डिंग टू (रोना रोककर) रिक्शा चलाना वग़ैरा कुछ ठीक से पढ़ाई कर के ढंग से बी.एस-सी. होना है (दृढ़ता से) पढ़ाई (उठकर) किताब (उठाकर), खोले बिना अकॉर्डिंग टू आइंस्टीन, अकॉर्डिंग टू न्यूटन...टाइम इज़ बेड। मेरे माँ-बाप राह देख रहे हैं कि कब बी.एस-सी. होता हूँ और कब मुझे नौकरी मिलती है। नौकरी करते हुए नाटक लिखना है। प्रायोगिक...हूँ। ...कमर्शियल। नाटक ज़ोरों से चल पड़ा तो...नौकरी को लगानी है लात। (हवा में लात चलाता है...यहाँ से आड़ा-टेढ़ा नाचते हुए) गाँव में हमारी छोटी सी दुकान है। भगवान की तस्वीरें, गुलाल, अबीर, सिन्दूर। मेरे माँ-बाप को लगता है कि मैं पढ़-लिखकर बड़ा आदमी बनूँ। सिर्फ़ बी.एस-सी. हो जाने के बाद मुझे शानदार नौकरी मिलेगी। सिर्फ़ बी.एस-सी. को कभी बड़ी शानदार नौकरी मिलती है? मुझे कौन सी नौकरी मिलेगी?

कैसे मिलेगी? नौकरी मिलने का कोई निश्चित तरीक़ा होता है? यहाँ अर्ज़ी दो...वहाँ अर्ज़ी दो...इससे मिलो...उससे मिलो...शक्ल दयनीय बनाओ...कहीं कुछ किसी तरह आड़ा-टेढ़ा चलते-चलते कहीं कोई नौकरी मिल गयी तो मिल गयी। (सेल्समैन आता है, कुमार का नृत्य कर जाता है) सेल्समैन हूँ मैं विदेशी कम्पनी में। तनख़्वाह, टीए, डीए, कोई कमी नहीं। और अपना काम यानी...अपन एकदम एफीशिएंट कम्पनी की सेल अपन ने बढ़ा दी है, बॉस एकदम ख़ुश है अपन से। मेरा बॉस इण्डियन नहीं है विदेशी है। इतना कड़क डिसिप्लिन होता है न उनका। हम इण्डियन जैसा ढीला-ढाला मामला नहीं है फारेनर्स के साथ रहकर मुझसे भी एक डिसिप्लिन आ गया है। बहुत अनुभव मिले (आँख दबाकर) नाटक लिखने हैं...दिमाग़ में कई विषय हैं, बिल्कुल हटके अनुभव वाले नहीं। जीना अलग होता है और नाटक के विषय अलग। एक्सट्रा मेरायटल सेक्स व्यभिचार पर लिखूँगा नाटक (हँसकर) यह अपने अनुभव का मामला नहीं है न (गम्भीर होकर) लेकिन अभी एकाध साल लिखना सम्भव नहीं है...इस साल कुछ अलग काम का बोझ आ पड़ा है...पहले विदेश यात्रा करनी है...फिर लिखूँगा नाटक। विदेशों में कांटेक्ट एस्टब्लिश करने हैं...नहीं, नहीं कोई पर्सनल उद्देश्य नहीं है...मराठी नाटकों के लिए फॉरेन कण्ट्री से कांटेक्ट करना है। मराठी नाटक लिखने के लिए फॉरेन लेखक का मराठी लेखकों से कोलॅबरेशन हो, ऐसी कोशिश मैं करूँगा...थोड़ा वक़्त लगेगा इसमें (चाबियों का गुच्छा उछालते हुए) उस पर मेरी कम्पनी ने बड़ी जिम्मेदारी सौंपी है। आसपास के गाँवों में हमारी कम्पनी के प्राडक्ट की सेल शुरू करनी है। गाँव में ही जा रहा हूँ (चाबियों को उछालकर) गाड़ी दी है कम्पनी ने परमानेंट...(सेल्समैन विंग में जाकर लौटता है। कार मंच पर आती है। कार यानी कबाड़ की गाड़ी में गत्ते का कटआउट लगाया है। अब मंच पर गाँव के बाहर का सीन। इस वक़्त परिवर्तनवादी और पुनरुत्थानवादी युवक भाई-भाई हैं। वे

दोनों कभी आपस में लड़ते हैं, कभी एक–दूसरे से प्यार से बरताव करते हैं, कभी एक–दूसरे को गाली देते हैं, कभी एक–दूसरे को धकेलते हैं, कभी हाथ उठाते हैं मानो मारने के लिए, कभी आँख बन्द करके सोते हैं, कभी जम्हाई लेते हैं। कुमार के यानी सेल्समैन के ही मन के भाग हैं, यानी कुमार की यानी सेल्समैन की बातचीत में हिस्से लेते हैं। सेल्समैन कार के कटआउट के साथ मंच पर आता है तब)

परिवर्तनवादी : आख़िरकार मराठी नाटक ड्राइंग रूम के बाहर आया है ऐसा लगता है।

पुनरुत्थानवादी : बेवकूफ़ मराठी नाटक ग्रामीण इलाक़े में आया है।

सेल्स. : (अपनी पीठ दबाते हुए) आऽऽह बहुत ख़राब सड़कें हैं।

पुनरुत्थानवादी : हड्डियाँ ढीली हो गयीं।

सेल्स. : हड्डियाँ ढीली होने के अनुभव पर नाटक लिखना चाहिए।

परिवर्तनवादी : नहीं, अनुभव अलग और नाटक अलग।

सेल्स. : गाँवों की हालत अब भी वैसी ही है, तरक्की...

परिवर्तनवादी : नाममात्र की। सरकार का प्रचार ज़्यादा है।

सेल्स. : मकान...

परिवर्तनवादी : टूटे–फूटे, पुराने बग़ैर बिजली के। सरकार के बनाये मकान भी वैसे हैं। नये बने संडास भी सँकरे, बैठते ही नहीं बनता।

सेल्स. : (घबराकर) अच्छा हुआ गाँव छोड़कर शहर आ गये...यानी मेरी तरक्की हुई। अपना शहर का फ़्लैट और...

पुनरुत्थानवादी : कंफर्टेबल बनाना...

परिवर्तनवादी : चाहिए।

सेल्स. : यह पूरा मुझे...

परिवर्तनवादी : गाँवों में

पुनरुत्थानवादी : चहकना है।

सेल्स. : यह साल...

परिवर्तनवादी/पुनरुत्थानवादी : कैसे गुज़रेगा?

परिवर्तनवादी : साहब को लगाकर...

पुनरुत्थानवादी : शहर में तबादला...
परिवर्तनवादी/पुनरुत्थानवादी : करवाना होगा

[परिवर्तनवादी और पुनरुत्थानवादी एक-दूसरे को ताली देते हैं]

सेल्स. : गाँव की सड़कें बेहतर बनानी चाहिए।

पुनरुत्थानवादी : गाँव की ही क्यों, शहर की सड़कें भी बेहतर बनाने की ज़रूरत है।

परिवर्तनवादी : प्रधानमन्त्री को लिखो।

सेल्स. : सड़कें सुधारने का कॉन्ट्रेक्ट फॉरेन कम्पनी को ही दिया जाना चाहिए।

परिवर्तनवादी : एनरॉन को।

पुनरुत्थानवादी : यानी सारा पैसा एनरॉन को।

सेल्स. : वह होगा तब होगा, फ़िलहाल मुझे अपना कुछ इन्तज़ाम कर लेना चाहिए। (पीठ दबाते हुए) मैं अपनी विदेशी कम्पनी से साफ़ कहूँगा (मोबाइल पर) मेरी कार में शॉक एब्जॉर्ब्स एकदम शानदार बेस्ट क्वालिटी के होने चाहिए। कोई नयी टैक्नॉलॉजी खोजो गाँव के रास्तों पर भी (मोबाइल रख कर) मुझे एकदम सुखी जीवन प्राप्त होना चाहिए। मेरा फ़्लैट...आहाहा...एकदम सुख का सागर होना चाहिए। आहाहा! मुझे सिर्फ़ सुख बहुत पसन्द है ढेर सारे सुख ख़ूब वैरायटी हो खाने में, शानदार शराब रोज़! (सँभलकर) और ड्रिंक रोज़ सिर्फ़ इतना ही लूँगा कि शराब के बैड इफेक्ट न हों और सिर्फ़ सुख ही मिले। स्मोकिंग भी एकदम सँभलकर।

परिवर्तनवादी : योगा करना है।

सेल्स. : योगा की क्लास में जाना ही होगा। बुढ़ापे में भी सेहत बढ़िया हो। बुढ़ापे में भी स्मोकिंग और ड्रिंकिंग एंजाय करते बनना चाहिए। योगा सीखना होगा। नब्बे साल जीना होगा।

पुनरुत्थानवादी : सौ साल क्यों नहीं!

परिवर्तनवादी : इनसान की उम्र बढ़ रही है।

सेल्स : ज़रूरी हुआ तो सौ के बाद भी जिऊँगा।

परिवर्तनवादी : और पत्नी? वह कैसी हो?

सेल्स. : आधुनिक भी हो पुनरुत्थानवादी और पति की सेवा करने वाली परम्परावादी।

पुनरुत्थानवादी : और बच्चे?

सेल्स. : बच्चों को कुछ बड़े आदमी बनना चाहिए। आहाहा! देन लाइफ विल बी अ फैंटेसी।

[एक ग्रामीण युवा स्त्री, सिर पर एक के ऊपर एक दो घड़े और बग़ल में एक घड़ा लेकर आती है। सेल्समैन उसे देखते हुए खो जाता है।]

परिवर्तनवादी/पुनरुत्थानवादी : यह क्या नाटककार बनेगा, पता नहीं!

[घड़ेवाली स्त्री थकी चाल से चलते हुए यहाँ से वहाँ जाती है।]

सेल्स. : (स्त्री को देखकर) आम दृश्य, गाँव का। बचपन से देखा हुआ।

परिवर्तनवादी : दस कोस से पानी लाना...जो देखेगा...।

पुनरुत्थानवादी : उसे दुख होगा, जो देखेगा उसके मन में आयेगा।

परिवर्तनवादी : पानी की समस्या मन में हल होगी।

सेल्स. : प्रधानमन्त्री की योजना है, हर गाँव में पानी।

परिवर्तनवादी/पुनरुत्थानवादी : (एकदम) बीस प्रतिशत गाँवों में योजना आयेगी और टीवी पर विज्ञापन प्रतिशत।

पुनरुत्थानवादी : हे ईश्वर, हे भगवन, पहले लिटरेचर में दिखाते थे वैसा ही गाँव वालों का स्वभाव भोलाभाला रहे...हे ईश्वर, तुम वहाँ हो? हो भी या नहीं? जब मैं बी.एस-सी. में पढ़ता था तब मैंने एक आधा एकांकी लिखा था, उसमें ईश्वर एक कैरेक्टर था...अब ईश्वर और नाटक को दिमाग़ के बाहर करे। मैं सेल करने आया हूँ। (घड़े वाली पास आकर दूर जाती है) इस औरत को मैं अपनी विदेशी कम्पनी का सॉफ्ट ड्रिंक बेचूँगा (दृढ़ता से) बेचूँगा। (घड़ेवाली चली जाती है।) हर किसी के...

परिवर्तनवादी : मन में आता है, गाँवों में पानी तो है नहीं और सॉफ्ट ड्रिंक बेचने चले हैं।

सेल्स. : लेकिन मैं और क्या कर सकता हूँ?

पुनरुत्थानवादी : नैतिक दृष्टि से तो गाँवों में सॉफ्ट ड्रिंक बेचने की नौकरी नहीं करनी चाहिए।

सेल्स. : फिर कोई और करेगा...करने दो! मेरा प्रश्न मैं ही हल करूँगा... यही सर्जनशीलता की शुरुआत है...लेकिन (घबरा जाता है)

पुनरुत्थानवादी : डर लगता है।

सेल्स. : ऐसा लगता है कि निजी स्तर पर कोई भी प्रश्न नहीं उठना चाहिए। हर प्रश्न सार्वजनिक कर देना चाहिए... गाँवों में सॉफ्ट ड्रिंक बेचना चाहिए या नहीं...यह प्रश्न भी...समाज के सिर पर थोप देना चाहिए...लगता है...समाज को आन्दोलन करना चाहिए...मुझ अकेले को एक भी प्रश्न दिमाग़ में लेने की इच्छा नहीं होती।

परिवर्तनवादी : किस समस्या पर समाज को नाटकों की ज़रूरत है? यह देखना चाहिए।

पुनरुत्थानवादी : कैसा नाटक चलेगा? यह देखना चाहिए।

सेल्स. : मैं न किसी प्रश्न पर सोचूँगा न डिस्टर्ब होऊँगा।

पुनरुत्थानवादी/परिवर्तनवादी : कैसा नाटककार बनेगा पता नहीं।

[परिवर्तनवादी और पुनरुत्थानवादी फिर आपस में लड़ने लगते हैं दोनों लड़ते हुए बाहर हो जाते हैं, सेल्समैन देखता रहता है। घड़ेवाली आती है।]

घड़ेवाली : (सेल्समैन से) ये दोनों भाई हैं, एक पुनरुत्थानवादी है दूसरा परिवर्तनवादी है। दोनों आपस में झगड़ते रहते हैं। तुम ध्यान मत दो।

सेल्स. : (थैली में से सॉफ्ट ड्रिंक की बोतल निकालकर घड़ेवाली के पास जाकर, ड्रिंक की बोतल सामने करके) मैडम, ड्रिंक कोल्ड ड्रिंक मैडम, पीजिये, ताज़ा दम हो जायेंगी।

घड़ेवाली : (थक कर, चल से हवा करते हुए) आज एक पैसा नहीं है। एक तारीख़ को पैसा मिलेगा तब लूँगी।

सेल्स. : एक तारीख़ से क़ीमत बढ़ जायेगी...आज लिया तो दो रुपये की छूट है...अभी लिया तो दो रुपये दस पैसा छूट।

घड़ेवाली : ड्रिंक पीने की इच्छा तो है मगर आज एक पैसा नहीं है।

सेल्स : (स्वागत) वाह! ड्रिंक पीने की इच्छा तो इसमें पैदा कर दी, दॅट्स लाइक अ सेल्समैन। अब इसमें ड्रिंक ख़रीदवाया जाय...देन रियली आय विल बी ग्रेट सेल्समैन। (घड़ेवाली के सामने ड्रिंक की बोतल नचाते हुए) सारी थकान मिटाने वाला ड्रिंक।

घड़ेवाली : ड्रिंक ख़रीदने के लिए कुछ कर्ज़ वर्ज मिलेगा? कोई स्कीम है?

सेल्स. : (सोचते हुए, जेब के पैसे हाथ में लेकर) इसे कर्ज़ दूँ। (कठोरता से) मेरी निजी जेब से क्यों दूँ? कम्पनी को स्कीम देनी चाहिए! कम्पनी से कहता हूँ ग्रामीण इलाक़ों में सॉफ्ट ड्रिंक के लिए कर्ज़ की व्यवस्था को। (ख़ुश होकर) बढ़िया सजेशन है (चिन्तित होकर) लेकिन अभी क्या करें (हकलाते हुए) हे ईश्वर, उसे ही कोई रास्ता ढूँढ़ते हैं।

घड़ेवाली : ए!

सेल्स. : (पैसा जेब में रखकर, जल्दी से घड़ेवाली तक आकर बोतल सामने आता है) थकान मिटाने वाला ड्रिंक।

घड़ेवाली : यह ड्रिंक जिंग थिंग है क्या?

सेल्स. : जिंग...तो होता है मगर, ये शब्द एक-दूसरे ड्रिंक ने ले लिए हैं...हमारा ड्रिंक ये शब्द इस्तेमाल नहीं कर सकता। अदरवाइज...

घड़ेवाली : ये ही शब्द क्यों इस्तेमाल करने ज़रूरी हैं? दुनिया में हज़ार शब्द पड़े हैं। बताऊँ कुछ ख़ास शब्द?

सेल्स. : बताओ।

घड़ेवाली : कितने पैसे दोगे?

सेल्स. : पैसे?

घड़ेवाली : फिर? टीवी पर रेडियो पर, पेपर में, विज्ञापनों में मेरे शब्द इस्तेमाल करना। उदारीकरण के दौर में मैं तुम्हें शब्द दूँगी, तो उसके पैसे नहीं होंगे? हेल्दी कॉमर्स करो।

सेल्स. : हेल्दी कॉमर्स। ठीक है कितने पैसे लोगी?

घड़ेवाली : कितने दोगे।

सेल्स. : एक रुपया

घड़ेवाली : रुपये का कितना अवमूल्यन हो गया है।

सेल्स. : पाँच रुपये।

घड़ेवाली : पाठकों के पत्रों में लिखूँ कि इण्टरनेशनल कम्पनी का सेल्समैन ठेलेवाले की तरह भेदभाव करता है।

सेल्स. : (डरकर) पचास रुपये।

घड़ेवाली : पचास, सौ, हज़ार...ये विदेशी आँकड़े हैं...५१, १०१, १००१ ये आँकड़े देसी हैं। शादी में ५० रुपये नहीं देते, ५१ देते हैं। इक्यावन दो।

सेल्स. : ठीक है (सेल्समैन ५१ रु. देता है) बोलो।

घड़ेवाली : (गाते हुए) हल्का फुल्का नशा!

सेल्स. : (गाते हुए) हल्का फुल्का नशा (सामान्य आवाज़ में) यानी

घड़ेवाली : ज़्यादा नशा चलेगा? (अँगूठा मुँह तक ले जाकर शराब पीने का अभिनय करते हुए सिर हिलाते हुए, जैसे नशे में) नाली में जा पड़े, ऐसा नशा चलेगा?

सेल्स. : (घबराकर) नहीं!

घड़ेवाली : (ऊब का भाव दिखाकर) : बिल्कुल नशा न हो, सिर्फ़ उबाऊ लाइफ, ऐसा जीवन चलेगा?

सेल्स. : (और घबराकर) नहीं!

घड़ेवाली : नशा तो चाहिए। ज़्यादा नशा नहीं, कम नशा नहीं (गाते हुए) हल्का फुल्का नशा...(सामान्य आवाज़ में) होना चाहिए। जीवन कैसे हो? नाटक कैसा हो, हल्का फुल्का हल्का फुल्का। आनन्द कैसा हो? हल्का फुल्का (गाते हुए) हल्का फुल्का नशा। हल्के फुल्के दाम।

सेल्स. : (मगन होकर गाते हुए) हल्का फुल्का नशा। हल्के फुल्के दाम (उछलकर) वाह! ग्रेट!

घड़ेवाली : हैमर करो टीवी पर, आकाशवाणी पर, पेपरों में।

सेल्स. : वाह! हैमर मैडम, आपको अँग्रेज़ी आती है?

घड़ेवाली : भारत में पैदा हुए तो अँग्रेज़ी कंपल्सरी है, और कुछ कंपल्सरी नहीं।

सेल्स : (स्वागत) अपन आये तो थे मुनाफ़ा कमाने और ५१ रुपये चले

गये। अर्थात् ५१ रुपये यानी अपनी कम्पनी के लिए सिर्फ़ एक डॉलर, फिर भी ५१ रुपये तो गये। अब बतौर सेल्समैन अपनी कसौटी है। कॉमर्स की अपनी फिलॉसफी गढ़ने का क्षण आया है। गये हुए ५१ रुपये वापस लाने हैं।

घड़ेवाली : ड्रिंक का रेट क्या है।

सेल्स. : (स्वागत) इसे ड्रिंक बेचना ही होगा। इसकी ख़रीदने की शक्ति ५१ रुपये तो है ही। लेकिन ५१ रुपये एक ही बोतल के लिए बताये तो, (डॉलर) नहीं नहीं, यह पाठकों के पत्र में लिख दे और अपनी कम्पनी झूठी क़ीमत बताने के लिए अपने को जेल में डाल दे। इण्डियन कम्पनी होती तो चलता यह, वरना (झरड़ेवाली से) मैडम, बयालीस रुपये पर लीटर। एक बोतल में एक लिटर है। लीजिये। हल्का फुल्का नशा, हल्के फुल्के दाम।

घड़ेवाली : कोल्ड है न।

सेल्स. : ऑफ़कोर्स मैडम...स्विट्जरलैण्ड की ख़ास हाइटेक से इसका कोल्डनेस मैंटेन किया गया है। सेवन डिग्री सेल्सियस।

घड़ेवाली : एक दो...

[सेल्समैन एक बोतल देता है। घड़ेवाली सारे पैसे देकर बोतल लेती है। ड्रिंक से कुल्ला करती है। थोड़ा ड्रिंक पैरों पर डालती है। फिर निर्विकार ढंग से ड्रिंक पीती है। बोतल वापस देती है।]

सेल्स. : (पैसे गिनकर नौ रुपये वापस करते हुए) मैडम ये आपके बचे हुए नौ रुपये।

घड़ेवाली : (घड़ा उठाकर) कीप द चेंज।

[इस बातचीत के दौरान परिवर्तनवादी और पुनरुत्थानवादी मंच पर आकर दूर आराम से बैठे हैं।]

सेल्स. : (नौ रुपये जेब में रखते हुए) धन्यवाद मैडम, कॉमर्स का इन्फ्रास्ट्रक्चर, मैनर्स गाँव-गाँव तक पहुँच गये हैं। क्यों मैडम।

घड़ेवाली : स्मार्टनेस...और कुछ नहीं

सेल्स. : (घड़ेवाली घड़े उठाती है, तब) मे आइ हेल्प यू मदाम ? बेसिकली आइ कम फ्रॉम अ विलेज, माइ पेरेंट्स लिव इन द विलेज।

घड़ेवाली : कम्प्लीट अँग्रेज़ी नहीं समझ में आती।

सेल्स. : मैं आपकी मदद कर सकता हूँ?

घड़ेवाली : कम्प्लीट हिन्दी भी नहीं समझ में आती।

सेल्स. : मैं आपकी हेल्प करूँ?

घड़ेवाली : पुरुषों की पोलाइटनेस से चिढ़ होती है। (चलती है, पुनरुत्थानवादी और परिवर्तनवादी को देखकर) उनको देखो। वह पुनरुत्थानवादी और परिवर्तनवादी। दोनों मेरे रिश्ते वाले हैं। हमारे ही गाँव में कोई आन्दोलन हुआ तभी दोनों एक्टिव हो जाते हैं। उन्हें सिर्फ़ सोशल लेवल पर ही काम करते बनता है। निजी लेवल पर उधर भी नहीं बनता उनसे। सर्जनशील काम के लिए दोनों ही निकम्मे और, दोनों ही मेरी घड़े उठाने में कभी मदद नहीं करते। मदद दो ही चीज़ों में चाहिए होती है। डेली लाइफ जीने के लिए और ज़्यादा सर्जनशील होने के लिए। दोनों के ही लिए वे बेकार हैं।

सेल्स. : मैडम, एक बार आप कहती हैं कि मदद नहीं करते और एक बार कहती हैं कि स्त्री दासता नहीं चाहिए...आपके विचारों में कंसिस्टंसी नहीं है।

घड़ेवाली : कंस्टिस्टंसी नहीं है...यही बार-बार मालूम होता है भारत में।

सेल्स. : (चिन्तनशील ढंग से) : एक तरह की समझ विकसित हो रही है...अपने समाज में।

घड़ेवाली : समझ नहीं, सनकीपन...(जाती है)

[घड़ेवाली लगभग जा चुकी है तभी...]

घड़ेवाली : सॉरी, पानी नहीं है। दस कोस से लायी हूँ। सूखा पड़ा है। (जैसे नदी में घूम रही हो।) सूखे पर एक अच्छी डॉक्यूमेंटरी नहीं है। सूखे पर एक अच्छा चित्र नहीं है। सूखे पर एक भी अच्छी कविता नहीं। चिलचिलाती धूप पर अच्छा शोध नहीं। यह पठार, यह काल, पठार काल इन पर रेखागणित नहीं। सूखा। सूखे पर...।

परिवर्तनवादी/पुनरुत्थानवादी : मत हैं।

सेल्स. : (गला सूख रहा है) पानी!

पुनरुत्थानवादी : तुम्हारी मिनरल वॉटर की बोतल कहाँ है?

सेल्स. : (असहाय) भूल गया, जल्दबाजी में।

घड़ेवाली : (डुम से) प्यासे को पानी पिलाना चाहिए। हमारा मन बहुत घटिया हो चला है।

सेल्स. : (अपने आप से) उन दोनों को ड्रिंक चाहिए। मैं भूल ही गया। चलो सेल्समैन को अपना धन्धा नहीं भूलना चाहिए। (थैली में से एक बोतल लेकर पुनरुत्थानवादी के पास जाता है) हल्का फुल्का नशा, हल्की फुल्की क़ीमत।

पुनरुत्थानवादी : युवक तेज़ी से सेल्समैन के हाथ से बोतल छीनकर भागने लगता है। सेल्समैन शोर मचाने लगता है। घड़ेवाली भी शोर मचाने लगती है। परिवर्तनवादी भी शोर मचाने लगता है।

[चला जाता है। इस हड़बड़ी में घड़ेवाली का गजरा ज़मीन पर गिर पड़ता है। सेल्समैन गजरा उठा लेता है, सूँघता है। घड़ेवाली देखती है।]

सेल्समैन : भूख-प्यास खो गयी।
मैडम, आपके बालों का गजरा सुन्दर है।

घड़ेवाली : (क़रीब आकर) उदासी से तुम्हें किसी स्त्री को सुन्दर ढंग से छेड़ना आता है। सुन्दर हाँ घटिया नहीं (दूर होकर) मेरा ठुमक-ठुमक कर चलना खो गया है। मेरी सुन्दर हँसी खो गयी है...तुम्हें एक पहेली पूछती हूँ...आदमी किस चीज़ में दंग हो सकता है? किस चीज़ में खो सकता है। तुम बड़े नाटककार बनो, दंग होने, खो जाने की खोज करो। तब जाऊँगी मैं तुम्हारे जीवन में (शान्ति) चलती हूँ। (चली जाती है)

सेल्स. : (गजरा हवा में उछालते हुए) याऽऽहू!

[कुमार आता है]

कुमार : (सेल्स से) होश में आओ...पागलपन मत करो।

सेल्स. : पागलपन तो पागल (उत्तेजित होकर) मैं महान् नाटककार बनूँगा (कुमार के क़रीब आकर) यह देखो, दरअसल, ख़ास तौर पर

सेक्स के दिवास्वप्न देखना इस उम्र में स्वाभाविक ही है। होने दो जरा सेक्स का ड्रीमिंग...कि तुम महान् नाटककार बन गये हो...और जब तुम सेल्समैन थे तब मुझसे मिली हुई वह ग्रामीण पुष्पकन्या तुम्हें खोज रही है...तुम्हारे जीवन में आयी है...तुम उसके साथ मज़े में हो...झाँको अपने भविष्य में...उस खिड़की से...जाओ झाँको।

[सेल्समैन कुमार को खिड़की के पास ढकेलता है, कुमार हड़बड़ाकर गिर पड़ता है। तब उसके सामने विंग में से खिड़की के साथ दीवार, यह दृश्य आता है।]

सेल्स. : (दीवार को देखकर उत्तेजित होकर, उत्साह में) देखो देखो...जब तुम...महान् नाटककार बनोगे...तब के तुम्हारे बंगले की दीवार... जाओ खिड़की में से अन्दर झाँको। देखो भविष्य में तुम, महान् नाटककार उस पुष्पकन्या के साथ मज़े कर रहे हो।

कुमार : (उठकर) शर्म आती है।

[सेल्समैन कुमार को कन्धों पर उठा लेता है। कुमार डर कर खिड़की के अन्दर देखता है और एकदम नीचे कूद पड़ता है और हड़बड़ाकर बड़बड़ाने लगता है। सेल्समैन घबराकर भाग जाता है। कुमार उठकर काँपता हुआ स्तब्ध खड़ा है।]

कुमार : (काँपते हुए) नहीं...वहाँ मैं भविष्य का नाटककार उस घड़ेवाली कन्या के साथ सुन्दर प्रणय नहीं कर रहा था न गन्दा प्रणय कर रहा था मैं गन्दे प्रणय से भी ज़्यादा गन्दा कुछ कर रहा था। मैं भविष्य का महान नाटककार मैं इंग्लिश नाटकों का मराठी में रूपान्तर कर रहा था...और रूपान्तर करने वाला मैं कैसा लग रहा था? (बड़बड़ाते हुए) पागल जैसा लग रहा था। अँग्रेज़ी नाटकों से नाटक रूपान्तर करने वाला मैं पागल लग रहा था। (बेहद डरा हुआ दीवार की ओर देखता है। दीवार नैपथ्य में चली जाती है। कुमार ताली से मच्छर मारता है। किताब लेकर पढ़ता है) अकॉर्डिंग टू न्यूटन स्पेस इज़ एब्सोल्यूट। टाइम इज़ एब्सोल्यूट। अकॉर्डिंग टू आइंस्टीन स्पेस इज़ रिलेटिव, टाइम

इज़ रिलेटिव। (आँखें बन्द करके) अकॉर्डिंग टू न्यूटन स्पेस इज़ (आँखें खोलकर आईने में देखकर) एब्सोल्यूट, टाइम इज़, एब्सोल्यूट, अकॉर्डिंग टू आइंस्टीन स्पेस इज़ रिलेटिव। (रुककर, सोचकर) अँग्रेज़ी की वजह से आये हुए पागलपन पर ही नाटक लिखना चाहिए। अँग्रेज़ी में से मराठी में नाटक लिखने पर ही नाटक लिखता हूँ अब...खिड़की के अन्दर वाले हिस्से से परिवर्तनवादी आता है।

कुमार : (परिवर्तनवादी से) तुम, तुम ही हो भविष्य का मैं, अँग्रेज़ी में से मराठी नाटक लिखने वाला, पगलेट लगने वाला। अब तुम्हीं पर मैं नाटक लिखूँगा।

[पुनरुत्थानवादी आता है, परिवर्तनवादी को पैसे देता है]

परिवर्तनवादी : (जेब से पैसे निकालकर कुमार को देता है) ये रखो! प्रोत्साहन पुरस्कार। रूपान्तर करने पर नाटक लिखने का आइडिया दिमाग़ से निकाल दो (किताब देते हुए) यह है हैमलेट, हैमलेट पढ़ो! (दूसरी किताब देते हुए) किंग लियर पढ़ो। नाटकों की पढ़ाई करो। (परिवर्तनवादी और पुनरुत्थानवादी जाते हैं)

कुमार : (चहकते हुए) वाह! ऐसे भी पैसे मिलते हैं। किसी को धमकी दो,...तुम्हारा लफड़ा छाप दूँगा, निकालो पैसे! (ज़ोर से) रूपान्तर करने वाले नाटककार, तेरा पागलपन छाप दूँगा।

[पुनरुत्थानवादी और परिवर्तनवादी फिर आते हैं]

परिवर्तनवादी : (पुनरुत्थानवादी से पैसे लेकर कुमार को देता है) यह लो, शान्त रहो।

कुमार : (ज़्यादा चहकते हुए) और पैसा! (चीख़ कर) रूपान्तरकार नाटककार, तेरा सबकुछ छाप दूँगा।

[परिवर्तनवादी और पुनरुत्थानवादी आते हैं]

परिवर्तनवादी : कर दे, तुझे जो लिखना है लिख। वह छापेगा ही नहीं ऐसी व्यवस्था मैं कर दूँगा।

कुमार : (परिवर्तनवादी से, चिन्तनशील ढंग से) तुम यानी भविष्य का मैं ही हूँ। तुमसे कह रहा हूँ यानी एक तरह से मैं ख़ुद से ही बात कर रहा हूँ।

[परिवर्तनवादी कुमार को धकेलता है, कुमार गिर पड़ता है। परिवर्तनवादी और पुनरुत्थानवादी जाते हैं।]

कुमार : (पड़े-पड़े) चिन्तन करो तो लात पड़ती है। मैं ख़ुद ही अपने को लताड़ रहा हूँ। मैं अपने को ही ब्लैकमेल कर रहा हूँ। मैं अपने को ही करप्ट कर रहा हूँ। इससे जीवन क्या खिलेगा?

[कुमार उठता है, ताली से मच्छर मारता है, कुमार गिर पड़ता है। परिवर्तनवादी और पुनरुत्थानवादी जाते हैं]

कुमार : पहले बी.एस-सी. (पढ़ता है) अकॉर्डिंग टू न्यूटन स्पेस इज़ एब्सोल्यूट, टाइम इज़ एब्सोल्यूट, अकॉर्डिंग टू आइंस्टीन स्पेस इज़ रिलेटिव (घूमकर) अब यह रिलेटिव पट ठीक से समझ ही ली जाय। स्पेस इज़ एब्सोल्यूट स्पेस यानी (हाथ फैलाकर, आँखें बन्द करके) अवकाश (इसी वक़्त एक नौजवान घबराया हुआ भागता आया है, गिर पड़ता है, उठ जाता है। अब वह सिर्फ़ खड़ा है लेकिन कुमार का उसकी ओर ध्यान नहीं है) अवकाश कैसा है एब्सोल्यूट (परेशान होकर) एब्सोल्यूट (और परेशान होकर) यानी क्या? यानी क्या? एब्सोल्यूट यानी क्या? (मच्छर के लिए हवा में ताली बजाकर, हाथ सीने पर मारकर) यहाँ कुछ भी टच नहीं करता। मीनिंग यानी अर्थ। साइंस (सीने पर हाथ रखकर) यहाँ नहीं महसूस होता (जीभ को छूते हुए) सिर्फ़ यहाँ आता है साइंस (जीभ छोड़कर) साइंस में जो नहीं होता। (आगे से हवा में ताली बजाता बढ़ा जाता है) कैसे होगा? साइंस पढ़ना अँग्रेज़ी में और विचार अपनी भाषा में ही न होगा। (टहलते हुए) अँग्रेज़ी में पढ़ा तो भी साइंस का विचार मराठी में ही करते-करते (सीने पर हाथ रखकर) मन में (सिर पर चुटकी बजाकर) दिमाग़ में बिठाया जा सकेगा। (आड़े-टेढ़े

घूमते हुए) लेकिन व्यक्तिगत स्तर पर मैं कोई भी सवाल नहीं हल करूँगा (और ज़्यादा टेढ़ा-आड़ा होते हुए, घूमते हुए) परिसंवाद करो, लेख लिखो, हर प्रश्न बनाओ सार्वजनिक, व्यक्ति की हैसियत से कुछ नहीं करना चाहिए। मैं भी नहीं करूँगा। (अनियन्त्रित ढंग से हिलते हुए, मच्छरों के लिए ताली बजाते हुए) स्पेस इज़ एब्सोल्यूट। स्पेस इज़ रिलेटिव (और हेमलेट पढ़ते हुए) टू डू ऑर नॉट टू डू, व्हाट शुड आइ डू। (नटसम्राट पढ़ते हुए) घर चाहिए, घर। कोई नाटक दे रहा है क्या? कोई नाटक दे रहा है क्या नाटक? टू डू ऑर नॉट टू डू? टू डू ऑर टू डाइ। मराठी में करूँ या अँग्रेज़ी में मरूँ? (मुँह में झाग आने लगता है, कुमार गिर पड़ता है। शान्ति। कुमार धीरे-धीरे सँभलते हुए घुटने-घुटने चलता है। फिर उठता है। कराटे करता है तभी एक मच्छर हवा में दिखता है। उसे मारने कुमार हाथ उठाता है उसका पीछा करता है उसी वक़्त एक आदमी धीमे-धीमे उलटा चलता कमरे में आता है, साधारण पोशाक में। कुमार उसे नहीं देख पाता क्योंकि वह मच्छर के पीछे लगा हुआ है।)

कुमार : आगे से अपने को मार नहीं खाना है। अपन ही मारेंगे।

[इसी वक़्त उस आदमी और कुमार की टक्कर होती है। कुमार चौंककर उस व्यक्ति को एक थप्पड़ मारता है। वह व्यक्ति कुमार को थप्पड़ मारता है तो कुमार लड़खड़ा जाता है।]

कुमार : (लड़खड़ाते हुए) कौन? क्या हो गया? (सँभलकर, डरे हुए मगर धमकाने वाले स्वर में) हू आर यू?

ईश्वर : (गम्भीर आवाज़ में) आइ एम गॉड।

कुमार : बौखलाकर गॉड? मतलब?

ईश्वर : हिन्दी में ईश्वर।

कुमार : गप मार रहे हो।

ईश्वर : इट्स नॉट माइ रिस्पोंसिबिलिटी टू प्रूव देट आइ एम गॉड। मैं ईश्वर हूँ तुम विश्वास करो या न करो।

[कुमार असमंजस में। सन्देह से ईश्वर को देखते हुए उलटा चलता हुआ टेबल पर से किताब उठाता है। पढ़ने लगता है तब भी तिरछी नज़र से ईश्वर को देख रहा है। ईश्वर दूर चुपचाप खड़ा। कुमार किताब रखता है। तिरछी नज़र से ईश्वर को देख रहा है। फिर सीधे देखता है।]

कुमार : (उसे एकदम सूझ पड़ता है) हे ईश्वर, मैं बी.एस-सी. हो जाऊँगा (ईश्वर पास आकर आशीर्वाद देता है। कुमार डरा हुआ, लेकिन अब उसे उत्साह आता है। (उत्तेजित होकर) लवली। यह ईश्वर जाग्रत है (उछलकर) मैं बी.एस-सी. हो जाऊँगा (शान्त होकर) अब फिक्र नहीं (हड़बड़ाकर) अरे! यहाँ ईश्वर आया है और मैं निक्कर में। (दौड़कर हैंगर पर से पैंट निकालकर पहनता है। फिर उतार देता है, दो उँगली दिखाकर) टट्टी लगी है (जल्दी-जल्दी बाहर जाता है, फिर अन्दर आता है) एक ही पाखाना है क्या करें, ग़रीब लड़कों का होस्टल है, एक ही पाखाना है, वह भी एंगेज्ड है। (ज़ोर की लगी है उसे दबाकर) हे ईश्वर मैं बी.एस-सी. हो जाऊँगा (ईश्वर आशीर्वाद देता है) मैं अभी आया (ज़ोर की लगी है, उसे दबाते हुए बाहर देखते हुए) ख़ाली हो गया। जाकर अपन बी.एस-सी. तो हो गये। अगले अंक में अपना बढ़िया चलेगा (दर्शकों से जाने का संकेत करता है) आपके लिए मध्यान्तर (ईश्वर से) आप रुको। मेरा बी.एस-सी. होने तक तो रुको!

(मध्यान्तर)

दूसरा : अंक

[सम्मान समारोह का दृश्य। बीच में सौ. गौरी कुमार–उम्र आधुनिक वेशभूषा में। बग़ल में परिवर्तनवादी पुरुष, आधुनिक गाथा में। गौरी की दूसरी ओर सेल्समैन, उसके पैरों के पास कुमार, आप वेशभूषा में, ऊँघता हुआ, बीच–बीच में उबासी लेता है। पुनरुत्थानवादी युवक माइक पर भाषण दे रहा है। पुनरुत्थानवादी युवक समारोह की खातिर सिर पर साफा बाँधे है। गले में पताकाओं की माला]

पुनरुत्थानवादी युवक : (पताकाओं की माला से खेलते हुए) मित्रों, श्रीमती गौरी कुमार का सम्मान करने के लिए हम आज यहाँ इकट्ठा हुए हैं। श्रीमती गौरी कुमार ने पहली नाटक समीक्षा चौथी कक्षा में लिखी थी। चौथी कक्षा के बच्चे शंकर्स वीकली की चित्रकला प्रतियोगिता में भाग लेते हैं, श्रीमती गौरी कुमार ने चौथी कक्षा में पढ़ते वक़्त नाटक समीक्षा लिखी और वह छपी भी। तब से श्रीमती कुमार आज तक नाटक समीक्षा लिखती आयी हैं, हर सप्ताह। उन्हें समीक्षा का अध्ययन करने की भी ज़रूरत नहीं महसूस हुई है। कुछ दिन पहले ही उनके नाटय समीक्षा लेखन के पचास साल पूरे हुए हैं।

परिवर्तनवादी : (हँसते हुए) कृपया इस आधार पर श्रीमती गौरी कुमार की उम्र का हिसाब न लगायें।

गौरी : (बचकाने से) मैं अपनी उम्र नहीं बताऊँगी।

पताका : मित्रों, नाटय समीक्षक की भी कोई उम्र नहीं होती। नाट्य समीक्षक नाटक समीक्षा लिखता ही रहता है। गौरी महिला नाट्य समीक्षक भी....

पुनरुत्थानवादी : ख़ैर, महत्त्वपूर्ण मुद्दा यह है कि श्रीमती गौरी कुमार अँग्रेज़ी की प्रोफ़ेसर हैं। अँग्रेजी भाषा की वजह से ही मराठी साहित्य की विशाल गाड़ी घिसट रही है। इसलिए हम श्रीमती गौरी कुमार का सम्मान कर रहे हैं। (गौरी के गले में पताकाओं की माला डालता है) श्रीमती गौरी कुमार ने आज तक रह रहे नाटकों की समीक्षाएँ लिखी हैं।

परिवर्तनवादी : इक्कीस हज़ार सात सौ तैंतालिस। गिनीस बुक में नाम दर्ज करने के लिए उन्होंने अर्जी भी दी हुई है। हमारी सरकार भी इस दिशा में प्रयत्नशील है। आजकल श्रीमती कुमार मराठी नाटकों की अँग्रेज़ी में समीक्षाएँ लिखती हैं। धीरे-धीरे ये समीक्षाएँ दुनिया भर में फैल जायेंगी। यूरोपियंस और अमेरिका हमारे साहित्य की उपेक्षा करते हैं। अमेरिका को मैं यहाँ साफ़ शब्दों में चेतावनी देना चाहता हूँ कि वह हम पर लगाये हुए प्रतिबन्ध तुरन्त हटा ले। सच पूछो तो ऐसी ढीली-ढीली वाक्यरचना मुझे पसन्द नहीं।

गौरी : (ज़ोर से, मुट्ठियाँ भींचकर) हमें बलवान होना चाहिए।

पुनरुत्थानवादी : ख़ैर, मैं श्रीमती कुमार के हाथों संस्कृत में भी नाटक समीक्षाएँ लिखी जायें ऐसी शुभकामना देता हूँ। श्रीमती कुमार के बारे में एक ख़ास बात और कहने लायक है। श्रीमती गौरी कुमार के प्रति मिस्टर।

[परिसेल्स. कुमार खड़े हो जाते हैं, इसलिए उसी क्षण में पुनरुत्थानवादी भी खड़ा हो जाता है। परिवर्तनवादी नाराज़ हो जाता है।]

परिवर्तनवादी : (सेल्स कुमार पुनरुत्थानवादी से। नाटककार कुमार मैं हूँ। नाटककार बनने के पहले वाले कुमार हो चिढ़कर सिट डाउन!)

[सेल्स., कुमार बैठ जाते हैं। परिवर्तनवादी खड़ा है।]

पुनरुत्थानवादी : (भाषण देते हुए) नाटककार कुमार के नाटय लेखन में श्रीमती कुमार का बड़ा योगदान है। श्रीमती गौरी कुमार ने अँग्रेज़ी नाटकों के आधार पर नाटककार कुमार को अनेक आइडिया दी। इसके अलावा मिस्टर और मिसेस दोनों के ही महान् होने की परम्परा हमारी धरती पर इन्हीं से शुरू हुई है। आजकल बहुत सारे महान होने के लिए कोशिश कर रहे हैं। वैसे देखा जाये तो हम पुनरुत्थानवादी और धर्मवादी हैं, और श्रीमती गौरी और मिस्टर कुमार परिवर्तनवादी या बिनधर्मवादी।

परिवर्तनवादी : (उठते हुए चिढ़कर), कला में ये वाद मत घसीटो।

पुनरुत्थानवादी : (ग़ुस्से में) आपको मिलने का सम्मान हमने किया है इसे ध्यान रखिये।

[परिवर्तनवादी और पुनरुत्थानवादी में हाथापाई]

पुनरुत्थानवादी : (माइक पर) समारोह ख़त्म हो गया है (ज़ोर से) जय (सोते हुए कुमार से) उठ...टेबल उठा। (कुमार और सेल्समैन सामान उठाकर ले जाते हैं)

[परिवर्तनवादी नाराज़ होकर जाता है।]

गौरी : (परिवर्तनवादी पुरुष से) ये हार पकड़ो न!

[पुनरुत्थानवादी ही हटा लेता है। परिवर्तनवादी चला जाता है। गौरी तेज़ी से चली जाती है। सामान जाने के बाद कुमार आता है। साथ ही ईश्वर हैं। कुमार हवा में ताली बजाकर मच्छर मारता है। किताब लेता है।]

कुमार : (पढ़ते हुए) अकॉर्डिंग टु न्यूटन स्पेस इज अब्सोल्यूट टाइम इज अब्सोल्यूट (खोया हुआ था) सम्मान समारोह का दृश्य मैं नाटक में डालना नहीं चाहता था। लेकिन नाटक पर पात्रों ने कब्ज़ा कर लिया है। वह कबाड़ी रिक्शावाला कैसे कह रहा था सौ सौ सौ सौ क्या होता है? सौभाग्यवती। पूरा सौभाग्यवती कहना चाहिए। अँग्रेज़ी मिस्टर पूरा और मराठी सौ. अधूरा? ऊँह और मिस्टर क्या? पति...पति पति शब्द भी नहीं होना चाहिए। नवरा...नवरा...यह मराठी शब्द ही इस्तेमाल करना चाहिए। अपशकुनी हैं, परिवर्तनवादी रूपान्तरकार और मराठी ठीक से न जाननेवाला पुनरुत्थानवादी (लम्बी साँस खींचकर) अपन अपनी पढ़ाई करें। (पढ़ता है) अकॉर्डिंग टू न्यूटन स्पेस इज़ एब्सोल्यूट एण्ड टाइम इज़ एब्सोल्यूट। अकॉर्डिंग टू (मन ही मन पढ़ता है फिर ईश्वर के सामने जाकर) हे ईश्वर, मेरी बी.एस-सी. हो जाय (ईश्वर आशीर्वाद देता है) कुमार (ईश्वर को देखकर) हे ईश्वर, आपके माथे पर मच्छर (हाथ से धीरे से पकड़ते हुए) उड़ गया। हे भगवान, आपकी इतनी सेवा भी

मुझसे नहीं बनी, सॉरी भगवान, यहाँ मच्छर है। (ताली बजाकर) आदत हो जाती है भगवन् (एकदम मज़े में हँसकर) भगवान जी, मैं दो-एक महीने पहले एक एकांकी लिख रहा था। उसमें ईश्वर एक पात्र था, यानी आप ही। आजकल ईश्वर है भी या नहीं, यह बहुत चल रहा है।

[परिवर्तनवादी पुरुष और पुनरुत्थानवादी युवक नृत्य करते हुए आते हैं]

परिवर्तनवादी : (नृत्य करते हुए) ईश्वर नहीं है।

पुनरुत्थानवादी : (नृत्य करते हुए) ईश्वर है।

कुमार : मेरे मन में द्वन्द्व चल रहा है—ईश्वर है या नहीं। छोड़ो उसे (चौंककर) इसीलिए यह एकांकी मुझसे पूरा नहीं हो रहा है। हे भगवान, आप ही उसे पूरा करें। (ईश्वर आशीर्वाद नहीं देता, उलटे पीठ फेरकर खड़ा हो जाता है। घबराकर) भगवान मेरी बी.एस-सी., पूरी करवा दो। (ईश्वर आशीर्वाद देता है। घबराकर) भगवान मेरा एकांकी पूरी करवा दे। (ईश्वर आशीर्वाद—नहीं देता, पीठ फेर लेता है।) भगवान मेरी बी.एस-सी. पूरी हो जाय। (ईश्वर आशीर्वाद देता है। काँपने लगता है) हे ईश्वर, आपका कहना है कि आप मेरी बी.एस-सी.पूरी करवा देंगे। ईश्वर मेरी बी.एस-सी.पूरी करवा दो (ईश्वर घूमकर आशीर्वाद देता है।) अरे, शायद ईश्वर को मेरे एकांकी में इण्टरेस्ट नहीं होगा (सोचकर) हे ईश्वर, मुझे महान नाटककार बना दो (ईश्वर आशीर्वाद नहीं देता, दूर खड़ा हो जाता है, ईश्वर के पास जाकर) हे ईश्वर, मुझे सिर्फ़ नाटककार बना दो (ईश्वर घूमकर दूसरी ओर चला जाता है) बड़ी मुश्किल है, ईश्वर के मन में क्या है, यह स्पेसिफिकली देखना चाहिए। हे ईश्वर, मेरी बी.एस.-सी.पूरी करवा दो (ईश्वर आशीर्वाद देता है) हे ईश्वर, मुझे महान नाटककार बना दो (ईश्वर आशीर्वाद नहीं देता) अब कन्फर्मेटरी टेस्ट (कातरता से) हे ईश्वर, मुझे सिर्फ़ नाटककार बना दो (ईश्वर आशीर्वाद नहीं देता) मुझे, महान नाटककार बना दो (ईश्वर आशीर्वाद नहीं देता) हे ईश्वर, मेरी बी.एस-सी.

करवा दो (ईश्वर आशीर्वाद देता है। दुखी होकर) सिर्फ़ नाटककार हो सकते हैं, इसके लिए ईश्वर की ज़रूरत नहीं है। (जेब से निकालकर सिक्का उछालता है) प्ले आया तो मैं महान नाटककार बनूँगा। (सिक्का देखे बिना जेब में डाल लेता है) भगवान मेरी बी.एस-सी. पूरी करेंगे यही क्या कम है, हे ईश्वर मेरी बी.एस-सी.पूरी करवायेंगे। लेकिन सच बताऊँ भगवान जी, मुझे साइंस पसन्द नहीं है। हमारे यहाँ, अपने देश में दसवीं में अच्छे नम्बर न मिले (ईश्वर निर्विकार, चौंककर जीभ दबाकर) दसवीं होकर पास हो गये, अब कैसे भगवान जी दसवीं में कम नम्बर रहेंगे? ईश्वर तो भविष्य बनाता है और मनुष्य से भूतकाल चिपटा रहता है (उत्साह से) अरे हाँ, ईश्वर का एकांकी एक दिशा में डेवलप किया जा सकता है कि भविष्य ईश्वर बनाता है और भूतकाल से मनुष्य को ख़ुद मुक्त होना होता है (एकदम कुछ सूझता है) हे ईश्वर, तुम्हारे नाटक में मैं भूतों का नाच भी रखूँगा। भूतों का नाच बढ़िया विजुअल बनेगा। हमारे गाँव में अमावस को मैंने भूतों का नाच देखा है। कसम से भगवान जी भूतों का नाच, उलटे पैरों वाले भूत...गाँव में बहुत लोगों ने देखे हैं लेकिन भगवान जी, सच बताओ! नाराज़ मत होना, ऐसा कोई नहीं जिसने ईश्वर को देखा है...हे ईश्वर, हे ईश्वर, तुम हो न। (ईश्वर निर्विकार, घबराकर) हे ईश्वर, मेरी बी.एस-सी. पूरी करो (उबासियाँ लेते हुए खटिया तक जाकर) नींद आ रही है, सोता हूँ (खटिया पर सोता है) आ गयी नींद, हे ईश्वर, तुम कहते हो न, तो करो मेरी बी.एस-सी.पूरी। आ गयी नींद (खर्राटे लेता है) गहरी। (खर्राटे लेते हुए, नींद में) बढ़िया सपना आ रहा है, भगवान, भगवान, बढ़िया सपने के लिए थैंक्यू, मैं परमाणु वैज्ञानिक बन गया हूँ, मैं नाटककार नहीं बनूँगा, ऐसा तुम कह रहे थे न उसका अर्थ मालूम हुआ है। मैं परमाणु वैज्ञानिक बन गया हूँ और कैंब्रिज पहुँच गया हूँ कैंब्रिज में मेरा बेटा है, जो फिलॉसफर है। अँग्रेज़ लोग नालायक हैं, यूनिवर्सिटी में मेरा भाषण ही नहीं रखते हैं, इसलिए मैं हाइड पार्क में भाषण

देने गया हूँ...अब गहरा सोचकर यह सपना पूरा करता हूँ मज़ा आयेगा।

[कुमार गहरा सो जाता है। अगले दृश्य में कुमार बीच-बीच में खर्राटे ले रहा है, स्वप्न दृश्य; हाइड पार्क, शाम का वक़्त, बर्फ़ गिर रही है, सूट-बूट, ओवर कोट पहने परमाणु वैज्ञानिक कुमार कुर्सी लेकर आता है। परमाणु वैज्ञानिक नर्वस है। थोड़ी ही देर में परमाणु वैज्ञानिक कुमार का लड़का चली-चली आता है। पिता के पास चुपचाप खड़ा रहता है। परमाणु वैज्ञानिक कुमार के बेटे का काम युवा ईश्वर की भूमिका करने वाला भी कर सकता है। बेटा भी सूट टाई इत्यादि पहने हुए है।]

बेटा : (प्यार से) पापा।

कुमार : (चौंककर, नर्वस होते हुए) —यस, माई सन।

बेटा : यहाँ अकेले क्या कर रहे हैं?

कुमार : (चिढ़कर) यह हाइड पार्क ही है न।

बेटा : हाँ, पापा।

कुमार : हाइड पार्क में क्या करते हैं?

बेटा : यहाँ कोई भी आकर किसी भी विषय पर भाषण दे सकता है।

कुमार : वही मैं कर रहा हूँ। मुझे भाषण ही देना है। हमने परमाणु विस्फोट किया है। मैं परमाणु वैज्ञानिक हूँ। अपने सफल परमाणु विस्फोट पर मैं भाषण दूँगा। (ग़ुस्से में) ये अँग्रेज़ लोग नालायक हैं, यहाँ एक भी आदमी सुनने नहीं आया।

[परमाणुविज्ञानी खड़े हो जाते हैं, ग़ुस्से से काँपते हुए। बेटा उनका हाथ अपने हाथ में लेता है]

ईश्वर : पापा शान्त हो जाइये, शान्त हो जाइये (बेटा परमाणुविज्ञानी को कुर्सी पर बिठाता है) पापा अँग्रेज़ों को जितना सुधरना था, उतने सुधरे नहीं यह सच है।

[परमाणुविज्ञानी बेटे का हाथ थपथपाते हैं।]

परमाणु : (रौब से) मैं परमाणुविज्ञानी हूँ।

ईश्वर : (समझदारी से) अँग्रेज़ों को जितना सुधरना था, उतने नहीं

सुधरे, यह सच है लेकिन पापा एक बात कहूँ नाराज़ तो नहीं होंगे।

परमाणु : (रौब से) नहीं बेटे, बोलो, नाराज़ नहीं हो जाऊँगा।

ईश्वर : पापा, आप परमाणुविज्ञानी नहीं हो (परमाणु ग़ुस्से से देखते हैं) नाराज़ मत होइये पापा, आपने सफल परमाणु विस्फोट किया यह सच है, लेकिन आप परमाणुविज्ञानी नहीं परमाणु तन्त्रज्ञ हैं। प्रकृति के नियम जो जानता है, जो खोजता है, वह वैज्ञानिक होता है, जो उन नियमों का इस्तेमाल करता है वह तन्त्रज्ञ होता है। और परमाणु तन्त्र तो काफ़ी पुराना है क़रीब-क़रीब पचास साल। फुटपाथ पर की किताबों में भी वह मिल जाता है।

परमाणु : (बेटे पर हाथ उठाकर) शटअप! मैं तेरा बाप हूँ। बाप को सिखायेगा।

[कुमार चौंककर उठता है।]

कुमार : (सुधार श्रद्धा के लिए ताली बजाकर) नहीं चाहिए वह अपमानजनक सपना!

[परमाणु वैज्ञानिक कुमार और बेटा चले जाते हैं।]

कुमार : नींद का कबाड़ा हो गया है, हे भगवान

[एक स्त्री आती है।]

कुमार : (भ्रमित होकर) आप?

स्त्री-ईश्वर : ईश्वर। परमेश्वर।

कुमार : ईश्वर? ऐसा?

स्त्री-ईश्वर : अपनी अवधारणा मुझ पर मत लादो।

कुमार : (दूसरी ओर जाकर) हाँ...

ईश्वर : ये तुम्हारी भाषा की मर्यादाएँ हैं।

कुमार : (और दूर जाकर) देवता या देवी? जो भी हो, अपने पास ईश्वर की परीक्षा करने की टेस्ट है। अगर इस देवी ने मुझे बी.एस-सी. पास करने के लिए आशीर्वाद दिया तो यह ईश्वर

ही है। देखते हैं (सामने आकर) हे ईश्वर मेरी बी.एस-सी. पूरी करवा दो।

[स्त्री आशीर्वाद देती है।]

कुमार : (किनारे जाकर) यह ईश्वर ही है (सोचकर) यह स्त्री ईश्वर शायद मुझे महान नाटककार बना दें (उत्साह से) हे स्त्री ईश्वर, मुझे महान नाटककार बना दो (स्त्री आशीर्वाद नहीं देती। निराशा से) मुझे सिर्फ़ नाटककार बना दो (स्त्री ईश्वर पीठ फेर लेती है। रोने के स्वर में) पुरुष ईश्वर, स्त्री ईश्वर इनके व्यवहार में कंसिस्टेंसी है। नाटक में ईश्वर का पात्र रखा हो देवता या देवी...यह पेंच खड़ा होगा। इसके अलावा ईश्वर का कास्ट्यूम क्या हो यह प्रश्न? ईश्वर क्या अब भी उसी प्राचीन कास्ट्यूम में होगा। (चकित होकर) नहीं चाहिए ईश्वर का पात्र (स्त्री ईश्वर जाती है, मुक्ति महसूस करते हुए) सम्मान समारोह पूरा होने के बाद नाटककार कुमार और सौभाग्यवती गौरी घर गये हैं, यह नाटक जारी रखा जा सकता है। उनके ड्राइंग रूम का सीन डाल सकते हैं। वे दोनों ही सीन में हों या साथ में कोई निर्देशक, सम्पादक भी हो (सोचकर) निर्देशक, सम्पादक...यानी दो पात्र और! निर्देशक को तो काम भी होगा, लेकिन सम्पादक को क्या काम दें? पहले ही स्त्री ईश्वर पात्र बढ़ गया है। (स्त्री ईश्वर आती है) और ईश्वर का क्या करें, यह सवाल तो है ही। निर्देशक, सम्पादक न हों तो अच्छा। सच पूछें तो गौरी निर्देशक क्यों नहीं बनीं? नाटककार कुमार सम्पादक क्यों नहीं बना? इस शहर में साइन्स कॉलेज खुल गया इसलिए मैं बी.एस-सी. कर रहा हूँ। अगर अपने शहर में साइंस कॉलेज न होता तो मैं मुम्बई कोल्हापुर जाकर तो नहीं पढ़ता, पढ़ता ही नहीं, यानी मेरे पिताजी को...जीवन आख़िरकर चांस है। गौरी शहर में रहती है, जहाँ नाटक होते हैं उस शहर में रहती है इसलिए नाटक समीक्षा लिखती है। नाटक नहीं होते ऐसे शहर में रहती तो? तो लिखती क्या समीक्षा? संहिता पर समीक्षा लिख कर दिखाओ तो जानें!

शेक्सपीयर पर पी-एच.डी. करना है तो शेक्सपीयर के लिखे पर ही लिखना होता है (गौरी सम्मान समारोह से आती है, उसके गले में रंगीन पताकाओं की माला है) गौरी पताका की माला वापस लायी है। क्यों ? जाने दो। अगर गौरी अकेली ही हर दृश्य में दिखायी दे तो (बुरा मान कर) यानी गौरी का पति...यानि भविष्य का मैं नहीं हूँ (और बुरा मानकर) मुझे तो होना ही चाहिए (निश्चय से) मैं जैसा भी हूँ मुझे तो होना ही चाहिए। (नाटककार प्रौढ़ कुमार सम्मान समारोह से आता है) दोनों ही काफ़ी हैं ? सम्पादक निर्देशक न हों, यह तो हम हैं ? फिर ? पति पत्नी दोनों ही...नहीं नहीं एक बेटा तो होना ही चाहिए, वरना क्या मज़ा ! बेटे का नाम ? आख़िरकार मैं ही उसका बाप हूँ, मुझे कुछ अलग का फ़ैशनेबल नाम रखना चाहिए। (सोचकर) क्या हो नाम ? (उत्साह से) हाँ, तेज ! तेज ! उम्र ? गौरी को किस उम्र में हुआ तेज ? यह हिसाब छोड़ें ! तेज चौबीस-पच्चीस का। उसका कॉस्ट्यूम (हड़बड़ाकर) तेज पचीस का, मैं अभी बीस का...मुझे अगर पचीस की उम्र में बेटा हुआ तो वह पचीस का होगा तब त्रैपन साल गुज़र जायेंगे। यानी तेज की पोशाक त्रैपन साल बाद के फ़ैशन की। यानी तब तक जीन्स पुरानी पड़ गयी होगी। एकदम प्राचीन और टी शर्ट तो धोती की तरह स्टेल ! क्या होगा त्रैपन साल बाद फ़ैशन ? नहीं समझ पड़ता। तेज का कॉस्ट्यूम तय करेगा कॉस्ट्यूम वाला। (उत्साह से) हाँ, तेज को बहुत बुद्धिमान दिखायेंगे। अपन को अपना बेटा बुद्धिमान होना चाहिए। बेअक़्ल बेटा किस बाप को पसन्द होगा ? तेज बेहद बुद्धिमान होगा और उसकी बुद्धि एकदम टेक्नोलॉजी इंजीनियरिंग वाली। तेज बीटेक एमबीए यूएसए और फारेन कम्पनी में एक्जिक्यूटिव (गहरी साँस छोड़कर) लड़का टेक्नोलॉजी में बुद्धिमान हो तो वह पढ़ता है तब भी माँ-बाप को सुख मिलता है। लड़के में अगर कविता लिखने की बुद्धि हुई तो वह कविता लिखेगा तो माँ-बाप को क्या सुख मिलेगा ? और दार्शनिक लड़का भी माँ-बाप

को पसन्द नहीं होगा। स्वतन्त्रता के बाद दार्शनिक को नौकरी भी नहीं मिलती। अपने देश के टैक्नॉक्रेट चाहिए, इसलिए तेज टैक्नॉक्रेट ही होगा। अब तेज को रंगमंच पर लायें या न लायें? पात्र बढ़ेंगे। नाटक में कम पात्र होने चाहिए, यानी ठीक रहता है, यानी दर्शक भरपूर हों, पात्र कम...देश की जनसंख्या कम हो, दर्शक ज़्यादा।...तेज को रंगमंच पर न लाते हुए उसका सिर्फ़ उल्लेख करें? पर तेज गौरी के सम्मान समारोह में क्यों नहीं आयेगा? कोई कारण तो होगा! तेज और उसके माँ बाप की नहीं पटती ऐसा दिखायें (दुखी होकर) नहीं नहीं, मुझे वह दुख नहीं चाहिए। तेज का अपनी माँ पर प्रेम है, मेरा तेज पर प्रेम है...ऐसा दिखायेंगे। गृहस्थी सुखी होनी चाहिए। एक बार प्रोडक्शन घटिया हो तो चलेगा, पर गृहस्थी में सुख होना चाहिए। तेज के न आने की वजह क्या होगी? वह न्यूयार्क गया है, यह? नहीं तेज को रंगमंच पर लाना ही होगा। बुद्धिमान पात्रों की उपेक्षा नहीं होनी चाहिए। बुद्धिमानों की उपेक्षा बहुत हुई है, यह ठीक नहीं है। तेज को रंगमंच पर आना ही होगा। (गौरी नाटककार कुर्सी पर बैठते हैं, उन्हें देखकर) तेज नहीं आया? (चुटकी बजाकर) आइडिया! तेज की भूमिका मैं ही करूँ। मेरे जैसा ही दिखेगा वह, फिर एक अभिनेता कम। नया प्रयोग। ऐसे लॉजिक कला में लाना कठिन है, ठीक है। मैं भी अपने नाटक में काम करूँगा। तेज की भूमिका मैं ही करूँगा। (गौरी नाटककार के बीच में जाने के लिए कुमार झुककर कूदने के लिए तैयार है, तभी स्त्री-ईश्वर भी इसी अन्दाज़ में)

कुमार : (ठहर कर, स्त्री-ईश्वर से) तुम क्या कर रही हो? तुम यहीं रुको।

[कुमार फिर कूदने को तैयार, उसी मुद्रा में स्त्री-ईश्वर भी]

कुमार : (स्त्री-ईश्वर से) मैं उनके बेटे की भूमिका करूँगा, तुम यहीं रुको।

[कुमार फिर कूदने को तैयार, उसी मुद्रा में स्त्री-ईश्वर भी]

कुमार : (ठहर कर चिढ़ते हुए) तुम वहाँ क्यों जा रही हो। वह परिवार बिना धर्मवाला है, वे लोग ईश्वर को मानते ही नहीं, तुम वहाँ आये...या...आयी, क्या कहूँ मैं। स्त्री-ईश्वर, तुम वहाँ आये तो बेकार तुम्हारा अपमान होगा। तुम यहीं रुको...तुम यहीं रुको...यह वाक्य ठीक है, इसमें स्त्रीलिंग, पुलिंग नपुंसकलिंग कर के आता हूँ। तुम तब तक मुझे महान या...सिर्फ़ नाटककार बनाने के बारे में सोचो, बी.एस-सी.भी करना ही है।

[कुमार जाने के लिए तैयार, स्त्री ईश्वर भी उसी तरह]

कुमार : औरतें बड़ी ज़िद्दी होती हैं (चिढ़कर) तो जाओ तुम ही करो उसके बेटे की भूमिका।

[कुमार स्त्री-ईश्वर को दोनों के बीच ढकेलता है।]

कुमार : (किनारे जाकर) अरे रे रे ऽऽऽऽ स्त्री, बेटे की भूमिका होगी। पहले मालूम होता तो उन्हें बेटी है ऐसा दिखाते (सोचकर) कुछ बिगड़ा नहीं है, पहले मराठी नाटक में पुरुष स्त्रियों की भूमिका करते थे, अब स्त्रियों को पुरुषों की भूमिका करने दो। हेमलेट, किंगलिअर आदि में स्त्रियाँ ही पुरुषों की भूमिका करें, उसके बिना सभी स्त्री उक्ति असम्भव है...देखें, स्त्री तेज क्या करती है? स्त्री तेज (अहंकार से) हाय, आयी एम तेज, मैं ग्लोबल विलेज का नागरिक, हाय पॅप, हाय ममी (गौरी, नाटककार 'हाय' बुदबुदाते हैं।) परिवार सुखी रहना चाहिए, नाटक थर्ड रेट हो तो चलेगा लेकिन परिवार सुखी रहना चाहिए। तेज अपने माँ-बाप से प्रेम करता है, माँ-बाप उससे प्रेम करते हैं। (उत्साह से) तेज को मंच पर, गौरी के घर पर लाया जाय (ख़ुशी से सीटी बजाता है, इसी वक़्त गौरी और परिवर्तनवादी पुरुष आते हैं, गौरी मेज़ पर हार और गुलदस्ता रखती है, यह देखकर) अरे, तेज नहीं आया (चुटकी बजाकर) आइडिया, तेज की भूमिका मैं ही करता हूँ! मेरे जैसा ही दिखेगा न वह,...ऐसे लॉजिक कला में भी इस्तेमाल करने पड़ेंगे। बड़ी मुश्किल है।

[कुमार गौरी, परिवर्तनवादी पुरुष इनके साथ होने के लिए चलता है तो स्त्री–ईश्वर भी कुमार के पीछे–पीछे आता है।]

कुमार : (ठहरकर, स्त्री–ईश्वर से) तुम कहाँ चले ? मैं उनके बेटे की भूमिका कर रहा हूँ। तुम यहीं रुको।

[कुमार झुककर कूदने के लिए तैयार है तो ईश्वर भी उसी मुद्रा में।]

कुमार : स्त्री–ईश्वर से चिढ़कर, तुम्हारा वहाँ क्या काम है ? वह परिवार बिना धर्मवाला है, वे ईश्वर को नहीं मानते, तुम क्यों वहाँ जा रहे हो ? तुम वहाँ गये...या गयी ? क्या कहूँ...तुम वहाँ गये तो बेकार।

तेज : (अहंकार से) हाय, आय एम तेज। मैं ग्लोबल विलेज का नागरिक हूँ। हाय पापा, हाय मम्मी (पापा मम्मी 'हाय' बुदबुदाते हैं इस संवाद को बोलते वक़्त तेज एक जगह बैठ नहीं सकता, हाथ–पैर चलाता है मानो कोई विचित्र नृत्य कर रहा है।) इस साल में मैंने पचीस लाख रुपये कमाये...और पापा, आपने पूरी ज़िन्दगी में पन्द्रह लाख कमाये। यह ठीक नहीं है। अब इस साल हर महीने आपका एक नया नाटक आना चाहिए। साल में बारह नाटक आने चाहिए। और एक भी फ्लॉप नहीं होना चाहिए। सिर्फ़ अँग्रेज़ी से आइडिया मत लीजिये। एशियन, चेक, पेरु, चीन सारी भाषाओं से आइडिया लो। वर्ल्ड इज ग्लोबल विलेज नाउ । रॉयल्टी भी ज़्यादा माँगो। इस साल पापा आपको पन्द्रह लाख रुपये कमाने हैं और नाटकों पर भाषण भी ज़्यादा दीजिये। भाषण का रेट भी बढ़ाइये। और अगर नाटकों से ढेर सारा पैसा नहीं मिल सकता तो नाटक लिखना बन्द कीजिये, पैसा मिले ऐसा कुछ कीजिये...और मम्मी, समीक्षा से तो आपकी कुछ भी इनकम नहीं होती। अब आप मुख्यमन्त्री को पकड़ो और टेन पर्सेण्ट में मुम्बई में फ़्लैट लो, और फिर समीक्षा लिखना बन्द करो। पैसा मिले ऐसा कुछ करो। न हो तो पापड़ का बिजनेस करो। लिबरलाइजेशन आया है तो ढेर सारा पैसा कमाना चाहिए। (तेज जब यह सब कह रहा है तो अधेड़ कुमार की पीठ में दर्द हो रहा है। अधेड़ कुमार पी रहा है। और बीच–बीच में कन्धे

उचकाता है; पीठ आड़ी-टेढ़ी करता है। यह भी एक विचित्र नृत्य। गौरी की गर्दन में अकड़न है। वह गर्दन आगे-पीछे, दाहिने-बायें घुमा रही है। यह भी विचित्र नृत्य है।)

गौरी : (पति से धीरे से) पीठ में बहुत दर्द है। (पति गर्दन हिलाता है) मेरी गर्दन भी अकड़ गयी है।

तेज : मैं बुद्धिमान हूँ। मुझे सुख...बढ़िया, ढेर सारे और लगातार मिलते रहने चाहिए।

[कुमार उन्माद में जय चिल्लाकर हनुमान जी की तरह मुद्रा बनाकर प्रौढ़ कुमार, गौरी और तेज के बीच में आकर खड़ा हो जाता है।]

तेज : पापा, आज आप पुरानी यादें नहीं दोहरायेंगे। अपने बी.एस-सी. करते वक़्त दो चनों के रहते रात भर कैसे पढ़ाई की...ऐसी दलिद्दर फलिद्दर वाली बातें अब आप नहीं दोहरायेंगे (आपने पी ली कि आप घटिया पुरानी बातें बताते हैं। न हो तो पिओ मत) आपकी पीढ़ी जवानी में बेवक़ूफ़ थी। आप लोगों को जवानी में ऐसी बेवक़ूफ़ी सूझती थी कि महान् होना चाहिए...हमारी पीढ़ी ईमानदार है। हमारे हाथों ग्रेट कुछ होने वाला नहीं है, यह हमें ईमानदारी से मालूम है। हमारी कूवत कम है, यह हमे ईमानदारी से मालूम है। अभी एक-दो पीढ़ियाँ गुज़र जायेंगी, तब ग्रेट निर्माण होगा। हाइटेक से सम्बन्धित हमारी पीढ़ी को सुख का उपभोग कैसे करते हैं, यह ठीक से समझ में आया है। तब तक ख़ूब पैसा कमाने का उपयोग करें।

[तेज अन्दर जाता है। पीछे गौरी। प्रौढ़ नाटककार कुमार भी जाते हैं।]

कुमार : भविष्य के नाटककार, मेरे घर में खाना खाने का दृश्य, यहाँ दिखायें क्या? बढ़िया सा पूरा किचन ही दिखायें। एकदम अमीर किचन। गौरी ने ख़ास डाइनिंग टेबल ख़रीदी है। दो सेब और केले, पैसा पैसा बचाया है। टेबल पर चित्र लगे हैं। सरल सीधी नज़र से देखें तो वे सरल सीधे चित्र हैं।...और टेबल की टॉप को तिरछी नज़र से देखें तो...(मुँह पर हाथ मार कर)

सेंसरवर्ग है न नाटक के लिए...फिर भी (सोचते हुए) यह टेबल स्टेज पर कैसे रखें कि दर्शक की नज़र तिरछी हो सके। (शान्ति। फिर कुमार एकदम ज़ोर से रोने लगता है)

कुमार : (रोते हुए) बच्चे के, बीवी के भविष्य में, मेरी ज़िन्दगी में मुझे ऊब होती है, बेहद ऊब होती है। (कुमार धीरे-धीरे रोता रहता है। फिर आँखें पोंछता है। खटिया पर लेट जाता है और अनायास ही सो जाता है। दरवाज़े पर ठकठक होती है, कुमार चौंककर देखता है। दरवाज़े पर फिर ज़ोर से ठकठक होती है।)

कुमार : (डरकर) कौन है?

आवाज़ : मैं हूँ?

कुमार : मैं कौन (अपने से) मैं कौन? यह तो दर्शन का प्रश्न है।

आवाज़ : (बेहद प्यार से) दरवाज़ा खोलो।

आवाज़ : (ज़ोर से) दरवाज़ा खोलो।

[कुमार दरवाज़ा खोलता है। परिवर्तनवादी आता है।]

परिवर्तनवादी : (प्यार से) पहचाना मुझे?

कुमार : (सँभलते हुए) अपनी गली के परिवर्तनवादी नेता हैं आप।

[परिवर्तनवादी ख़ुश होता है, कुमार गले में बाँह डालता है, दोनों खटिया पर बैठते हैं।]

परिवर्तनवादी : बाहर पुनरुत्थानवादियों से संघर्ष शुरू हो गया है। अब उसे तेज़ करना है, पुनरुत्थानवाद को सम्पूर्ण नष्ट कर देना है। तुम हमारी तरफ़ हो, चलो हम पुनरुत्थानवादियों को नष्ट कर दें।

कुमार : मुझे बी.एस-सी. करना है।

परिवर्तनवादी : बी.एस-सी. बाद में हो सकती है। पहले पुनरुत्थानवादियों को नष्ट करना है। (कुमार चुप) हम अभी चुप रहे तो पुनरुत्थान-वादी चढ़ बैठेंगे (कुमार चुप) मैं जो कह रहा हूँ वह तुम्हारी समझ में आ रहा है या नहीं।

कुमार : आ रहा है।

परिवर्तनवादी : तो चलो, पुनरुत्थानवादियों से लड़ने।

कुमार : मुझे नाटक लिखना है।

परिवर्तनवादी : पुनरुत्थानवादी नष्ट हो जायें, ऐसा नाटक लिखो (कुमार चुप) मुझे शक हो रहा है कि तुम पुनरुत्थानवादी ही हो।

कुमार : (ज़ोर से) बिल्कुल नहीं।

परिवर्तनवादी : फिर तुम पुनरुत्थानवादियों से लड़ने क्यों नहीं चलते?

कुमार : लड़ना मुझे स्थूल लगता है।

परिवर्तनवादी : यानी हम स्थूल हैं (कुमार चुप) (धमकाते हुए) हम परिवर्तनवादी स्थूल हैं? (और धमकाते हुए) बोल...बोल!

कुमार : (ज़ोर से) आप...तुम...तुम...स्थूल हो।

परिवर्तनवादी : तुम मुझे स्थूल कह रहे हो? मैं तुम्हारे नाटकों की उपेक्षा करूँगा। सारे नाटक-समीक्षकों से मेरी पहचान है। तुम्हारे नाटकों की एक भी समीक्षा न आये ऐसी व्यवस्था करना है। देखना इतने प्यार में कौन बोल रहा है। (उठते हुए) इतने प्यार में इतने दिन में कोई नहीं बोला।

आवाज़ : (प्यार से) दरवाज़ा खोल (ज़ोर से) दरवाज़ा खोल (ज़ोर से) खोलते हो या तोड़ूँ दरवाज़ा?

[कुमार डरकर दरवाज़ा खोलता है। पुनरुत्थानवादी गले में पताका की माला]

पुनरुत्थानवादी : (ज़ोर से) मैं अपनी गली का पुनरुत्थानवादी नेता हूँ। हमें परिवर्तनवादियों को नष्ट करना है। चलो!

कुमार : मुझे बी.एस-सी. पूरी करनी है।

पुनरुत्थानवादी : (ज़ोर से) वह हम कर लेंगे।

कुमार : मुझे नाटक लिखना है।

पुनरुत्थानवादी : वह हम लिख लेंगे। चलो।

[पुनरुत्थानवादी चलने लगता है, पलटकर देखता है कि कुमार वहीं खड़ा है।]

पुनरुत्थानवादी : (कठोर स्वर में) मुझे सन्देह हो रहा है कि तुम परिवर्तनवादी हो।

कुमार : (दृढ़ता से) बिल्कुल नहीं।

परिवर्तनवादी : सचमुच तो हम ही परिवर्तन ला रहे हैं। बिना धर्म को हटाकर धर्म को लाने का परिवर्तन करना है, चलो बिना धर्मवादियों से लड़ना है।

कुमार : लड़ना मुझे स्थूल लगता है।

पुनरुत्थानवादी : हम धर्मवादी स्थूल हैं...क्यों?

कुमार : तुम...तुम स्थूल हो!

पुनरुत्थानवादी : (ग़ुस्से से) आज नहीं तो कल तुझे ख़त्म न कर दिया तो मेरा नाम बदल देना। जरा ठहर, कल दंगा कराऊँगा और उसमें तेरी जान ले लूँगा। कुमार (डरकर) दंगा? नहीं। (पुनरुत्थानवादी चला जाता है।)

कुमार : (घबराकर) दंगा! नहीं नहीं (व्याकुलता से) हे ईश्वर! (एक बच्चा आता है यह कल ईश्वर है)

कुमार : (ईश्वर से) मेरी बी.एस-सी. पूरी करवा दो। (बाल ईश्वर आशीर्वाद देता है)

कुमार : (हकलाते हुए) यह ईश्वर ही है (सन्देह से) यह मेरी रक्षा करेगा? शायद करेगा भी। ईश्वर सर्वशक्तिमान होता है।

[परिवर्तनवादी और पुनरुत्थानवादी आते हैं। कुमार देखता है और खटिया के नीचे छुप जाता है। परिवर्तनवादी और पुनरुत्थानवादी कुमार को पकड़ते हैं। ये दोनों आपस में भी लड़ते हैं।]

परिवर्तनवादी : (कुमार से) हम तुम्हें यहाँ जलाने वाले हैं। मनुष्य दहन का सीन मराठी नाटक के इतिहास में पहली बार होने वाला है।

पुनरुत्थानवादी : (परिवर्तनवादी से) जीवित मनुष्य को जलाने का सीन यहाँ मंच पर हो सकता है?

परिवर्तनवादी : पश्चिमी रंगमंच पर जो चाहो हो जाता है।

पुनरुत्थानवादी : कैसे?

परिवर्तनवादी : कम्प्यूटर से, कम्प्यूटर की मदद से जो चाहें वे इफेक्ट्स ला सकते हैं।

पुनरुत्थानवादी : कम्प्यूटर की मदद से (कुमार की ओर इशारा करके) इसे मार सकते हैं।

परिवर्तनवादी : ऑफ़कोर्स।

पुनरुत्थानवादी : आप हमें कम्प्यूटर से मारेंगे। इससे कोई सबूत नहीं बचेगा। चलो, कम्प्यूटर ले आते हैं।

[परिवर्तनवादी और पुनरुत्थानवादी कुमार को बाँधते हैं। फिर दोनों जाने लगते हैं। पुनरुत्थानवादी बाल ईश्वर को भी उठा ले जाता है। कुमार हँसता है।]

कुमार : दोनों ही मोटे बुद्धि के हैं। मेरा मुँह को करने का भी उन्होंने नहीं सोचा। अब मैं ईश्वर को पुकारूँगा। (करुण स्वर में) हे ईश्वर, अब शेर बन कर आओ और इन्हें खा जाओ।

[दो स्त्रियाँ दो पुरुष आते हैं। वे इस तरह खड़े हो जाते हैं कि चार सिर और आठ हाथों वाला एक ही ईश्वर दिखायी देता है।]

कुमार : मेरी बी.एस-सी.पूरी करा दो (आठों हाथ आशीर्वाद देते हैं।) मुझे महान् नाटककार बना दो। (ईश्वर आशीर्वाद नहीं देता) सिर्फ़ नाटककार बना दो (ईश्वर आशीर्वाद नहीं देता) आपके व्यवहार में कंसिस्टेंसी है। यानी आप हो ईश्वर ही, लेकिन ईश्वर क्या ऐसा होता है।

ईश्वर : यह तुम्हारा भ्रम है।

कुमार : इतने ईश्वर।

ईश्वर : यह तुहारा भ्रम है, ईश्वर एक ही है।

[चारों जाते हैं। परिवर्तनवादी और पुनरुत्थानवादी आते हैं। एक परिवर्तनवादी और पुनरुत्थानवादी कम्प्यूटर लेकर आते हैं। वे आपस में एक-दूसरे से लड़ रहे हैं। कुमार के सीने पर कम्प्यूटर जोड़ते हैं। राह देखते हैं।]

पुनरुत्थानवादी : यह चल क्यों नहीं रहा है?

परिवर्तनवादी : लगता है इस कम्प्यूटर की मेमोरी कम पड़ रही है।

पुनरुत्थानवादी : घृणा और बैर की मेमोरी के बिना आदमी की जान नहीं ली जा सकती। बन्द करो कम्प्यूटर हम इसे ट्रेडिशनली ही मारेंगे। रूढ़ि से ही मारेंगे हम।

[कुमार के बन्धन खुल जाते हैं। कुमार उठता है, भागने लगता है। इस बीच एक बूढ़ा आदमी आकर खड़ा है।]

पुनरुत्थानवादी : कम्प्यूटर के इफेक्ट से बच गया।

पुनरुत्थानवादी : (बूढ़े से) हू आर यू?

कुमार : (दूर से) वह ईश्वर है। वह मेरी बी.एस-सी. पूरी करवायेगा। मुझे महान नाटककार नहीं बनायेगा, सिर्फ़ नाटककार भी नहीं बनायेगा।

पुनरुत्थानवादी : (बूढ़े को देखकर) ईश्वर? वह।

परिवर्तनवादी : रिटायर्ड ईश्वर होगा। मैं तो ईश्वर को मानता ही नहीं। उस ईश्वर का क्या करना है यह तुम तय करो।

पुनरुत्थानवादी : (परिवर्तनवादी से) मेरा रवैया ठीक से समझ लो। मैं ईश्वर को मानता हूँ यानी सिर्फ़ ईश्वर का अस्तित्व मानता हूँ प्रत्यक्ष ईश्वर आ जाय यह मुझे मंजूर नहीं। और जिसे प्रत्यक्ष ईश्वर प्राप्त हो जाता है उसे तो मैंने हमेशा तंग किया है। मुझे ईश्वर की डरिया चाहिए। मैं इस ईश्वर की मूर्ति बनाऊँगा।

[पुनरुत्थानवादी बूढ़े ईश्वर को 'मूर्ति' बनाने लगता है, बूढ़ा ईश्वर विरोध करता है।]

पुनरुत्थानवादी : (परिवर्तनवादी से) मूर्ति बनाने में मेरी मदद करो। मूर्ति यानी शिल्पकला, उसमें सौन्दर्य होता है यह तो तुम मानते हो।

[परिवर्तनवादी और पुनरुत्थानवादी बूढ़े ईश्वर की 'मूर्ति' बनाने की कोशिश करते हैं। बूढ़ा ईश्वर विरोध करता है। आख़िरकार बूढ़ा ईश्वर परिवर्तनवादी और पुनरुत्थानवादी को ढकेल देता हैं। दोनों गिरते हैं, कुमार हँसता है।]

बूढ़ा ईश्वर : (जाते हुए) मैं मूर्ति नहीं बनूँगा।

[बूढ़ा ईश्वर चला जाता है। कुमार और हँसता है।]

पुनरुत्थानवादी : (उठते हुए, परिवर्तनवादी से) चल, (कुमार को दिखाते हुए) उसे मार डालते हैं।

[कुमार, परिवर्तनवादी और पुनरुत्थानवादी हम विंग से उस विंग तक

भागते हैं। इसी बीच युवा ईश्वर आकर खड़ा है। भागता हुआ कुमार एक बार युवा ईश्वर के सामने खड़ा हो जाता है।]

कुमार : (युवा ईश्वर से) तुम्हें पहचान लिया।

[कुमार का पीछा करता पुनरुत्थानवादी युवा ईश्वर के पास आता है, कुमार युवा ईश्वर के पीछे छिप जाता है।]

पुनरुत्थानवादी : (युवा ईश्वर से) हू आर यू?

कुमार : (युवा ईश्वर के पीछे से) गॉड, मराठी में ईश्वर, परमेश्वर (युवा ईश्वर किनारे हो जाता है।) (कुमार दिखता है, भागने लगता है। पुनरुत्थानवादी और परिवर्तनवादी भाग-दौड़ करते रहते हैं। कुमार अकेला ही आता है, परिवर्तनवादी और पुनरुत्थानवादी नहीं आते, कुमार उनके लिए इधर-उधर देखता है। दोनों नहीं आते।)

कुमार : क्या हुआ होगा दोनों को? (थोड़ी देर में युवा ईश्वर के पास आकर) तुम मेरा साथ क्यों नहीं देते। (युवा ईश्वर चुप) बोलते क्यों नहीं? (युवा ईश्वर चुप) चुप मत रहो! (परिवर्तनवादी और पुनरुत्थानवादी की आहट लेता है) ये दोनों कहाँ गये? उनका क्या हुआ! (युवा ईश्वर के पास जाकर उसे हिलाते हुए) यह नाटक है, नाटक में तो तुम्हें अपनी बात करनी ही होगी।

ईश्वर : तुम्हें शो में साथ दूँगा ऐसा मैंने कभी भी नहीं कहा।

कुमार : तुम उस धर्मवादी के पास जाओ, वह तुम्हारा प्रिय है न (कुटिल हँसी हँसकर) तुम्हें बिन धर्मवादी के पास जान-बूझकर जाना चाहिए। बिन धर्मवादियों को दो दर्शन, उनकी अच्छी तौहीन होगी।

ईश्वर : आजकल मैं कहीं भी नहीं जाता।

कुमार : फिर मेरे पास क्यों आये?

ईश्वर : ग़लती से आ गया, सोचा नहीं था। दुनिया भर में लोगों ने मुझे प्रतीकों में, मूर्तियों में बन्द कर रखा है। प्रतीक पास तो क्या, कहीं भी जाने की मेरी इच्छा नहीं है। (कुमार इस बीच पुनरुत्थानवादी और परिवर्तनवादी को इधर-उधर देखता है।)

कुमार : इन दोनों का क्या हुआ कुछ मालूम चला। धर्मवादी और बिना धर्मवादी मुझे मारना चाहते हैं। मेरी रक्षा करोगे या नहीं ? (ईश्वर चुप)

कुमार : (ग़ुस्से में) तुम्हें रक्षक कहते हैं, मेरी रक्षा क्यों नहीं करते ?

ईश्वर : (कातरता से) आहाहा! वे पुराने दिन तुझे याद आ रहे हैं...मैं सबकी रक्षा करता था (रोने लगता है) गये वे दिन।

कुमार : (चिढ़कर) ईश्वर होकर रो रहे हो। अरे, मुझे बी.एस-सी. करवाने की शक्ति भी तुममें बची है या नहीं ?

[ईश्वर आशीर्वाद देता है।]

कुमार : (कटु हँसते हुए) वाह! वे दोनों मुझे मारने वाले हैं। (मच्छर के लिए ताली बजाकर चिढ़ते हुए) वाह! मेरी मौत के बाद मेरी बी.एस-सी. करवाओगे। वाह, ईश्वर हो या स्वांग ?

[ईश्वर और कुमार के बीच संवाद के दौरान कुमार को मच्छर काट रहे हैं, इसलिए वह बीच-बीच में खुजा रहा है, मच्छर भगाने के लिए हवा में ताली बजा रहा है। मच्छरों की तकलीफ़ बढ़ती जाती है और आख़िरकार मच्छर कुमार की शर्ट में जाकर फँस जाता है, इसलिए कुमार शर्ट उठाकर पीठ खुजाता है। टटोलता है।]

कुमार : (चिड़चिड़ाते हुए) मेरा चना गिर गया (यहाँ-वहाँ देखता है) चना गिर गया मेरा।

[कुमार व्याकुलता से यहाँ-वहाँ चना ढूँढ़ता है।]

ईश्वर : स्वांग किसे कह रहे हो ? मैंने चमत्कार नहीं किसे ? एक की दीवार चलाकर दिखायी। एक की कविता की पाण्डुलिपियाँ नदी में से सूखी निकाल दीं! (व्याकुल होकर) पर वे काम करने में ग्रेस था। दीवार मैंने चलायी लेकिन ज्ञानेश्वरी उसने ही लिखी। पाण्डुलिपियाँ नदी में से मैंने निकालीं...लेकिन दुख भोगकर अभंग उसी ने लिखे। अरे, तुम्हारे यहाँ मेरे दर्शन पाने के लिए व्याकुल होने की परम्परा थी। मेरे दर्शन हो सकते हैं यह आत्मविश्वास था तुम्हारे समाज के लोगों में, रामकृष्ण परमहंस

तक ईश्वर के दर्शन की परम्परा थी। उसके बाद सिर्फ़ मेरा अभिमान रखना शुरू हो गया। अरे, आइंस्टाइन कहता था, सटल् इज द लॉर्ड, परमेश्वर सूक्ष्म है...और तुम मुझे स्थूल बना रहे हो (मग्न होकर) यह सारा विश्व, अवकाश, काल...कितनी बड़ी पहेली है। चमकते हुए सितारे, नीला आकाश, हल्की सी सर्दी...इन सबसे तुम्हें सुख मिलता है। चिलचिलाती गर्मी, भूकम्प, तूफ़ान...इनसे तुम्हें दुख होता है। इस विश्व का रहस्य क्या है? यह सवाल कोई मुझसे नहीं पूछता। कोई अपने आप से नहीं पूछता; आदमी अपने को खो दे ऐसा इस विश्व में क्या है? एक सुख का विचार। एक विश्व रहस्य का विचार।

[इस वाक्य के दौरान ईश्वर की टाँगों के पास चना ढूँढ़ रहा है।]

कुमार : (ईश्वर की ओर देखकर) नाटककार को भी विश्व रहस्य का विचार करना चाहिए?

ईश्वर : नाटककार कौन सा तीसमारख़ाँ हुआ रखा है।

कुमार : (चिढ़कर) नाटक मनोरंजन होता है भगवान!

ईश्वर : भाग! विश्व रहस्य की पहेली सुलझाना, उसमें खो जाना...यह एब्सोल्यूट मनोरंजन है।

कुमार : हमारे यहाँ इतनी ग़रीबी है, खाने को रोटी नहीं है, पीने को पानी नहीं है और तुम विश्व रहस्य खोजने को कह रहे हो।

ईश्वर : शटअप! गौतम बुद्ध ने खाना-पीना छोड़कर विश्व रहस्य खोजा...और ग़रीब शादी नहीं करते? दारू नहीं पीते? ग़रीबों को भी मतदान का अधिकार है या नहीं? फिर सिर्फ़ विश्व रहस्य खोजने का हक़ क्यों नहीं है? विश्व रहस्य खोजने का हक़ हर किसी को है। विश्व का रहस्य क्या है? यह प्रश्न रख कर ही हर काम करो! सत्ता नीति करो, राजनीति करो, व्यापार करो, सब कुछ करो, सेंट्रल मुद्दा विश्व रहस्य का! साइंस को विश्व रहस्य की मिस्टरी और यूनिवर्स की चाह है। एक ज़माने में साहित्य को भी विश्व की पहेली सुलझाने की चाह थी। इन दिनों साहित्य का हेतु यानी कला, सौन्दर्य, मूड निर्माण करना,

प्रचार करना सेल्फ एम्प्रेशन सामाजिक यथार्थ...हुँह (ग़ुस्से में) लोग मुझे सिर्फ़ काम बताते हैं, किसी को नौकरी चाहिए, किसी को बच्चे चाहिए, किसी को लॉटरी दिलवाओ, किसी को चुनाव जिताओ। (पैर में से जूते उतार कर ग़ुस्से में फेंकते हुए) यू पीपुल हैव रिड्यूस्ड मी टू सब गॉड, डेप्युटी गॉड, उप परमेश्वर बना दिया है तुमने मुझे, उप परमेश्वर (थककर) फिर क्या करूँगा मैं तुम्हारी रक्षा (चिड़चिड़ाते हुए) एक ज़माने में मैं ताण्डव नृत्य कर सकता था, अब मेरा नृत्य खो गया है। मुझे हल्का फुल्का कर डाला है तुमने। आगे से मैं तुम्हें सुख नहीं दूँगा। सुख तो तुम ख़ुद चुरा रहे हो न? चुराओ, ख़ूब चुराओ। मैं तुम्हें दुख दूँगा। तुम इनसानों में मुझे लेकर झगड़े करवाऊँगा मैं। हिन्दू कहेंगे हमारा ईश्वर सच्चा, मुसलमान कहेंगे हमारा ईश्वर पक्का। इतना ही नहीं तो इन एवरी रिलीजन देयर विल बी ए कांफ्लिक्ट वेदर आई एक्जिस्ट और नॉट (तेज़ी से साँस लेते हुए) मैं कभी ऐसे दो भाषाओं में नहीं बोलता था। तुम्हारी वजह से मुझे ऐसा व्यवहार करने की बारी आयी है। (दूसरा जूता फेंकता) मन माना तो मंगल पर नया इनसान गढ़ लूँगा मैं।

[ईश्वर तेज़ी से चला जाता है। परिवर्तनवादी और पुनरुत्थानवादी आते हैं, कुमार पर झपटते हैं और उठाकर ले जाते हैं।]

कुमार : (जाते-जाते) मेरा चना, मेरा चना।

[थोड़ी देर में परिवर्तनवादी और पुनरुत्थानवादी कुमार का शव लेकर आते हैं। खटिया पर रखते हैं। उस पर चादर ओढ़ाते हैं। कुछ देर बाद प्रौढ़ स्त्री आती है। एक कोने में बैठकर]

स्त्री : कुमार की माँ, कुमार के पिता, शान्त हो जाइये, धीरज रखिये। हम सब ही मर्त्य मानव हैं। शेक्सपियर ने कहा था (याद करती है, याद नहीं आता) कुमार से साइंस साइड निभ नहीं रही थी। उसकी अँग्रेज़ी कच्ची थी, इसलिए उसने आत्महत्या कर ली

शायद। कुमार का ख़ून नहीं हुआ। कुमार के माँ-बाप (ठहरकर) हो गयी सान्त्वना। (स्त्री चली जाती है। कुमार चौंककर जागता है)

कुमार : सपना...! मैं मर गया था। कहते हैं सपने में मरना अच्छा होता है।

[कुमार चादर ओढ़कर फिर सो जाता है।]

कुमार : (सोते हुए) सपने में मुझे मार डाला? क्यों? अब सपने में रूपान्तरकार नाटककार को ही मरा हुआ देखता हूँ।

[कुमार हल्के खर्राटे लेता है। गौरी आती है, एक-दो चक्कर लगाती है, फिर कुमार के पास आती है।]

गौरी : (प्यार से) तेज...तेज बेटा...।

[कुमार जागता है]

गौरी : आज बड़ा महत्त्वपूर्ण दिन है। कितनी देर सो रहे हो।

कुमार (तेज) : (जम्हाई लेकर) मॉम, आज का दिन महत्त्वपूर्ण क्यों है?

गौरी : अरे, मैं देर से 'सीरियल' को मराठी में क्या कहते हैं यह सोच रही थी। याद ही नहीं आ रहा है।

तेज : हल्का-फुल्का। सीरियल के लिए मराठी में हल्का-फुल्का शब्द है। लेकिन मम्मी, आज का दिन महत्त्वपूर्ण क्यों है?

गौरी : (तेज के गाल पर चुटकी काटकर) कितना इन्नोसेंट है रे तू! अरे, आज तुम्हारे पापा का पहला स्मृति दिन (खो जाते हुए, कोमलता से) तेरे पापा को कितनी अच्छी मौत नसीब हुई। मेरा सम्मान हुआ, देर रात तक हमने बढ़िया गप की, बढ़िया ड्रिंक, बढ़िया खाना...और बढ़िया नींद में गये तेरे पापा। मौत हो तो ऐसी।

तेज : बिल्कुल हल्का-फुल्का नेचर था पापा का (उत्साह से) मम्मी, पापा की स्मृति में हम हल्का-फुल्का महान जो होगा, उसे पुरस्कार दें।

गौरी : (उत्साह से) यह अच्छा आइडिया है हल्का-फुल्का महान! आ हा हा!

तेज : (जम्हाई लेकर) मॉम, थोड़ी सी नींद रह गयी है। पूरी कर लेता हूँ।

[तेज चद्दर ओढ़कर सो जाता है। गौरी चली जाती है। कुछ देर बाद कुमार चौंककर जाग पड़ता है।]

कुमार : हल्का-फुल्का महान् जब मरता है, तो भूत बन जाता है, कोई भी, कोई भी भूत नहीं बनेगा।

[कुमार जेब में चना ढूँढ़ता है।]

कुमार : (ख़ुशी में) है चना (फिर जेब में रखते हुए) बाद में खायेंगे।

[कुमार उठता है। कुर्सी पर बैठता है। टेबल पर लिखने में व्यस्त हो जाता है। रंगमंच पर अगले भाग में सारे पात्र और ईश्वर सुन्दर नृत्य करते हुए आते हैं, ईश्वर पारम्परिक वेश में]

ईश्वर : मैं नहीं हूँ।
मैं ध्यान का स्थान नहीं हूँ (नृत्य करते हुए चला जाता है।)

कुमार : (नृत्य करते हुए) मनुष्य
कल
अवकाश
सृष्टि
रहस्य
ये ध्यान के स्थान हैं।

[कुमार टेबल पर बैठकर लिखने लगता है। इस वक़्त सारे पात्र आपस में फुसफुसाते हैं और कुमार काम कर रहा है, उसे तंग न किया जाय, ऐसा इशारा करते हैं। कुमार लिखने में व्यस्त।]

[पर्दा]